新潮文庫

冷　血

上　巻

髙村　薫著

新潮社版

10925

目次

冷血

上巻

第一章　事件

2002年12月17日火曜日

これは何——。

薄い桃色の天井と壁の光がある。わたしの眼が、わたしの部屋を見ている。十分に明るく、くっきりとして、いつもと同じなのに同じでないような、わたしの部屋とわたしの眼。

高梨《たかなし》あゆみは枕《まくら》の上で眼だけ動かし、カーテン越しの窓の光を確認し、眼を戻して一つ息をついた。目覚まし時計が鳴る前に眼が開くなんて、へんな日。

一秒か二秒、あゆみは何がへんなのか考えようとし、答えを出さないまま、また再び天井や壁を見ている自分の眼の、たしかに光を受けている感じ、目玉そのものが生きている感じのほうに注意を奪われた。そう、もうたっぷり寝たと身体《からだ》じゅうの細胞が言い、その声を聞いた神経がスイッチを入れて瞼《まぶた》が開き、光を浴びた眼の神経がじわりと働きだしたような。そう、こんな眼の覚め方は初めて！

頭が空っぽ。ああ気持ちがいい。あと数分で始まる一日のあれこれがもうそこまで押し寄せているけれど、とりあえずいまここには何もない。なんていい感じだろう。

あゆみは身体じゅうが伸びをしているような気持ちよさを抱きしめ、毛布のなかにうふふと忍び笑いを漏らした。自然に伸びた腕が枕許《まくらもと》の日記帳に当たり、そうだ、わたし十三歳になったんだと思いだすと、また、うふふという笑い声が噴き出した。十二歳とおさらばしただけでとくに意味もない十三歳。子ども以上、メス未満。昨日の日記にはそう書いた。何にでもなれそうな予感だけがあって、身体じゅうの毛穴が目詰まりして息ができないこの感じは、ほとんど無痛の嘔吐《おうと》感《かん》のようだと言ったら、親はどんな顔をするだろうか。

大人にはけっして分からないだろう感覚が、いまのいま自分をいっぱいにしていることにわくわくして、あゆみは〈ああ仕合わせ！〉と頭の芯《しん》で思う。何が仕合わせと言って、第一に理由のないこと。第二に突然やって来ること。理屈は退屈。ダザイはダサイ。

うふふ！

今度は本ものの声が飛び出し、その勢いであゆみはひょいと起き上がった。そうだ、『人間失格』なんて読む子の気がしれない。冬休みは『赤と黒』を読もうと決めた。ユキやアリサには内緒。先生たちにも内緒。ほら、またそんな気遣いをして——というのは嘘《うそ》。どうでもいいの、そんなことは。あり余った力がバネになって手足を動かし、それがまたガス湯沸かし器から噴き出すような幸福感になって、あゆみはベッドを飛び出した。床に下ろした足が光っていた。母親と比べても小さくて細い足は、将来あまり背丈が伸びない予兆のようで気に入らないが、今朝は特別だ。透明なほど白くてきれいだ、と思った。

その足にスリッパをつっかけて、あゆみは階段を駆け下りる。眼の端をキッチンに立つ母の後ろ姿が横切り、食卓で新聞を広げている父の背中が横切り、おはよう！と一声かけたときには足はもう洗面所に飛び込んでいた。あゆみ！渉《わたる》を起こして！廊下のほうから母の声だけが追いかけてくる。はーい！返事をして、蛇口から流れ出す水が温水に変わるのも待たずに顔を洗いはじめ、眼球に冷水を浴びせた拍子に、また少し目覚めのときの気持ちよさを思い浮かべた。光を見ていたわたしの眼。今度はそんなことしか浮かんでこなかったが、身体のほうはまだふつふつと笑いたがっている感じがした。

うふふ。へんな日。

歯ブラシを口に突っ込み、顔を上げて鏡を見た。今日の自分の顔を点検する。小さな卵形の輪郭のなかに、あまりぱっとしない一重瞼の眼が二つと、小振りの鼻と口。だんだん母親に似てくる気配があるが、これからどうにでもなる可能性が残されていないわけでもない不定形の幼さが、今朝はみずみずしくさえある。何かが起こった？　いいえ、何も起こっていないけれど、いい感じ。今日はたぶん平穏な日になる。ほんとうのところそれが一番のプレゼントだと思うと、鏡のなかの少女も今度はふいと大人びた顔をしてみせた。

あゆみ！　七時よ！　お味噌汁《みそしる》が出来るから、渉を起こして！

キッチンの母の声が高くなってゆく。歯科医のくせに、子どもの歯磨きまで急がせる。あゆみは洗面所を飛び出し、二階に駆け上がった。この勢いが大事だ。少しでも何かを考え始めたが最後、今日一日がうっとうしくなる。朝一番のあのぼんやりした幸福感が消えないうちに。気分が萎《な》えないうちに。急げ、急げ。

ドンと弟の部屋のドアを押し開き、朝よ！　学校に遅れるよ！　起きろ！　と叫んだ。ベッドの上に盛り上がった小さな毛布の山も、薄明るい光の塊だった。その塊がごそごそと蠕動《ぜんどう》運動をし、うう、とか、うーんとか唸《うな》り声をあげる、その声までが光を呑《の》み込んでいるようだった。いや、それに続いて枕に載っている植物図鑑が眼に入ると、あゆみはその場でほんの数秒、晴れた頭が翳《かげ》るような心地になった。

弟が今年入学したのと同じ筑波《つくば》大の附属小学校に通ったあゆみには、一年生の弟が昨日学校でどんな思いをしたかが手に取るように分かる。昨夜遅くまで弟がひとり何事か絶望しながら図鑑と格闘していた気持ちが分かる。たとえば、額に《先進性》と書いてあるような先生が、これ以上の明るさはない舞台俳優のような声を張り上げて、さあ皆さん、今日はひまわりが太陽のほうへ向く理由を考えてみましょう！　などと言う。すると不気味なことに、ほとんどの子がすでに正解を知っているのだが、周りが知っていて自分だけが知らない衝撃や苦悩は、六歳にだってある。いまのわたしなら、本を読めば分かるような知識の一つ一つにどれほどの意味があるかと思うこともできるけれど、小学一年生にはそんな知恵もない。まったく、早生まれの六歳を苦悩させる教育って、何。

そら、起きるのよ。遅刻するよ。わたしのソーセージ、一本あげるから。

あゆみはいつもとは違うやさしい声をつくった。六歳の手首をつかんで毛布から引きずりだすと、まだ半分眠ったままのくしゃくしゃの顔をして、渉は「ソーセージ、頂き！」と甘い声をだした。このお調子ものの甘え上手。同情して損をした。おまけに乳臭い。あとで分からないところを教えてやるのはやめ、と決めた。わたしも忙しいんだから。

さあ顔を洗って、歯を磨いて。早くしないとご飯がなくなるよ！

あゆみは弟を洗面所に追いやって、一足先に食卓についた。味噌や油や玄米の混ざった朝ご飯の匂《にお》いが顔を包んだ。一人分ずつ並べられた四枚の洋皿に、各々《おのおの》目玉焼きとソーセージ二本、塩鮭《しおざけ》の小さい切り身、プチトマト三つ。そして小鉢の納豆と、お茶碗《ちゃわん》によそわれた薄黄色の玄米ご飯。毎朝同じものが並ぶことにうんざりする日とそうでない日があるが、今朝は後者だった。お腹《なか》、空《す》いた！と全身が叫んだ。渉、早く来い。お腹が空いた。

テーブルの向かい側で父が開いている朝刊の壁は動かない。小泉内閣支持率急落。イージス艦がインド洋沖へ出航。そうだった、中東はまた戦争になるかもしれない。それから道路公団民営化が何とか。あゆみは朝の新聞の匂いは嫌いではなかったが、毎日こんな雑多なことを頭に入れておかなければならないのが大人なら、少し考えてしまうというところだ。

後ろのキッチンで、母が味噌汁のお椀《わん》を手に、半分こちらに身体を振り向けて、渉！

まだあ？　と叫ぶ。母は、ご飯の出来上がりと同時に家族が食卓に揃《そろ》っていてほしいたちで、待たせるのも待たされるのも嫌いだ。それで機嫌が悪くなるというのではなく、ただ頭がそんなふうにできているだけだが、父も子どもたちも一寸《ちょっと》気を遣う。

ほら、母の声の調子を聞き分けた父が新聞から顔を上げ、眼を泳がせた。何かがまずいと気づいたものの、何がまずいのかとっさには分からなかったような間の抜けた顔。それがあゆみのほうへ向き、空っぽの渉の席へ向き、やっと分かったというふうに廊下のほうへ向いて、父は「渉くーん」と間延びした声を上げた。早く来なさーい、みんな待ってるよー。

あ、鼻毛が見えた。

あゆみはまた突然笑いたくなったが、はっきりした理由もなかった。四十になって出来た一人息子を呼ぶ父の声色もおかしいし、躾《しつけ》のために自分は手を貸さないと決めたら、学校に遅れそうになっても手を貸さない母の杓子定規《しゃくしじょうぎ》もおかしい。よく考えてみれば、健康のための玄米ご飯のおかずが脂肪の塊のソーセージというのもおかしいし、家族が揃うのを待つ間にいつも煮え立ってしまう味噌汁もおかしい。父も母も、そしてその子どもも、詰まるところ味音痴で、あなたたちは頭でご飯を食べていると大宮の母方の祖母は言うのだが、大丈夫。父も母も、最近は立派な隠れデブだ。そう、人間の頭と身体は、生命の維持のためにちゃんと分裂している。父も母も、わたしも。それが生命の仕組みだ。ああ、お腹が空いた！

みんなを三分も待たせて、やっと渉が食卓についた。父は新聞を畳み、母のよそった味噌汁のお椀が銘々の前に置かれた。父が子ども二人を見る。あゆみは自分の皿のソーセージに伸びてきた渉の手を叩《たた》く。

はい、今日も一日元気で頑張りましょう！

父が無理につくった声で言い、みんなで「頂きます」と声を合わせた。この家庭生活の儀式も、たぶん分裂の一種だ。名前のある個人と、家族という社会的役割の。あゆみは一瞬そんなことを考えたが、それも次の瞬間には忘れた。お腹が空いた。お腹が空いた。真っ先に熱いだけの大根の味噌汁に飛びつき、まだ温かい玄米ご飯を口いっぱいにほおばった。すると、母がすかさず眼だけこちらに向けて、あゆみ、お行儀が悪い！

しかしそれだけのことで、母の眼はすぐに逸《そ》れていってしまい、あゆみのほうも、またうわのそら、と思っただけだった。大人は、ただそのときそのときの間を埋めるためだけにものを言う。みんな、そう。

母の眼は、あゆみから渉へそのまま移り、今日の時間割は確かめた？　忘れものはない？　昨日渡した連絡帳はちゃんと入れた？　などと毎朝の確認をしたのはいいが、渉が全部にうなずき終わる前に、その眼はもう父のほうへ向かってゆく。そして、それを見計らったように渉が、おねえちゃん、ソーセージ。六歳は気楽でいい。あゆみは自分のソーセージ一本を隣の皿に放りなげ、こちらを見ていない父母のほうに一寸注意を向けた。と言っても、父母から聞こえてくるのはいつも、うんざりするほどどうでもいい話だ。

今日は時間がないよ。わたしも時間がないわ。明日は？ 明日も、午前と午後にオペの予約がある。そんなことを言ったって、わたしも予約でいっぱいよ。じゃあ明後日の木曜日は？ 金曜日は？ だめよ、大宮のほうの十三回忌があるの、言ったでしょう——。

どちらが車を車検工場へもってゆくかで、こんなに予定の立たない親って、忙しいのか、ヒマなのか。いや、ほんとうはあゆみも分かっている。今年もあと二週間しかないこの時期、子どもは冬休みを待つだけだが、大人には年内に片づけなければならない仕事が急に押し寄せてくる。都立豊島《としま》病院の口腔《こうくう》外科に勤める父には、年末ぎりぎりまで難しい手術や夜間救急の当直がある。母も、地元で代々続いてきた歯科医院を父の代わりに預かっているので、やはりそんなに休みは取れない。それは分かっているけれど、おかげで今朝も目玉焼きの固いこと。ほら、渉がぼろぼろこぼしている。あのね、お醤《しょう》油《ゆ》をかけて、ぐちゃぐちゃにして、ご飯にのせるの。昨日も言ったでしょう。

あ、金曜日はぼくとおねえちゃんの水泳教室だ。五十メートル泳いで死ぬんだ、ぼく。

渉が横で言いだし、父と母は何か聞こえたという顔をして、やっと子どものほうを見た。でも聞いたのは、最終的にほんのさわりの部分だけだ。そしてどちらも急いで作り笑いをし、ああそうだった、父さんも母さんも忘れてはいないよ、もちろん行くよ、今年最後のクラスだろう？　父は子どもたちに言い、車はぼくが何とかすると母に言い、車検の話はそこで終わった。水泳教室の話も終わった。父は、こうしていつも日々の雑事から逃げる。でも母も、ほんとうは車のことなどもう忘れている。父も母も、互いの一寸した空白を埋めるために車検の話をしただけの言いっ放し。子どもを水泳教室に入れたら、入れっ放し。ユキやアリサが言うとおり、親を騙《だま》すのはきっと簡単だ。

ねえ、おねえちゃん。五十メートル泳いだら死ぬと思うんだ――。渉はまだぶつぶつ言っていたが、あゆみは自分でも気が短いほうだと思う。そんなに水泳がいやなら、自分でそう言えばいい。みんな、そうやって生きてゆくの。

母の眼が壁の時計を見る。父も時計を見る。いつもとほぼ同じ午前七時十五分。あなたたち、ご飯のお代わりは？　そう言って母はみんなを急《せ》かし、さっさとお茶を淹《い》れ始める。渉を除けば、そのころには父もあゆみも最後の一口をかき込んでいて、これで朝一番の家族の儀式は今日も無事終了だった。

さあ、渉も早く食べて着替えないと！ そうして忙しく席を立った母が、また一寸小石につまずいたように振り向いた。

ねえ、あゆみ。今日、ケーキを買う？

十三歳の誕生日のケーキ。チョコレートで〈おめでとう〉と描いてあるやつ。ふいに、そういうのがピンと来ない自分がいるのに気づいて、あゆみは、うん、まあ――言葉を濁し、その間にジェット・コースターほどの勢いで自分の頭をまとめた。週末からの連休には、クリスマスと誕生日のプレゼント代わりに家族でディズニーシーへ泊まりがけで行く。ケーキなら、母が昼休みに赤羽駅前で買ってくるものより、ミラコスタのロビーラウンジで食べるほうがいいに決まっているが、ここで母がわざわざ気を回してくれたものを断るのはどうだろう。

うん、小さいのでいい。太るから。

あゆみは結局明るい声をつくり、同時に自分の判断に満足を覚えた。そうね、イチゴのやつにしようか。母も懸案を一つ片づけて満足そうだった。じゃあ、ぼくも今日は早く帰ろうと父が言い、ケーキだあ！ と渉が叫んだ。

そう、これでいい。子どもが親の気分を窺《うかが》うのはへんだが、それより母の一日を少しでもこころ穏やかにしてあげたいと、あゆみは思う。でも、なぜ？　父と母に何かある？

そうしてあゆみはまた少し余計な頭をめぐらせたが、それはほとんど習慣のようなもので、具体的な何かがあるわけではなかった。いいえ、何かがあるのは分かっているけれど、子どもにはそれが何なのかが分からない、ということかもしれない。いいえ、結局分からないのなら、それでいいのではないか？　いいえ、分からないことと、無いこととは同じではない。そう、こうしてわたしはまた何か考えているのだ、とあゆみは思う。子どもには子どもの直感がある。具体的なことは分からないけれど、何かを感じて備えるのは平穏に生きるための必然というものだ。子どもの一日が平穏であるためには、たぶん、父と母のこころが平穏であることが第一なのだ。

ご馳走《ちそう》さま！

あゆみは勢いよく食堂を飛び出した。とたんに父も母も瞼から消え、一時間後には始まる授業や友だちの顔が代わりになだれ込んできた。国語も歴史も地理も学校の授業はみんなうっとうしいが、身体のほうが勝手に弾みだして止まらない。今日のわたしは頭と身体が光を放ちながら分裂して、身体は学校へ、頭は『赤と黒』へと飛んでゆきそうなほどだ。貞淑な町長夫人と貧しい美青年の恋だなんて、呆《あき》れるほど俗っぽいけれど、それがまた思いっきり裏に何かありそうでどきどきする。そうだ、上巻をディズニーシーへ持ってゆこう。金曜日までの四日間はこれでなんとか乗り切れる。何も考えるな。朝一番にそうだったように、これからは光だけを眼に受けること。

急げ、急げ。今日はいい日だ！

＊

東京の音は中空から湧《わ》いてくる。

車の音も、靴音も、話し声も、携帯電話の音も、どこと特定できない中空で、誰かが眼に見えない音叉《おんさ》を叩くのだ。すると空気の泡が一つ湧きだし、波紋が生まれる。一つまた一つ波紋が湧きだし、波うち、混じり合う。それがいくつも振動しながら膜になって皮膚を圧し、耳に届いたやつは頭蓋《ずがい》のなかで唸りになる。唸りが熱を帯び、脈を打ち始める。それが神経に伝わり、じわじわと燃えだせば、めでたく歯痛の誕生だ。

戸田吉生《とだよしお》は考えるともなく考え、何かを考えたという思いもないまま、頭に引っかかった何かの断片をひねり潰《つぶ》した。音がどうした。喉《のど》の奥、右下の親不知《おやしらず》はもうとっくの昔に腐った。残っている歯根《しこん》かその周辺が少々熱をもったところで、噴火することはない。いや、奇跡は起こるかもしれない。今日はそんな日だ。

午前十時十六分。プリペイド携帯のディスプレイで時刻を確認した。いや、自動的に手が動き、眼がデジタルの数字を見たというだけだった。いましがたひまに任せて、いずれ疼痛《とうつう》に育つのかもしれない熱の芯のことなどを想像した頭は、まともに働いているのか、いないのか。その頭の上には、十二月の東京で黒々と葉を繁《しげ》らせている街路樹があった。ガラスと金属でできたまっさらな高層ビルが建つたびに、その周辺に植樹されて、ガラスに緑を映すやつ。田舎では神社の埃《ほこり》っぽい境内に立っているやつが、東京では生まれ変わったような涼しげな顔をしてコンクリートに緑陰をつくる。こいつの名前は――。吉生は頭上を仰ぎ、二十メートルの高さから垂れかかってくるような陰鬱《いんうつ》さを感じて、すぐに眼を足下に戻した。木の名前がどうした。そんなものは初めから知らない。

カラー舗装の上に突っ立っている自分の足に、クラークスのトゥルーンがあった。朝一番にそれを履くときも、借り物のように眼のなかでごろごろした。こんなやつのために二カ月前、そこの西武百貨店五階の紳士靴売り場で、有り金のピン札二枚をピシッと揃えてはたいたアホがいる。一着しかない黒の革ジャンを着込み、あまり履く機会がなかったために汚れを免れた六年前のナイキを履いて、当の売り場にはまったくふらりと立ち寄ったような顔をして、だ。呆れたものだ。靴が欲しかったって？　そうだ、俺は刑務所を出るといつも、まず靴が欲しくなる。柔らかいオイルレザーが足にひたひたと吸いつくのを想像しただけで、イッてしまう。額がカッと熱くなる。

吉生は、足下のクラークスに、百貨店の蛍光灯の下で見たときほどの艶《つや》がないのを見る。いましがた街路樹を見上げたときに浮かんだ何かが、まだそのへんに引っかかっているのを感じ、ただそれを振り払うためだけに、靴を買ったときのことをさらに執拗《しつよう》に思い浮かべてみた。若いカップルだらけの売り場に身体のどこかが反応し、自分が反応したことにさらに反応して、とっさにこめかみのあたりに熱の塊が一つ入った、あのきわどい感じ。尻《しり》のおできを人に見られたような微妙さとおかしさが、凶暴な化学反応を起こす一歩手前だった。そこへ、年齢不詳の軟体動物のような店員が近づいてきて、秋の新作が入荷しただの、エア入りのゴム底だの。こちらがサイズは二十五でと言うと、七インチですねとわざわざ言い返され、履いてみると少し緩かったが、その場で別のサイズを試すだけの忍耐もなかった。あれはいったい、足のほうがもうまともな靴の感触を忘れていたということだったのか。それとも六年のムショ暮らしで、もとから寸足らずのドタ足がさらに縮んだのか。しかも鏡に映ったクラークスは、まるで茶色のぼってりした弁当箱で、ぞっとするほど不格好だった。いや、靴にしてみれば、新しい嫁ぎ先のよれたジーンズやドタ足にこそ絶望していやがったか。

二万円もはたいて弁当箱を履いているマゾ。親不知の底で顎《あご》の骨がぶすぶす燃えている、と思った。いや正確には、骨や筋肉などの密度のある空間が、膜をつくって波うちながら熱を帯び、鈍痛を広げてゆくのだった。そこから上顎を伝って頭の周囲へ、上へ下へと広がってゆく熱の塊は、鋭角だ。鋭角のa。アホのa。物事が始まるa。血液型のa。世界をつくっている原子のa。そうか、この熱の塊の名前は《a》だ。

東京の音は——。吉生は見えない指で眼と耳と頭をばらばらに引きちぎりながら、頭をぐるりと回す。視界がぐるりと回る。立ち並んだ街路樹の周囲に虫がわくようにして人が集まり、誰かと出会っては、眼の前の東口五差路を渡ってどこかへ押し出されてゆくのを、ただ見続ける。男も女も、学生っぽいやつらの行き先はパチスロかゲームセンターか映画か。派手めの女連れは朝っぱらからホテル。ケツが見えそうな制服のミニスカートをはいた少女らが男を待ち、それに眼もくれない男の一人者は客を待つ街金の取り立て屋か売人。ほかには前科者にヒモ、変態、アル中。無担保・即日融資を謳《うた》う街金の看板を担《かつ》いだサンタクロース。ここに立っている人間の半分は、十年後には間違いなく肝硬変か、路上生活か、死んでいるか、だ。

五差路の信号が変わり、またさらに人が湧きだしてきて、吉生の眼をかき混ぜる。踏みつぶされてゆがんだヒトデが、腹の卵をあふれださせている、と思う。卵は海辺ではなく、東池袋の路上で孵《かえ》って幼生になる。ファストフード店やパチスロ店やゲーセンからホテルに質屋までを詰め込んで、路上のゆりかごが唸りを上げる。脳味噌はない、口と肛門《こうもん》をつなぐ管だけで生きている生き物たちが五差路からあふれだす。蠕動運動をする無数のシミになる。そう、上京して間もないころに上野の美術館のポスターで見て感嘆した草間彌生《くさまやよい》の絵の感じだ——。そんなことを散漫に並べてみた端から、網膜の上の薄汚い光が吉生の頭に一寸軽い麻酔をかけた。

俺はものを考えすぎる。考えて何かを得たためしがないのに考え、人に遅れを取る。いや、それはガキのころの話だ。最近の俺がいつ、ものを考えた？

五差路の信号が変わって人の流れが止まる。やがてまた信号は変わり、ヒトデの蠕動運動になる。時刻は午前十時十九分になった。いつまでここにいるのか決めかねたまま、尻が冷えてきて、吉生はカリン味ののど飴《あめ》を口に入れた。最後の一つだった。包装紙を投げ捨て、新しいのを買わなければと頭に刻んだ。糖分が切れると、自分の神経に自分で手を焼くはめになる。今日は何を食った？　午前二時半に、新聞販売店の冷蔵庫にあったジョアを一本。配達の途中にのど飴を三つか四つ。それから、池袋に出てくる東武東上線の電車で、また三つか四つ。吉生は起きている間はほぼ休みなく、見えない渇きに追われるようにして飴をなめ、ガムを噛《か》む。その間、顎と脳がたしかに直結していると感じ、心臓が血液を送り出すようにしてその場その場に必要なことを決め、実行し、次に備える。

実際、半時間前には、吉生は下板橋から池袋まで十分もかからない普通電車の座席に坐《すわ》っており、のど飴で口のなかをべたべたさせながら、いくつものことを考えたのだった。川越街道の北側の、プレスで叩きのめしたような住宅密集地が池袋に近づくにつれて少しずつ流れ去り、代わりにそこそこ東京らしいビルの塊や広告塔がひしめいてくる沿線の風景に、いつもわずかに胸が詰まる、その自分の感情の出どころについて。これからその池袋で会う予定の、イノウエという男について。携帯メールで向こうから知らせてきた大まかな背格好と服装について。《10：00AM。ブクロ東口五差路》という指定の信憑性《しんぴょうせい》について。

いや、必要なのは信憑性ではないし、イノウエと会って何をするか、でもなかった。メール一通を理由にして、ともかくいま自分が動きだし、どこかへ移動するためのイノウエであり、ブクロだったが、それにしては身体のほうが前のめりになっている理由について。そしてさらには、線路の両側に張りつくように並ぶ木造アパートの窓や屋根の、まさに池袋の北という感じの鉄錆色《てつさびいろ》とその臭《にお》いに眼と鼻腔《びこう》を穿《うが》たれながら、今日でこの景色を拝むのも最後だと自分に呟《つぶや》いて少しうっとりした、その自分の気持ちの真偽について。

まったく、自分の気持ちほど当てにならないものはないが、少なくともこの半時間に限っていえば、脱出への意思に嘘はなかった、と吉生は考えてみる。有象無象《うぞうむぞう》のつましい生活臭とため息が何より薄汚く感じられる住宅密集地から、同じ汚れるなら享楽《きょうらく》で汚れた繁華街のビルの谷間へ。いや、最終的にはビルも工場もない、どこかの海辺へ――。いや、海はただの夢想だとしても、ともかくもう逆向きはない。脱出の足が東武東上線というのはご愛嬌《あいきょう》だ。

脱出。吉生はもう一度口のなかで繰り返し、大した脱出だと自分で醒《さ》めることになった。もともと求人サイトにあったイノウエの書き込みは《スタッフ募集。一気ニ稼ゲマス。素人《しろうと》歓迎》で、そこに「土工・鳶《とび》・解体」と付けばそのまま土建屋の求人、「集金・拡張・寮完備」なら新聞販売店という素っ気なさの下に、あれこれ無駄口を並べる余裕もない性急さが感じられた。イノウエという男は、おおかた目玉にインクがつくほどスポーツ紙の求人欄を覗《のぞ》き込むのが日課になっている一方、よほど想像力がないか、よほど追い詰められているかだと想像した末に、試しにメールを送ってみた。仕事先ハ、現金輸送車トカ、デスカ？　すると、イノウエの返信はやはり簡潔で、ＡＴＭノホウデ、ドウデスカ？

まったく類が類を、金欠が金欠を呼んだというところだったが、携帯メールのやり取りだけでは所詮《しょせん》、実感といっても知れていた。これから見ず知らずの男と会う？　ATMを襲う？　いやその前に、そもそもプリペイド携帯の掲示板で見知らぬ他人を泥棒に誘うような野郎が、ほんとうにいるだろうか？　もしいたら、三遍回ってワン、というものだろう。

脱出。吉生は少しじりじりして笑いたくなり、街路樹の根元に笑い声の代わりの唾《つば》を吐いた。実際、自分がいつ決心をしたのか、それすら思い出せないのが冗談のようだったし、昨日は寮の部屋を片づけたわけでもなかった。今朝はいつもどおり午前二時十五分に目覚まし時計に叩き起こされ、十五分で販売店に駆け込んで経営者の面《つら》を拝み、いつもの缶コーヒーやジョアのお恵みを頂戴《ちょうだい》した。それから、二カ月経《た》っても名前も知らない従業員やアルバイトと一緒に自分の受け持ちの二百七十部を紙分けし、広告を折り込んでスーパーカブの荷台に積んだ後はただ、仲宿、本町、清水町とバタンバタン走り回っただけだった。いや、そういえば午前五時半過ぎに清水町の端まで行ったところで、カゴの残り部数が一部多いのに気づいてゾッとした、あのとき何かを考えたのだったか？

そう、あのとき自分は、どこの一軒を配り忘れたのかといったことはついぞ考えなかった。そうして考えるべきことを考える代わりに、犬の小便が臭う住宅密集地の路地で、門扉《もんぴ》から玄関まで一メートルがせいぜいの建売住宅の薄汚れたブロック塀のシミを眺め、もう殴りつけるのも反吐《へど》が出るという感じで一、二分じっとしていたのだが、あの場所と時間と自分の三つの合体が、何かしら決定的だったということだ――。

吉生は数秒頭を絞ってみたが、もとより何も出てくるはずがないのは、頭上の街路樹の名前と同じだった。あのときも、ほんとうは一昨日に続いてまたぞろ親不知の底にひと塊の熱が入ったというのが、起こったことのすべてだった。そして、後先もなくぼんやりした端から、世界が一気に翳ってゆくような体感がやってきて冷や汗が出た、それだけのことだったが、それ以上に決定的なこともまたないのだ、と吉生は思いなおす。ときともなしに、何かの歯止めがきかなくなる予兆のように入ってきて思考を停止させるあの熱の塊。入って来るやいなや、歯肉から顎の骨へ、眼窩《がんか》へ、脳髄へと伝播《でんぱ》して全身に疼痛という魔術をかける。そうなるともう、自律神経まで調子が狂いだして、自分ではどうしようもなくなる。疼痛があるという、そのことが自分を萎えさせ、縮こまらせ、凶暴にする。いまも、眼や耳や皮膚細胞の神経という神経の末端に引っかかって踏みとどまりながら、一ミリ、また一ミリ鋭い針を放ってにじり寄ってくる。空気を熱し、脈打たせ、波紋をつくって広がりながら、もうそこまで来ていやがる。そら、来るなら来い。早く来い。どうせなら、どかんと火でも噴いて、膿《うみ》だらけの歯根ごと燃やしやがれ。何をぐずぐずしてやがる。

吉生は三たび携帯電話を開いて時刻を覗いた。午前十時二十三分。イノウエがほんとうに来るのか否《いな》か、微妙な時刻になってきたと思いながら、あらためて周囲へ眼をやってみる。街路樹の周りにたむろする人待ち顔のなかに、こちらを向いている眼はない。自称イノウエが携帯メールで知らせてきた自身の風体は〈紺のダウン〉と〈オレンジのニット帽〉を着用した〈ガッチリタイプ〉だったが、それらしい男の姿もない。それはそれで一瞬ホッとし、自分はまだ自由ということだと考えてみたりもした。

そら、あの横断歩道の反対側にあるファストフード店のガラスに、男がひとり映っている。着古した黒の革ジャンの肩に、郵便貯金通帳と着替えのシャツと下着と洗面具とバタフライナイフ一丁を詰め込んだデイパックを引っかけ、足下のクラークスのトゥルーンを光らせて路傍に立ちながら、あの男は何をしているのか。そう、ここは正直に答えよう。あの男は、大して後先を考えることもなく、でたらめの誘いである可能性も不問に付して、そもそも存在するのかどうかも分からない何者かを待つ自由に身を投じているのだ。

いつもなら寝ている時間になんとなく起きていて、なんとなく池袋にいて、とくに予定もないまま、なんとなくイノウエを待ちながら、その実何を待っているのでもない。いや、正確にはもう何も待てないというべきかもしれない。あの熱の塊が入ったとたん、頭の芯から爪先《つまさき》まで盛りがついて浮足立ってしまう。やがてやって来る歯痛の圧倒的な予感にひれ伏し、涎《よだれ》を垂らして犬のようにそのときを待ちながら、想像を噛みしめ、それだけでイッてしまう。もう自分の意思の出番などはない。何も選択しない。何も生産しない。寝ない。食わない。歯痛がやってきたそのときには、たぶん動くのもやめるだろう。そうして、ただ息だけをしながら、全身で熱と痛みを呼吸する自由にかけて、俺はここにいるのだ。

そうだ、イノウエというのがどんな野郎か分からないが、俺のこの自由には歯が立たないだろう。ATMノホウデ、ドウデスカ、だと？　べつに耐えがたいというほどでもない新聞販売員の職をひょいと投げ捨て、いますぐにでも駆け込める歯科医院にも駆け込まず、まだ四錠かそこらは残っているボルタレンも呑まない自由を選んで、熱の塊と鈍痛にじりじりしながらのど飴をべたべたなめているこの俺に聞いているのか？　ATMノホウデ、ドウデスカ？

そうして吉生は少し気を紛らせ、あと一分ももちそうにないのど飴のかけらと、姿を現さないイノウエと、十時半に近づいてゆく時刻をはかりにかけてみた。ここはイノウエをなかったことにして、ひとまずのど飴の入手を優先するか。しかし、それで？　いまからまた東武東上線で下板橋へ逆戻りという選択肢だけはないとすれば、あと三分待ってみるか。しかし、それで？　めでたくイノウエが現れたあかつきには、俺はそいつと一緒にどこかのATMを襲いに行くわけか？　いや、その前にまずは挨拶《あいさつ》か。コンニチハ。俺ガ戸田吉生デス。ドウゾ、ヨロシク。

いや、メールの様子だと、イノウエは急いでいるかもしれない。だとすると、挨拶もそこそこに何はともあれどこかのATMの下見に行くことになるか。しかし、ツールの用意は？　足は？　いや、その前に、いったいATMでなければならない理由はあるのか？　いや、そもそもイノウエは来るのか、来ないのか。

吉生は貧乏ゆすりをする。いま一つ足に合っていないトゥルーンが、くるぶしの下でぼこぼこする。街路樹の下で、五差路で、ファストフード店で、誰かが見えない音叉を叩き続ける。顎骨《がっこつ》の底で熱の塊が振り子になる。

＊

井上克美《いのうえかつみ》は、その日の朝を愛車GT−Rの運転席で迎えた。最初にエンジン回りのオイルの臭いを鼻腔に感じ、次いで、ホールド感はあるが沈み込みの少ないレカロシートの弾力を腰の下に感じた。スポーツ車仕様の固いレカロは、高速道路では背中や腰に直《じか》に吸いついてくる吸盤になるが、もとより全身をその上で休ませるようには出来ていない。眼が覚めたとき、そのレカロの上で折り曲げられて固まった関節や筋肉が砂袋のようだったが、気分のほうはしばらく音も色もない静止画像だった。寒さも空腹もなかった。

昨日の朝もそうだった。結露したフロントガラスの、半透明の膜の内側で身体を丸めていると、自分が手も脚もない蛾《が》の幼虫になって繭《まゆ》のなかでまどろんでいる感じがする。動く必要がなく、考える必要がなく、何者である必要もない、この空っぽの目覚めの時間のなかでは、自分は生まれ変わったか、死んでいるかだ。せっつかれている仕事も、女も、返済期日の過ぎている借金もない。いいことも悪いこともなく、思い出もない代わりに懸案も予定もない、まっさらのノートの静けさだ、と思う。

克美はひととき、水蒸気を透過してくる薄い冬の朝日をゆっくりと眼や耳や皮膚にしみ入らせた。その数分、いつの話というのでもないが、真新しいノートの蒼白《そうはく》さが好きだった子どもになり、祖母の家の縁側で乳白色に結露したガラス戸から冬のキャベツ畑を眺めていた子どもになり、またさらに冬の高崎線の列車の、同じく結露した車窓に顔を押しつけていた子どもになり、前後に何もない予備室のような時間にもぐり込んで放心した。その先に何かがあるというのではなく、何もしない、考えない、感じない、何も起こらない空白がただ心地よかった。昨日の晩は、知らない仲でもないやくざが、鉄パイプや金属バットで武装した族車を動員してやって来て、克美の眼の前で雄叫《おたけ》びをあげながら愛車を叩き壊していったのだが、その昨日も、もうない。今日はまだ何も始まっていない。朝がここで一時停止し、ここが世界の意味の消失点になる。

その無痛の地点で、克美はさらにゆっくりと呼吸をし続けた。眼球を動かし、フロントガラスに焦点を合わせ、結露したその表面の大半がザラメのようにひび割れて波うっているのに見入った。昨晩、やくざどもが引き揚げたあとで愛車がどうなったかを自分の眼でざっと確認したが、車体の破損や凹《へこ》みの一つ一つに実感がなく、自分の血が沸騰《ふっとう》したような感じもなかった。そのときと同じように、いまもまたフロントガラスに見入る自分の眼や神経や手足や臓腑《ぞうふ》の全部が、石のように動かないのを感じたが、克美に分かるのは、そんなふうでなければ息も出来ないということだけだ。

自分に何が起こったのか。ここで何をしているのか。これからどうするのか。考えることはしても、その先についての予断や価値判断はしない。苛立《いらだ》たない。失望しない。

いや、その前にそもそも何かを望むということをしない。いや、生きている限り何かを望みはするが、その成否を知らない眼や耳がここにある、ということだった。

克美はレカロシートに身体を埋《うず》めたまま、眼だけ手元に戻してプリペイド携帯を開き、旧知の中古車販売業者に宛《あ》ててメールを一つ打つ。——事故ッタ。至急電話乞《こ》ウ。イノウエ。

それを送信してから、午前六時十五分という時刻に気づいたが、早すぎるといった判断などはやって来なかった。業者からの電話を待ちながら、次に代替の車を手に入れる算段を思い浮かべ、実姉の携帯に電話をかけた。姉の智江《ともえ》は、産廃業者の亭主が覚醒剤《かくせいざい》の密売で服役して二年か二年半になり、亭主の車を自宅マンションの駐車場で眠らせている。その姉の電話は呼び出し音が十秒ほど続き、留守番電話の案内に替わったところで接続を切ったが、スナック勤めの姉がこんな時間に起きているはずがないということにも、その場ではやはり気が回らなかった。

克美は、いまどきの十代や二十代のようには頻繁に携帯電話を使わない代わりに、用事があるからかけた電話や送ったメールへの応答は、迅速であってほしいと思うほうだった。しかし、返信や応答が速やかにない理由を間断なく詮索して波うつ神経も、目覚めのひとときだけは別人のようにのどかで鈍かった。

だいたい、俺に何が起こったというのだ――？　このフロントガラスは何だ。そう、これは俺の車だ。俺の車がぶっ壊れている。これは夢ではないが、しかしだったらどうだというのだ――。初めに寒さも空腹もないと感じたのは、正確ではなかった。空腹はないが、ボディのあちこちがゆがんだ愛車は冷気の巣で、痛いほどの寒さだった。克美はその冷気の底でシートに埋めた身体を縮こまらせ、眼と耳だけを働かせながら、なおも冬のカエルのように息をし続ける。

白濁したガラスの外は、横浜の旭《あさひ》区あたりの、保土《ほど》ヶ谷《や》バイパスではない国道16号線だった。ざらざらごろごろする継《つ》ぎ接《は》ぎだらけの荒れた路面の音と、間断がないというほどではない通行車両の微妙な間合いで、眼をつむっていてもそうと分かる16号線は、横浜の西区から千葉の富津《ふっつ》岬まで、東京を遠巻きにするようにして走っており、畑と工業団地と新興住宅地の広がる沿線は、どこも自動車メーカーの販売店にガソリンスタンド、郊外型量販店にパチスロ店、ファミリーレストランにコンビニエンスストアが吹き溜《だ》まりをつくる。少し市街地を離れると、空き店舗のシャッターが朽ち、不法投棄の資材や鉛管が野ざらしになった空き地があり、暴力的なほど平坦《へいたん》な風景が続く。首都圏の運送会社で働いたことのある人間なら眼や耳以前の皮膚で分かる、地方都市の臭いだ。

克美は埼玉県本庄《ほんじょう》市の高校を出たあと、東京は江東区や荒川区の運送会社で四年ほどトラックに乗ったが、東京を感じるのは首都高の都心環状線の内側と、羽田線、渋谷線、新宿線などの高架と並走する国道、そして明治通り、山手通り、外堀通りぐらいだった。環七や環八沿線は東京の最底辺で、隅田川や新河岸川《しんがしがわ》や荒川の流域はもう東京ではない。

また指だけ動かしてもう一度同じメールを打ち、送信した。事故ッタ。急グ。電話乞ウ。

その同じ手で姉へも電話をかけ直した。しかし相手は出ず、留守番電話サービスに接続する云々《うんぬん》の機械の声を聞かされて少しカッとなりながら、手のなかの電話を閉じ、息をついた。

親指一本を動かしている間に、時刻だけが午前六時半を過ぎていった。都心なら結露はもう筋になって流れだしている時刻だった。まだ固い結露に守られたフロントガラスの向こうで、通行車両の数が少しずつ増えていたが、横浜の旭区や相模原《さがみはら》、町田あたりの16号線沿いには、沿道で事業所のシャッターを開ける音や、最寄り駅へ急ぐサラリーマンの靴音はない。何もない道端を朝一番に通ってゆくのは、分厚いエア入りのスニーカーを眠たげに引きずって、部活の朝練に出てゆく中高生で、いつ見ても、丈が長すぎたり短すぎたりして垢抜《あかぬ》けしない制服のスカートやズボンが小便臭くて笑える。次いで、終夜営業のファミリーレストランの駐車場で行きずりの男と夜を明かして眼の下にクマをつくった主婦たち。朝っぱらからアルコールの臭いをさせて、道端でだらだらと放尿するトラック運転手たち。そして、もう少し日が高くなると、イベント・デーのパチスロ店に開店前の行列をつくる元農家の年寄りたち。

そうだ、昨日もそんな光景を見たのだが、正確には16号線のどの辺りで見たのだろうか。いや、その前に、そもそも昨日はいったいどこでやくざどもに見つかったのだ？　いやその前に、伊勢佐木町《いせざきちょう》のパチスロ店を辞めたのはいつだった？　セル板を流れ落ちるパチンコ玉のとめどないざわめきのなかを、シマからシマへ、台から台へ走り回って、鼻の穴を客のタバコの煙で真っ黒にしていたのは土曜日か、日曜日か。最後に店を出たあと、寮には帰ったのか、帰らなかったのか。克美はその場で自分の記憶を一度整理する必要を感じたが、何かを自分に強いることに自分で苛立ち、そのときもまた努力を放棄した。昔からそうだった。忍耐を繰り出す前にショートカットの回路をつくるか、それも面倒なときは、眼の前の懸案自体をなかったことにして終わる。

そう、昨日の晩は、やくざどもが国道に連ねた車から一斉にパッシングをよこした瞬間、身体じゅうの血が干上《ひあ》がって膝《ひざ》が紙人形のようになったのだった。そして、こちらはとっさに通りすがりのファミレスの駐車場へ逃げ、愛車はそのままぼこぼこになった。

それだけのことだった。警察すら現れなかった。理由などはいまさら考えても仕方がない。唯一《ゆいいつ》の財産だったのは確かだが、もともと売値が二百万を切っていた事故車のGT—Rだ。それがぼこぼこになったら、いよいよ使える部品だけでも売り飛ばす。そのために業者も呼んだ。ほかに何がある？

携帯電話がダウンジャケットのポケットでブィーブィーと鳴り出し、克美の時間のコマは一つ、先へ進んだ。はい、イノウエ。人を待たせるなよ、な？ メールに急ぐと書いてあっただろ？

取り出した携帯を開いてひとまず重い口を開くと、奥井《おくい》という名の業者は、警察の事故処理が云々と言いだし、克美はバカにされていると感じる前にそれを一気に遮った。あのな、急ぐと言っただろ？ こっちは車の買い取りを頼みたいだけだ。場所は、お宅の工場を出て横浜方向へ一・五キロ走った右側のガスト。俺は車と一緒だ。いいか、レッカーで来いよ。

レッカー？ いまから——。

受話器の向こうで、人ごとのように聞き返してくる声がうっとうしかった。克美は通話を切り、そのまま三たび姉の携帯に電話をかけた。しかしそれはやはりつながらず、電話をしまって、そろりと座席に身を埋め直した。少しでも余計なことを考えたとたん、不快の針がふれて背骨がギシッとひび割れそうな感じだった。ボディにかなりのゆがみが残った事故車のGT－Rを、それでも三年落ちのR33ということで百九十万の高値で客に売りつけた張本人が、そのときの後ろめたさも忘れて、いざ査定となると、嘘のように面倒くさそうな声を出しやがる。まるで、こちらの窮地を見透かしているように。眼の端で嗤《わら》うように。これで立場が逆転したというふうに。克美はまた少し考えてみるのだが、いま電話で鈍い声を出した奥井が、昨日やってきたやくざとつながっているということはあるだろうか。履歴の怪しい車や部品を扱うこともある中古車販売業者が、その筋と懇意でないはずがないが、それが昨日の連中でないという保証はどこにある？

ほんの数秒、考えても答えがあるわけでないことを考えていた自分にいらつき、克美は手を伸ばしてフロントガラスの結露をひと拭《ぬぐ》いした。開けた視界に、ファミリーレストランの看板が立つ砂利敷きの駐車場と、その先の国道と、灰白色の薄明るい冬空が現れて克美の眼を差し、時間がまた一コマ、先へ進む。

午前六時五十分、奥井の自家用のシーマが砂利をじゃらじゃら鳴らして駐車場に現れた。レッカーで来いと言ったのに。自社工場にほど近い若葉台あたりの自宅から直行してきたのが丸出しのやる気のなさだったが、克美には選択の余地はなかった。相手を迎えるために、その朝初めてGT－Rから出た。レストランの従業員の車しか残っていない駐車場のど真ん中に、前後のバンパーからボディからピラーまで、ドアの開閉の出来るのが奇跡に思えるほどへしゃげたブラックの愛車が一台。見物人は、客もいない早朝のレストランの従業員が一人。なんという光景だと思いながら、レストランに背を向けて立った。

奥井は、シーマのフロントガラスのなかで寝起きの腫《は》れぼったい眼を泳がせて大破したこちらの車を窺い、ヤバイものを避けるように遠巻きにして自分の車を停めた。ジャージの上下にサンダル履きという格好で、携帯電話とペンシルライトを手に降りてくると、何か挨拶代わりの声を出したが、その眼は一度も克美の顔には留まらず、そのままGT—Rのほうへ斜めに流れていった。

事故じゃないの？　奥井は驚いた様子もなく言い、見れば分かるだろ、と克美は応じた。

だったら、エンジンは死んでねえか。直6だったな、これ。奥井はバリバリと無造作にボンネットを引き剝《は》がしてエンジンルームを覗き込み、いけそうだなと独りごちながら、さらにペンシルライトを当てて使えそうな部品をざっと探し始めた。その気になればボルト一本、パイプ一本、ブラケット一個でも値がつく宝の山だ。チタンマフラーもレカロシートもある。

廃車手続き込みで二十万。奥井が言った。

克美は、一秒でも早くケリをつけたいという思いだけで同意した。一晩のうちに急速に愛車への執着が消え、少し前まで自分の骨や肉を包んでいたレカロも、結露したフロントガラスの繭も、ひとたび外へ出てしまえば跡形もなかった。土台、車とともに自分の存在そのものを紙の箱のように叩き潰された男が、いまさら何に執着するというのだという気もした。

車検証はあるな？　あとは実印と印鑑証明と委任状。書類が揃ったら、現金で払うよ。奥井は言い、克美は午後のどこかで工場へ寄ると応《こた》えて、交渉は終わりだった。全部で六分もかからなかった。克美がトランクから私物の入ったスポーツバッグを出してドアをロックする間に、奥井はもう誰かと携帯電話で話を始めており、それが終わるのを二分ほど待たされて、時刻は午前七時になった。レストランの従業員の眼に気づいた奥井が、〈見るな〉と凄《すご》む代わりにひょいと片手を上げて、八時にレッカー来ますから！と愛想よく声をかけ、薄笑いする。

それから、克美は奥井のシーマで相模原市の淵野辺《ふちのべ》まで運ばれ、午前七時二十分には何もない県道から一歩入った住宅地の、姉夫婦のマンションの前にいた。克美は三年前、傷害で入っていた栃木の黒羽《くろばね》刑務所を出所したあと、十三カ月ほど姉の亭主が営む産廃処理場で働いた、そのときしばらく転がり込んでいたマンションだった。周辺は米軍施設に近く、中途半端《はんぱ》に開けたまま行き場がない感じのさびれ方は、南の大和《やまと》や座間より北の町田の感じに近い。そこに、住んでしまえば住人の生業《なりわい》などは分からなくなる見本のような戸建てや、マンション、ハイツの風景が広がる。そういう土地が姉夫婦のような人種を呼び込んだのか、姉夫婦のような人種が紛れ込んでそういう土地になったのか、それは分からない。

犬の小便の臭いがするエレベーターで四階に上がり、インターホンを押した。しかし、携帯電話にも出なかった姉がすぐに応えるはずもなく、玄関ドアを開けたのは案の定、小学生の子どもの誰かだった。三人も四人もいるので、誰が誰なのかも知らない。兄ちゃん、マックへ行こ！　そう言って飛びついてきた男児を押し退《の》けて、学校へ行けとまずは一喝した。その廊下の先の、ダイニングキッチンのテーブルに、ジャージでタバコを吸っている姉の智江の姿があった。シャブが入っている眼は、いつ見ても腐りかけて溶けだした白子のようで、潔癖症の克美には生理的に耐えがたい気持ち悪さだった。急いで眼を足下の三和土《たたき》に移すと、散乱した靴のなかに亭主のものではない男物のブーツが一足。持ち主は、おおかた襖《ふすま》の向こうか。テーブルでは、子どもらが清涼飲料のペットボトルとスナック菓子の奪い合いを始め、汚物の臭いがし、わめき声が折り重なった。

そこへ、姉の声が飛んできた。ねえ克美、一万円、貸してよ！

男に言えよ！　克美は、そもそも亭主の車を借りるために姉に一言断りを入れに来たのだったが、早々にそんな気も失《う》せ、靴を脱ぐこともしなかった。三和土の下駄箱に隠してある車のキーを黙って取り、踵《きびす》を返すと、また姉の声が追いかけてきた。ねえ、一万円ぐらい、ないの！

これから人に会うんだ！

克美は怒鳴り返し、そうそう俺は人に会う約束があったのだと、突然冷や汗が滲《にじ》み出すようにして思い出しながら、たったいま見たものの全部を網膜から消し去って部屋を出た。いや、亭主が出所してくる前に姉はよくて病院、へたをすれば墓へ直行だという思いが一瞬過《よぎ》っていったが、一階の駐車場に降りたときには、それももうかたちもなかった。代わりに眼の前には、姉の亭主のマジェスタが腰巻きのようなフルエアロを光らせてどかんと横たわっており、克美はあまりのばかばかしさに噴き出してしまった。いや、もっと正確に言えば、潰された愛車のなかで逼塞《ひっそく》していたときに下がってしまった体温が回復して、心身ともに再び充電されているのを感じ、たったいま噴き出した自分に気持ちよくなっているもう一人の自分がいるのを感じ、そうしてさらに重ねて噴き出していたのだった。

まったくこの物体は、これでも車か。俺ら田舎者ときたら、初めから視覚野がおかしいのか。それとも世界の座標軸そのものが、ユンボと耕運機で混ぜ返した特別仕様になっているのか。そら、泣く子も黙るセッションのトレゾアマフラー４本出し！

＊

午前十時半、五差路に入り乱れる人、人、人の向こうに、ニット帽のオレンジ色が浮かんだ。オレンジの下は紺。そのへんの路地から出てきたのか、首都高の先のサンシャイン60のほうから下ってきたのか、百メートルほど先で小さく上下に揺れながら、人波のまにまに交差点に向かってゆっくりと近づいてくるのは、待っていたイノウエカツミに違いなかった。

その実、いまのいままで相手がほんとうに現れるか否かは半々だと思っていた戸田吉生は、一寸《ちょっと》空白になったような心地がし、その場であらためて忙しく自問自答しながら首を伸ばしたものだった。いったいどんな男だろう――。ＡＴＭ云々というのが冗談ではない証拠はあるか。ガッチリタイプだと？　遠目には、けっこう上背があるということしか分からない。バッグなどは持っていない。手ぶらということは、車を近くに置いてきたか。そうして、ふいに対面までの一分か二分が待ちきれないような気分に駆られて、吉生はトゥルーンの足に無意識に力を入れた。見知らぬ男と相対するというだけで、骨も筋肉も自然に身構え、スタンバイ状態になる。親不知の底にまたどかっと熱の塊が入る。

イノウエのオレンジの頭は、真《ま》っ直《す》ぐ近づいてくるというのではなかった。交差点の手前五十メートルほどのところで動きを止めて、右へ揺れたり左へ揺れたりし、次いで、行きずりのパチスロ店の前でスロットの新台の立て看板のほうへ数秒傾いたかと思えば、そのままどこかへ携帯電話をかけ始めた。否、どこからか着信があったのかもしれない。ともあれ、その様子から想像するに、もとより約束の時間に半時間も遅れているという意識がないか、急に別の予定が入ってATM云々の話は消えたか。あるいは、そもそもイノウエではないか。

あてどなく想像したのも束《つか》の間《ま》、オレンジの帽子は再び動き出し、ぶらぶらと交差点に近づいてきて、吉生との距離は二十メートルになった。上背はあるが、体格はふつう。メールでの自称三十一歳よりだいぶん若く見え、目深《まぶか》にかぶったニット帽や、ダウンジャケットの下から突きだした細身のジーンズやブーツの風体は、その筋の臭いもない、まったく今ふうの身軽さだった。いや、これはむしろ、これからATMを襲おうという気配などみじんも窺えない身体《からだ》をして、ティッシュで鼻をかむようにしてバールを振り回す口だろうか。しごくふつうに朝起きて顔を洗い、歯を磨いた、その手でナイフを突き出す天然の歩く凶器。人生の三分の一も塀のなかにおればときどき出会う、あの手の人間に近いのだろうか。いや、そんな人間なら、携帯電話の掲示板で仲間を募るようなバカはするまい。いや、いまはまだ、ほんとうに組むのかどうかも分からない相手ではないか。そうして期待半分、警戒心半分であれこれ思いを馳《は》せるうちに、初めにあった気後れは薄れ、吉生は身体の節々に溜めていた力を抜いて、気分を無理やり楽にした。五差路の信号が替わり、交差点が物欲しげな口を開ける。押し出され、まき散らされた人間の塊の上に、ファストフード店や量販店の吐き出すジングルベルが降り、ニット帽のオレンジ色が躍る。最初に決めていたとおり、吉生は自分からは動かずに待った。口を開くのも向こうが先だ。何事も最初が肝心だということは、ムショ暮らしでいやというほど学んできた。

吉生の眼のなかで、交差点を渡ってきたイノウエは一旦《いったん》立ち止まり、街路樹の周辺に溜まっている人待ちの雑踏へ眼を泳がせた。その視線は二度ほど吉生の顔を通りすぎていった後、三たび戻ってきて停止し、探し物が見つかったときの空白になった。それから、イノウエは構える素振りもなく二メートルの距離に近づいてきて、とくだんの特徴もない目鼻と口のある穴を一つ、吉生の視界の真ん中に穿ったのだった。

トダさん？　イノウエです。

第一声が飛んできた。掲示板の書き込みをそのまま音声にしたらこんな感じかと思う、素っ気無さだった。

トダです。どうも。

吉生もひとまずそう返しながら、このイノウエの無頓着《むとんちゃく》な感じはやはりムショの臭いかと思ったり、これは神経が太いのか、それとも神経が無いのかと執拗に自問をしている自分がいたりで、のっけから少々予定が狂ったというところだった。どのみち真っ当な人種のはずはないが、自分がまったく想像していなかった種類の男ではあり、そのことが小さな打撃になった。刑務所を出入りしてきた自分の小さな人生を、こうしてまた世間が笑っている。同世代のはずだが、ほとんど何も重ならず、通じるものもないのは、トゥルーンを買ったあのときの感じと同じだった。

ええ——と、待ちました？　昨日の夜、事故をやって。一寸、ばたばたしていたんすよ。

イノウエはそう言いながら、表情のない眼がこちらを見、またすぐに逸《そ》れていった。

吉生の眼のなかでは、人の顔はたいがい細かい造作などは抹消され、ほとんど男女の区別ぐらいしかない、薄ぼんやりした穴になる。そこから声が出てくる穴。笑う穴。ものを食う穴。喘《あえ》ぎ声を上げる穴。いまあるのは、強いて言えば、顎にしょぼしょぼの無精髭《ひげ》がある以外は、ただ白っぽいつるんとした穴だった。

事故、ですか。

はあ。バカやってますよ、俺。ええ――と、そこへ入りませんか。俺、朝飯食いたいんで。

イノウエは顎で交差点の向かい側のロッテリアを指し、はあ、と吉生は応じた。

事故。人身にしろ物損にしろ、事故処理で警察の厄介になってきたということだろうか？　その足でATM強盗か。いや、その前に朝飯のハンバーガーか。ここまで調子が狂ってしまえば、もう思案するまでもないというものだったが、その実吉生はなおも何かを思案し、そのためにまた少し判断が遅れて、その間にイノウエはもう交差点へ踏み出していたものだった。

吉生はイノウエと注文の行列に並び、ハンバーガーとコーヒーを買った。イノウエは、エビバーガーとやらにポテトとコーヒーのセットだった。むせるほどの油脂の匂《にお》いだった。昼までまだ時間のある店内で、イノウエは窓辺のテーブルを確保するやいなやトレイを置き、さらにダウンのポケットから出したスポーツ紙を置いて、中村紀洋《のりひろ》、メッツへ行く気あるんすかね、などと言うと、包装紙を外したバーガーを食い始めた。わりにきれいに揃《そろ》った歯並びが見えた。

イノウエさんは近鉄ファン、ですか。

まさか。俺の生まれ、埼玉すよ。野球は好きですけど。トダさんは、野球は？

まあ、府中で新聞は見ていましたけど。一応、六年いたもんで。吉生が言うと、イノウエは二秒こちらを見たが、その眼にはやはり格別な色はなかった。いや、相手を値踏みしているのはイノウエも同じのはずで、ここはあえて無関心を装《よそお》ったか。そう思い直したとたん、こっちは黒羽で三年すよ。ハンパっすね、ハハ！　という作り笑いが返ってきた。

黒羽なら初犯。三年なら傷害あたりか。いや、それがどうした。俺はここで何をしているのだ。いまならまだ、下板橋の寮に帰っても夕刊の準備まで二時間ほどは寝られる。まだ間に合う。掲示板もイノウエもなかったことにして、いま一度ゼロから考え直せる。

ハンバーガーを詰め込まれた口腔《こうくう》の穴が、ぐちゃぐちゃと蠕動《ぜんどう》し続ける。最後にこの手のものを食ったのはいつだったか、思い出せなかった。生温かい肉とパンが塊になって親不知《おやしらず》を圧し、歯根の底の嚢胞《のうほう》を揺らせて、ゆっくりとした上下振動をつくる。それが熱溜まりに伝わり、骨に伝わり、吉生を何かしら駆り立て続けていた。その一メートル先で、イノウエが勢いよく顎の骨を上下させてエビバーガーを食う。ときどきこちらを窺《うかが》い、何がどうだというのでもなくまたよそを向くが、それだけのことだった。吉生は自問してみる。これは何者なのだろうか。テーブルのスポーツ紙には、打席でバットを振り抜いた瞬間の中村紀洋のカラー写真がある。吉生の記憶のなかでは、中村某というのは九〇年代初めにドラフトの何位かで近鉄に入って、九五年ごろは三塁手でわりに打っていた何者かであり、大リーグ移籍が話題になっている現在の中村某は、服役中に失われた自分の人生と同じく、ただ存在しないというだけだった。

で、事故って——。

まあ、事故というか——。昔の族仲間の関係で、いろいろあって。

イノウエは油で光らせた唇を重たげに横に開いてニッとし、吉生の視線をかわした。それから、口を拭った紙ナプキンを丸めて投げ出し、ついでに足を投げ出してさらに吐き出した。俺、いまは細かいことを考えたくないんすよ。掲示板に書き込んだのも、何か一気にやりたい気分だったからだし。ああ、車は別のを用意してきましたから、心配ないです。

俺も細かいのは苦手ですよ。できれば、ざっくり行きたい。吉生はそうしてひとまず調子を合わせた。本人が言うとおり、昔の仲間か何かの出入りで車を潰《つぶ》したのであれば、少なくとも警察の聴取を受けてきた心配は消えたということだった。

じゃあ、ATMを一つ、行きます？

イノウエは言い、建設機械メーカーのロゴのあるキーを一つ、テーブルに置いた。バケツの容量が〇・七立方メートルのユンボが一台、ATMが設置された某郵便局の真向かいの整地現場にあるのだ、ということだった。場所は町田市の高ケ坂《こうがさか》。市の中心部からは外れた古い住宅地で、昼間でも人通りはほとんどない。夜は墓場、とイノウエは言った。そういうわけだから、機械を動かして五メートル進めば、アームの一振りでドカンすよ、と。

また、その場でATMを開けることはできないのでトラックを用意する必要があるが、町田あたりは、町田街道をはじめ主要国道の沿線のどこもが畑か量販店、さもなければ空き地か造成地なので、トラックなどは盗み放題という話も出た。それには吉生も異論はなかった。たしかにトラックを盗むのは造作ない。しかし、それ以外の詳細については、イノウエの話ではほとんど何も分からないに等しかったし、ともかく現場の様子やATMの現物を見てみなければ、最終的にやるとも、やらないとも言えなかった。

じゃあ、下見に行きます？　吉生は短く尋ね、いいですよ、イノウエは軽々と応えて席を立った。

携帯電話の時計は午前十一時十分になった。四十分前よりさらに人が湧《わ》きだした通りを、イノウエのダウンの背中が行き、吉生は三歩遅れてそれに続いた。眼の前にいるのは、初対面の人間に背中を向けるアホだった。いや、なめられているのは自分のほうか。いや、大事なのは何をするかではなく、脱出なのだ。いまここから出てゆくための相方とATMだ。それから、のど飴。この先にコンビニエンスストアはあったか。吉生は奥歯をぎりりと噛《か》みしめて下を向き、足を前へ運んだ。雑貨や靴や食い物をぶち込んだミキサーが、頭上で唸《うな》りを上げていた。ほんの数分鎮《しず》まっていた親不知の熱溜まりがふつふつ跳ね、一寸我に返ると、いまならまだ間に合う、いま寮に戻ればまだ一時間半は寝られる、何もなかったことにできる、などと自分に呟く声があり、結局、音のない口笛を吹いていったん全部を叩《たた》き潰した。

首都高をくぐった先のコンビニエンスストアで吉生はのど飴を買い、その間にイノウエはサンシャイン60の地下駐車場へ車を出しに行った。十五分待たされて路肩に寄ってきたのは、前後両サイドにエアロのスカートをはいて、足回りにブロンズ塗装のホイールを光らせた黒のマジェスタだった。初めに三秒唖然《あぜん》とし、次に、フロントのエアロの端が割れてガムテープで留めてある光景に眼が痙攣《けいれん》を起こしそうになり、次に、どこから出て来たのか分からない涙が三秒滲み出した。俺はいったいどうしたらいいのだ？

こんな車に運ばれて脱出か？　そこのけ、そこのけ、ゴキブリが通る。滑稽《こっけい》すぎ、似合いすぎて、最後は噴き出し、黙って助手席に乗った。

ねえ、町田へ行く前にこいつのスカート、外したほうがいいですかね。イノウエは言い、そうですね、どうせ割れているし、と吉生は応じた。車中で交わした言葉はそれだけだった。この際、目立ちすぎるエアロを外して車高を元に戻すだけで上出来だと思い、マジェスタの出どころまで尋ねることはしなかった。

そして、当然国道を通ってゆくだろうと思っていると、イノウエはそのまま速やかに首都高に乗り、環状線から東名の用賀インターへ、横浜町田インターへと走って、吉生をさらに驚かせたのだった。これから一発何かをやらかそうというときに、わざわざ余分な高速料金を払ってオービスやNシステムのカメラに記録されながら移動する輩《やから》はいない。

結局、四十分ほどのドライブの間に吉生はいくつかのことを確信し、自身もそこで思考を停止することになった。一つ、イノウエは何も考えていない。一つ、イノウエは気が短い。一つ、イノウエは当面の金に困ってはいない。そしてもう一つ、これから何をするにしても、マジェスタのエアロを外すより先に、まずは高速道路で記録されまくったナンバープレートを付け替えなければならない。

正午過ぎ、イノウエのマジェスタは、横浜町田インターから国道16号線に出て東向きに少し戻った沿道の自動車整備工場に入った。看板を掲げていなければ廃屋にしか見えない建屋はいかにも個人経営の佇《たたず》まいで、看板はよくある黄色の認証工場だったが、中古部品を扱っているらしい様子にもかかわらず、古物商の許可プレートは見当たらなかった。マジェスタを乗り入れたとき、開け放たれた建屋のなかでマフラーの溶接をやっていた作業着の男が一人こちらを見、すぐに近づいてきて、今度は誰の車よ、とイノウエに向かって笑った。それから、助手席の吉生へ流れた眼はすぐに逸れていってしまい、印鑑証明持ってきた？　廃車手続きするから来て。そう背中で言うと、イノウエと一緒に建屋の奥の事務所へ消えてしまった。

一方、助手席からは建屋の前の空き地に置かれたぼこぼこのGT－Rが見え、吉生はその場でさらにいくつかのことを確信することになった。一つ、自分が娑婆《しゃば》にいた時代のR33とはフロント回りが違う、最終形のR33の現物を自分はいま目《ま》の当《あ》たりにしていること。一つ、事故ではない壊れ方から見て、族仲間云々はほんとうだったこと。一つ、エンジンが無事なら部品代だけで二十万にはなること。R33はたしか直6だったはずだ。一つ、そしてもう一つ。イノウエはここでもまた懇意らしい工場主にしっかりマジェスタを見られたこと。いったいイノウエに脳味噌《のうみそ》はあるのか。

吉生はそれからの二時間を、工場の空き地の資材置き場にただ坐《すわ》って過ごした。イノウエは事務所で手続きを済ませたあと、工具とウマを借りて、建屋の前の空き地でほんとうにマジェスタのエアロを外し始め、ガシャン、ゴーン、カーン、何もない国道16号線にわびしげな金属音を響かせ続けた。どれもハーフエアロだったから、ジャッキアップしてタイヤを外した車体をウマに載せたあとは、留め具を外すだけのことだったが、取り付け跡やネジ穴が既存のバンパーに派手に残るし、エアロに嵌《は》まっていた左右二本出しのマフラーがむき出しになると、ほとんど牛の垂れた乳房だった。またさらに、車高調（サスペンション）も錆《さび》だらけで、バネが死んでいるという工場主の宣告で、それも一巻の終わりになった。走ればいいと言っても、一台の車が、16号線沿いの冬空の下でかくも切ったり張ったりの鉄の塊になるのが惨《みじ》めっぽく、バカっぽかった。そうして、吉生はまたぞろ考えるともなく考えるのだ。一つ、イノウエは笑ってしまうほど不器用だ。一つ、こんな調子だと、ATMの話はどこまで現実味があるというべきか、と。

時刻はそのまま午後二時を過ぎ、吉生は蓑虫《みのむし》になって、親不知の底の熱溜まりにひたすらのど飴《あめ》の養分を補給し続けた。新聞販売店では夕刊の紙分けが始まっているだろう。従業員の職はもうない。下板橋も川越街道も消えたということだが、脱出してきたところがここか。今日は奇跡が起きる日ではなかったのか。ふと見ると、この場で付け替えようというのか、イノウエが誰のものか分からないナンバープレートをマジェスタのトランクから取り出しており、吉生はいよいよ眼とこころが痙攣するような思いで腰を上げた。

付け替えはあとだ。それより、ここを出よう。

吉生はイノウエに短く声をかけ、腰を上げるやいなや自分でレンチを手に取って残りのタイヤを付け直しにかかった。元二級整備士の身には、くそみたいな作業だった。

＊

この道、どこへ出るんすか。

ぶすっと屁《へ》をひるようなトダの声がして、克美は耳がぞわっとする。トダは昼間、マジェスタのナンバープレートを工場で付け替えようとしたのが気に入らなかったらしいが、初対面からたった半日でもう、愛想《あいそ》のかけらもない。べつに何かを期待していたわけでもないが、瞼《まぶた》を上げるのも面倒だという腫れぼったい面《つら》をして飴をなめている男の全部が、だるすぎて反吐《へど》が出そうだった。

多摩ニュータウンっす。

克美は自分も機械的に応えて、ハンドルを握り続けた。車を転がしている間、エンジン回りをめぐるオイルのように何かを考え続け、エンジンが止まれば忘れる。再び動きだしたときに、続きを考えることはない。おかげで、何一つまとまらない頭の中身を百グラム九十円の豚コマ並みだと言った女がいたが、ともかくトラックに乗っていた四年間も、それ以降も無事故で通した。トダの言葉遣いがどうした？　いや、奥井の工場を出たときからトダはもう命令口調だったのだと思うと、克美は意思とは裏腹にまた少し自問自答していたものだった。

それで、おまえはどうなのだ？　問題なのは、GT—Rをぶっ壊されたことか、それともその理由か。あるいはその両方がこたえていて、もう何かを考えること自体がいやなのか。トダはやけに車に詳しいが、そんなことは問題ではなかった。トダ以前。やくざどもの御礼参り以前。パチンコ店での頭に砂が詰まっているような日々以前。女の鼻をへし折ってぶち込まれたムショ以前。トラック運転手だった時代以前。俺は族ではない。走り屋でもない。ガタイのわりには、悲惨なほどスポーツが出来ない。特技もない。根性もない。なりたい職業もない。何者でもない。だから、ここにいるのだ。こんなところでグチャグチャ考えてどうする。豚コマのおつむで。

マジェスタの時計が午前一時四十分を指した。四十分前、休憩のために立ち寄った相模原駅前の健康ランドを出発した後、適当なトラックを物色するために、いまは町田市北部の小野路《おのじ》まで来ていたが、道路沿いの街灯のわびしい光の環《わ》の奥は、トダが何か一言いいたかったのも分からないではない山間《やまあい》の闇《やみ》だった。周辺には昔の宿場の名残の古い民家や畑もあるが、大半は開発予定地にもならなかった荒れた里山で、そこに建設業者の資材置き場や産廃処理場がぽっかりと口を開ける。克美はトラック運転手だったころ、山間地に舗装路が通ると必ずそんなふうになるのを見て、何か見えない法則でもあるのかと思ったが、いまはもっと簡潔に答えることができた。すなわち山間地の住人は街へ出て働き、胃袋や下半身の欲望まで街で満たして、山へは寝るためだけに帰る。その頭に、行き帰りの道はただ存在しないということだ、と。

前方は、都道とは名ばかりの昏《くら》さだった。市内にいくつかある鉄道駅の全部で終電の運行も終わり、帰宅する人間はすでに帰宅したこの時刻には対向車一台もなく、土地鑑のある人間でも、自分の車のヘッドライト一つを見続けていると侘《わび》しさで気が滅入《めい》る。そう、この道を抜けると、たしかに多摩ニュータウンだ。東京の田舎道は、奥多摩を除けばどこも必ず開けた市街地へ抜けてゆくのだが、それは東京の西南の端の町田でも変わらない。本来なら、ゆるやかな上り勾配《こうばい》の田舎道の先には獣道か行き止まりの山しかないはずなのに、ここではセンターラインもない幅員《ふくいん》四メートルほどの隘路《あいろ》が、あるところで突然ニュータウンに抜けてゆく。東京の田舎道のこの寸詰まり感は、どこか箱庭を眺めるときの独特の空気の感じだ。

フロアの下でゴロゴロする音はマフラーだろうか。

克美はまた少し耳をぞわっとさせ、足の下で何がどうなっているのかを詮索《せんさく》して気を紛らせた。緩んでいるのはフランジのボルトか、タイコの吊《つ》りバンドか。奥井のところで車体をジャッキアップしたついでに、エキゾーストパイプの溶接部分がひび割れかけているのは見たが、どうせ一日以内には乗り捨てている車だし、ボルトの締め具合などは見なかった。しかし、それならエアロもわざわざ外す必要はなかったということだろうか？　ナンバープレートは？

昨日、奥井の工場を出たあと、淵野辺の姉のマンションの駐車場に戻って、一応別のナンバープレートに付け替えるだけは付け替えたが、そのときリアの封印は当然ドライバーでぶち破って外し、付け替えた新しいプレートには、封印の代わりにサクマのドロップの蓋《ふた》を被《かぶ》せて叩いておいた。それがまたトダの気に障《さわ》って、結局日の高いうちに高ケ坂の郵便局へ下見に行くのはまずいということになったのだったが、いったいトダという男の頭はどうなっているのだ。こちらに封印をはめる特殊工具の用意でもあると思っていたのだろうか。高ケ坂の獲物《えもの》まで片道二十分の近さだというのに、いったいどこから、封印一つをポリに見とがめられたら終わりだというふうな発想が出てくるのか。全国津々浦々、パチスロ店に入れば衆人環視のなか、一目で体感器仕込みと分かるリズムでスロットの小役を揃えまくっている輩がいる国で。そのゴト絡《がら》みのトラブルが起きると、やくざが族を引き連れてやって来て、ファミレスの駐車場で盛大に関係者の車を叩き潰してゆくような国で。封印がどうしたって？

そうだ、郵便局の下見を夜に回したおかげで時間が空き、早い日暮れを待って、休憩のために近場の相模原駅前の健康ランドへ車を走らせたときだった。16号線から駅方向へ折れてすぐのところに、一寸した遊園地のようなネオンを瞬《また》かせた温泉施設と駐車場の入り口があり、道路からそこへ車を入れようとした、そのとき助手席のトダが一言いったのだった。

これ、何の木でしたっけ。

木。県道に面した駐車場の入り口に、棕櫚《しゅろ》に似た南国っぽい木が四、五本並んでいるのに初めて気がついたが、とっさには名前が思い出せなかった。健康ランドの木。その場で克美が適当に答えると、トダは突然、ボルトが二、三本緩んだかのようにゲタゲタ声を上げて笑った。

そうだった、あれはカナリーヤシだ。横須賀《よこすか》港のうみかぜ公園の海沿いのプロムナードに、思いっきり立ち並んでいるやつ。GT—Rを手に入れてすぐ、伊勢佐木町で知り合った女を助手席に乗せてドライブしたときに見た、いかにもハワイという感じのやつ。それが冬の日暮れの相模原の県道沿いで、原色のネオンを浴びながら寒々と風に吹かれていたのだったが、カナリーヤシがどうしたというのだ。トダの頭はいったいどうなっている。

その健康ランドでは、克美は一度もトダとは一緒にならず、風呂《ふろ》とサウナで二日分の汚れを洗い流したあと、畳敷きの休憩室で仮眠がてら、備えつけのコミックを読んで日付が変わるまで時間を潰した。トダのほうは、最新のリクライニングシートを備えた四階の休憩室に入ったまま、駐車場で落ち合うまで一度も姿を見せなかった。克美は、他人が濡《ぬ》れた身体を横たえたかもしれないシートには触れるのもいやな潔癖症のせいで、がら空きの畳の間を選んだのだったが、タオルを畳んだ枕《まくら》ではあまり寝られなかったし、コミックのほうも肝心の『キン肉マンⅡ世』と『MAJOR』の最新刊がなかった。超人オリンピック準決勝の勝者はケビンマスクか、イリューヒンか。夏の県大会で吾郎の聖秀学院は海堂に勝つのか、負けるのか。

克美は二秒か三秒、ヘッドライトの光の環の向こうに夏の校庭に降る日差しを見、胃の噴門が詰まっているような胸苦しさを覚えた。次いでさらに数秒、胸苦しさは休憩室の畳に横たわっていたときの身体の感じへと逆流し、ぎしぎしと固まった関節や筋肉の痛みと一つになった別の畳の臭気へとさらに逆流して一寸放心した、その直後だった。行く手の右側に産廃処理場のトタン塀と灰色の門扉《もんぴ》が見えて、克美は自動的にブレーキを踏んだ。そのへんの建設現場によくあるオレンジ色のガードフェンスや蛇腹式のゲートではない、街のビルの建設現場で使う、白い塩ビのパネル付きのスチール枠にキャスターが付いたゲート。景観のためだろうが、見る者が見れば黒羽刑務所の入り口の白い鉄の壁に見え、いつ見ても冷や汗と可笑《おか》しさが同時に噴き出す。そうか、さっきの畳の臭気は黒羽の雑居房の畳のそれだ、と少し遅れて考えた。

門扉から少し離れた路肩にマジェスタを停め、先に降りてトランクのスポーツバッグから自前のボルトクリッパーを取り出した。長さが七五〇ミリあり、最大で径一三ミリの鉄筋が切断できる。運送会社に勤めるかたわら、大型二輪を盗んで業者に流すグループを手伝っていた時代に、チェーンロックを切断するのに使っていた工具だった。もう刃はなまっているが、駐禁のワイヤーを切るぐらいなら十分だし、重量のあるヘッドが万一の場合の武器にもなる。実際、処理場のゲートの施錠《せじょう》は簡単なチェーンロックだけで、まさにクリッパーのためにあるようなものだった。克美はそれを三秒で切断し、両開きのゲートを手で開けた。

　ここも知り合いなんですか。

　遅れて足を運んできたトダが後ろでまた一言、気のない声を出してくれたが、克美の意識はもう眼の前に開けた闇へ吸い込まれており、それは聞き流してすませた。薬品や軽油や機械油の刺激臭と、木屑《きくず》やゴム屑の腐敗臭が空気に混じっていて、鼻腔《びこう》のなかで燃えだしそうだった。考える前に手が動いてタオルでマスクをし、暗闇に眼を慣らし、なかへ踏み出した。

　敷地の奥にある処理工場の建屋はただ漆黒で、手前の露天に積み上げられた工場廃液のドラム缶のオレンジ色と、建築廃材を詰め込んだアームロールの青の列、作業用の重機とアームロール車、4tダンプに平トラックなど十数台の塊が鈍い光を放っていた。ここで破砕されたり圧縮されたりした廃棄物のうち、再生業者に売れない廃プラスチックやゴム屑などの安定型廃棄物を4tダンプで引き取るのが三年前の克美の仕事で、引き取ったゴミは隣の下小山田《しもおやまだ》にあった姉の亭主の営む下請けの処分場へ運び、次いで亭主が10tダンプでそれを日の出町の二ツ塚《ふたづか》処分場へ運んでいたのだった。仕事中、安定型ならするはずのない異臭がいつもしていて、結局気管支喘息《ぜんそく》になって一年ちょっとで仕事は辞めたが、そういう世界だと割り切れば、眼に入るのは緑と土と空しかない田舎道をダンプで往復するだけの仕合わせな仕事だった。ここも知り合いか、だと？　知り合いで悪いか。

お宅、トラックの運転は？

今度は克美が尋ねた。トダはだるそうに軽く首を横に振って応えた。そうか、だったらダンプにするか、平トラックにするか。一番新しそうなやつはどれだ？ ユンボでつかんだATMをどかんと放り投げても落ちないよう、4tのロングでゆくか。克美はトダを置いてさっさと歩みだし、眼についた三菱《みつびし》の平トラックを選ぶやいなや運転席に乗り込んで、サンバイザーにはさんであったキーでエンジンをかけた。ドドン、とすぐに始動した。音に異常なし。ガスもある。そのまま運転席からトダに声をかけた。これを出すから、ゲート閉めてくれます？

外へ走り出たトラックのドアミラーに、ゲートを閉めるトダの姿が映る。俺、先に行くからあとをついてきてください。高ケ坂まで十五分っす。じゃ、あとで！

もう一声かけて、克美は元来た道を走り出した。ドアミラーに、Uターンするマジェスタが映った。ダダダン、ダダダン、ダダダン。セダンとは別世界のディーゼルエンジンの振動が身体のリズムと合ったのか、ふいに気分が晴れた。いや、あるべきタガが一つ二つ外れたのかもしれなかったが、結果はどちらでも同じだった。いや、姉夫婦の淵野辺のマンションでマジェスタを見たときに瞬時に復旧、充電された身体はいまも絶好調を維持していたし、そうであれば気分の波などほんとうは存在しないというべきだった。

時間に足が生えて走り出す。午前二時、疾走する克美に向かってがら空きの鶴川街道《つるかわ》が真っ黒な口をあけ、まるで泥棒を呑《の》み込んでゆくかのようだった。真冬の空気が、じんと音を立てて前後左右からトラックを押してくる。ボディがぎしっと軋《きし》み、冷えきったフロントガラスが金切り声をあげる。ルームミラーに映った後続のマジェスタの、ヘッドライトの黄色い環も凍ってぶるぶる震えており、その中心にあの世でも覗《のぞ》き込んでいるようなトダの薄昏い面がある。土地鑑がないというわりには道路標識一つ見ている様子もなく、こちらのトラックのケツに見入ったまま、いまにも突っ込んできそうだった。何を前のめりになってやがる。落ち着け、おっさん。

午前二時十分、トラックとマジェスタは、市街地を避けるために鶴川街道を逸れて小田急線の東側に出、街灯もまばらな古い住宅地の路地を一気に高ケ坂まで駆け上がった。地名のとおり、路地を抜けて信号が一つあるいびつな十字路に出てみれば、そこは道路の東側に住宅地の屋根が黒々と広がる高台で、一気に視界が開けた。交差点のすぐそばに造成中の更地があり、道路の西側はさらに高台になっていて斜面に住宅がひしめき、その下に押しつぶされるように建つ平屋が、獲物の郵便局だった。

克美はトラックを交差点へ出し、郵便局の並びに停めた。続いてトダのマジェスタが隣の駐車場代わりの空き地に入った。そうしてひとまず車を降り立つと、道路をはさんだ向かいの更地に、もとは姉の亭主の所有だったユンボが一台。その先には住宅地の黒い斜面と空。道路のこちら側に郵便局のガラス戸と、建物の隣にできもののようにくっついているATMコーナーのシャッター。道路に直に面しているために、昼間の無人のときは機械がひとり道路の彼方《かなた》の空を睨《にら》み、利用者が入ったら入ったで、ドアのないトイレのような感じになる。いや、JR横浜線の町田駅から一キロ圏内にしては、坂道のせいか、途中まで開けたところで時間が止まってしまったようなさびれ方は昼も夜もない、というべきだった。いまも、自分たちの車の音が絶えてみると、高台に吹きつける寒風がシャッターをバタバタ鳴らす音だけが残り、ぞっとするほど何もなかった。

これ？　トダが無表情に顎《あご》でATMを指し、どう？　克美も短く応じた。トダがほんとうのところ何を考えたのかは分からない。昏い穴のような道路に眼をやって、トダがまた一言いった。

車が通ったらどうする？

どうするって、ここは道路だ。道路を車が通るのは当たり前だ。こいつの頭にはいったい何が入っているのだ。克美は一瞬血管が切れそうになり、次の瞬間にはそれが反転して笑い出したくなり、予定になかった混乱を感じたと同時に予備のエンジンがもう一つドカンと爆発して、勢いがつくのを感じた。そら、この感じだ。欲しかったのはこの感じなのだ。

車なんか気にしないっす。通報されても、ポリが来るのに五分はかかる。お宅は時計を見ていてくれたらいい。それだけ言って、克美は枯れ草と土砂の山の更地へ歩みだした。少し斜めに傾いたまま置かれたユンボにはまず、エンジンルームの上のマフラーに丸めたタオルを突っ込んだ。昔、噴射ノズルが古くなったディーゼルエンジンを、冬の朝一発でかけるときに使った方法だった。運転席に登ると、高くなった視界に夜が飛び込んできて、まるで夜を抱いているようだった。エンジンは一発でかかり、深夜の底を叩き割って爆音が立ち上がった。そら、油圧ショベルがうるさいのも当たり前だ。マフラーのタオルを取り去って運転席に坐り直し、ギアを前進に入れた。前方で、町田駅のほうから来たヘッドライトが一つ、郵便局の先に停めたトラックや、空き地のマジェスタや、トダの姿を数秒照らしだし、流れ去った。

ヤッホー！　ふだんは出さない雄叫《おたけ》び一つとともに、克美はユンボを道路に二メートル飛び出させた。ヤッホーだって。驚いたな。自分に笑いながらゴムキャタでアスファルトをつかみ、道路越しのATMコーナーめがけてアームをいっぱいに持ち上げるやいなや、鉄のバケツをシャッターにぶち込んだ。へしゃげたトタンが、バリバリと悲鳴を上げた。くの字に折れ曲がったＡＴＭコーナーの上の高台の家々に明かりがつき、郵便局本体のほうでセキュリティー会社のオレンジ色の警報ランプが回りだす。それを眼の端に収めながら、ユンボのアームをもう一度ぶんと振った。ＡＴＭコーナーの屋根と壁がぐしゃりとつぶれ、機械が現れた。まるで紙の家だった。ひょっとしたら、ＡＴＭに入っているのも玩具《おもちゃ》の紙幣だったりして。突然気分が急降下するのを感じながら、ただの勢いに任せてもう一度鉄のバケツを突っ込んだ、そのときだった。下でニタニタ笑いながらトダが腕でバツ印をつくり、もう行くぜと顎で言った。

頭上で高台の家々の叫び声が聞こえ、遠いサイレンが鳴り出していた。克美は一寸水を差されて放心し、頭が始まりも終わりも分からない、ごちゃごちゃの混線になっている、と思った。いや、以前にも何度かこういう顚末《てんまつ》はあったのだ。自分の知らないもう一人の自分が勝手に飛び跳ね、結局何をしたかったのか、自分でも分からない。そら、なんというざまだ。

＊

ムカツク、ムカツク、ムカツク——。イノウエはマジェスタのハンドルを握りしめ、ぶいぶいアクセルをふかしながら、ムカツク、ムカツクと呟《つぶや》き続け、吉生はそれを聞き続ける。まるで未明の16号線で鳴く蟬《せみ》だった。ムカツク、ムカツク、ツクツクボーシ——。

ムカツクといっても、ほとんど息をするのと同じで屁より軽い。それが空気を伝って吉生の気分をもかき混ぜ、高ケ坂の現場を飛び出したときからずっと腹がふつふつして止まらなかった。まったく《一気ニ稼ゲマス》が聞いて呆《あき》れるような結果ではあったが、不思議なことに、一ミリでも針が振れたら笑いだしそうになる。見ろ、ATM一台を奪うために用意したトラックもユンボも、イノウエの手にかかればまるで巨大なガンプラで、もしもあれでATMを持ち上げることに成功していたら、ほとんど特大のUFOキャッチャーだった。いったいどういう計算をすれば、あの寝静まった住宅地で重機を使おうという発想が出てくるのか、まったく分からないが、バカも常軌を逸したら立派な凶器になる。

おかしな話だった。昼間はイノウエの神経に絶望的になったのに、いまはそうでもない。世間が考える強盗の常識を、後ろ足で蹴散《けち》らしてきたのが気持ちよかったのか？　初めに自分が考えていた脱出とは、その程度のことで満たされるようなちんけなものだったということか？　いや、これもただの自暴自棄ということだろうか――。吉生はそうして二秒自問したが、初めから答える意思のない自問は自慰というやつだった。ムショで昼も夜も脳味噌が腐るほど繰り返した、ものを考えるという自慰。

そうだ、反省点などは何もない。失意もない。強いて振り返るなら、現場を一目見て現実味がないと分かった話に、自分がなぜ乗ったかだったが、それももう重要ではなかった。それよりも、こうして予定外の仕方で予定外のところへ来てしまったいま、次にどこへ出てゆくか、だった。あまり間を置かずに次へ。それが終われば、さらに次へ。そうして、ともかく未知のどこかへ行き着くのが早いか、それとも親不知の熱溜《だ》まりが噴火するのが早いか、結果は二つに一つだが、どちらにしろそれほど時間があるわけではなかった。そら、いまも熱の塊がビクッと脈打ち、時計の針を押し進めた。骨の奥底で腐敗菌と白血球の戦闘は続いている。考えている時間はない。いまは何はともあれ動き続けることだ。立ち止まったが最後、失速して墜落するような運動へ身を投じることだ。眼を閉じて走るぐらいが、おまえにはちょうどいい。

で、これはどこへ向かっているんですか。

吉生がタイミングを見て尋ねると、人がいないところ、という簡潔な返事があり、次いでもう一言返ってきた。ああそうだ、そっちはもう、好きなところで車を降りてもらっていいっすよ、と。

吉生は心臓が一跳ねする思いでそれを聞き、急いで自問する。これで別れようということか？　自分が誘った仕事でこの顚末となれば、いまごろちびっていてもおかしくない状況なのに、いったいこいつの神経はどうなっているのだ。よほどこちらが甘く見られているのか、それとも、たんにこいつがぶっ飛んでいるだけなのか。いや、そのとき吉生は自分のほうが一寸未練を感じていること、まだ何かやりたい気分でいることを認める一方、おいおい正気か、おまえこそどうかしているんじゃないのかと自問しながら、いまはふつふつする気分に自分から乗るようにして、その場で提案していたものだった。そう言われても俺たち、まだ何もやってないでしょう。お宅は車を処分した金があるかもしらんけど、こっちは金欠なんだ。どこかでべつの車を調達して、次の算段をしませんか。そっちが誘ったんだから、それぐらいは付き合ってくださいよ、と。

するとイノウエは、べつにいいっすけど。こちらが拍子抜けするほど無造作な一言を返してきて、それからまた、歌うような、痙攣するようなムカツク、ムカツクという呟きが始まった。

マジェスタは午前四時前、ゴキブリが道路をなめるような走りで横浜の市街地を駆け抜け、本牧埠頭《ほんもくふとう》まで来た。次の予定もない行き当たりばったりでも、イノウエが車を転がせば、着くべきところに着き、そこから次の行動が決まるということだった。イノウエが乗り入れたのは、これも以前の仕事の関係でよく来ていたらしい運輸会社のコンテナヤードで、産業道路と首都高湾岸線本牧ジャンクションの高架にはさまれた下に、草しか生えないだだっ広い土地が広がっていた。近くには、従業員たちが昼間、自家用車を連ねる空き地もあった。

東京湾岸が仄《ほの》かに明るいせいで、埠頭とその周辺の建屋や道路のほうがひたすら漆黒になる未明の時刻、マジェスタは速やかにその空き地の一隅に滑り込み、そこでまずはナンバープレートを取り外された。次いで、二人で十分ほど近隣の港湾事業者の敷地をぶらつき、車を物色した。もとより窃盗《せっとう》団も狙《ねら》わないような車しかなく、どれも〈持ってけ泥棒〉状態だったが、乗り回すのにはやはりキーが要る。そして、そういうことなら、それもイノウエの仕事だった。小野路の産廃処理場で、当たり前のようにボルトクリッパーを取り出した男だ。案の定、マジェスタから持ち出したスポーツバッグには、車のドアを開錠するのに使う差し金が入っていて、イノウエはそれを手に、営業車や自家用車の運転席を次々に覗いて回り、目ぼしい車はウィンドウの取り付け口に差し金を差し込んで手早くロックを外していった。

そうしてドアを開けてダッシュボードを探り、ものの数台目で合い鍵《かぎ》を手にしていたのは、これ一台あればいますぐ何かの商売でも始められそうなハイエースの白いバンだった。荷台の脚立《きゃたつ》や台車はそのままいただくことにして、速やかに出発した。それから、何かのおまけのように吉生は濃い群青《ぐんじょう》の下の埠頭のほうを仰ぐと、自分でも知らないうちに一言漏らしていたのだった。まるで、リラックスしたもう一人の自分がどこからか顔を出したかのように、だ。

なあ、三重県の四日市って、知ってます？

石油コンビナートのあるところ？

こういう風景なんですよ、四日市港も。製油所のタンクがあって、あちこちに専用貨物線が走っていて、だだっ広くて、潮の匂いがして、アスファルトにペンペン草が生えている——。

トダさん、そちらの出身なんすか？

イノウエは聞き返してきたが、吉生はそれには応《こた》えなかった。出身という一語でいつも気分が一気に萎《な》える。仮に、自分が生まれてすぐコインロッカーに捨てられていた人間なら、喜んで出身はどこそこの何番のコインロッカーと答えているだろうが、そうではない人間どもが当たり前のように出身地の話を垂れ流すのを聞くと、それだけで口に雑巾《ぞうきん》でも突っ込みたくなる。なぜなら、ほんとうは興味もない他人の出身を尋ねたりするのは、まさに退屈と無関心の表明だからだ。またさらに、イノウエも昨日、自分は埼玉の出身だと口走ったのだが、自分が生まれた土地の名前を自ら語るのは、基本的にはそこに仕合わせな記憶がある証《あかし》だからだ。それやこれやで、初めに郷里の話を始めた自分自身に唾棄《だき》するほかはなかった。

ともかく、どこかで一休みしていきませんか。吉生は話題を変えて言い、いいっすよ、イノウエも軽く答えた。ハイエースはカタカタ、カタカタ本牧通りを西へ走り、四日市港と同じ日本石油の製油所のタンクが見える根岸に出た後、再び16号線に入った。潮香は遠のき、代わりにしばらく未明のトラックたちの轟音《ごうおん》と排気ガス臭に包まれ、さらにそれも飛び去って車線が減り、保土ヶ谷区を走り抜けるころには沿道の建物もまばらになっていって、やがて終夜営業のファミリーレストランの電飾のほかには何もなくなった。午前四時五十分、吉生たちが滑り込んだデニーズもそうした一軒で、店の明かりが国道に漏れていかにも暖かそうだった。

国道に面した窓際《まどぎわ》の禁煙席で、イノウエは盛大にハンバーグとライスのセットを食い、吉生は一番固形物が少なそうなビーフカレーを食った。手入れの問題で奥歯が虫歯だらけになった中学時代に、吉生はひとりで食いものへの執着を封印し、以来、口に入るものはたんに燃料になったが、ここ数年は、咀嚼《そしゃく》のために顎を大きく上下させなければならない固形物も厳しくなっていた。いまでもまあ食えるのはパン。飯。うどん。卵。ファストフード店のふにゃふにゃのフライドポテト。肉を除いたカレー。奥歯の調子がよければハンバーグ。拘置所でも刑務所でも、副食を食わない理由はそのつど申告してきたので、吉生の身分帳は虫歯の一語で埋まっていたはずだが、結局、治療を受けるどころか懲罰を食らって満期出所だった。

吉生は勢いよく上下するイノウエの顎と口を眺めるともなく眺め、一瞬雑居房の座卓を囲んで並んでいた男たちの、ものを食う口を思い浮かべてぞっとし、放心した。ムショで頭と胃袋を切り離すことを覚えた男たちの食い方。他人の眼も何もない。仮にあっても無視し、叩き潰して、いまも吉生の眼の前で粒揃いの歯を覗かせてはどっと食い物の塊を取り込み、その口を閉じてぐしゃぐしゃと咀嚼してはまた、その同じ穴に食い物を送り込む。どれもこれも、一寸《ちょっと》むっとなるほど生理的な感じがする汚い食べ方だったが、吉生のほうも人のことを言えた筋合いではなかった。上下左右の親不知が全滅した口は、間断ない歯痛のために、ものを嚙む動作がどんなものだったかを忘れてしまって久しい壊れたミキサーで、なかに何を放り込んでも、弱々しくぞわぞわとしか回転しない。咀嚼できず、呑み込めず、へたをすれば涎《よだれ》が垂れてくる。そうなる前にともかく呑み込む。目玉を裏返して呑み込む。飢えたカエルになって呑み込む。

吉生はまだ明けない国道の空を見る。ほんの二十四時間前、朝刊を積んだスーパーカブでバタンバタン板橋を走り回っていた新聞配達員が、いまは横浜の外れのファミリーレストランでカレーを食っている。テーブルの向かいにはイノウエなる男。本名かどうかも分からない。奥の喫煙席には高校生ぐらいの男女のグループがいる。ドリンクバーのファンタやコーラのコップを散らかしたテーブルに肘《ひじ》をつき、額と携帯電話を突き合わせて、五秒毎《ごと》に間欠泉のように笑い声を噴き出させる。白い顎にしょぼしょぼの薄い髭を生えさせたガキが、ひょいと腕を伸ばして抱き寄せた女子の、短いスカートの下のむっちりした太股《ふともも》が生《なま》っぽくてそそると思い、ほら、とイノウエへ目配せを送ると、イノウエは子どもらのほうへ眼をやり、一言いっただけだった。絶対ビョーキ持ってやがる、と。

嗤《わら》おうか、無視しようか。慰みに自問する端から、意思とは裏腹にどういうわけか少しほっこりしている自分に気づいて、さらに虚脱した。不手際の始末をつけろと凄《すご》む気も起こらない、コンニャクのような男と未明のファミリーレストランで同席しながら、いったい俺は何を考えているのだ？　吉生はまた少し窓の外へ眼を逃がし、濃い群青に夜明けの気配が差してゆくのを見た。四年務めた水戸の少刑を二十五で出たあとの一年半と、六年務めた府中を出たあとの二カ月、休刊日を除いて毎日休まずに見続けた夜明けだった。季節毎に光も湿度も気温も違う、その微妙な変化を正確に言葉にする能力はなかったが、身体《からだ》には刻んできた。誰に伝える当てもないし、死ぬときに一緒に持ってゆくだけのことだが、今日もまた、空の部分によって違う群青の濃淡が、一寸どうしようもない感じになるほどのうつくしさだった。

そうか。この群青は、三時間ほど前に放り出してきた高ケ坂の現場にもかかっているだろう。二つ折りになったATMコーナーと、道路をふさいだユンボと、最後に郵便局に突っ込ませたトラックと、駆けつけてきた警察車両や近所の住民たちも、真夜中の泥棒がいまこの夜明けの下で自分たちのことを思い浮かべているとは、想像もしていないだろう。眼の前の生活に追われるだけの善良な市民というやつの、どうしようもない凡庸さ！

イノウエが食後のコーヒーを啜《すす》り始めた。そしてまた、ムカツク、ムカツク、ムカツク——。

そう、たしかに気分がいいわけもなかった。一目であの現場でのATM襲撃には現実味がないと思った反面、田舎だと軽く見ていたのは吉生も同じで、その意味ではひとまず借りを返すのが先だった。だだっ広い町田には、もっと金のありそうな地区があるはずだし、対象を郵便局のATMに限る必要もない。トラックで突っ込むという手でゆくなら、コンビニエンスストアやショッピングセンターでもいいはずだ。そう思い至るやいなや、吉生はまた身を乗り出していたものだった。ねえ、まずは町田でリベンジってのは、どうですか？ お宅、あの辺の土地鑑があるようだし、ATMをやるにしても、わりに裕福な家が集まっている地区で狙いませんか？

町田っすよ、町田――。イノウエの鈍い顔と声がそれに応えて言い、吉生はさらに畳みかけていた。町田で上等じゃないですか。最初に町田で一仕事しようと言ったのはお宅だし。その町田でしてやられた以上、町田でリベンジというのが筋ってもんでしょう。やりましょうよ。俺、トラックのエンジンぐらいなら、いくらでも繋《つな》ぎますよ。

そうして舌を動かし、イノウエの眼を読みながら、吉生は三つ四つのことを同時に考えたものだった。第一に、思いつきだけのこんな話は、もちかけるほうも乗るほうも、正真正銘ろくでもないということ。第二に、そうはいっても、ともかく今度こそ確実に実りのある話でなければ、自分のほうこそわざわざ町田まで戻る意味がないこと。第三に、そうだとしたら狙うのはこの際、必ずしもコンビニやショッピングセンターである必要もないこと。金のありそうな家。懐《ふところ》の温かそうな通行人。あるいは、いっそのこと女。あのミニスカートの女子高生のような――。いや、ほんとうに襲うような下司《げす》なマネはしない。一分、いや三十秒、女の前に立ちはだかってやるだけでいい。それだけで女は一生消えない恐怖を皮膚に刻み、下着にはおもらしだろう。ああいや、身の丈に合わないそんな妄想も今夜はもういい。何より今夜は仲間がいるのだ。生まれて初めて、人と一緒に何かをしでかすのだ。こんな機会は二度とないことを、おまえこそ忘れるな。

そうして少し胸が詰まるような感じもしながら思いめぐらせている間に、コーヒー一杯を呑み干したイノウエが一つ伸びをし、屁でもひるように言った。俺、ガキのころ、サブマシンガンが欲しかったもんすよ。香港《ホンコン》映画に出てくるやつ。こう構えて、マガジンをガシャッ。それから、ダダダダ、ダダダダ。

そうしてまた、ハハハ、ハハハ、凧《たこ》の糸が切れたような笑い方をし、ガンダムでなくて？　吉生が一寸調子を合わせると、ビーム・ライフルとか？　イノウエは気の抜けた薄笑いで応えるのだ。俺、ああいう辛気《しんき》臭《くさ》い話は苦手なんすよ。中学でも高校でも、時間があったら原チャリを転がして、あとはタイマンっす。じゃ、明るくなる前に町田の下見に行きます？　玉川学園とか、薬師台とか。

イノウエはそうして軽く話をかわしてしまい、レシートをつかんで席を立った。第一弾が失敗したお詫《わ》びに自分が支払いをもつ、ということのようだった。常識があるのか無いのか、依然として分からないまま、吉生はまたしても一本取られたような気がして、いつもこうして俺は遅れを取るのだ、と自分に弁解してみた。そして駐車場へ出たところで、イノウエが思い出したように振り向いて言ったのだ。お宅の靴、ひょっとしてクラークス? エア入りの新作でしたっけ? でも、靴底がもろクラークスというのは、今日のところはマズイっすよ、やっぱり。

履きやすいんだぜ、これ。

吉生は一言、自分に向かって応じてみたが、ろくでもないさざ波がまた一つ気分をかき混ぜ、額の奥が急に濁ってゆくのを感じた。どうせ仕事は夜になるし、靴痕跡《こんせき》を残してもいいよう、昼間にどこかで安いスニーカーを調達するのは予定の範囲だったが、それにしても、そもそも足に合ってさえいないクラークスだった。大枚をはたいたものの、初めから自分には縁のない世界の靴だったということだ。いいとも、次は中途半端《はんぱ》なことはしない。三、四万用意して、コールハーンを買うと決めた。池袋西武ではなく、銀座の直営店へ、この臭いドタ足で乗り込んでやるのだ。

そうして、吉生がしばしぐずぐずと思いをめぐらせる間に、16号線を西へ進んだハイエースは、町田方向へ右折したところで、JR横浜線の午前五時四十分台の電車とすれ違った。そして線路を越えてすぐ、今度は道路の右手を小田急線の電車の明かりが忙しく北へ向かって流れてゆき、この先が玉川学園だとイノウエが言った。タマガワガクエン。名前から想像するに、どこかの私立学校=環境良好=閑静な住宅地。

吉生は重い眼を動かし、まだ昏い冬の朝、消え残りの街灯の光の下に広がってゆくなだらかな丘を見やった。見晴らしのよい高台の、陽当たりのよい瀟洒《しょうしゃ》な洋風の家たち——。そうして数秒、あらぬところへ意識が飛んでゆくに任せた末に、これまでにも新聞配達をしながら、街を歩きながら、ふとした拍子に思いを馳《は》せていることがあった《高台の家》というやつの、薄ぼんやりした靄《もや》にしばし首を突っ込んでいたが、いつもの胸焼けに似た不快感は、今日はなぜかぼやけたままの不発に終わった。そして、その代わりにまた一寸、イノウエが軽い調子で言ったものだった。そら、仕合わせな家族どもはまだ温かい夢のなかだぜ、と。

2002年12月18日水曜日

今朝は、ものすごく忙しい朝だった。

まず、お隣の中谷さんが、午前六時にいつものジョギングから戻ってリンゴをかじり、前歯の差し歯を折った。中谷さんは、今日は午前十時から会社の大切な商談があって、海外の顧客に会わなければならない。そこで奥さんがすぐに高梨の家に電話をかけてきて、主人の差し歯を何とかしていただけないかしらと母に泣きつき、根がやさしい母は、じゃあ午前八時に医院のほうへ来て、と応じた。

そして母は、受話器を置いてから、家庭より仕事を優先した自分の選択に自分でイラッとし、整然としているべき一日が今日も朝から乱れてゆくことにさらにイラッとしながら、結局、子どもたちの目覚まし時計が鳴る午前六時三十分より二十分も早く二階へ駆け上がってきて、悪いけどみんな起きて！　あゆみも渉も起きて！　おかげで、あゆみの骨も筋肉も脳味噌も、今日はゆっくり目覚めの準備を整えるひまもなかった。そう、こんな朝もある。

母はふだん、朝だけは子ども二人をそれぞれの学校の最寄り駅である地下鉄丸ノ内線の茗荷谷《みょうがだに》駅近くまで車で送ってくれる。ほんとうは車での送迎は禁止だが、子どもを風邪だの腹痛だのにしてしまえば、最寄り駅までの送迎ぐらいは当たり前ということになる——かどうかは知らないけれど、それでいいとあゆみも思う。それに、バスと電車を乗り継いで一時間という通学時間はけっして長いほうではないが、それが車で半分に短縮され、さらにそのほうが安全となれば、冬の朝まだ昏いうちから小さな子どもを無理に電車で通学させる必要もない、というのが父母の合理主義だ。とはいえ、それに慣れてしまうと、たまに何かの都合で母が車を出せなくなったときにたいへんなことになる。それが今日だった。父に時間があれば代わりに子どもたちを運んでくれるが、今日は父も朝一番に舌ガンの手術があり、そんなこんなで母が走り、つられて父も走り、あゆみと渉はふだんより二十分早い朝ご飯をかき込んで、午前七時二分に家を飛び出したわけだった。

いいえ、正確には少し違う。母から中谷さんの差し歯の話を聞いたとき、まず最初に父が噴き出し、渉までが偉そうに一言、ダサッ。あゆみも笑いすぎてご飯をこぼし、母にこっぴどくしかられたのだった。だって、中谷さんは六十歳ぐらいなのに、ジョギングのときは頭に毛糸のキャップ、耳に携帯音楽プレーヤーのイヤホンを入れて、スニーカーがニューバランスという若作りなのだ。もちろん、頭もぜったいカツラに決まっている。男の人って、かわいい。

いいえ、そんなことを言っている場合ではない。急ぎたいけれど、昨日食べたお誕生日のケーキがまだお腹《なか》のなかでたぷたぷしている。ああ吐きそう。

それでも、あゆみは朝早いのも、耳が切れそうなほど寒いのも嫌いではなかった。早朝の西が丘は、碁盤目に整然と区切られた道路が広々として、何も用がなくても走りださずにはいられない気持ちよさだった。どの家もわりに大きくてひっそりし、高い塀で囲まれた敷地も多く、住人以外の車は通らない。大きな桜があり、東西南北どちらを向いても、子どもがそのまま運動場にしてもいいようなうつくしい道路が続いている。そう、だからほんとうは、お隣の中谷さんが毎朝ジョギングをする気持ちもよく分かるのだ。走りたくなる気持ちよさに、六十歳も十三歳もない。

渉、走るよ。住宅街の真ん中にある路線バスの停留所まで二百メートルもない。全力で走っても三十秒。たった三十秒しか走れない。あゆみは渉を残して走り出し、百メートル進んで振り返った。すると、右へ左へぱったんぱったん揺れるランドセルに小さな身体をもってゆかれそうにして、渉がぱったんぱったん走ってくる。秋の体育祭で自分の足がものすごく遅いことを思い知らされて以来、歯を食いしばって頑張っている渉だが、ペンギンはどこまでもペンギンで、けっして飛べるようにはならない。この子は附属のスパルタ教育に向いていない、とあゆみは思うが、だったらお勉強で一番になればいいの。そのときまで、なんとか学校生活をしのぐために、とりあえず走るだけよ。渉、止まったらだめ！　あと百メートルよ、止まらないで走るの！　バスが来るよ！　七時五分のバスに乗れないと遅刻だよ、急いで！

結局、あゆみは渉の手を引いて一緒に走ってやり、七時四分に西が丘一丁目のバス停に着いたところで、通勤や通学の行列に一斉に見られた。いつもはいない子どもたち、という眼。いいえ、制服を見れば分かる、筑波の附属の子どもたち、という眼。こういうときだけ、早く大学生になりたいと思う。どうせ行くなら、カイロ大学とかボローニャ大学とか、偏差値なんてバカなものが通用しないほど遠いところの大学がいい。そんなことを思いながら、バス待ちの行列の一番後ろに並んだ直後、またすぐに後ろからばたばたと走ってくる靴音があって、あゆみは振り返った。顔見知りの男子の顔が一メートルのところにあって、あっと思った。どこかの私立中学の制服を着て、同い年のはずなのに見上げるほど背の高い子。

お、高梨。

向こうが先ににこりともしないで言った。あゆみも、うん、と一言応じた。名前は田口正明くん。自宅が近く、幼稚園が近くの淑徳で一緒だったが、小学校受験で志望校が分かれてからほとんど会うことがなくなった男子だった。

車じゃないんだ——。向こうがまた一言いい、あゆみもまた、うん。それから、向こうは自分の腰の高さぐらいしかない渉を見下ろし、またちょっと口許《くちもと》をゆがめて言った。へえ、弟も附属へ行ったんだ——。

その口調を聞くともなく聞き、相手の詰め襟の襟章を見るともなく見て、あゆみがその場でなにかしら複雑な計算をしたのは、ただ習慣というやつだった。親の期待が大きい分、たいがい男子のほうが微妙にストレスを抱えているし、反抗するにしても男子は女子ほど器用に立ち回るすべを知らない。田口くんは学年順位が低迷しているか、特進クラスに入っていないか、具体的な事情は知る由《よし》もなかったが、いまの時代は子ども同士でも言葉や話題に気を遣わなければやってゆけない。そしてそのときも、あゆみは結局ばかみたいな話をしたのだった。

今朝ね、ご近所の人が前歯を折ってさ、母さんが急患でその人を引き受けて、それで子どもは電車なの。田口くんは、いつもこの時間?

今日はバレーの朝練、という返事がある。

そう。田口くんは背が高いもんね。私、ちびだから、バレーは苦手。

くそ、今日はテスト返しだ。高梨は東大へ行くんだろ。

あゆみは、そういう質問には応えない。すると、かったるくてやってらんねえ——斜に構えた大人っぽい調子で言って、田口くんは長い首をだるそうに回した。

そう、たしかにかったるい。そして面倒臭い、とあゆみは思う。ああ、こんなに意味のない会話は大人も真っ青だろう。でも、これ以外にどうしようがある? 五年も先の大学受験のことなど考えたこともないとあゆみが言ったところで、周囲の誰もが嘘《うそ》だと言う。仮に進学先が本人の意思一つで決まるものだとしても、東大には行くかもしれないし、行かないかもしれない。ただそれだけのことだったが、言うほうも聞かされるほうも何一つ得るものがないこの手の話には、それしか匂《にお》いを発するものがないかのように誰もがそこへ引き寄せられて群がるのだ。そしてたぶん、そう言っているわたしも。

そうしてあゆみがちょっと眉根《まゆね》を寄せている間にバスがやってきて、行列がぞろぞろ動き出した。一分、遅れてら。後ろで田口くんの声がし、それからカバンがぞろっとスカートのお尻《しり》をこすっていって、あゆみはまた少しハッとした。気づかないふりをし、渉《せ》を急かして混雑したバスに乗り込むと、すぐ後ろに田口くんの身体を感じ、同時に自動ドアが閉まる音がした。

絶対、わざと触った。いいえ、わざとだったかどうかは分からない。でも——。あゆみは猛スピードで自問自答し、息苦しくなって考えるのをやめた。混雑した車内で渉が押しつぶされないよう身体を突っ張り、しっかりしなきゃ、と思った。十三歳になったから男子のことを考えなければならないという法律はない。いま一番したいことは、来年の数学オリンピックの予選に通ること。できれば本選にも通ること。絶対、駒場《こまば》の子には負けない。でも——。

高梨、冬休みはどこかへ行くの。

斜め後ろからまた田口くんの声がやって来て、あゆみはほんの少しこころをかき乱された。そして、べつに――と答えてから、これはわたしの望んでいた答えかしらとまた少し自問し、答えが見つからないうちに眼の合った渉が、ねえ、ねえ、ゴギョウはハハコグサであっている？ などと言いだした。あっているよ。口先だけで応じると、またすぐに、ゴギョウはどうしてゴギョウなの？ ああ、うるさい。あのね、分からないことは人に聞く前に自分で事典を調べるの。分かった？ そうして六歳を黙らせたあと、やっと斜め後ろへ首を回して尋ねてみた。

田口くんは冬休み、どうするの？

塾の冬期講習。

向こうから返ってきたのは不機嫌な一言で、あゆみはディズニーシーへ行くことを言わなくてよかったと思ったり、そうだった、向こうのお家《うち》は一人息子を医学部に入れないことには耳鼻科医院の跡継ぎに困るのだと思いだしたりした。でも、現実の世界は不条理だ。ほら、本人はと言えば、カバンはペタンコだし、詰め襟のホックを外しているし、腰パンだし。姿勢悪いし。顔を見なければ高校生みたい。いいえ、昔なじみの女子に、東大へ行くんだろうなどと言う根性はうっとうしいけれど、社会のレールに乗り切れない自分に気づいているのなら、みんなより一足先に大人になってゆくのかもしれない。

わたしなんか、子どもに見えるのかもしれない。でも、なぜだろう。うっとうしいのに、一寸ドキドキする。相手が不良っぽいから？　わたしの周りにいないタイプだから？

　あゆみはふと、自分が学校生活に退屈しているのかもしれないと思い、何か遠い夢想の気分になったところで、じゅうじょーえきまえ。じゅうじょーえきまえ。駅名を伝えるアナウンスと同時にがくんとバスが止まり、乗客が一斉に乗降口に向かって動き出した。そして、バスから吐き出されたところで、じゃな、と顎で言って田口くんは先に行ってしまい、あゆみは頭ではなく胸のどこかで〈あ、フラれた〉と思った。それから、どういうわけか子連れで取り残された未婚の母のような気分になって、自分で自分に噴き出した。

　渉、行くよ！　あゆみは商店街を抜けてJR十条駅まで二百メートルを一気に走り、改札口へ吸い込まれる人波に飛び込んで、午前七時二十分、ラッシュ直前のホームから埼京線の大崎行き電車に飛び乗った。そして、二駅で池袋に着くころには顔見知りの男子の顔もだいぶん遠のき、代わりに弟が唱え始めた百人一首の呪文《じゅもん》を聞きながら、今度は動く壁のようなラッシュの人波をぬって、地下鉄丸ノ内線の電車に乗り換えた。そこから茗荷谷駅には二駅、五分足らずで着き、満員電車からホームに吐き出されてみれば、七時台のそこは筑波大、お茶の水女子大、学芸大の各附属といくつかの私立中学・高校の子どもだらけ、生徒だらけの壮絶なマラソン会場だ。ランドセルとカバンをぶつけ合い、押し合いへし合い我先に階段へ突進し、改札からどっと地上へ吐き出されてゆく群れに呑み込まれながら、ねえ、突き飛ばさないで！　あゆみは知らない子に怒鳴る。ねえ、少し静かにしなさいよ！　また怒鳴る。親や教師が見ていないところでマナーを守れないのは、子どものプライドが許さない。ねえ、走ったら危ないでしょ！　その後ろから、ばーか！　ブス！　ちび！　知らない男子たちが叫び、あゆみを追い越してゆく。

そうして地上へ出ると、どっと疲れたが、まだゴールではなかった。筑波の附属は小学校も中学校も朝が早いことで有名で、土台、七時半にはすでに大半の生徒が登校しているという世界なのだ。そのため、あゆみたちが着いた午前七時三十六分という時刻にまだ茗荷谷駅をうろうろしているような生徒はほとんどおらず、あゆみは中・高のキャンパスとは春日《かすが》通りをはさんで南北に分かれている小学校の近くまで、渉をさらに送ってゆかなければならなかった。もっとも、車で送ってもらう日もだいたいこんな時間になる。駅前交番のお巡りさんも眼の前を毎朝走ってゆく子ども二人を覚えており、おはよう！　と声をかけてくる顔が、今日も呆れたように笑っていた。そうして学校に隣接した公園を突っ切って裏門が見えるところまで行ったところで、じゃあね！　あゆみは手を振って弟と別れ、自分はまた逆方向へ走り出すのだ。毎朝こんなに走っていたら、マラソンランナーにだってなれそう。

　あゆみは、春日通りを渡って中・高のキャンパスに続く四百メートルの通学路に出たところでやっと足を緩め、制服のスカートや上着を手で整え直して歩きだした。時刻は七時五十分。これでいつもの時刻だった。高梨の子どもは昔から、父母のあっぱれな合理主義のせいで、始業が八時十五分なら、体操着に着替える時間を入れても学校には八時に着けばいいというマイペースでやって来た。そんな図太い生徒は学年じゅうを探してもほとんどいないが、あゆみ一人というわけでもない。ちゃんとマイペースの仲間はいて、あゆみが歩きだしてすぐ、後ろから勢いよく追いかけてきたユキとアリサがそうだった。おはよう！　おはよう！　おはよう！　三つの声が重なり、半分は笑い声になってリーフパイのようにさらさらと壊れた。

　ねえ、聞いて聞いて！　いまアリサにも話したんだけど、体育の森田先生の結婚のお相手、校医の角倉先生だって、知ってた？　ね、びっくりするでしょ？　ユキが右肩に飛びついてきて言い、ねえ、医師会の集まりでユキのお父さんが角倉先生から直接聞いたんだって。ね、笑えるでしょう！　アリサが左肩に飛びついてきて言い、あゆみは体育会系の明朗爽快《そうかい》を絵に描いたような体育教師と、防衛医大卒で顔も声もタカラヅカの男役そっくりの女医さんを額に並べてみた。どちらも顔が四角で、体格も四角。性格も四角で、声は太い。そんな二人が結婚したら、生まれてくる子どもは男でも女でもきっと——そう、こち亀《かめ》の両津勘吉。とっさに思い浮かべて、今度こそお腹がよじれるほど笑った。

ねえ、何？　何？　右から左から急かされ、ううん何でもないとあゆみは逃げた。生物オタクのユキも、おしゃれが命のアリサも忙しすぎてコミックは読まない。でも、考えることは一緒で、きっとエラの張った子どもが出来るわ、と口の悪いユキが言い、そしてきっと筑小へ入るのよ、アリサが言い、アハハ、なんかぴったり！　三人で口を揃《そろ》え、顔を見合わせてまたアハハ、アハハ。一つ笑うたびに元気の粉が一緒に飛び散り、半時間前まであった近所の男子のざらついた視線や声も消し去って、頭の上には冬日に白く光る空しかない。クリスマスまでこの寒気はもつだろうか。せっかくなら、ディズニーシーにも小雪ぐらい降らないだろうか。あゆみの夢想は数秒彼方へ飛び、でもディズニーシーへの小旅行も、ほんとうは子どもの希望というより、父母が子どもを喜ばそうとして計画したもので、子どもは父母のために幸福なふりをしているのだといったことを、また少し考えていた。そしてそれはユキもアリサも似たようなもので、来年から生物学オリンピックの予選に挑戦を始めるユキは、家族とルスツリゾートへスキーに。片やニューヨークでファッションモデルになるのが夢のアリサは香港へ、それぞれ笑顔をつくって出かけてゆく。

あ、森田。行く手の正面ゲート前のスロープから、こちらへ手を振っている体育教師が見えた。走る? 三人で顔を見合わせ、ううん、三人で首を横に振り、また思いっきり笑った。

＊

克美は自分の神経を裸電線だと思う。センサーもICもない。昼も夜も、起きている限りは自分でも気づかない何かにピクリ、ピクリ反応し続けるだけで、あるところまで来たときにやっと自分が興奮しているのに自分で気づくだけだ。

今日もそうだったが、朝一番に反応したのが何だったのかは分からない。二番目、三番目も分からない。しかしともかく、夜明けから二時間ほど町田東部の住宅地を流したあと、その辺のホームセンターが開くまでの時間をどこかで潰《つぶ》すために芝溝《しばみぞ》街道を西へ走り始めたときだった。16号線よりさらにさびれた田舎道の沿道に、巨大なプレハブ小屋に真っ赤な外壁をつけた新しいパチスロ店が現れて裸電線がピクリとし、さらには午前八時前という時刻に路地の空き地に数十台の車を連ねて客が行列をつくっている光景にピクリとして、鼓動が速くなるのを感じた。

しかし、いったい裸電線に触れたのは新規店の開店だったのか、それともばかばかしい壁の赤か、あるいは開店待ちの行列か。いや、日本じゅうどこにでもあるだろう朝のパチスロ店の風景の、どこがどうだったというのだ？　そう、去年かそこらに出来たばかりのその赤い店は、地元のジジババ相手の郊外店というよりは、若者向けの爆裂機と日替わりの派手なイベントで客を集めているのが一目で分かるいまどきの店構えで、七、八十人の行列の背中はおおかた二、三十代だった。しかし、それもここ数年は珍しくもない風景で、ふだんからパチ屋に入り浸りの、不健康な薄っぺらい背中たちの九割が、攻略本や専門誌漬けの自称マニア。一割が自称プロ。その一割も、どこからか金の出ている雑誌ライターや店のサクラを除くと、残りは限りなくゼロに近づいてゆく。それだけのことで、とくに眼を引くようなものがあったはずもないが、そうか、その平板な背中の行列が、一瞬、自分を襲った族どもに見えたのだったか。

克美はひまに任せてさらに反芻《はんすう》する。そういえば、先週伊勢佐木町の店に現れた族崩れのハルキだかハルユキだかは、いまどきの九割のマニアでも、一割のプロでもなかった、と。たんに、その筋のゴト師グループに飼われている打ち子で、その臭気は今朝の芝溝街道にあった開店前の行列のそれとは似ても似つかぬものだったのだが、それがどうだ。埼玉の田んぼから湧《わ》きだして荒川を越えてきた族どもの成れの果てと、集中力だけはあるゲームオタクやマニアたちが、田舎道の郊外店を眺めるこの眼のなかで交差する。車を転がすしか能のない粗暴の塊と、たかがゲーム機でしかないスロット相手の勝負になけなしの人生を懸けるナルシストたちが、16号線やその付近のバイパス沿線で重なり合う。この族崩れとパチスロ店の合体は、笑ってもいい。

それから、その臭《にお》いはもちろん、GT―Rがぼこぼこになるに至った数日間の顚末――というより、一塊の灰色の靄《もや》を運んできたが、いったい何が自分の周りで起こったのか、いまだに理解できない状況に変わりはなかった。土台、常連客でもない一見の、一目で族崩れと分かる中途半端な男らが入れ代わり立ち代わり現れて、三台の《獣王》で午前中の二時間に五万枚も抜いていったら、これはもう体感器のレベルではない。開店前にロムが入れ替えられたか、開店後に設定を替えられたかで、そうなると店の従業員の誰かがグルだということだが、フロアの責任者も店長も顔色一つ変えるわけでなく、打ち子どもを出入り禁止にして放免しただけだった。しかも店と懇意のその筋も知らん顔で、代わりに聞いたこともないよその組が出てきて、打ち子を見とがめた一従業員の車がぼこぼこにされたのだから、混乱しないほうがおかしいというものだ。いったい、あれは人違いだったんじゃないのか――?

ああいや、店の前を通りすぎたときに裸電線が反応したのは、やはりいくらかは朝一の出玉や高設定を想像して、自動的にこの右手が疼《うず》いたということだろうか。どんなに電子制御のばかばかしい仕組みを知っていても、最近のスロットはさまざまな見かけの演出によって、その電子回路を相手に、ほんとうは存在しない見かけの勝負の夢をプレーヤーに見させるよう出来ている。いや、ここは正確に言おう。自分の場合は、ありもしない攻略方法や、設定毎のもっともらしい当選確率などではなく、一周二十一コマの図柄を載せた左・中・右の三列のリールの回転そのものに裸電線が反応するというべきだ、と。一分間に八十回転。一回転〇・七五秒の運動そのものが視神経や生理のリズムを引きつける。ふつうに三枚掛けで回すと、三つのリールを一回止めて六十円。小役も何も揃わなければ、瞬《まばた》きする間にクレジットの数字が減り、金が消えてゆく。そのスリルが神経を興奮させる。

そう、そうしていまもスロットの前に坐《すわ》っているというわけだった。芝溝街道の新しい店のほうはやり過ごしたが、次の本番に備えて安い量産品のスニーカーがほしいというトダの要望で、相模原の西橋本にあるホームセンターへ寄ったあと、今度はパチンコもスロットも自分はやらないと言い出すおっさんを大野台のスーパー銭湯に落としてから、さっさと近くの古淵《こぶち》駅前のパチスロ店に入り、台毎の回転数表示をチェックしながら出そうな台を探し始めたら、もう頭は空っぽだった。業界の顔見知りやポリ公の姿がないか、最初は気にしていたはずだが、それもすぐに頭から抜け去った。

いまさらのめり込むわけでもないが、数字を見るときだけは集中する。その程度の忍耐はあるし、そうでなければ事前の下調べもなしに昼過ぎにふらりと入った店で、スロットなんか打てるものではない。というより、今日はたまたま六〇〇〇ゲームでビッグボーナスが十五回しか出ていない《キングパルサー》が一台、朝一から空いたままだったのと、やっぱり懐に車を処分した金があるから一寸その気になったということだろう。そうでなければ、誰がスロなんんか。

お、カエル——。

スタートレバーを叩《たた》いたと同時に、回転を始めたリールの上の液晶画面に赤いドット表示のカエルが一匹現れ、右から左へピョン。来たか、ガセか。この一時間、単発でレギュラーボーナスやビッグボーナスを引き当てながら、だらだらと一〇〇〇ゲームほど回しているが、この機種はドット表示のカエルたちが景気よく出てこなければ連荘《レンチャン》しない。よし、来たか。

考える前に、小役を揃えようとして眼が回転するリールへ動き、手がストップボタンへ動き、左リールを止めていた。白7、オレンジ、ベルが並び、カエルがもう一つピョン。今度は右リールを止める。赤7、オレンジ、ベル。カエルがもう一つ跳ねて左へ消える。これを見るたびに、漫画のド根性ガエルを思い出す。そら、次にオレンジを揃えて終わりか、狙っても揃わずにカエルがもう一度戻ってきてボーナス確定か。来るか。中リールを止める。白7、オレンジ、リプレイ。中段横一線にオレンジが揃ってカタカタカタッ、クレジットの数字が12増えた。

結局、カエルは戻ってこなかったが、反射的にまたスタートレバーを叩いて、次のゲームに入ってゆく。この機種は、機械が電子制御で割り当てているリプレイタイム数を消化しなければ、ストックされているボーナスを放出させることが出来ない。放出させられなければ、ボーナス図柄を揃えられない。リプレイタイムを終了させてボーナスを成立させるまで、運が続くか、資金が続くか。それだけのことだ。そら、欲の皮を突っ張らせた人間どもの財布から秒速で現金が消え、毛穴が縮み続ける。機種毎、台毎の効果音やテーマ音楽があっちで轟《とどろ》き、こっちで爆発し、リールというリールが回り続ける。克美の後ろは《獣王》のシマで、少し前から派手に連荘している台がある。かと思えば、獣の咆哮《ほうこう》に混じって、誰かが台に蹴《け》りを入れる音もある。そろそろ、近辺の消費者金融の無人契約機に行列が出来るころだ。

あれは、夜明けに小田急線の玉川学園前駅西側の高台に開けた住宅地を流し始めたときのことだった。トダは一言、シケてるなと吐き捨てたのだが、いったい屋敷町でも想像していやがったのだろうか。昨日は淵野辺の姉貴のマンションや、そのヤンキー崩れの亭主のマジェスタも見たはずだし、小田急線の急行で新宿まで半時間以上かかるというだけで、土地柄はおおかた見当がつきそうなものだ。ああいや、それでも玉川学園あたりは、いわゆる閑静な住宅地というやつではないのか？　それとも、長年そう思い込んでいた自分のほうがおかしいのか？　たぶん、そういうことだろう。

実際、続いて回ってみた薬師台のほうは、町並みそのものが新しいだけでなく、見るからに小ぎれいな家並みも、塀がない庭の作り方も、一寸した外国のようで、ここは日本かと思った。しかし、それもトダに言わせれば一言、「外車が少ない」。ため息が出た。もちろん、感嘆の。なぜならこの俺の知っている金持ちとは、自宅のリヴィングにイタリア製本革のどでかいソファとシャンデリアと虎《とら》の毛皮の敷物があって、親父《おやじ》はベランダにアプローチ練習機やパターマットを置いてゴルフの練習をし、土日に夫婦揃ってヴェルサーチあたりのスウェットとトレーナーを着込んで、シーマかベンツに乗って出かける先が国道沿いのファミレスか焼き肉店。夜はスナックでカラオケという暮らしのことだったからだ。玉川学園や薬師台の家々がそういう類《たぐい》でないことだけは分かったが、分かったのはそれだけだった。

お、カエルが来た。

今度は七匹。左リールを止める。白7、オレンジ、ベル。次いで、右を止める。チェリー、オレンジ、白7。カエルが跳ねる。中リールにオレンジを狙って止めたが、外れた。リプレイ、ベル、白7。あ、この並びはリーチ目か？　一瞬頭が嵐《あらし》になり、次の瞬間カエルのドットがまた消えてしまい、考える前に手のほうが動いてまた自動的にスタートレバーを叩いている。そら、ここは淡々と行け。七回あったビッグボーナス中のハズレの割合から計算して、設定は5か、6。4以下ではない。5や6の高設定でも、リプレイタイム数が続くときは数十でも数百でも続くが、設定が5以上なら、ともかく回してみることだ。回さなければ始まらない。そう、俺にはそういう忍耐もある。何の役に立つのか分からないが、スロットだけは打てる。

そういえば、府中に六年もおれば、最近のスロットの進化についてゆけないのは当然だが、それにしてもトダという男はかなり慎重な性格なのか、それとも泥棒慣れしているのか。いや、これから押し込みをやろうという男が、買えば土地だけで数千万はするだろう住宅地を横目で眺めて〈シケてる〉というのは、どう考えても理屈に合わないというものだ。

いや、あの玉川学園あたりは確かに、自分らが生まれた七〇年前後に、東京で働くサラリーマンや公務員が競うように二十年三十年のローンを組んで、合板と石膏《せっこう》ボードとモルタルで出来たぺらっぺらのマイホームを建てた新興住宅地というやつではあるだろう。そういう家々が世紀を越え、ローンを終えたと同時に家も住人も高齢化して、通る人もない静けさになったということだろう。一方、薬師台のほうも新しいことは新しいが、都心から遠く、最寄り駅からも遠い分譲地だからこそ買うことのできた中流層たちの終《つい》の住処《すみか》というやつだ。そう思えば、新興住宅地特有の切なさは確かにあったかもしれない。

そうか、トダは、そういう新興住宅地の戸建てにさえ手が届かなかった下層民として、毎日の通勤とローンの支払いで人生の半分を潰した自称中流階級たちの末路を〈シケてる〉と嗤ったわけか。いや、ひょっとしたらトダは、あの手の新興住宅地に生まれた男で、自身の出自を嗤ったのだろうか？　いや、トダの出自などはどうでもいい。ともかく、少なくとも玉川学園一帯に現金のありそうな家は少なかったから、こちらもとりあえず黙っていたのだが、するとどうだ。トダ曰《いわ》く、ここは駅から近いから、徒歩で帰宅するＯＬが狙《ねら》えるな、だと。

あ、来た。カエル七匹。

そら、左にチェリー。眼が自動的にリールの回転を追い、手が動き、停止ボタンを押す。狙ったつもりだったが、結果はコマが滑ってベル、リプレイ、BAR。カエルが跳ぶ。すぐさま右を止めて、リプレイ、チェリー、オレンジが来た。カエルがさらに跳ぶ。あ、行けるか。この並びは中リールに何が来てもリーチ目ではなかったか――？一寸手が止まり、次の瞬間、考えるより先に手が動いて中リールを止めている。ドット表示のカエル七匹が、ゲロゲロ鳴く。WINランプが点《つ》く。ボーナス成立だ。――よし。一息入れてスタートレバーを叩く。7を揃えるための目押しに一寸集中する。この目押しだけは自信がある。左、中、右の順に、白7で一発で決めた。カエル七匹がゲロゲロッと鳴き、カタカタカタッ、カウンターの数字が15上がって、50を超えた枚数のコインがジャラジャラッ、払い出し口にあふれだす。ビッグボーナスのテーマ音楽が流れだして、ここから三十回分の小役ゲームの開始だ。半分は機械のように、半分はケタケタ面白がって打っておれば、三百五、六十枚は確実に取れる夢の数分の始まりだ。

リールがスタートする。中、右、左。ベルが揃って、カタカタカタッ、ジャラジャラジャラ。次は中にオレンジ、右にオレンジ、左にオレンジを狙って、揃った。カタカタカタッ、ジャラジャラジャラ。ドットのカエルたちがバンザイ、バンザイをする。次は中、右、左に、リプレイ柄が揃ってジャックイン。コイン十五枚がジャラジャラジャラ。そこからリプレイ柄が八回、次々に揃ってハズレはゼロ。全部で百二十七枚がジャラ、

ジャラ、ジャラ。皿に溜《た》まったコインが厚くなると音が変わる。そしてまた、中、右、左。ベルが揃ってジャラ、ジャラ。次いで二回目のジャックイン。また、リプレイ柄が八回揃って、ジャラ、ジャラ、ジャラ。

　克美は数秒、リールの回転に身体ごと同期するような感覚を覚えて放心する。高校のときからそうだったが、ゲーセンやパチンコ店で同級生が騒いでいる隣で、あるいは族車が集まる路傍のギャラリーで、克美の頭はふいと彼方《かなた》へワープするのだ。おかげで醒《さ》めていると言われ、ときにはぼこぼこにされ、ときには事実そのとおりだと自分でも思い、ゲームにもギャンブルにも本気で集中したことがない。だから、決定的な失敗もしない代わりに、大きなことも出来ない。それはいやというほど分かっているが、一分間八十回転の、このリールの回転を何時間も眺め続けていられる人間の神経のほうが異様というものだと克美は思う。

　そら、ほんの一時間半ほどリールの前に坐っているだけだが、もう脳のあちこちが痺《しび》れている。カエルたちがバンザイし続けている。しばらくリプレイ外しと小役ゲームで稼ぐか。右、中、左。カタカタカタッ。右、中、左。ベルが揃った。カタカタカタッ、ジャラ、ジャラ。右、中、左。ハズレ。右、中、左。リプレイ、外した。右、中、左。チェリー二つ！　ジャラ、ジャラ、ジャラ。もう何枚出た？　カエルがバンザイをし続ける。テーマ音楽がタッタラタッタラ、タッタラタッタラ、まるで運動会の校庭だった。右、中、左。リプレイ柄が揃って、三回目のジャックイン。カタカタカタッ、ジャラ、ジャラ、ジャラ、ジャラ。

ＯＬを狙う？　トダはマジで言いやがったのか？〈シケてる〉住宅地のＯＬを狙って、どうする。いや、薬師台では郵便受けに新聞の溜まった家の目星もつけたのだから、たぶん言ってみただけだろう。仮に本気で金以外の目的があるというのなら、そんな変態とはこのへんで別れるまでだ。眼のなかをリールが滑り、液晶のドットが躍り、見えないバネに弾《はじ》かれて手がスタートレバーと停止ボタンの間を飛び跳ねる。さて、連荘が来るまで打ってみるか？　トダはどうせまた寝てやがるだろう。そうだ、歯が痛いとか言ってやがったが、どうしたものだろう。歯が痛いときに、仕事など出来るのか？　いや、知るものか。とにかく女はだめだ。リノリウムの床のような、アンモニア臭のような、あの臭いがだめだ。腹の脂肪がひやっとするのもだめだ。もちろん、おっさんもだめだ。後ろの《獣王》のシマで、血反吐《ちへど》を吐きそうな面《つら》をしてさっきから何やら叫んでいるやつ。くそ、巨大カエルが来た！　いいぞ、今日は最高だ——。

＊

覚醒《かくせい》しているのでも眠っているのでもない薄昏《うすぐら》い意識の浅瀬で、親不知《おやしらず》の熱溜まりが脈打っている。周期の長さは中ぐらい。振幅はかなり大きい。そう、昨日より確実に大きい――。

覗《のぞ》き穴から昏い坑道を覗き込むようにして、吉生は自分の顎《あご》の底を覗き続ける。まるで下顎を支点にして世界を裏返すようにして。いや、これから絞首刑《こうしゅけい》になる男が、もうすぐ自分の身体が落下する奈落《ならく》をじっと覗き込むかのようだと自分で思いながら、だ。

実際、熱溜まりの圧力がここまで高まったのは十数年来のことで、そうと分かった時点で吉生は夢うつつのまま うろたえ、怯《おび》え、放心した。こいつがこのまま自然収束することはない。もうそれほど時間を置かずして、この疼痛《とうつう》の波は早鐘になる。そうなったら、文字通り頭が割れ、手足も思考もほぼ完全停止で、もう一仕事どころではない。半分覚めながら、そうして当てもなく行きつ戻りつするうちに、ついに鋭角の熱の針がじくじくと頭の半分に突き刺さってきて、吉生は飛び起きた。そして財布にいつも忍ばせてあるボルタレンのシートから反射的に一錠取り出すやいなや、呑《の》みさしのペットボトルのお茶で服用し、それから数十秒もかけてゆっくり覚醒してゆくのだ。脳の一部と顎だけが帯電して熱をもっているスタンバイ状態から、身体全部に電流を流して動きださなければならないスタート地点へ。

結局、顎の右半分を襲う疼痛の波は目覚める前に感じていたほどではなかったが、そうなると、あわてて鎮痛剤を呑んでしまった自分の軟弱さに身震いがして、もとより最低だった気分にさらに拍車がかかった。そして、あらためて我に返ると、そこはスーパー銭湯の休憩室の湿った畳の上で、眼と鼻の先の、田舎の百貨店の大食堂かと思う食事処《どころ》のテーブル席の間を、家族連れの子どもが走り回っているのだった。

俺はここで何をしているのだ——？　吉生はもう一度眼を覚まし、嬌声《きょうせい》をあげる子どもとその若い親へおもむろにガンを飛ばしてから、のっそりと腰を上げた。いまは何時だ？　イノウエはまだパチ屋か。あの遊び人。GT—RとATMをぶっ潰しただけでは足りずに、この上スロットまで打つか。考えることは小学生並みでも、一人前に壊れるだけは壊れてやがる。そんなことを思うだけは思ったが、ほかに選択肢がなく、足もないという理由で、吉生は施設の玄関でイノウエが現れるのをばかみたいに待ち、結局ハイエースと一緒に当人が現れたのは、午後七時を十五分も回ったころだった。

そのときイノウエは、ひとまずスーパー銭湯に落としてきた相方がまだそこにいるとは思わなかったという顔をし、次いでハイエースのウィンドウを開けて一言、待ちました？

さすが、最初の待ち合わせのときから平気で半時間も遅れてきた男だった。吉生は文句を言う気も起こらず、そっちは出ました？　と応じると、イノウエは抑えていた興奮の蛇口をいきなり全開にして、ブハハハハ、だった。そうして曰く、今日は朝から何となく出そうだという感じはあったんすけど、空いていたのがストック機で、台の設定が6じゃない、5ってところが微妙でしょ？　ハマるというほどでもないけど連荘もしないって感じ、分かります？　久しぶりに、七時間呑まず食わずで七〇〇〇ゲーム回しちゃいましたよ。ブハハハハ。

それで、どのくらい出たんですか。

吉生がもう一度尋ねると、イノウエは六千七百枚と答えてまた、ブハハハハ、だった。へえ、大当たりじゃないすか。吉生はそう応じながら、その場でざっと暗算してみた。六千七百枚というのが嘘でなければ、等価交換で十三万四千円。六枚交換でも十一万超。元手を数万円かけているにしても、こっちが六百円の銭湯で半日転がっている間に大した稼ぎだった。しかも昨日、中古部品の取扱業者にGT－Rを売った金と合わせれば、イノウエの懐《ふところ》には三十万ほど入っている計算になる。ということは、こいつはもう、面倒な強盗の手間を省けということではないのか？　獲物《えもの》なら隣にいるということか？　吉生はひとり腹のなかで考え、自分もまたブハハハ、と哄笑《こうしょう》した。

いったい、俺はここで何をしている。この脳味噌《のうみそ》のない男と、盗んだハイエースの座席に仲良く並んで、これからどこへ向かおうというのだ？　朝見た住宅地の家並みは、どれも小ぎれいなだけで、貴金属が唸《うな》っているという風情《ふぜい》ではなかったし、そんなところへ舞い戻ったところで奇跡は起こらない。手ぶらで引き揚げることになる確率は、おそらく高ケ坂の郵便局より高いだろう。そんなところへほんとうに押し込みにゆくのか？　そうとも。最悪の場合でも帰宅途中のOLという選択肢があるし、それもだめなら、最後はこの隣の男の財布が残っている。吉生はそうして再び、ブハハハ！　笑い声を噴射した。二時間前に服用したボルタレンのおかげで一時的に親不知の重さが取れてみれば、箸《はし》が転んでもバカ笑いしたくなるほどふわふわした気分だった。まるで首に縄をかけられた死刑囚が、いよいよあらぬ夢でも見たような——いや、たんに数時間で確実に終わるひとときであれば、いつ終わるかと怯えて待つより、笑い転げて時間を忘れるほうが得だと、この頭が学習したまでのことだった。

ハイエースは工場と畑しかない相模原市北部を抜けて町田市内に戻り、朝来た道とは違う町田街道をいったん西へ向かって走りだした。下見をした住宅街を流すには時間が早すぎるということで、イノウエが京王相模原線の多摩境駅から新しく東西に延びた道路を見にゆこうと言ったのだが、聞けば、市が山を削ってハイテク産業を誘致した造成地に、アメリカ資本の巨大スーパーマーケットと、大型のホームセンターが相次いで開店したところだということだった。

しかし、だから？　スーパーとホームセンターがどうしたと思ったが、それこそボルタレンの威力というやつか、それとも師走《しわす》の宵の空気のせいか、吉生も理由もなく気分が跳ね、少し前とは違う調子で、そっとまた自問してみるのだ。いったい俺はここで何をしているのだ？　ボルタレンの効き目はあと二、三時間で消えるが、そのときはどうするのだ――？

しかし、それに応《こた》えたのは、しばらく姿を見せていなかったもう一人の自分だった。そら、尋ねても誰も答えようがないことを尋ねて、おまえはいつも物事のあるべき筋をゆがめる。そして自分で悦に入《い》るだけで、結局答えが出るまで物事を突き詰めることはないのだ。そう、お偉い中学教師の両親が小学生の一人息子のそういう独善的な性格を見抜いて焦《あせ》ったとおりだ。この性向を徹底的に叩き直さなければ、愛知の東海中学に入れないって？　そう、その予想も当たった。いや、親は息子が中学受験に失敗したとき、公立中学でも挽回《ばんかい》はできると言ったのだが、その予想は外れた。まるで商店街のくじ引きみたいに、だ。死ね。

吉生はもう一人の自分と、ほんとうはもう顔かたちも思い出せない郷里の親と、誰でもない何者かに「死ね」とささやいて頭から追い出した。土台、親なんてものが自分の頭に忍び込んでくること自体、尿管にできた結石に等しい異物だったし、せっかく鎮痛剤が効いている貴重な時間に、どうせ考えるならもっと楽しいことを考えたかった。しかし、何を？　風俗はいつでも行ける。カードゲームやスロットはもう進化に追いつけない。Jリーグはすでにオフだし、プロ野球もオフ。映画。ドライブ。旅行。そうだ、クリスマスはどうだ？　ブハハハハ！

イノウエが運転するハイエースは、沿道の量販店やガソリンスタンドやファミリーレストランへの車の出入りが引きも切らない町田街道から、やがて多摩境駅に出て東方向へUターンした。そのとたん、眼に飛び込んできたのは、何もない造成地の闇《やみ》の真《ま》っ只《ただ》中《なか》を、数珠《じゅず》つなぎのヘッドライトが光の川になって延々と続いている光景だった。しばらく繁華街のネオンや幹線道路のヘッドライトを浴びていなかったせいか、それだけでまた少し気分が飛び跳ねた。

クリスマスっすねえ！　イノウエが隣で長閑《のどか》な声を上げた。そうか、クリスマスの買物の人出かと思ったが、クリスマスを祝う機会も相手もなかった人生には、もとよりピンと来なかった。それよりも、ほとんど動かない大渋滞の列にクラクションが伝染し、空吹かしのエンジンがそこここで唸りを上げるなか、あっちからこっちから空気が揺れるほどのカーステレオの大音響が噴き出してきて、吉生は突然、アメリカだと思う。ドがつく田舎のショッピングセンターにガキどもが車を連ねて集まってくるこの風景は、ほとんどアメリカの中西部だ、と。二十歳のころ、真っ昼間の高田馬場の、がら空きの早稲田《わせだ》松竹で観《み》たうっとうしい映画――『パリ、テキサス』とかいうへんな題だった――そこに出てきた土地。そうだ、その映画にぼろぼろのフォード・ランチェロが出てきた。ああいうピックアップトラックが似合う土地だ。そういえば、朝見た薬師台あたりの分譲住宅地も、笑ってしまうほどアメリカ東部の住宅地っぽいつくりだったから、この多摩境が中西部でもおかしくはないだろう。そうか、町田はアメリカだったか。

イノウエさん、アメ車は？　吉生が余裕をかまして尋ねると、ガキのころあこがれてましたよ、という面白くもない返事があった。親父の知り合いが五九年型のキャデラック・コンバーチブルに乗っていて、それで田んぼの畦道《あぜみち》をぶいぶい走ってくるの。分かります？　もちろん、背中にもんもん入ってる人でしたけど。アメ車ならやっぱりピックアップトラックでしょ？　昔のダッジのリトルレッドとか、シボレーのC10とか。トダさん、アメ車が好きなんすか？

まあ、アメ車が一番いじりがいがあるし。鉄の馬という感じがするし。ピックアップは俺も好きっすよ。昔、フォード・ランチェロを見たことがある――。吉生は言い、イノウエは、エクスプローラーじゃないってところが渋いなあ！と長閑に笑った。

その傍で、吉生は思い出したばかりの映画の周辺へ気をやり、また少し考えるともなく考えるのだ。整備工場が休みの日、ほかの従業員のようにはパチンコも競馬もやらず、かといってやることもないのでよく映画に行った。節約のために封切館には行かず、いつも二番館だったのは当然だが、そこでも観るのは成人映画などではなかった。うっとうしい面をした二十歳の自動車整備工が、がらがらの真っ昼間の名画座で『パリ、テキサス』。何をとち狂ったかと自分でもおかしくなりながら、それでもじっとスクリーンに見入っていたあの時間、俺は何者だったのだ？　まだ何かを探していたという意味で、いまよりは人間的だったのか。それとも、そんな贅肉《ぜいにく》をそぎ落としたという意味で、いまのほうがなにがしかの真実に近いのか。それにしても、主人公の男の別れた妻らしい女が、金髪で赤いニットを着て、潤《うる》んだ大きな眼でスクリーンのなかからこちらを凝視していた、あの、少女と娼婦《しょうふ》が入り混じった顔の気だるさにじっと見入っていたのは、ほんとうにこの俺か。欲情とは切り離されたところで見知らぬ女をただ眺めていられた、そんな時代が俺にあったというのは夢ではないのか。

わたし、待〜つ〜わ、いつ〜まで〜も、待〜つ〜わ。隣で、イノウエが鼻唄《はなうた》を歌いながらハイエースのクラクションを叩き始めた。スーパーの駐車場に右折で入ろうという車をめがけて、一発長いやつをババ――――！　煽《あお》られた車が前の車にババ――――！　そこへイノウエがさらにババ――――！　そしてまた、待〜つ〜わ、いつ〜まで〜も、待〜つ〜わ。

ガキのころ流行《はや》った、これ誰の歌でした？　吉生が尋ねると、あみん。俺の渋滞ソング、という返事で、また笑いたくなった。そうだった、これは俺の青春ソングだ。これを聞きながら、マスをかくことを覚えたのだ。二十年前のイノウエは、まだ小学生か。待〜つ〜わ、いつ〜まで〜も、待〜つ〜わ。たとえ、あなたが振り向いてくれなくて〜も、待〜つ〜わ。

しかし、結局イノウエはろくに待たなかったし、もとよりそんなタマでもなかった。盛大にババ――――！　ババ――――！　クラクションをまき散らして右折車の何台かを追い散らし、渋滞をぬけだすやいなや今度は、ク〜、リ〜、スマス〜キャロルが〜、なが〜れる〜ころには〜。これも何年か前、やはりクリスマス前のこの時期にどこかで聞いたことがある曲だと思った。きみと〜ぼくの〜答えも〜、きっと出ているだろう〜。そうか、水戸で四年務めて出てきた年の、次の年のクリスマスだ。水戸街道のどこかのファミレスで拾った女と、盗んだ車でドライブしているときにラジオで聞いた曲。女が、缶ビールとタバコを手に助手席でちょっと遠い眼をしていた、女たらしの曲。それを聞いたあと、いろいろあって結局女とやらないまま別れたあげく、翌々日にパクられた記念の曲だ。ク〜、リ〜、スマス〜キャロルが〜。

イノウエの運転するハイエースは、造成地を抜けて再び町田街道へ戻ると、そこからさらに闇の濃い田舎道——イノウエは朝通った芝溝街道だと言ったが、そんな名前は知らない——を西へ飛ばした。途中、この沿道の鰻屋《うなぎや》で鰻重を食べないかと突然イノウエは言い、そんな金はないと一蹴《いっしゅう》すると、じゃあこの先の山田うどんは？　とくる。吉生が返事をする前に、真っ黒な夜空に赤いかかしがくるくる回っている看板の下へハイエースは滑り込んでゆき、屋台に毛が生えた程度のプレハブの店で、五百円でお釣りのくる親子丼《どん》とうどんのセットを食うことになった。そして、そこではボルタレンの威力で久々に食い物の味がして、ほんの少し満足感さえやって来たのだが、金を払って外へ出たとき、鈍いうねりが一つ、ぞろりと顎の底をよぎっていった。

気のせいだ。即座に振り払ったが、車に乗り込む前に、もう一度小さめの波が来て、ついに腕時計で八時五十分という時刻を確認した。薬の効き目はだいたい午後九時か十時に切れるという最初の予想どおりで、そのときが来てみればどうということもなかった。そら、これはまだ、熱溜まりが欠伸《あくび》をしているようなものだ。これで元に戻ったということだし、こうでなければ、そもそも求人サイトで出会った男とこんなところでうどんを食っていたりはしない。そうだ、この熱溜まりの圧力がもっと高まってくれなければ、爆発も脱出もない。仕事を捨てて出てきたかいがない。ここから一気に飛び出すために、もっと大きな波が来てもいいぐらいの話なのだ。そう、これでいい。何も問題はない。

イノウエはこちらの気分が一転したのに気づいた様子はなく、カタタン、カタタン、快調にハイエースを走らせていった。しばらくして、朝見かけた新規開店のパチスロ店が真っ黒な空き地にぼおっと赤い光を放っているのが見えてきたときには、隣で突然、ひゃっほ——と裏声で叫びだし、今度は運転席で尻《しり》をポンポン跳ねさせながら、ちっちゃなころから悪ガキで〜、と歌いだした。十五で不良と呼ばれたよ〜。こいつはパチスロ店と見れば、テンションが上がるのか。いや、何かの拍子に突然スイッチが入るこの感じは、やっぱりおつむのビョーキか。

ああ〜分かってくれとは言わないが〜、ねえトダさん、コンビニをやっつけませんか。

え？　イノウエのつるんとした横顔を見、車窓の外を流れてゆくコンビニエンスストアの明かりを見て、え？　もう一度聞き返すと、イノウエは曰く、ほら、そのへんのコンビニはどこも、午前零時を過ぎたら狙ってくれってなもんすよ。ララバイ、ララバイ、おやすみよ〜。

イノウエさん、まずは薬師台っす。聞こえました？　聞こえたら、黙って運転しましょうよ。

吉生は一つ息をつき、顎の底のうねりに押しやられながら沿道の闇へ眼を凝らした。薬師台だろうが、そのへんのコンビニだろうが、大差はない。それよりも、俺の脱出とはこの程度のことだったのか——？　無理をしても、少しもこころが躍らない。歯痛は歯痛でしかなく、熱は熱でしかない。そら、道路や夜のそこここでばかみたいに口をあけている穴は、デッド・エンドというやつだ。

＊

初めにトダにはビシッと言っておいたのだ。薬師台へは、お宅が行くというから行くだけだ。自分は押し込む気はないからよろしく、と。なぜか？　金がないと分かっている家に押し込むのは、時間の無駄だからだ。なぜ、金がないと分かるか？　一に、給料日前だから。二に、どの家も新築で、ローンの頭金や家具の買い替えなどで思いっきり散財したあとだから。それぐらいは常識というものだ。昔勤めていた運送会社でもパチンコ店でも、マイホームを建てたやつはみな、ローンでピーピーだった。これが東京生活の実感というやつだろ？　そう、だから言うのだ。押し込むのならコンビニだ。日本の夜道を三百六十五日明るく照らしてくれているやつ。

いや、トダは、フロントガラスを睨《にら》みつけている眼が、少し前からイッてる感じだったし、歯痛のせいか、ギアが一速に入ったまま全身が固まっているような鈍さだった。だから、トダがこっちの話を聞いていたかどうかは分からない、と克美は思いなおす。いや、それがこっちに何の関係がある。そんなことをぐずぐず考えている間に薬師台に着いてしまうというもので、ここはともかくハイエースのスピードを上げるほかはなかった。

そして、午後九時前に鎌倉街道から真っ暗な薬師台の分譲地に入ると、夜明け前の下見のときにはやけに小じゃれて見えた家々が、わずかな明かりが侘《わび》しい黒い塊と化し、そこに夜がべたりと貼《は》りついていたものだった。一瞬、入る道を間違えたかと思ったが、一度通った道は絶対に間違えない自信がある。そうだ、これが新興住宅地の夜というやつだったと、しばらくして思い出した。数年前、埼玉へ車を飛ばすたびに、上越新幹線の本庄早稲田駅の開業に向けて地元の畑が分譲住宅地に変わり、国道沿いに真新しいオモチャのような家が建ち並ぶのを見た。それがあまりにスカスカした風景で、近くを車で通っても悪さをする気力も起こらなかった、あの感じだ、と。そう、新しすぎてゴキブリも出ないってやつだ。

まだ建築中の家を被《おお》う工事用シートが道路のそこここでバタバタ風に鳴る音のほかには、物音もなければ人の気配もない。最寄り駅の鶴川からのバス便もそう本数がないのか、歩いている人間が一人もいない。車も通らない。そしてもちろん、お上品な住宅地にコンビニの明かりもない。車で走った限りでは、ざっと一キロ四方が全部そういう感じで、碁盤目に整備されているために、どっちを向いても見事に同じ風景が続いていたが、夜明け前に目星をつけた家は、地番と表札の名前で間違いなく確認した。しかし、それだけだ。その目当ての家は、朝がた郵便受けにたまっていた新聞が消えて窓に明かりがついていただけでなく、押し入ろうにも、隣の二軒が流行りのクリスマスイルミネーションで満艦飾《まんかんしょく》になっているというおまけ付きだった。近くに車を停めて思わず眺めていると、フロントガラス越しに降ってくる白や青の光がこっちの手や顔の上で点滅し、数秒こっちが光のツリーのなかに入ったような心地がした。それからなんとなく、こいつら窓辺にミッキーマウスやキティちゃんのぬいぐるみを飾っていやがるんだろうな、などと思ったが、それ以上の想像は続かず、最後はまたムカつく感じに行き着いて、路傍に唾《つば》を吐き飛ばした。

しかし、トダの眼には満艦飾も満艦飾ではなく、ただの光の点滅だったのかもしれない。表情のない眼で一言、何が楽しいんすかと吐き捨てると、狙っていた家のほうを見上げて、トダは年増《としま》の女みたいな口をきいてくれたものだった。さっきから考えていたんですけどね、と。学校はまだ冬休みじゃないでしょ？　そんな時期に今日まで家人が家を空けていたということは、この家にはガキはいないということでしょ？　でも、ほら、一階のカーテンのなかにクリスマスツリーがある。ということはガキがいるんすよ、この家——。でも、だったらなんで今日まで家族そろって留守だったんだろう。この家のガキ、ひょっとしたら就学前のチビなんすかね？　それとも、クリスマスツリーは孫か親戚《しんせき》の子どものためなんすかね？

トダの言うことは、ときどき訳が分からなくなる。ガキがいようがいまいが、俺たちに何の関係があるという思いで、だから？　と尋ねると、トダの返事はこうだった。なに、押し込まなくてよかったと思っただけっす。だってその孫か何かが大きくなったとき、親が言うんだ。おまえが小さいとき、クリスマス前に泥棒が入ってね、って。俺たち、もう少しでどこかの仕合わせな家族に毎年恒例の笑い話のネタをくれてやるところだったということっすよ。ばかみたいに。

というより、押し込むたびにそんなことを考えるほうが、ばかみたいだ。いや、結局、こいつもこういうクリスマスの感じが好きではないのだろう、それなら自分も分からないではないと克美は思いなおし、自分からさっさと話を変えた。

それよりトダさん、JR東海のクリスマス・エクスプレスのコマーシャル、覚えてます？　山下達郎が、サイレン～ナイト、ホーリ～ナイトって裏声で歌っていたやつ。あれを観て反吐をはいていたの、俺だけっすかね。東京へ出てきて四年目のクリスマスに、俺、知り合ったばっかりの女が帰省するのを、上野駅まで見送りにいきましたよ、コマーシャルみたいに。でも新幹線は高いし、女が乗ったのは在来線の急行で、それが豚でも運ぶのかっていうぎゅうぎゅう詰めで、あのときは何かめまいがした。クリスマスってガキの日だと思っていたら、日本じゅうの大人がサイレン～ナイト、ホーリ～ナイト、だ。ブハハハハ！　ほんと、ぶっ壊したいっすよ、あのきらきらハウス二軒。見ていたら、頭がへんになる。いろんなことを思い出して。

本気っすか。トダが軽く聞き返してきて、本気っす、と克美も応じた。舌が回るにつれて、自分でも知らないうちにそういう気分になる。理由は分からないが、十秒経《た》っても気分が変わらなければ、破壊したいという思いはなにがしかの真実に裏打ちされているということだった。そうだ、上野駅で見送ったあの女――。一目で安物だと分かるべらっぺらの赤いコートを着て、おまえはサンタかと思ったが、そういう自分も駅のコンクリート壁と化してもおかしくない地味さだった。なにがクリスマスだ。あの女——くそ、もう名前も覚えていない。

くそ、マジでぶっ壊したい。克美は身体《からだ》の裸電線がビリッとショートして、舌が脳と直結するのを感じた。そして次の瞬間、考える前にトダに運転を代わるよう声をかけ、自分はハイエースを降りて荷台から脚立《きゃたつ》を引きずり下ろすやいなや、それをぶんと水平に振り回していたのだった。いや、自分がそうしたことはあとで反芻して分かったことだった。アルミの脚立は植え込みを越えてびゅうと飛んでゆき、豆電球のツリーのど真ん中に突っ込んでいった。ガラスが割れる音は背中で聞いた。助手席に飛び乗るとすぐに、トダがハイエースを2速で発進させた。といっても、アクセル全開でも土台、ぼてぼてのバンのことだ。遅っ！　トダが珍しく陽気な一声を上げ、克美のほうは中途半端《はんぱ》に解放した力の残りが一寸《ちょっと》疼くような心地を味わいながら、ガス抜きの代わりにハハ、ハハ、ハハと空笑いをした。

そうして我に返ると頭がまた半回転し、何にしてもまずは新しい車の調達だ、という声が額の裏から聞こえた。今度は速いやつ。万一検問に引っかかっても余裕で逃げられるやつ、と。

そして、そうとくれば、行き先は一つだった。ほんとうに自分でも驚くほどよく頭の回る日だ。元来た道を芝溝街道まで戻り、そのまま夜空を赤く染めているパチスロ店までトダに車を運ばせた。午後九時四十分だった。この時刻になると、いま店内にいる客はほぼ十一時の閉店までねばるし、新しくやってくる客はいない。車の物色には格好の時刻のはずだったが、世のなかがそんなにうまい話ばかりなら、自分はいまごろイチローか、丹波文七になっているだろう。真に強ければどんなご託も要らない、『餓狼伝《がろうでん》』のなんというかっこ良さ——！　そういえば、中村紀洋はいったいメッツへ行く気があるのか、ないのか。

目指すパチスロ店まで二百メートルというところで、トダが小さく舌を鳴らし、見ると、前方左手の駐車場の前に8ナンバーのセダンとパトの姿があった。そのままスピードを落としていったん駐車場の前を通り過ぎながら、制服のお巡りが三人、駐車車両のナンバーを調べているのを見た。中途半端な人数から見て、近くで何かあったとしても、轢《ひ》き逃げか当て逃げ、もしくは窃盗《せっとう》、ケンカ、シャブ、といったところだったが、一度ケチがついたところにあらためて乗り込むつもりもなかった。

いいっすよ、町田街道へ戻れば、まだもう一軒あるから。克美が言うと、トダの返事は、そのパチ屋、景品交換所はどんな感じですか？　だった。いや、俺もその店に入ったことがないから――。そう答えながら、今度は頭が裸電線になってビリビリした。

景品交換所。言われてみれば、それが選択肢に入っていなかったことのほうが不思議な気もしたが、それはそれで理由があったこともとっさに考えた。克美が勤めていた伊勢佐木町のパチスロ店は、かたちばかり別会社が特殊景品の故買をしているとはいっても、交換所の出入り口は店の事務所のなかにあって、もんもんの入った連中が常時百万円からの現金が置いてある交換所を見張っているかたちになっていたのだった。交換所を端《はな》から除外していたのはそういう理由だったが、考えてみれば、町田街道の店の交換所もそんなふうだとは限らない。一般には、景品交換の仕組み上、交換所の従業員の出入り口はパチスロ店本体とは別になっている場合のほうが多いはずだ。そうか、景品交換所か――。それこそ金が唸っている場所だ。これを狙わなくてどうする。

だったら景品交換所、いってみます？　でも、高ケ坂のATMをぶっ壊してきたの、十八時間前なんすけど。いいんですか？　ふつう、こんな感じで町田にいないでしょ、俺ら。

克美は言ってみたが、トダは返事の代わりにブワ――ッ！　というクラクション一発で応えただけだった。ハイエースは前を行くトラックを追い越して交差点へ飛び出してゆき、十分と経たないうちに再び町田街道へ入って、西へ走り出した。その間に、どちらからともなくサングラスとマスクとスキー帽を着け、手には軍手をした。目指すパチスロ店は三、四キロ先の左手にある。向かいは洋服の安売り店。パチスロ店の両隣は空き地。道路に面して駐車場があって、どこかの南国の海という感じの店舗は二十メートルほど奥に建っている。景品交換所はたぶん、建物の左側――。トダに口で説明するうちに、詰まるはずのない時刻に道路が詰まってきて、反射的に前方に眼を凝らし、急いで頭を働かせた。

何かある、そう思った端から赤色灯を点けたパトカーが二台、克美らを追い越していった。この道、左折したらすぐ相模原でしょう？　そのパチ屋まで、あと幾つ左折路がある？　トダが尋ねてきた。克美は二、三本と適当に答えた。逃げる必要を感じなかったので逐一数えもしなかった。何かあるにしても、高ケ坂のＡＴＭとは方角が違う。自分たちとは関係のない事件がどこかで起きているだけだと確信した。現に、交通事故ならするはずの救急車のサイレンを一度も聞いていない。だから事故ではない。自分らと似たような人種がそのへんで何かやらかしたのだ、と。実際、師走のクリスマス前というこの時期に、ほんの五十メートル南が神奈川県というこの街道沿いで、遊びたい盛りのガキどもに車や原チャリをただ転がしていろというほうが無理というものだった。

トダはそのままハイエースを走らせ、数分で先が見通せる直線に出た。そこでやっと、渋滞の二百メートルほど先で赤色灯の塊が点滅しているのが見え、その傍で夜空にそびえていたのは、7が三つ並んだパチスロ店の巨大看板だった。あ、先を越された――。即座にそう思ったが、実際にどうだったのかは知る由《よし》もなかった。現場まで行く前に、トダが無言のままいきなりハンドルを切って路地へ左折してしまったからで、ハイエースは住宅街を抜けて、あっという間に相模原の米軍補給廠《しょう》に突き当たった。ルームミラーもサイドミラーも真っ暗になり、しばらく補給廠の敷地沿いに走った後、横浜線の線路を越えて少し南へ下ったところで、ハイエースは16号線へ飛び出した。そして、そこまで来てトダも克美もやっと音を立てて肺いっぱいに息をつき、過呼吸になるぐらい激しく呼吸をしてひとまず全身に酸素を送ったのだった。

そのときトダの横顔も青黒く膨れていたが、克美も腹の底からムカつくのを感じた。全身を吸排気装置にして、この数日間に溜まった頭と身体の老廃物を全部浄化してもまだ足りない、身体じゅうがメタンガスでも出しているような、パンパンに膨張している感じだった。見ろ、狙いをつけたパチ屋二軒が二軒とも当てが外れただけではない。二軒目では、どこかの誰かが先に交換所に押し入って、何十万円かかすめ取っていったのかもしれない。そんなに周到な計画など練っていたはずもない、思いつきの一発屋は同じなのに、どういうわけかこっちは出遅れて、結局今夜も何一つ手にしていない。計画の拙《まず》さは認めるが、それ以上に笑いたくなるほどツキがない。結果ではない、ツキから見放されたこの一刻一刻が反吐をもよおしているのだ。そうだろう? 克美は自問自答する。

このままでは収まらない。ガスを抜かなければ息ができない。克美はハイエースのフロントガラスの前方に眼を凝らした。少し前に飛び出した16号線は、相模原市内の中心部ではだだっ広い六車線になっていて使い勝手が悪いのだった。次の信号はまだか。県道へ入らないと何もできない。

そして、思いが言葉になる前に身体が動き、それが克美に何かを確信させた。いったん車を停めさせてトダと運転を代わり、再び発進してスピードを上げた。どこへ行くんすか? トダが尋ねてきたので、克美は簡潔に答えた。お宅、のど飴《あめ》欲しくないっすか?

トダはとりあえず何も言わなかった。それでいい。時刻はまだ十時半だったが、コンビニエンスストアが二十四時間営業なら、そこへ押し込む強盗も二十四時間営業だ。ハイエースはエッソのスタンドがある信号を右折し、片側一車線の狭い県道に入った。進行方向には碁盤目に整備された市街地が広がっており、かろうじて首都圏周辺らしい密度で立て込んでいる分、もう町田にあった畑や土の匂《にお》いはなかった。沿道の風景は都会でも田舎でもない16号線のミニ版で、コンビニが似合う風景とはまさにこういう風景を言うのだというところだった。そら、その先の歩道橋の右側が標的その一だ。歩道橋のある交差点の信号は赤。いったん停止する直前、右折した角にある店の前の駐車スペースに軽のワゴン車が一台入っているのが見えた。どうする？とっさに自問したが、そのときも答えを出す前に身体のほうが動いた。

頭上で信号が変わる。お宅、客を見ていてくれ。俺が店員をやる。隣にそう声をかけるやいなや克美はハイエースを右折させ、コンビニの正面に滑り込んだ。ガラスのなかの雑誌売り場に立っている客の姿が、一瞬視界をよぎった。エンジンをかけたまま車を降り、荷台のスポーツバッグのバットケースから、年季の入ったスキを取り出した。地元の農協で「根切《ねき》り」という名前で売っているやつで、長さが一二〇〇ミリ、重量が三・七キロある。タイマンに明け暮れていたころ、これを振り回せば、たいがいの相手はかかってこないことを学習して以来、護身用にいつも持ち歩いている鉄の棒だった。自身はサバイバルナイフを革ジャンの下に仕込んだトダが、一寸眼の端で嗤《わら》っていた。

そこからはもう、早回しのフィルムだった。こっちがマスクにサングラスという格好でカウンターの前に立っても、まだ事情が呑み込めない顔をしたアルバイト店員の眼前で、最初にスキのひと振りで肉まんのショーケースを叩《たた》き割ってやった。店員は何か叫んで逃げ出し、こっちはレジから紙幣をつかみだしてそのまま外へ出た。トダもあとに続いた。全部で二分かかっておらず、車までは走りもしなかった。

正直なところ、身体に溜まったエネルギーが解放された感じもなく、振り上げた拳《こぶし》を下ろす先がないような心地のまま、もう一軒やる？　隣へ声をかけると、トダは薄笑いを浮かべて言いやがったものだ。べつに俺はいいっすけど。最低っすよね、と。

＊

まるで中学生のガキみたいに。人けもない県道沿いのコンビニエンスストアで、地元のカップルにガンを付けて。肩をいからせて。ナイフを突き出して――。

ナイフを握った手の筋肉や骨が、あるいは縮み上がった毛穴や脂汗《あぶらあせ》が、一寸自分のものではないような異物の感じとともに記憶の通路を開き、吉生は十六の子どもへと引き戻されてめまいを覚えた。

汗ばんだ左手には薄く潰《つぶ》したよれよれの学生カバンの把《と》っ手《て》があり、右手には飛び出しナイフがある。神戸で喫茶店を経営していた父方の叔父がハワイで買ってきた、アメリカ製の本もののスイッチブレード。叔母が病気で亡《な》くなり、葬式へ出席するために家族で神戸の叔父の家に行ったときに、考える前に手が動いて盗んでいた。以来、自分の勉強部屋で夜な夜なブレードを撫《な》で回しながら膨らませた夢想は夢想でなく、自分自身が一歩踏み出せばそのまま現実へと移行するのだと感じ続けた。そして、そのときは前ぶれもなくやって来て、ついに実際に使うために自分はそれを握っていたのだ。

そう、相手は同じ高校の生徒だった。名前も知らないし、何か目的があったわけでもない。何となく眼が合ったというやつだった。そいつに向けて満身の力をこめてナイフを握りしめ、刃先を相手の喉元《のどもと》へ突き出した、そのときにあったのは、心臓から脳へ血が一気に上昇する感じと、何か禍々《まがまが》しく新しい手の感触だけだった。いや、相手に向かって身構えながら、眼はまるで逃げるように相手を飛び越した彼方を見ていたような気もする。その数秒か十数秒の間、脳天の彼方では午後の体育の授業の声が校庭に響いていた。開けっ放しの校舎の窓のなかに同級生らの頭が見え、眠たげに晴れた空があり、自分の身体と世界がいま、ここでたしかに切り離されているのを感じた。いや、頭のなかではとうの昔に自分で切り離したはずのあっちの世界のほうが、こっちを見ていやがったのだろう。まるで、どぶの向こうの景色だというふうに物珍しげに。自分らの眼に入ってくること自体、何かの間違いだというふうに。そして、ナイフを突きつけられた相手も、まさにそういう眼でこっちを凝視していたのだが、その眼ときたら、自身も授業をサボって外をふらついている同類のくせに、自分が相対しているのはそういう自分と比べても決定的な異物だ、とでもいうふうだった。

そう、本ものの異物を前にした人間はけっして驚かない。ただバツが悪いという顔をするのだ。十七年前のあの高校生がそうだったし、年少を出てから就職した西日暮里《にしにっぽり》の自動車整備工場の経営者や従業員がそうだった。今夜押し込んだコンビニの店員と客もそうだった。誰もがまるで示し合わせたように、自分が見ているのは人間でも強盗でもなく、まるでどこからか風で飛んできてその辺に貼りついたゴミ袋だとでもいうふうな眼をする。そして、こっちもまたその眼に煽《あお》られるようにして、今夜は行きずりのコンビニで本もののベンチメイドのバタフライナイフを突き出していたというわけだ。まるでガキみたいに。カップル客の女のケツに突っ込む気も起こらなかったほど萎《な》えた心地で。かと思えばイノウエのほうは、端からちびりそうな面をしていたアルバイト店員を相手に、半端でない鉄の棒を力任せにぶん回して。

そうして二分足らずで掴《つか》み取ってきたのが、たった七万八千円。いや、二軒目はもっとひどかった。ほんの二、三百メートル南へ下ったところで立て続けに押し込んだのはいいが、今度はイノウエのぶん回したスキとやらが店員の腹をかすめて、床にもんどり打った店員が自分で頭を打ちやがった。これで立派な強盗致傷だが、かっ払ったのはやはり六万円少々。

いったいこれは現実だろうか――？　大の男が二人がかりでコンビニ強盗だ。体力も気力もある三十代でここまで堕《お》ちたら、あとはもう無銭飲食ぐらいしか堕ちるところがない。いや、こんな現実がどこにある。これが現実なら、現実のほうが狂ってやがるのだ。この親不知の底の熱溜まりのおかげで、この自分が思う現実というやつのかたちが溶けだしてやがる。見ろ。イノウエときたら、気持ちよく二百メートルほど走ってきたというふうに息を荒くして、額や頬を脂汗でつやつやさせて笑ってやがる。久々に力いっぱい鉄の棒を振り回して、すっきりしたとでもいうふうに、だ。土台、GT―Rをあそこまでぼこぼこにするような暴力の下で生きているやつなら、コンビニ強盗などティッシュで鼻をかむようなものかもしれないが、そうだとしても、一つ暴れるたびにおつむのネジが緩んでゆきやがる。そうして二軒目を終えてすぐ、店の前に停めたハイエースを再び発進させながら余裕で曰《いわ》く、もう一軒行きます？

これは現実だろうか。これでコンビニ二軒の店員や客に目撃されたハイエースを、いますぐ乗り捨てないでいいのか。それとも自分たちには、何をしても足がつくことだけはない小吉ぐらいの運がついているのか？　親不知の底から壊れたポンプのように突き上げてくる鈍い脈動に揺すられながら、吉生は脳味噌の中心がぐらぐらする思いで自問し、答えを出す余裕がないまま、もう少しマシなことをしませんか、と言ってみた。すると、返ってきたのは相変わらずブハハ！　と噴き出す声と、だったらもう一日待って、やっぱり景品交換所を行きます？　座間のほうにいい店がありますけど、といった提案だった。

それから、吉生のバタフライナイフの使い方は年季が入っているだの、黙って構えた感じが渋いだの、イノウエはガキのようなことを言い、それがあながち嘘《うそ》でもない様子で、こっちはますますガキと一緒にいるような心地がしてきたのだったが、かくいう吉生自身もいまは無力だった。鈍痛の塊はまるで遠ざかる気配もなく、予想していたよりはるかに性急に重く深く肉を抉《えぐ》りつつあった。脳のどこかが、これはもう治まらないと告げていた。生憎《あいにく》だが、これだけは不可逆だ、と。これは現実だろうか——。

とにかく、最寄り駅の近くでこの車を乗り捨てましょう。いったん電車で東京側へ移動して、どこかで新しい車を調達したい。座間の話はそれからっす。吉生はやっとそれだけ言った。イノウエの返事は素早く、だったら東林間へ出て、そこから南町田というのはどうっすか？　南町田もグランベリー何とかっていうショッピングモールが出来て、そこらじゅうがクリスマスですけど。そう応えるやいなや、ウィンカーを出してハイエースをどこかの路地へ左折させた。それを見届け、午後十一時五分という時刻を確認した後、吉生は頭に蓋《ふた》をし、眼に蓋をした。なまじ眼に見える世界があるためにものを考えてしまう。眠ってしまえば世界が消え、世界が消えれば足がつく場所が消え、不安が消え、時間も消える。不可逆とは、時間が流れているところで言うことだ。世界のない歯痛に不可逆もくそもない。そら、前も後ろもない歯痛の脈動が世界になり、歯痛が俺になるのだ。

しかし、そうして目を閉じていられたのもほんの一、二分だった。すぐ横っ面を電車がゆっくりかすめてゆく音で眼を開けると、そこは街路灯もない線路脇《わき》の路地で、白の車体に青のラインの入った小田急線の電車がすぐ眼と鼻の先の駅に入ってゆくところだった。振り返ると、足元も見えないほど昏い路地に、小さな古いビルの駐車場が口を開けていて、頭上に健康ランドの薄明るいネオンがちかちかしていた。なるほど、ここもイノウエの庭かと思ったが、自分たちの足どりの上にこうして行く先々にイノウエの刻印を残してゆくことの是非を考えている余裕は、吉生にもなかった。駅と反対方向にある踏切でカンカン鳴り出した警報機の音を耳に刻みながら、路肩に停めたハイエースからそれぞれの荷物を下ろし、イノウエはキーを線路のどこかへ投げ捨てて速やかに――いや、意気揚々とその場を離れた。路地はすぐに線路脇の建物にふさがれて行き止まりになり、そこからもう開いている店もない商店街に入り込んで数十メートルも行けば、小田急江ノ島線の東林間駅だった。

まず中央林間へ行って、そこから東急に乗り換えますから。じゃあ、中央林間の南口で。

そう言い残すと、イノウエはボルトクリッパーや差し金の入ったスポーツバッグと、鉄のスキが入ったバットケースを担《かつ》ぎ、頭にはオレンジのニット帽ではないジャイアンツの野球帽を被《かぶ》って、先に改札を通っていった。一寸した草野球チームの選手といったその後ろ姿に羨望《せんぼう》を覚えながら、吉生も百三十円の切符を買って改札を通った。この時間に東林間から電車に乗ろうという人間は皆無で、わざわざ一分ほど間をあけてホームに出たのに、結局がら空きのホームに立ったのは吉生とイノウエの二人だけだった。互いに二十メートルほど離れて別々の車両に乗った。

それから二分で中央林間に着き、そこから少し歩いて東急田園都市線に乗り換え、さらに二駅で南町田に着いて、がらんと開けた北口に出た。そこらじゅうがクリスマスだという何とかモールは線路の反対側で、北口はがらんとしたコンクリートの広場が真っ黒な口を開けており、最初に、強い横風が冷えたトタンのような音を立ててバタバタと耳と頬を叩いていった。二十メートルほど先の正面に葉を落とした冬の街路樹が三本、忘れられたようにそびえ立っているほかは、半径百メートルほどの半円のなかにほとんど何もなかった。聞けば、朝夕には近くの工場街の労働者が連なり、バスが連なるらしい、その空洞のような駅前広場の百メートル先は国道16号線で、そこだけはわずかな光の帯が走っていた。

イノウエはさっさとその16号線へ出てゆき、吉生は十メートルほど遅れてそれに続きながら、北口のほうへ振り返り、やっと一つ自分に確認した。そうだ、あの木の名前はケヤキだ、と。愛知少年院のある豊田市の木。いや、神戸の遊び人の叔父が、よく舐《な》めるように磨いていたナイフの柄の、飴のような艶《つや》のある赤い木目の木だ。しかしその叔父にも、自分は鍛造《たんぞう》した鋼《はがね》より、ほんとうは指物木工《さしものもっこう》のほうに感応しているということは言わなかった。いったい、ほんとうに欲しかったのは武器としてのナイフではなく、精密でうつくしい道具としてのナイフだったことを誰かに言っていたら、この人生は変わっていたのだろうか？　運良く木工職人になっていたら、いまごろ俺の知らない戸田吉生がどこかでちまちまと生きていただろうか？　手入れの行き届いたぴかぴかの歯をして。あるいは、生真面目《きまじめ》にせっせと歯医者通いをしながら——。そんな想像をした端から吉生は思いっきり噴き出したい衝動を覚えたが、実際には右顎《あご》の底で渦をまく熱が頭の右半分を覆《おお》い、左半分を寒風が叩きつけて、頭の中心が痺《しび》れているのが分かっただけだった。

その痺れた脳髄で、これは現実だろうか、と自問し続けた。何をやるにしても相方が悪すぎ、自分のほうの調子も予想以上に悪すぎる。その悪化の速さときたら冗談かと思うほどで、膨らんだ歯根の嚢胞《のうほう》が肉を裂き、顎の骨が砕けそうな衝撃が脳へ直《じか》に突き刺さっている。瞬《まばた》きすると、その振動でめまいがし、真《ま》っ直《す》ぐ歩いているはずなのに頭が右へ左へ傾いて眼の前にアスファルト舗装の地面がある。なんだろう、この昏さは。

これは現実だろうか。イノウエは、トラックの連なる16号線沿いをひとりでずんずん歩いてゆく。場所は、町田市の南東の端に盲腸のようにぶら下がった鶴間《つるま》という地区で、国道246号線を越えた先にまた一軒、温泉施設があるらしかった。そこも周囲には工場と倉庫しかないため人通りもなく、すぐ逃げられるよう、16号線に面した大きな駐車場が五百メートル先で口を開けて待っているらしい。イノウエの言うことはまったく信用ならないが、いまはとにかく車の調達を優先して吉生は金魚の糞《ふん》になり、その後ろを歩き続けているのだった。

しかし、そろそろ日付が変わろうという時刻に、トラックのヘッドライトを浴びて国道沿いを歩いている男二人がふつうであるはずもなかったし、昨夜から町田と相模原で相次いでいる強盗に対する警察の警戒も、国道や都道を中心に行われているはずで、いまのいま自分たちがここにいること自体、夢ではないかというところだった。仮に何も事件がない夜でも、すぐ脇を走り抜けてゆく乗用車のなかに覆面パトがいたなら、間違いなく呼び止められている。お兄さんたち、こんな時間にどこへ行くの？　一寸そのスポーツバッグのなかを見せてもらえる？

これは現実だろうか。こんなところをふらふら歩いている自分は、ほんとうに一昨日までと同じ自分か。いや、同じである必要もないが、なんという昏《くら》さだ。正気はもうない。上も下もない。燃えているのか冷えきっているのか分からない、割れそうな頭だけがある。生憎、この歯根の腐敗だけは不可逆なのだと歯科医どもが言う。もう再生はない。元に戻るものもない、とさ。くそ、温泉施設とやらはまだか。

右顎の重さにつられて右へ傾いた地平を睨みながら、吉生は数十メートル足を急がせたが、結局、パトより先に現れたのは二輪の集団だった。国道246号線の高架下あたりから夜気を引き裂く爆音がいくつも湧《わ》きだしてきたかと思うと、絞りハンドルに三連ホーン、三段シートでケツを持ち上げた四〇〇ccの族車がバラバラ、バラバラ吉生のすぐ脇をかすめてゆき、それを見送って前方へ眼を戻すと、今度は十メートル先にあったはずのイノウエの後ろ姿が消えていて、一寸呆然《ぼうぜん》となった。

イノウエは逃げたのか、隠れたのか。ゆるりと頭が一回転し、やっと一つ考えてみた。ひょっとしたら、いまのがGT−Rを叩きのめした族だったのか？　最初に会った日にマジェスタで通った東名の町田インターも、そのあと立ち寄った整備工場も、たしかにここから遠くはないが、イノウエは結局、自分を襲った族のシマで今日までうろうろしていたということなのか？　いったいこれは現実だろうか――。

吉生は数秒、真っ黒な歩道に立ち尽くした。このまま進むか、戻るか。吉生にはどちらも可能だったが、トラックのヘッドライトを一つまた一つ浴びながら、その場で思い浮かべたのはボルタレン一錠と、薬が効くまでしばらく坐《すわ》っていられる場所と、イノウエが身につけているはずの三十万ほどの現金だった。こっちにはナイフがある。イノウエを襲うのは簡単すぎて逆に現実味がないほどだが、このまま三十万を捨てるのも現実味がないのは同じだった。

吉生はいまはひたすら前進した。イノウエとそのへんで合流できれば良し。できなくても良し。そうして午前零時前、２４６号線の高架を越えた先でようやく温泉施設のゲートに立つと、明かりの灯った白壁の建物全体が湯けむりに包まれているように見え、一寸膝《ひざ》が折れそうになった。

建物前の駐車場は三、四十台の乗用車で満杯で、その一角からイノウエが顔を出して合図をよこした。イノウエは一台の白のシルビアのドアを開け放ち、まるで自分の車のように運転席に身体を入れるや、灰皿を抜き出して外へぶちまけ、さらにダッシュボードからつかみだした注射器をポイと外へ投げ捨てた。そうして少し前までの陽気さとは打って変わった、どん詰まりの表情で一言、乗るんなら乗れよ、早く！

選択の余地はなかった。ぐずぐずしていたら族車が逆走してくる。コンビニ強盗の非常線もある。そして、吉生の顎もいまは窮地のなかの窮地だった。そうだ、ダッシュボードにポンプを入れているような輩《やから》なら、車が消えても騒ぎはしない。吉生はタバコ臭のする助手席に乗り込み、呑《の》みさしのペットボトルのお茶でまずはボルタレン一錠を服用した。そうして薬が効いてくるのを待ちながら、ひとまず開けているのも辛《つら》かった瞼《まぶた》を閉じると、世界がぐしゃりと潰れた。

シルビアは国道16号線をどこかへ向かって走り続け、やがてコンクリート舗装の幹線道路へ出てゆくのが路面の音で分かった。1号線か、第一京浜か。行き先は座間ではなく、東京都内か——。それから、吉生はまた少しどろどろに溶けた熱溜《だ》まりのなかで意識を失い、次に眼が開いたときには、昏いフロントガラスの向こうに高架をゆく電車の光の帯があった。大宮行きの最終電車だとイノウエが言い、道路標識に赤羽の文字が見えた。

2002年12月19日木曜日

事件発生。前の晩からぐらぐらしていた渉の乳歯が一本、朝一番に抜け落ちた。昨日、お隣の中谷さんの差し歯が折れたのを笑った罰だ。抜けたのは、上顎《じょうがく》の右の乳中切歯。ほんとうなら、上下左右の中切歯は抜けていてもおかしくない年齢なので、やっとよその子と同じになったということだったが、一番目立つ前歯一本が欠けたら、やっぱり間が抜けている。ほら。

鏡の前で渉に口をイ――ッと広げさせて、あゆみは一緒に覗《のぞ》き込むふりをし、結局何かまともなことを言ってやる前に笑いだしてしまった。おねえちゃん、笑うな！　渉が半べそをかき、食堂のほうから、ケンカはだめだよォ、という父ののんびりした声と、二人とも早くご飯を食べないと遅刻よ！　あと一分で火がつきそうな母の声が一緒に飛んできた。

だって、クラスの男の子も女の子も、みんな歯抜けでしょ？　そういう時期なの。いまある歯が抜けて、大人の歯が生えてくるの。お父さんとお母さんがいつも言っているでしょ？　口だけ動かしながら、あゆみはもう弟のことは放っておいて自分の髪にぐいぐいブラシをかけ、鏡のなかの自分の顔を点検した。どういう風の吹き回しか、昨日からふいに自分の子どもっぽい顔が気に入らなくなってきて、朝起きたときに髪の分け目でも変えたらと思いついたのだったが、強情な天然の分け目はそんなに簡単に思い通りにならなかった。それを下から見ていた渉が一言、ブス！　と吐き捨てるやいなや、自分は歯ブラシの棚からデンタルミラーを一本つかんで食堂へ行ってしまい、あゆみ——ッ！　いよいよ母が脳天から叫びだす。

父も母も、渉にはやさしい。あゆみが食卓に着くと、父は自分の新聞を置いて、ミラーで渉の口を診てやっているところで、渉くん、歯磨き頑張っていますねえ。虫歯は一本もありませんよォ。あ、左下の第一大臼歯《だいきゅうし》が顔を出しかけていますね。今日からそこもちゃんとブラッシングしましょう。はい、よろしい！

そして、それを待っていたように母が熱いお味噌汁《みそしる》が注がれたお椀《わん》を配り、全員で「いただきます」になった。今日のお味噌汁は青菜と油揚の彩《いろど》りがきれいだったが、味はいつも通り。

ねえ、歯が抜けて気持ち悪いんでしょ？　ソーセージ、食べてあげようか？　あゆみは、べつにそんな気もないのに渉の皿へ自分のお箸《はし》を伸ばしてちょっかいを出し、また一寸渉と摑み合いになって、母に叱《しか》られた。今日のあゆみは、朝起きたときから自分でもどうしたのかと思うほど不安定な気分だったが、そういえば少しお腹《なか》の下のほうも重いのだった。明日は水泳教室だし、明後日はディズニーシーなのに。ひょっとしたら、ついに初潮が来たということ？　この春、一足先にその日を迎えたユキが小鼻を膨らませて、そうね、たとえて言うなら原腸陥入を自分のお腹で体験するような気分よ、と大げさに顔をしかめてみせたのだが、それよりも、突然今日から子どもが産めるようになった気分というのは、どんなものだろう。子宮が来る日も来る日も卵子を準備して、さあ、いつでもOKよと身構えながら、三百六十五日オスの精子がやってくるのを待っているなんて、どうかしている。そんな生きものが、わたしの意思とは別に、わたしのお腹の下に棲《す》んでいる――。

あゆみ、食欲がないの？　どこか痛いの？　忙しく箸と口を動かしながら母がこちらへ眼をよこし、あゆみは首を軽く横に振って応じた。母は、大人にしては子どもの細かな変化を見逃さないほうだが、ほら、今日も忙しすぎてその先がない。だったら早く食べて。ほら、渉もお茶碗《ちゃわん》はちゃんと手にもって。母は顔の半分で言って、すぐに父としていた話の続きへ戻ってゆくのだ。

たとえば今朝の母の話では、近所で有名なクレーマーさんが高梨医院で上顎の親不知《おやしらず》を抜いたところ、案の定、上顎洞炎《じょうがくどうえん》が悪化したと言いだしたので、都立病院の父のところへ行ってもらうことにしたらしい。すると、こっちへ来られてもひとまず抗生剤を出すぐらいしか出来ないよと父が言い、だったら、そっちで耳鼻咽喉科《いんこう》に回してよ。もともと慢性の副鼻腔炎《ふくびくうえん》の人なんだから。母が言ったとき、いっぺんCTを撮ってみるかと父が漏らしたのがいけなかった。母の眼に、自分の診断にケチをつけられたといった表情が走り、父の眼に〈しまった〉という表情が走り、次いで子どもの眼に気づいて、二人揃《そろ》ってつくり笑いをした。いつも同じパターン。父も母も、全然学習しない。

いいえ、だいたい父だって、もしも代々の医院を継ぐ必要がなかったら、絶対に医学部のほうへ進んでいたのは確かだし、母もほんとうは自分のほうこそ大学病院の口腔外科に残りたかったと思っていて、どちらもお金儲《もう》けに興味がないことだけは確かだが、ともかく自分の仕事の現状に満足していないのは子どもにも分かるのだった。いいえ、だからといって父母が家庭的でないというのでもないし、そこが大人の難しいところだが、ともかく父も母も忙しすぎるのだ。

共働きの親は珍しくないが、そこに毎朝きちんとご飯をつくることや、子どもの勉強を見ることや、毎朝の送り迎えや健康管理にレクリエーションに習い事、そして煩雑《はんざつ》なPTA活動など、望ましい子育ての条件を次々にぶら下げてゆくと、結局重くなりすぎて身動きが取れなくなる。父母ぐらい世間体を気にしない合理主義者でもこうなのだから、子育ては、いわばうつくしい地獄というところだ。ほら、母の目尻の皺《しわ》の目立つこと。四十七歳でもう、お肌はすっかりガサガサだ——。子どもが勝手にすねたり怒ったりして、苦労をかけるせいで。

ねえお母さん、お父さん。お願いがあるんだけど。あゆみは突然明るい声色をつくって、父母の間に割って入った。ねえ今日、学校の帰りに本屋さんでディズニーシーのガイドブックを買ってもいい？　公式ガイドブックだけじゃ、せっかく行くのにつまらないし。

ああ、お父さんもそう思っていたところだ。即座に父が答えた。いいよ、君が好きなのを買いなさい、買いなさい、と。

それからね、それから——あゆみはもう一つ続けて言った。年が明けたら、桐原《きりはら》ユキちゃんと一緒に数学の塾へ行きたいんだけど。

ああ、それ、お母さんも考えていたの。もちろんいいわよ。今度は母が即座に答えた。どこへ行きたいか、もう決まっているの？

いま、先生と相談しているところ。たぶん、新宿のほう。そう答えながら、あゆみは自分が正直ではないと思う。ガイドブックの話も、塾へ行く話もほんとうだけれど、どこかに嘘が入っている。いいえ、これでいい。せっかく冬休みとクリスマスが来るというときに、父と母が仲良くしていてくれなければ、子どもがかなわない。そのために子どもも必要な嘘はつくし、空元気も出すときは出すというだけだった。そう、初潮はきっとまだだ。世の中、そんなに悪いことは重ならない。父も母も、いまは上顎洞炎の話から車検の話になって、車は父が間違いなく明日の午後一番に車検工場へもってゆくこと。その帰りに池袋で子ども二人を迎えて、駒込《こまごめ》の東京スイミングセンターへ同伴すること、などが今朝もまた繰り返し確認された。同じ話は昨日も一昨日も出たけれど、父はこれだけ母に念を押されても、頭の半分にはなおも趣味の鉱物採集とか、母に内緒で買ったウミユリの化石標本とか、自分だけの世界が広がっているのだから仕方がない。

あなたたち、忘れものはない？　渉、学校へ行く前に歯が抜けたところを消毒してあげるから、早く食べてしまって。こら、トマトを残さない！　あなた、お茶は自分でお願いね。あゆみも急いで。はい、みんな、ごちそうさま！

母の声が元気よく走り、これで一日なんとかなるという気分になって、高梨家の朝は今日も無事にスタートを切った。あとはわたしの気分だけ。いいえ、大丈夫。元気を出せ。あゆみは自分に声をかけて食卓のお茶碗や皿をキッチンの流しに運び、父を食堂に残して二階へ駆け上がった。洗面所からは渉の甘え声が響いてくる。ねえ、お母さん、ねえ、ぼくねえ、明日の水泳の帰りにサンシャインのプラネタリウムに行きたい！ すかさず母の声が言う。あ、だめ、口を開けてなきゃ。プラネタリウムは先週も行ったじゃない。明日はディズニーシーへ行く準備をするんでしょう？ プラネタリウムはまた今度ね。よし、お口はこれで大丈夫。さあ、上着を着て、ランドセルをもってきて。あ、ハンカチ——！

母の声とスリッパの音が走り、階段を子どものスリッパの音が上がったり下がったり。そうしてあゆみが真っ先に玄関ドアを押し開くと、新しい朝の冷気が頬や額を叩いて、今日もいいお天気！ と思った。行ってきまあす！ 子ども二人が叫び、閉まる玄関ドアのなかから父の声が返ってくる。行ってらっしゃい！ それから、髪を括《くく》っただけのすっぴんの母が飛び出してきて、車のエンジンをかけると、隣の垣根からきれいにお化粧をした中谷さんの奥さんが顔をだして、まあ先生、昨日はありがとう、ほんとうに助かったわ、週明けに新しい歯の型取りに伺いますわ。あゆみちゃん、おはよう。渉くんもおはよう。あらあら渉くん、歯が抜けた？ うふふ、よかったわねえ。行ってらっしゃい！ 車が車庫を出るまで、毎日こんな感じだ。上品な奥さんだけれど、ちょっとうるさい。

あゆみは弟と一緒に後部座席に収まり、シートベルトを締めた。身体の小さい渉はまだジュニアシートだ。そのベルトを、渉が締めにくそうにしていたので、グーに握った手の指を開かせてみると、抜けたばかりの半透明の乳歯が入っていて、ふいに臓腑《ぞうふ》がぶるっと震えるのを感じながら、あゆみはすぐに再び弟の手を握らせた。自分が何にぞっとしたのかは分からなかったが、いつも一緒にいる弟でも、ある日突然自分との距離がぐんと開いたような気がする。そうして、やがて実際の距離も開いてゆき、相手も同じことを感じるようになって、兄弟姉妹はすべからく他人になってゆくものなのだろう。そんなことを考えるともなく考えてから、あゆみはそういう自分自身にまた少し違和感を覚え、次いで、お腹の下のほうのズンとした重さに気を取られた。ああ、ついていない日！

そうかと思えば、フロントガラスの前方にバス停の方向へ歩いてゆく田口くんの姿があり、渉が最初に、あれ、おねえちゃんのお友だちだよ、と余計な声を上げた。すると、母も前方へ首を伸ばして、あの子、あの田口耳鼻科の正明くん？　へえ、背が伸びたわねえ！　あゆみ、最近あの子に会ったりするの？

ううん。昨日の朝、バス停で会っただけ。あゆみが言うと、母はへぇ——と軽く応じたが、その声が少し笑っていた。母にとっては、毎朝車で子どもを送るときが子どもとゆっくり話をする唯一《ゆいいつ》の時間で、日々そんなに話題があるわけではないが、母もそのときが一番素の顔になる。そう、母はいまちょっと笑った。ほんとうは笑うようなことは何もないが、母はたしかにのどかに笑った。あゆみにはそれが一番大事なことで、母が笑った理由などは二の次だった。なんであれ、母が仕合わせな気分でいてくれたら、あゆみも仕合わせなのだ。それにあゆみ自身、朝起きて急に髪の分け目を変えてみようと思いついたりしたのは、田口くんのことが頭にあるせいだと分かっていたが、それもいまは確かではなかったし、そもそも親とする話でもなかった。

そしてそれもすぐに頭のすみへ押しやって、あゆみはフロントガラスの前方に開けてゆく中山道《なかせんどう》の朝の風景と、運転席の母の後ろ髪を一緒に眺めた。日によって違うが、今日は〈よく働くお母さん〉という印象が最初にやって来た。いいえ、正確に言えば、朝からそんなことを思ったのは初めてだったかもしれない。あらためて考えてみると、この調子で母は今日も午後八時まで医院の診療をして、明日金曜日は朝から大宮の実家の法事に出て、夕方からまた連休前の最後の予約診療をして、それから土曜の朝一番に一家でディズニーシーへ行くのだが、これでは誰が見ても忙しすぎるだろう。それでも母は頑張るし、土曜の朝にはたぶん万事がうまく整っているのだ。そしてその分、父が楽をしていて、気分的に余裕のある父はよく子どもと遊んでくれるし、勉強や生活についてうるさく言うこともないのだが、こうした父母の微妙な噛《か》み合わせについて、近ごろは気がつくと何かを考えている。

良い悪いではなく、現実にこうして営まれ、安定し、将来もかたちの上での大きな変化はないだろう父母と子ども二人の家族について。小説のような劇的な感情は生まれる余地もなく、もとより子育てと仕事に手一杯の父母の間に、好いた惚《ほ》れたもない。あるのは、ときどきにいくつかの選択肢を天秤《てんびん》にかけて選びとってきた結果としてのいまの暮らしのかたちと、そうはいっても当面変えようがない仕事と、長い長い日常生活と、それから夫婦がともに四十で授かった息子と、あまり美人でない娘が一人。

夫婦仲といえば、アリサの家は両親がしょっちゅうケンカをしているけれど、うちはそれほどでもない。ユキの家のように、姉と妹で腹が違うといったこともない。総合すると、高梨の家はまあまあ恵まれているに違いないが、それなら、このなんともいえない微妙な感じは何なのだろうか。父母はけんめいに父母を演じ、子どもはけんめいに子どもを演じている。どこの家もそうよとアリサは言うが、ほんとうにそう？　親も子も、家族という型に合わせて自分のほんとうの思いを少しずつ削り、型にはめ込んで安定するのが、すなわち仕合わせな家庭だということ？　そうなると、家族という仕合わせの型から外れてゆきそうなわたしは、自分から仕合わせを破壊しているということ？

わたしは、たぶん医者にはならない。あゆみはいままた自分に一つ呟《つぶや》いてみたが、それは二〇〇二年十二月の気分に過ぎず、年明けには変わっているかもしれないことも分かっていた。ユキと数列の問題を解きっこしているのは楽しいけれど、その先に何があるかと言えば、ユキには数列と無縁ではない生物の宇宙があるのに比べて、自分には何もない。正五角形に対角線を引いて黄金比を見つけたり、その比を二次方程式に書き換えたり、連分数や三角関数で表したりすることに数学的な意味はあっても、何の役に立つのかと尋ねられたら、答えられない。いいえ、それを言うなら、人の役に立つことは自明の医者だって、父や母を見ていると一寸微妙だ。慢性副鼻腔炎だからといって、患者さんの訴えを真剣に聴かない父や母は、十分に患者さんの気持ちに寄り添っていると言えるだろうか？　答えはノーだ。

いいえ、それでも医者はやはり医者だし、数学も数学だというのが正しいだろう。問題があるとしたら、それは自分にあるのだと、あゆみは考えてみる。家族の枠から外れてゆくのは、たんにわがままだからだ、と。また、数学が何の役に立つか分からないと考えているのは、図抜けた才能がないことの証《あかし》かもしれない、と。そう、昨日から集中ができない。解けるはずの問題が解けない。いいえ、数学がほんとうに出来る子は、自分が集中しているとか、していないといったことを考えないし、数学の思考とは本来、そんな余計な回路が忍び込んでくる余地のないものだと、昨日は数学教師に言われた。そう、教師は正しい。わたしは考えないために考えているのだろう。考えなければならないことを考えないために、余計な迂回《うかい》をしているだけだろう。いいえ、それのどこが悪い。子宮が邪魔をして昨日今日は頭が重いけれど、わたしはちゃんと前を向いて生きている。数学だって、絶対に誰にも負けない。昨日はたまたま、調子が悪かっただけ。

あの数学教師、大っきらい。

今日もいいお天気ねえ——。ハンドルを握りながら母がふだんは出さない柔らかい声を出した。ねえ、天気予報は土曜日も晴れだって。ねえ、あなたたち。お母さんたち大人は、ディズニーシーで何をしたらいいと思う？

ゴンドラに乗る！　渉が勢いよく言った。

ねえお母さん、ミラコスタにものすごく贅沢《ぜいたく》なスパがあるの、知ってる？　あゆみが言うと、へえ、素敵ねえ！　母はまた若い娘のような声で笑った。

＊

南町田を出たとき、克美はとにかく16号線沿線から離れたい一心だった。多摩川を越えて東京へ入ったあとは、さらに隅田川を越えて東へ向かうという手もあったが、結局その手前で北へ上がり、赤羽まで来た。八九年に初めて荒川を越えて上京したとき、最初に見た東京。その後は江東区や荒川区の運送会社で働くかたわら、九五年ごろに女と同棲《どうせい》していた線路沿いの木造アパートがあったところ。いや、とっさにそこまで考えたわけではなかったが、町田や相模原周辺の臭気に辟易《へきえき》したあとは、隅田川沿いの台東区や荒川区よりも北区のほうが土地の感じが変わって、気分も変わるという無意識の判断が働いたのは確かだった。

そうして日付が変わった午前一時半過ぎ、羽を休めることになったのは、赤羽駅東口近くの二十四時間サウナだった。シルビアは近くのコインパーキングに入れた。入店後、奥歯の不調で顔を青黒く腫《は》らしたトダはすぐに休憩室へ消えてしまい、克美のほうは一時間ほどサウナとシャワー室を往復して、南町田で荒れた気分を鎮《しず》めようと試みたが、結果的にはリラックスするどころか、眼の奥が余計にぎりぎりと覚醒《かくせい》してしまった。仕方なく余分に金を払って同じビル内のカプセルホテルにしけ込み、そこでしばらくヒツジを数えたりしたが、瞼が落ちるどころか、気がつくと密閉された箱のなかで〈あのときは――〉と考え始めていたり、耳の奥でシュ――ッ、パチスロのリールが回転する音が聞こえるやいなや、ジャラジャラジャラジャラ、コインのあふれ出る音が鳴りだしたりだった。

思えば、数カ月の周期でこんなときが来る。振り返ると、もういつから熟睡していないのか分からない。身体《からだ》がもたないので少しずつ寝てはいるが、頭も身体も寝たという実感がない。いまも頭がずしんと枕《まくら》にのめり込み、そこから地面へ、地中へとさらに沈んでいって、地球の内部へ五百メートルも千メートルも潜行してゆくような感覚のなかで、克美はさえざえと記憶を探り続けるのだが、どこもかしこも半透明の煙を上げるほどの熱で発光していて眩《まぶ》しいばかりだった。しかも、光という光が激しく振動しており、いまにも突沸しそうなエネルギーが充満して、シュ——ッ。リールが回転し、ストップボタンでブルッ、ブルッ、ブルッ。タッタラタッタラ、タッタラタッタラ。ゲロゲロ、ゲロゲロ。シュ——ッ。ブルッ、ブルッ、ブルッ。タッタラッタラ——ン。カタカタカタ、ジャラジャラジャラ。

ここは伊勢佐木町の店か、古淵駅前の行きずりの店か。夢とうつつの間を行き来しながら、克美はいつも過ぎ去る端から散乱してゆく記憶を拾い集めようとしてもがいた。

——そう、たしかに俺は古淵にはいた。しかし、そこで見たのは《キンパル》のカエルだ。伊勢佐木町の穴蔵で吠《ほ》えていたライオンやコンドルではない。いったい俺が伊勢佐木町にいたのはいつだ？　毎週金曜日の感謝デーは？　土曜日のレディースデーは？　シュ――ッ。ブルッ、ブルッ、ブルッ。タッタラッタラ――ン。シュ――ッ。ブルッ、ブルッ、ブルッ。カタカタカタ、ジャラジャラジャラ。そうだ、レディースデーの土曜日に俺はまだあの伊勢佐木町の店にいて、眼をチカチカさせ、鼻の穴をタバコのヤニでベトつかせながら、受け持ちの《獣王》と《アラジンA》のシマを行ったり来たりしていたのだった。そこで何の因果か、ゴト師グループの打ち子を見つけたりしていなければ、いまもたぶん、シュ――ッ。ブルッ、ブルッ、ブルッ。シュ――ッ。カタカタカタ、ジャラジャラジャラ。

あの打ち子の名前は――そう、ハルキだった。以前からときどき店に現れては高設定の台を教えろと凄《すご》んでいたやつで、向こうはこっちを知っている素振りだったが、こっちは記憶になかった。地元の本庄の龍神会《りゅうじんかい》にはいなかったし、行田《ぎょうだ》連合でも熊谷《くまがや》の天龍門でも見た覚えがない。ひょっとしたら毘《び》沙門天《しゃもんてん》系列のどこかに属していたのかもしれないが、ツルんで走った記憶もないし、カチ込みをやった記憶もない。本庄の井上克美を知っているのなら、県北の元族ではあるんだろうが、いまではゴト行為でシノぐどこかのハンパな組の組員で、何かの拍子に伊勢佐木町で井上の名前を聞き及んだのを機に、あの井上なら後ろ楯はないから代紋をちらつかせて黙らせるのは簡単だとでも組織に上申したか。

ともかく、いまどきやくざがおおっぴらに肩で風を切って乗り込んでくるのだから、やはり初めから、あれがふつうのゴトでなかったのは明らかだった。本庄の井上興業の末裔《まつえい》がたまたま思い通りにならなかったのはおまけで、初めからパチスロ店やオーナーや組関係者全員が裏でつるんでいた話だったということだ。店を計画的に潰すか、どこかへ金を流すか。ともかくそういうことなら、店はもともと〈菱《ひし》〉の代紋のほうだったから、ハルキの組もその系列なのだろう。なるほど、本庄の井上は〈菱〉とは手を組んでいない〈丸〉のほうのタニマチだったし、その五代目が女房ともどもポン中で身代を潰して心臓マヒで死ねば、身代を継ぐ者もいない。そんなどつぼの井上の一人息子が、こんなところでまだ突っ張っているようなら、GT—Rと一緒にシメちまえ、ということだったか。

シュ——ッ。ブルッ、ブルッ、ブルッ。シュ——ッ。額のなかでリールが火花を散らして回り、前後のない記憶がブルッ、ブルッ、ブルッとばらばらに並んでいった。シュ——ッ。ブルッ、ブルッ、ブルッ。そうとも、こちらは明治の代から砂利屋で一家を成してきた井上興業の成れの果てだが、毛が三本足りないのも、近所の族にぼこぼこにされてきたのも、父母が覚醒剤でパクられて家業が倒産するずっと前からだ。土台、幼稚園のころからツルむのが嫌いで、騒ぐのも嫌い。面子《メンツ》がどうこうというご託も好かないときていたし、二輪でも四輪でもスピードが命だったから、わざわざマフラーを切り詰めてスピードが出ないように改造した族車は、心底かったるかった。おかげで、どこの族も長続きはせず、ばっくれてはケンカになって、面倒なときは逃げもしたが、逃げられないとなったら、鉄パイプや金属バットを振り回すことにためらいはなかった。筋金入りの不器用のおかげで、バットを振り回しても直径七・四センチの硬球には当てられないが、人間の頭ぐらいでかければスイカ割りだし、そこはたぶん代々の暴力の血というやつだ。幸か不幸か、ナイフの類《たぐい》はたまたま持たずに済んだが、必要なら持っていただろうし、十代のうちに殺しをやらなかったのは偶然に過ぎない。実際、ナイフを持ったが最後、間違いなく相手の腹を掻《か》き切っているだろうし、だから直感的に避けてきたのだろう。秩父《ちちぶ》の祖母《ばあ》ちゃんがそう言っていた。

そういう人間が、一人で好きに車を転がせる三十代になって、適当に働きながら、誰にも迷惑をかけずに機嫌よくGT—Rを駆っていただけなのに。この五日足らずの間に、いったいどこがどう狂ったというのだ。シュ——ッ。ブルッ、ブルッ、ブルッ。タッタラッタラ——ン。カタカタカタ。シュ——ッ。この変調はいつ、どこで始まったのだ？正確に何があったのだ？シュ——ッ。ブルッ、ブルッ、ブルッ。

それにしても、こうしていつになく執拗《しつよう》に、折り重なった記憶を逐一並べなおそうとしているのは、無意識がそうしろと促しているに違いなかった。数カ月毎《ごと》にやって来る気分の大波を差し引いても、何かしらこれまでとは違う、抜き差しならない変調がこの心身に起きていることを、無意識が警告している。ただでさえ前へ前へとつんのめってゆく自分を、もう一人の自分が見下ろしながら、いつもとは違うとひそかに青ざめている。シュ——ッ。ブルッ、ブルッ、ブルッ。シュ——ッ。

それが証拠に、どう見ても現金など入っていそうにない郵便局のATMをユンボで破壊して。男二人でしけたコンビニに押し入って、スキをぶん回して。しかも、襲ったのがどれもこれも、相模スペクターあたりの生き残り、あるいはCRS連合崩れのシマで。タッタラッタラ——ン。シュ——ッ。ブルッ、ブルッ、ブルッ。いったい俺は何をしている。これは夢ではないのか——。シュ——ッ。ブルッ、ブルッ、ブルッ。

リールが回り、世界が回り、克美はなおもぎりぎりと白熱する記憶の煙をかき分け続けた。あの日、ゴトの件を店長に知らせたあと、閉店まで働いて退出するときに、店長らの様子がおかしいと感じたのは虫の知らせというやつだった。それで店を出たあと、アパートへは帰らずにそのまま逗子《ずし》のほうへ走ったのだ。何か当てがあったわけではない、ただ道なりに走りながら、自分の置かれている状況を理解しようと無駄な努力をして、気がつけば夜が明けていた。それから、やはり何か考えようとしながら、その日は中央道を箱根まで行ったりし、当てもないのでまた都内へ戻るともう、行くところは16号線沿線のファミリーレストランか、どこかの河川敷か、スーパー銭湯ぐらいしかなかった。

実際、その夜は入間川《いるまがわ》の河川敷にGT―Rを停めて過ごし、明け方16号線に戻ってガストに入った。何かしらむらむらし、気分が前へ前へと出て、思いつくままに携帯電話の求人サイトに書き込みをしていたのはその店だ。そこで十六日月曜日の朝を迎えたあと、今度は自衛隊の入間基地にほど近いスーパー銭湯で半日を潰《つぶ》し、そこを出たところには、トダヨシオを名乗る男から求人サイトへの応答があって、火曜日に池袋で会う約束をした。それから再び河川敷の運動公園へ戻り、草野球を眺めて日が暮れたあと、頭がからっぽになって16号線をふらふらと地元横浜へ戻ってきたところで、あの族車どもの一斉コールに囲まれていたのだった。

ヴォン！と一つ響き上がっただけで骨の髄がブルッと来る、あのどうしようもなく懐《なつ》かしい音。ガキのころは、半クラッチでアクセルを吹かせる感じが、水浸しでふやけたぶよぶよの畳か、水を入れる前の田んぼの泥を踏むむずむずした感覚と直につながっていた、あのヴォンヴォンヴォン、ヴォヴァヴォヴォヴォヴァヴォン。高く短く放たれては、田んぼの泥と闇《やみ》に吸い込まれてくぐもってゆくヴォヴォヴォヴォヴォヴォン。

それが16号線に湧きだしたかと思うと、まるで祝砲のように鳴り響いて、GT—Rはあっという間に四方を囲まれながら、ファミリーレストランの駐車場に追い込まれたのだ。しかしその時点でも、克美は自分に何が起こったのか、正確に理解はしていなかった。十五年前なら瞬時に脳天と足の裏が直結していたような類の話だったはずだが、三十一歳の神経はすっかり錆《さ》びついていたのだろうか？　違う。いまから自分の身に起ころうとしていることを、もう一人の自分が冷静に注視している数秒間の、あの独特の静かな感じは昔と同じで、自分はたしかに何かの間合いを計っていたのだった。

たとえば十六のガキが鉄パイプを握りしめながら、最初に誰のどこを狙《ねら》うか、距離やタイミングを見計らうように。あるいは昔もそうだったが、このタイマンをどこで切り上げるか、まだ理性が働いているうちにあらかじめ決めておくように。あのときも、フロントガラスやリヤウィンドウの外に群がったガキどもの青臭い面《つら》を拝みながら、自分が計っていたのは、いったい何が起こっているのかという判断ではなく、端的にこれから自分を襲う暴力をどう受け流すか、あるいはどう始末をつけるか、といったことだった。また、驚愕《きょうがく》や恐怖がなかったのも昔と同じなら、当座の注意が相手ではなく自分自身に向かっていたのも同じだった。そしてまた、自分に限って言えば、かつての暴力沙《ざ》汰《た》にどんな理由も要らなかったのと同じく、あの十七日未明の襲撃の理由など、ほんとうはどうでもよかったのだ。計っていたのは唯一、この自分のなかで何が起こるか、だ。そして、結果はどうだったか。結論から言えば、その場ではは っきりしたかたちにならなかった。でも、どんな感じだったかは鮮明に記憶にある。あえて車を降りずに、エンジンだけ切ってシートにふんぞり返ったまま、鉄パイプの雨が降り注ぐ音を聞いていたあのとき、一秒毎に体温が下がって身体の深部から冷えてゆくのを感じた。血流が遅くなり、思考と感情はゆっくりどこかへ沈んでいった。眼も耳も皮膚も筋肉も、自分のものでないほど各々《おのおの》くっきりと立ち上がり、余計な記憶も感慨もなく、この全身がただ高感度のセンサーになったかのようだった。そして、昔と同じ何かの感覚が膜になってひたひたと皮膚に張りついたのだが、あれはたぶん快感というやつだ。そう、恐怖や失意も、自分の皮膚から一ミリ離れたらもう人ごとのようで、それを眺めるもう一人の自分がいる。

シュ——ッ。ブルッ、ブルッ、ブルッ。タッタラッタラ——ン。シュ——ッ。ブルッ、ブルッ、ブルッ。そう、同時進行では分からなかったが、破壊されたGT—Rのなかで夜を明かしたとき、冷えきったこころと身体の奥深くに何かの芯《しん》ができたのを感じ、それが何かを確認するのをとりあえず先送りにしたまま、ともかく自分を始動させたのだった。車を調達し、ほいほいと身軽に、陽気に、携帯サイトに連絡をしてきた見知らぬ男に会いに行って。郵便局のＡＴＭなんかどうでもいいのに、盛大にユンボを駆り出すわ、行きずりの家に脚立《きゃたつ》を投げ込むわ、コンビニで暴れるわ。そうして初めの三十数時間が過ぎたところで、またぞろあの16号線でヴォンヴォン、ヴォヴォヴォヴォヴォン。ガキどものコールを全身に浴びて、やっと何かの生きものが立ち上がるのを感じたのだ。まるで、冬眠していた虫が目を覚まして動きだすように。スイッチを押したのは日差しや気温ではなく、ヴォヴォヴォヴォヴォン、ヴォン、ヴォン、ヴォン、だ。本庄や熊谷や行田の17号線沿いの畑にぶよぶよと広がってゆくヴォン、ヴォン、ヴォン、ヴォヴォヴォヴォヴォン。

そう、ＧＴ－Ｒのなかでは未《ま》だかたちにならなかったやつ。族どものコールが運んできたのは、ずっと昔に知っていた生きものだ。そう、族どものサンドバッグになって、眼も口も開かないほど痛めつけられ、身体じゅうが火になっているのに、深部にはその痛みも火も及ばない静寂の泉があって、そこにその生きものは棲んでいる。『餓狼伝』の丹波文七と比べたら百分の一の強度もないが、その生きものが暴力によって暴力に目覚め、血のなかで血に目覚める仕組みは同じだ。そら、そいつはβ《ベータ》エンドルフィンを食らって棲息する。目覚めたそいつは腹を空《す》かせて、いまも脳に〈暴れろ〉と信号を送り続けている。もちろん、そうは言っても、脳もその先の身体も十代のようには動かないが、ともかくいったん目覚めてしまったものは、なんとかしなければ収まらない。さあ、どうする？　どうすればおまえは気持ちよくなるのだ？　シュ——ッ。ブルッ、ブルッ、ブルッ。シュ——ッ。ブルッ、ブルッ、ブルッ。いや、スロットのリールはもういい。自分の奥底に棲む生きものが感応するのは、暴力だけだ。

自分には腕っぷしも頭も何もないが、その分、誰も手が出せない狂い方ができるというのは、克美がガキのころからずっと感じてきたことだった。いま何かをやるにしても、やらないにしても、マジでヤバいと直感が告げていた。いまはもう、こうして息をしているだけでヤバい、と。

そうして午前八時前、克美はむっくり起き上がり、カプセルを這《は》い出して、煮詰まった頭をサウナと風呂《ふろ》で換気した。それから休憩室を覗くと、昼も夜もない薄昏いリクライニングシートの群れのかたすみで、小さく背中を丸めたトダがひとり、携帯メールを打っていた。声をかけると、数時間前よりさらに昏い穴になった顔がこちらを見、池袋で鎮痛剤を買える目処《めど》がついた、とかいうことだった。

それより、歯医者へ行ったほうがよくないっすか？　七、八年前にこの近所で一緒に住んでいた女が歯を抜いてもらった歯科医院、知ってますよ。線路の向こう側の西が丘の医院で、高梨とかいう名前だった。電話帳で調べてみます？　克美は言ってみたが、トダはそれには即答しなかった。まるで1速でエンジンを回し続けているような鈍さでのろのろと腰を上げると、歯科医なら金あるんじゃないっすか？　やっと一言漏らして、ヒャハハ！　とぶち切れた。

＊

イノウエはテーブルの反対側でスポーツ紙を開き、吉生は二杯目のコーヒーを啜《すす》る。こちらを向いているスポーツ紙の一面には、《松井、緊急渡米。三年22億＋出来高――》。松井秀喜とニューヨーク・ヤンキースとの契約が合意に至ったようだった。二十二億を稼ぐ二十八歳の大写しの姿をとくと眺めながら、吉生は砂糖で甘くしたコーヒーをさらに啜り続ける。近鉄の中村紀洋のほうは、メッツから松井に近い額を提示されながら、なおも回答を留保しているらしいが、十億や二十億という単位になる野球選手への報酬は、ヒーローの製造コストか、野球バカにつける薬か。ニューヨークで旅客機が高層ビルに突っ込んだのは、去年の秋ではなかったか。平和だ。死にそうに平和だ。未明から立て続けに二錠も呑んだボルタレンが歯痛を溶かしてしまうと、所在無さという新たな空洞が口を開け始めて、吉生は生欠伸《なまあくび》をする。

遅い朝、ＪＲ赤羽駅東口のマクドナルドの座席から見る赤羽の街は、空の広がり方がもう都心ではなく、少し地方都市の空気があった。駅前のビルも店舗も、三流ではないが一流でもないものに特有の、特徴の無さとルーズさが感じられた。土地に根を下ろした生活臭があるわけでもない無頓着《むとんちゃく》さや、それが年月とともにそのまま固化してゆくこの感じは、ひと昔前のベッドタウンやそこに建つ公営団地のものだ。

ふとそんなことを考えたとき、吉生の額に浮かんでいたのは、自分が生まれ育った四日市の市営曙《あけぼの》住宅や、その後移り住んだ高花平団地の風景で、六〇年代に建てられたコンクリートの箱の群れは、たとえばつい二日前まで新聞を配達していた板橋区清水町の関東財務局住宅などと比べても、格段にわびしく寒々しい姿をしていたのだった。否、全体に灰色の紗《しゃ》がかかっているのは自分の記憶がそうだというだけで、工場労働者か公務員の世帯が占めていた団地はどこも、七、八〇年代には白々として明るく晴れがましかったはずだ。もっとも、晴れがましいと言っても、それこそ「ゴキブリは出ても、ナメクジは出ない」という程度の話だったし、ナメクジは出なくても、湿った風呂場や台所の板間には、ムカデやヤスデが徘徊《はいかい》していたのを覚えている。

そうか、そういえば赤羽も大規模な団地があるところか――。新聞の配達区域だった清水町の隣はもう北区で、たしか西が丘という町名だったが、その西が丘の北にある赤羽台や桐《きり》ヶ丘《おか》は、都や旧住宅公団のマンモス団地が広がっている。同じ団地でも地方の四日市とは規模が違うが、築三十数年から四十年になる鉄筋コンクリートの集合住宅の風景そのものに、東京も地方もない。町名に〈台〉や〈丘〉とつく高台に汚れてくすんだコンクリート壁を林立させながら、もう世代交代もなく老いてゆくだけの寂しい住民たちとともに、高度成長時代の遺跡のように取り残されているのも全国共通なら、それらの生活のすみずみにつましい幸福の名残があって、そばを通りかかるだけで反吐《へど》が出そうになるのも然《しか》り。否、どこの団地も、短かった繁栄の跡を控えめに自嘲《じちょう》するかのように汚れた外壁をさらしているのが、ただ厚顔無恥な感じがする。一方、いち早く蓄えをつくって団地を脱出していった成功者たちは、いまでは土地付きの戸建て住宅に住みながら、何かの拍子に眼に入った団地に居心地の悪さを覚え、もう済んだことだとして自分の人生の記憶から追い出すのだ。地元の中学教師だった自分の両親が、まさにそうしたように。

団地から戸建て住宅へ――。なるほど、イノウエの女が歯を抜いた歯科医院があるという西が丘も、戸建て住宅の並ぶ地域だと思い至るやいなや、吉生は自分の気持ちがすうっと動くのを感じた。西が丘の住人たちは、北に隣接しているマンモス団地は眼に入っているのだろうか。入っているなら、どんな心地で眺めているのか。知りたいというのでもなかったが、珍しくこころが動くままに、吉生はイノウエに声をかけていたものだった。ねえ、さっきお宅が言っていた西が丘の歯科医院、どんな感じっすか。流行《はや》ってます？

イノウエは開いたスポーツ紙を下げ、一寸《ちょっと》眼を泳がせた。そうっすね——、わりに混んでいた記憶はありますけど。七十過ぎの爺《じい》さんの先生で。医院は住宅街の外れの古いビルの一階で、八百屋とかクリーニング屋の並びだったかな。近いから、行ってみます？

下見にね。吉生は一言応じ、イノウエは口許《くちもと》から頬へ、目尻《めじり》へ、じわり笑みを膨らませた。そして曰《いわ》く、俺はいいっすよ。考えるひまがあったら、何かやっていたい。でなきゃ、有馬記念に一万円突っ込んで、年末ジャンボ買って、みなとみらいのカウントダウンにでも行って、また今年も終わりだ。もうたくさんだ。そういう気分なんでよろしく、だった。南町田を出るときには族に追われてケツに火のついていた男が、いまはまた得体のしれない大人の遊園地へワープしたというふうだった。

そのイノウエと一緒にマクドナルドを出て商店街を三百メートルほど戻り、コインパーキングのシルビアを出した。なにぶん歯医者の話だったから、千二百円の駐車料金は吉生が出したが、イノウエは心底考えていなかったというふうで、「どうも」と不器用な礼を言った。そういえばこの二日間で、イノウエは自分から金を出すことはあっても、こちらに出せと言ったことはなかったし、コンビニ二店でかっ払った金も、自分は万札六枚を取り、五千円札や千円札が混じった残り七万九千円は吉生のものになったのだった。これは欲がないというより、要は何も考えていないということだろうが、必ずしも金目当てではないことだけは確かな、こんな意味不明の男とは、何をするにしてもこれが最後だと、あらためて考えたりした。

シルビアは赤羽駅の北端でJRの高架をくぐり、線路の西側に出た。イノウエの話では、女と暮らしていたのは頭上を走る埼京線沿いの古い木造アパートで、最初に当地にやってきた九三年ごろは、それまで土手の上を走っていた線路が高架に変わり、駅前の踏切が地下道に変わりつつあった再開発の時期だったが、それでも線路沿いに残された赤羽西の薄汚さはぴか一で、時間が三十年間ほど止まっているのではないかと思ったということだった。女は東口のダイエーの店員で、イノウエは、勤め先の運送会社の同僚がたまたま赤羽に住んでいた関係で知り合い、女のアパートで一緒に住み始めた。少し遠い眼をしてイノウエは曰く、なあ、トダさんも分かると思うけど、眼の前を埼京線の電車が走ると、二階の床が揺れるんだ。窓を開けると、電車の窓のなかの乗客とコンニチハ、だ。渋いでしょ？

まったく、二日前まで自分が住んでいた下板橋の新聞販売店の寮の話かと思いながら、ヤスデやムカデが出るんでしょ？　吉生が応じると、あ、それそれ！　イノウエは陽気に笑った。おおよそ八〇年代から九〇年代にかけて地方から上京した若者の生活感覚なら、こっちだって眼をつむっていても分かると思ったが、同世代ではあっても、年少出の自分に見えていた世界はイノウエらと同じではないという気もして、吉生は自分から話に乗ることはしなかった。

一方、イノウエの話は続いた。そうそう、その女、昨日話したでしょ、クリスマスに上野駅へ送っていったっていうアレですよ、と。それからまた少し、甘ったるい鼻唄《はなうた》になる。雨は夜更《よふ》けすぎに〜、雪へと変わるだろう〜、サイレン〜ナイト、ホーリ〜ナイト。

そして、その線路沿いの古い住宅密集地から西側はゆるやかな高台になっていて、六百メートルほど西に入った西が丘というところは、もう駅前とは似ても似つかない整った住宅街の風景になる、とイノウエは言った。ふつうはダイエー勤めの女やトラック運転手がそっちの方向へ足を向ける理由はないが、九五年の暮れにたまたま女が親不知を腫らして、アパートの大家に紹介してもらったのが、西が丘の高梨歯科医院だったのだ、と。当時車をもっていなかったイノウエは、自転車の後ろに女を乗せて、西が丘へ走った。女はパート店員だったので健康保険証をもっておらず、費用がいくらかかるか、不安で青くなりながら、だ。まったく、ここにもひどく真面目《まじめ》に費用のことを考えるイノウエと、泥棒や強盗を平気でやるイノウエがいる。そんなことを思ううちに、吉生は結局、半分以上の話は聞き流すことになった。女の歯のその後。治療費のこと。翌年、イノウエは結局その女の鼻をへし折って黒羽行きになったというのだが、そんな顚末《てんまつ》になった理由、などなど。

西が丘は、一丁目の西半分は閑静な住宅街らしいが、大半はむしろ二日前まで新聞を配っていた板橋の清水町、本町、仲宿《なかじゅく》あたりと変わらない住宅密集地だった。路地は幅《ふく》員《いん》が四メートルほどしかなく、歯科医院のある通りも車を停められないからということで、イノウエは少し離れたところに車を停めた。そのイノウエに口頭で場所を聞き、そこから吉生はひとりで歩いて歯科医院のある路地へ向かった。すると、通りを二つ越えたところで、イノウエが言ったとおり、雑貨店、八百屋、薬局、クリーニング店などが軒を連ねるさびれた路地に、少し古びた鉄筋コンクリート造の二階建ての建物があり、高梨歯科医院の看板が上がっていた。白地に青の文字が並んでいるだけの清潔で素っ気ない看板だったが、一目見たときに、院長の名前が〈高梨優子〉となっているのに眼が留まった。イノウエは、七十過ぎの爺さんの先生と言っていたはずだ。少し考えた末に、九五年に七十過ぎだったのなら、当然いまはもう引退しているはずだ、〈高梨優子〉は娘か、などと推測したが、そうだとしても女の医師がいる医院という事実に、わけもなく気がそがれた。女医も女教師も、頭のいい女はみな、0と1はあっても0・5はない世界に棲んでいて、相対するだけで男はこころが萎《な》える、と吉生は思う。

もう一度看板を眺めた。いまどきの流行りの歯科医院なら必ずあるだろう審美歯科とか、インプラントといった金のなる科目の記載がない。最新の機械を入れていないのか。何か特別なこだわりでもあるのか。いずれにしても近所のジジババや子どもを診るだけなら、大した実入りはないか。そんな臆測《おくそく》を巡らせたかたわら、路地に面した建物の造りや、警備会社のシールや、周辺の店舗や仕舞屋《しもたや》からの視線を確認したが、深夜に人目がなくなることだけは確かなようだった。もっとも、玄関にシャッターもない住宅街の歯科医院に、夜間現金が置いてあるものかどうか。

最後に、玄関のガラス戸に貼《は》り出された年末年始の休診日のお知らせを見た。『十二月二十日（金）～二十三日（月）。十二月二十八日（土）～二十九日（日）。一月一日（水）～五日（日）』

明日から四日間休み――？　一瞬こころが動いたものの、やはり歯科医院の地味すぎる構えや女医というのがひっかかったまま、吉生は通行人を装《よそお》って路地をそのまま通り過ぎることになった。そして車へ戻り、待っていたイノウエに、院長が女に代わっていたと告げると、イノウエ曰く、そういえば一、二年したら息子の嫁に医院を任せて自分は引退するとかいう話だった、女からそう聞いた、ということだった。ほかにも、九五年暮れの時点で、その息子の嫁さんとやらは妊娠何ヵ月かで、年明けの二月か三月かに二人目を出産予定という話だったこと。当の息子は都立豊島病院の口腔《こうくう》外科にいて、腕がいいと評判の医者だということ。院長には女の子の孫がおり、ちょうど筑波大附属小学校の入試に受かったところだったこと、などなど。なるほど、路地裏の歯科医院に何度か通っておれば、待合室でいやでも耳に入ってくるだろう世間話を、イノウエの女は逐一、彼氏に話していたということだ。電車が通ると床が揺れるようなつましいアパートの部屋で。自分たちとはまるで縁のない世界の話を。

その歯科医一家の家、この近所のはずだけど。行ってみます？　イノウエは言い、吉生は同意した。歯科医院のほうはいま一つ食指が動かないが、歯科医一家の自宅なら資産がないわけがないと思ったことが一つ。子どもが附属に行っているらしいことが一つ。また、現院長の夫に当たる口腔外科医の勤め先が、都立豊島病院だと聞いたことが一つだった。

高梨という名の医師は知らないが、吉生が上京して西日暮里の自動車整備工場に勤めだしたころ、奥歯の歯根嚢胞《のうほう》の治療に通っていた近所の歯科医院で、根管充塡《じゅうてん》してもなかなか嚢胞が縮小せず、口腔外科で診てもらうよう言われて紹介状を書いてもらった先が、西日暮里からそう遠くない都立豊島病院だった。結局、転院する前に強盗でパクられてしまったが、ひょっとしたら自分もいまごろ豊島病院で人並みの歯に戻してもらって人生が変わっていたかもしれない。謂《い》わば、人生の岐路に立っていた風景の一つが豊島病院というわけだった。否、そのとき近所の歯科医に見放された奥歯の嚢胞も、十三年経《た》ったいまから振り返れば、まだまだ天国だったようにも思え、無性に滑稽《こっけい》な気分だった。

路地から路地へゆっくり車を走らせてゆくと、初めに聞いていたとおり、住宅密集地はすぐに様子を変えて、桜の巨木が並ぶ古い区画になった。それぞれの家自体は新しかったり古かったりするが、午前十時過ぎという時刻にもかかわらず、ベランダに洗濯物をはためかせているような家はない。道路から見える玄関先や庭を散らかしている家もない。いずれも豪邸とまではゆかないが、どちらかといえば堅い職業と社会的地位によって築かれた資産と暮らしの風景であり、一言で言えば〈お上品〉というやつだった。否、もっと言えば、教師の家庭とは表面だけ似ている分、吉生には理屈抜きに我慢ならない空気感だった。しかも、目指す歯科医の家では、自分が行けなかった附属の小学校へ子どもが行っている。そうしてざわざわする心地とともに、ここへ来たのは運命だという思いが過《よぎ》ると、思いがけない不穏さも感じた。

そういえば、団地はどこだ——？　どの筋を見渡しても、家並みの先にあるはずの団地は見えず、イノウエにここから赤羽台団地は見えないのかと尋ねると、もう少し北へ上がって庚申坂《こうしんざか》へ出ると赤羽駅方向の眼下に見える、ということだった。なるほど、西が丘はそんな高台にあるのかと思う一方、団地が見えないと分かって、吉生はまた一コマ、時計の針が進むようにして自分の人生が先へ送られたのを感じた。はて、俺はこんな住宅地で何をしているのだ。ボルタレンのせいで、多少頭が怪しくなっているにしても、このお上品な家々はどうだ。泥棒に入るにしては、どの家も現金や貴金属を自宅に置いているような職業には見えない。この様子だと、おそらく歯科医の家もそうだろう。そうして、あらためて目と頭を働かせ始めたときだった。ここだ、ほら——。イノウエが顎《あご》で指した先に、突然《高梨亭》の表札のある門扉《もんぴ》があった。

徐行しながらその前を通り過ぎた最初の五、六秒間に、何か白っぽく薄明るい二階家の姿とカーポートのベンツ一台を見た。次いで、もう一度迂回して同じ家の前を通り過ぎ、洋風の尖《とが》った屋根や、カーテンの閉まった窓、玄関の観音開きの扉、庭木が育って狭くなった庭のブランコ、その庭の反対側にあたる勝手口側の狭い裏庭、などを見た。そして三度目には、警備会社のシールやカメラが無いことと、門扉の表札をあらためて確認した。《高梨亨》という世帯主の氏名の隣に、《優子》《歩》《渉》の三つの名前が並んでいた。事前の情報と比べるに、九五年に七十過ぎだったという先生はすでに他界して息子の代になり、現在は四人家族、という結論が出た。

なんか、面倒くせえな。イノウエは左脚を貧乏ゆすりしながらぷいと呟き、吉生の感想もひとまず同じだった。預金はあるだろうが、札束や貴金属を入れた金庫などはない家。平日の昼間は留守になり、侵入は出来るが、収穫はしれている家だ。それは間違いないが、はて――。吉生はいましがたの結論とは裏腹に、皮膚や臓腑が何かの引力に引かれているのを感じて、通り過ぎたばかりの家のほうへ振り返った。

＊

克美には、高ケ坂の失敗があとを引いているという自覚はなかったし、いまさら慎重になる理由もなかったが、結果からいえば、高梨の医院も自宅も食指が動くというにはほど遠かった。なにしろ、わざわざ探した自宅は思っていた以上に地味だったし、カーポートのSクラスのベンツも、最新モデルのW220ではないW140だった。否、それだって絶対に庶民が乗る車ではないし、暮らしぶりのほうも、七年前に見た歯科医院がずいぶん古びた佇《たたず》まいだったのだから、自宅もそれ相応で不思議はないという見方ができないことはない。また、一歩家のなかに入れば美術品や貴金属がごろごろしている可能性もないわけではなかったが、そもそも歯科医の夫婦がいったいどのくらい稼ぎだすものなのか、元トラック運転手に見当がつくはずもなし。むしろ、いかにも堅実そうな自宅の佇まいから想像する限り、その収入の多くがしっかり貯蓄に回っていることだけは確実で、ならば少なくとも自宅に現金はないということではあった。

それやこれやで、物色先としては百点満点の三十点。内訳は、共働きの夫婦に学齢期の子ども二人という家族構成から、平日の昼間は確実に留守になることで十点。いくらかまとまった年越しの現金があるのは確実な、時期的な加算が十点。ひょっとしたら貴金属がある可能性で十点。こんな点数でただの泥棒はかったるい。狙うのならキャッシュカードだ。それが、克美の簡潔な結論だった。

そこで、トダには前置きを省いて単刀直入に言ったのだった。やるんならタタキっす、と。夜中に押し込んでキャッシュカードを奪って、旦那《だんな》か女房の口から暗証番号を聞き出す。そういうの、やる気あります？　あるんなら、乗りますけど。

すると、トダの返事も早かった。曰く、四人家族が住んでいる二階家へ二人で押し込むんすか？　夫婦を脅している間にガキが逃げたらどうするわけ？　殺《や》っちまうんすか？

そうなったときは、そうなったときっすよ。殺しなんて、てめえから殺る・殺らないというようなものじゃないし――。克美は適当に応《こた》えながら、ほんとうにそうだという確信や実感は自分にもないことを認めて、一寸気が削《そ》がれた。十代のころにいやというほど繰り返したタイマンの範囲では、殺す気がなくても打ちどころが悪ければ相手は死ぬし、逆に殺す気で殴っても死なない場合もあるというだけのことだったが、しかし、それでは知らないガキを殺っちまうかと聞かれたら、自分だって殺らない。殺る理由がない。否、理由があってもなくても殺らない。とにかく殺らない。それが答えではあった。

だいいち、どんな成り行きであっても、相手が女や子どもでは暴力にもならない。暴力は、どこまでも生きた力と力の作用のことだからだ。二者が生きてぶつかり合い、生きた身体で勝利や敗北を味わうことが暴力の必須《ひっす》条件なのだ。女の歯医者や小学生のガキを殺しても、この脳は興奮しない。この脳が望んでいるのは、ともかく動くこと。暴れること。前後が吹き飛んでしまうほど、全身の筋肉と神経が覚醒すること――。

数秒そんな思いをめぐらすうちに、トダからさらにだめ押しの言葉が飛んできて、曰く、こうだった。いいっすか、一軒家はコンビニとは違う。やるんなら、留守を狙う。殺しはやらない。いいっすね？

小鼻を膨らませて、偉そうに。殺シハヤラナイ、だって。トダの物言いが何か無性に可笑《おか》しく聞こえて、克美は噴き出した。こいつだって、府中にいたということはすなわち、それ以前にもどこかで勤めている累犯《るいはん》だということだが、それで六年という半端《はんぱ》な刑期なら、やったのはせいぜい強盗未満だろう。そして、そういう自分も、偶然の結果にしろ、殺しだけはやったことがない。そう、やったことのないことを「やらない」と確信をもって断言するトダも、万一の場合を軽く見ている自分も、どちらもが根も葉もない軽口を叩《たた》き合って、意味のない虚勢を張っているのが切なくて可笑しい。こんなところでまだ年長面をして、殺シハヤラナイとうそぶいてみせるのも、それを聞いてただ白けているのも、どちらも反吐が出るほど単細胞で笑える。何も考えていないのはお互いさまだ。殺シハヤラナイ？　結構毛だらけ、猫灰だらけ。

しかし、それにしてもなぜ殺しはやらないのだ？　克美は自分とトダに聞き返したくなり、その場で実際にトダに聞き返してみたものだった。すると、トダは虚を衝《つ》かれたように口をだらりと開けて数秒沈黙し、それから一言いったことが、「種の自然に反する」だった。克美は耳をぞわっとさせられるままに、何に反するって？　聞き返し、答えが返ってくる前に自分で笑いだしていた。同じ種の動物はふつうは殺し合わないし、人間だけが特別なのはよく聞く話だったが、それをこんなところで聞かされるとは。強盗の口が「種の自然」だと！　ああいや、そういう自分も殺しをやらない理由など説明できないし、トダも何となく言ってみただけに違いなかったが、それにしてもとにかく似合っていない。トダという男は、見るからに平板な面の下で、暴力的なほど壊れていやがる。笑うほかないほどバラバラの寄せ集めになっていやがる。

かと思えば、もう少しマシな理由を思いついたというふうに、トダはしばらくして「死体そのものが反自然だ」などと言い足したのだったが、続けて聞いたところでは、トダは幼いころ貨物列車に轢《ひ》かれた女を見たとかで、脚が太股《ふともも》からちぎれて血が噴水になったとか、内臓が全部はみだした腹が煎餅《せんべい》みたいだったとか、血と脂《あぶら》と糞便《ふんべん》の臭《にお》いで空気が焼けるようだったとかいうことだった。四日市港の人けもない工場街の、貨物用引き込み線の事故だったらしいが、そういうことなら、こっちは田んぼのなかの農機具小屋で首を吊《つ》った女の死体を見たことがある。赤い襦袢《じゅばん》を垂らし、長々と伸びて干からびた褐色の半ミイラ。切ないほど静かで、利根川《とねがわ》の川霧の底でひとり、誰にも聞こえない歌をさわさわと歌っているようだった。思いがけずそんな記憶の一片を呼び戻した末に、たしかに死体は反自然だ、と克美はひとまず認めることになった。

ともあれ、そうして頭が遠心分離機にかけられているような心地になり、歯科医の家に押し込んでキャッシュカードを奪うという克美のアイデアは、そのまま一旦《いったん》棚上げになったが、それなら家人の留守を狙うという話も無しだったし、ここは確実な実入りと、いくらか暴れることのできる余地を入れて考慮し直すと、結論はやはり一つに絞られた。昨日の町田ではタイミングが合わずに諦《あきら》めたパチスロ店の景品交換所。このまま環八から北へ上がった川口でも戸田でも、パチスロ店だけは掃いて捨てるほどある。

しかしそんな皮算用をしたのも束の間《つかま》、今度はトダが、豊島病院へ行ってみようと言い出した。聞けば、高梨医院の貼り紙に明日二十日から二十三日まで休診とあったということで、トダが言うには、そういうことなら豊島病院の亭主のほうの診察日を確かめてみて、仮に二十日金曜日が休診となっておれば、あの家は二十日から連休を利用して旅行にでも行くということだ、というのだった。

なるほど、たしかに明日で学校も冬休みにはなる。が、克美の計算では、それでも三十点という低い点数が変わるわけではなかった。否、旅行で留守にする家に現金は置いておかないという意味で、むしろ十点を減点して二十点だった。だめだ、あの家に金目のものはないっすよ。克美は言い、コンビニよりはあると思いますけど、とトダは応じ、それだって怪しいと克美は思ったが、結局その場は一旦、車を板橋方向へ走らせることになった。

景品交換所は逃げない。それよりも、この機会に一度、お上品な家の暮らしぶりというのを覗《のぞ》いておくかという思いが、どこからか湧《わ》いてきたためだった。町田あたりの新興住宅地ではない、二十三区内の、代々堅い職業で食っている階層の、文化的で落ち着いた暮らしというやつ。町田の玉川学園を〈シケてる〉と言い放ったトダが知っていて自分は知らない、なにがしかの世界。否、トダがほんとうに知っているとも思えないが、ともかく本庄のキャベツ畑の畦道《あぜみち》をフルスモークのベンツのSクラスで走っていた砂利屋の息子が知っている世界の、たぶん裏側にあるのだろう世界。七年前に里枝《りえ》が——あそうか、あいつの名前は里枝だった——あの歯科医院の待合室で耳にした院長一家の暮らしぶりの話をするたびに、金もセンスも脳味噌《のうみそ》もない女が、社会の階層をかぎ分ける鼻だけはある侘《わび》しさを感じた、そういう侘しさと無縁の世界。否、庶民の暮らしのなかにそういう侘しい眼差《まなざ》しをつくりだす世界というべきか。

否、スーパーの女店員が線路脇《わき》の木造アパートの部屋で見ていたのは、ただの女性週刊誌の覗き見趣味の記事の延長だったのだろうが、そもそも里枝のようなシケた女たちが覗き込む〈いい暮らし〉のページに、あの歯科医一家のようなほんとうの〈いい暮らし〉は、登場してこないのだ。それだけは自分にも分かる、と克美は思う。まるでどちらも地球外生命体で、けっして出会うことがないために互いの存在を知らないかのように、だ。そう、里枝は言ったことがある。ねえ、カッちゃん。高梨先生の息子さんの奥さん、出産はやっぱり聖路加《ルカ》病院だって――。

いったい、それがどうしたというのだ。何かむかつく。思い出すだけで、胸くそが悪くなる。そのへんに貼りついた昔の女の顔が磁石になって、ふだんの自分ではない言葉を手当たり次第に引き寄せていやがる。あるいは、この頭のなかでまた新たなスロットのリールが次々に意味不明の図柄を吐き出していやがる。シュ――ッ、ブルッ、ブルッ、ブルッ、だ。そら、本来なら重なるところもない別世界の暮らしが、歯科医院という場でこちら側と一つ接点をもつたびに、こちらでは勘違いが一つ生まれてゆく。里枝のような女は、医者が自身と患者の間に見えそうで見えない壁を築いている現実を見たりはしない。SMAPの誰がどうという、あの果てしないおしゃべりと同じく、聖路加の名前を消費するだけで満足し、そういう自分の人生をちらりと振り返ることもしない。そうして夢想未満の根も葉もない妄想を膨らませ、男や家族を相手に一銭の得にもならない雑音をまき散らして三十を超えてゆくのだ。

ああいや、里枝と暮らした最後の年、あいつは幾つだった？　二十四？　五？　それでももう十分オバハンだったが、ああいう歯医者の暮らしと里枝を分けるのは、たぶん自尊心というたった一つのものなのだろう。ああいう家では、家人は絶対にジャージ姿で外へ出たりしない。ゴミを分別せずに出したりもしない。スポーツ紙や女性週刊誌などは、たぶん開いたこともないに違いない。他人がどこの病院で出産するか、他人の子どもがどこの学校へ入るか、興味はあっても、そういう素振りは見せない。なあ、里枝。ぞっとするほど簡単なことだ。そういう暮らしをしている女が、聖路加で子どもを産むのさ。

克美は、そうしてまた突然ブハハハと笑い声を噴き出し、トダがだるそうな横目をくれた。いやァ、例の親不知《おやしらず》を抜いた女のことを思い出したら、むかついてきて──。克美は口が回るに任せて半分は自分に言った。だいたい、俺より脳味噌がない女だったすけど、なんか寂しいというか、可哀相《かわいそう》というか。俺、昔から可哀相なやつを見るとぶん殴りたくなるたちで。べつに理由はないんすけど。ともかく、そういうわけだから、あの歯科医の家なら全然ＯＫっすよ。あの家なら同情する必要がない。

同情って──。いったい何の話っすか。

トダはへらへらと笑ってみせ、たしかに何の話だと克美も唾棄《だき》することになった。自分がいつ、里枝に同情したことがあったというのだ？　そうして、克美はいまは少し気分がざらざらし始め、やがてまた、この三日ほど続いている不完全燃焼の身体《からだ》に引き戻された。考えてみれば、未だろくに暴れていない。何一つ予定通りになっていない。見ろ、板橋の場末でも——そこらじゅうがクリスマスだ。殺シハヤラナイ？　だったら、スキを思いっきりぶん回して家をぶっ壊すというのはどうだ——？

都立豊島病院は、西が丘の北の端から中山道へ出たあと、そこから事業所や店舗と住宅が雑然とひしめきあう脇道へ入るとすぐに見えてきた。桜の巨木がある住宅街から車で十分という近さと、病院に隣接した東武東上線の線路の音と、これが都立かと思うほどピカピカの、ガラス張りの大病院。この三つの項を電卓で掛け合わせたらきっとエラーが出る、というのが克美の第一印象だった。一方のトダも、なんと中山道の反対側で二日前まで新聞配達をしていたらしいが、豊島病院が建て替わった三年前は塀のなかにいたため、白壁の昭和っぽい建物だった時代の豊島病院しか知らなかったようだった。

克美は敷地内のコインパーキングに車を入れ、病人らしい装いのためにマスクをして、二人でガラス張りの玄関を入った。午前十一時過ぎという時刻なりに外来の出入りはあったが、館内が広すぎるせいで、がら空きのパビリオンのようだった。案内表示に従ってエスカレーターで二階に上がると、すぐ正面に歯科口腔外科と眼科の外来受付と待合所があり、ゆうに二、三十人分はあるベンチの半分ほどが埋まっていた。そして受付の左脇が歯科口腔外科の診察室が並ぶ通路で、その通路の脇に貼りだされているシフト表へ、トダはまっしぐらに進んでいった。よほど歯科と名のつくところが苦手か、そのへんに知った顔でもあったか。その背中が一秒でも早くここを立ち去りたいと言っていたので、克美も待合所の手前に留まったまま、足を再びエスカレーターのほうへ向けかけた、そのときだった。診察室の並ぶ通路から白衣の医師が一人、すたすたと出てきて受付の前を通り過ぎてゆき、あ、タカナシ先生、すいませーん！ 受付の看護師の声がその背中に飛んだ。そして、呼ばれたタカナシは軽く振り向きながら、いいよ、いいよ、その代わりディズニーシーには電話をかけて来ないでね！ 子どもに怒られるから。にこにこ笑って、飛ぶようにエレベーターホールへ消えてしまったのだった。

その数秒、診察室のある通路の脇でトダもぽっかり穴があいたような顔をしてそれを見ており、次いで克美と眼が合った。何があったのかは分からない。入院患者の呼び出し、あるいは外来患者のクレームかもしれないが、ともかくほとんど冗談のような偶然によって、たまたま足を運んできた《高梨亭》の勤め先で、自分たちはなんと、本人の姿恰好《かっこう》を眼にしてしまったということだった。二人の子持ちにしてはさらさらの髪をして、何となく子どもっぽい感じの優男。自分らの周囲には決定的にいないタイプであり、どう言い表せばよいのか分からない。何の手応えもない、理解もできない、くそ面白くもなんともない、現実というやつがこれだった。

克美は無意識に動悸《どうき》を早めながら、さらに自問自答してみた。高梨という名の歯科医とその家族は、いったい俺やトダにとって何者か。何者でもない。タカハシではなくタカナシ。夫婦ともに歯科医で、こっちは医院へ行ったことがあるが、向こうはこっちを知らない。西が丘に渋い洋風の一軒家をもち、大きなベンツに乗り、附属に通う子どもがおり、クリスマス前の連休に家族でディズニーシーへ行く。シティホテルに泊まってご馳走《ちそう》を食べ、家族でビデオを撮る。そういう家族があり、世界があるというだけだ。彼らの一つ一つの顔など、丸でも三角でもいいし、名前もＡＢＣＤでいい。この同じ時刻に同じ東京で生きている、どこかのＡＢＣＤ。

克美は一寸身体の力が抜けるのを感じ、無意識のうちに一つため息を吐いて、先に下りのエスカレーターに乗った。あとからトダが続き、ガラス張りの玄関を出てから肩を並べた。どうもディズニーシーに行くみたいっすね。克美はひとまず言い、トダもすかさず、高梨先生の診療は二十日金曜日の午前で終わって午後は臨時休診。これで決まりっすよ、と応じてみせた。午前中で子どもの学校が終わって、一家は午後から家族で浦安へ行く。こっちは日付が変わるころに、ゆっくり押し込めばいい、と。

そのとき克美は一瞬何かに引っかかり、しばらく散漫に考え続けた末に、一家がディズニーシーに出かけるのは金曜の午後とは限らない、出発は土曜かもしれないと閃《ひらめ》いたのだったが、頭はそこで停止して、次の一歩を踏み出すことはなかった。何が起こっても、そのときはそのときだし、スキをぶん回すときはぶん回す。暴れるときは暴れる。仮にそのとき侵入先に誰かがいたとしても、遭遇するのはＡＢＣＤだし、ぶっ飛ぶのもＡＢＣＤ。何かを考えても考えなくても、ＡＢＣＤはＡＢＣＤだった。

克美はその後、正午前には薬を受け取りにゆくというトダを二日前と同じ東池袋の東口五差路で落とし、翌二十日の午後五時に同じ場所で落ち合う約束をした。それから、そのまま明治通りから17号線の中山道に戻って、なんとなく北へ走り続けたのだったが、そのうちに思いがけない解放感が訪れて、ここ数日の間に自分の身辺に起きた出来事やその周辺にあった顔はおおかた流れ去っていった。代わりに、運送会社に勤めていたころにトラックで走って以来、七年ぶりの郷里の風景に見入り、熊谷を過ぎるころには十代の自分の血と汗がしみついたバイパスを一寸舐《な》めるように走った後、午後二時過ぎには本庄市内まで来ていて、そこから利根川縁《べり》まで走って車を停めたのだった。都心は薄日が差していたが、埼玉県北部まで来ると、空は一面冬枯れの草地に張りつくように低く、大地の上をざわざわ流れる水音と空の間で、あの赤い襦袢の首吊り死体がそうだったように、克美はくしゃりと小さく押し潰《つぶ》された。あ、俺もＡＢＣＤだと思い、一寸可笑しくなった。

2002年12月20日金曜日

あのね、お母さん。アレが来た——。昨日の夜、台所の片づけをしていた母の耳もとにそう告げたとき、母は「え？」と小さく叫んで二十センチの距離であゆみの顔に見入った。その一秒か二秒の間、真ん中に直径五センチの穴があいたような母の顔は、それこそ何の色もついていないまっさらな母がもう一人現れたかのようで、あゆみは〈あ、お母さんに見つめられている〉と思った。もう何年も忘れていた、母の眼に見つめられる数秒間の、あの胸が潰れるような感じは、アレが来た日にくっついてきたおまけのプレゼントだったのだろうか。

だ、い、じょう、ぶ？　母は居間の父に聞こえないよう、口だけ動かして言い、それから顔じゅうの筋肉を緩めて、もう一度あゆみの顔に見入ると、ぎゅうっとあゆみの手をつかんで洗面所へ引っ張っていった。そこで母は戸棚の奥から袋に入った生理用品を取り出して、使い方は分かる？ と確認し、汚れた下着はココ。お母さんが始末してあげる、と紙袋を差し出してから、またぎゅうっと両腕であゆみを抱きしめて、お、め、で、と、う、と囁《ささや》いたのだった。もっとも、そのときの生温かい心地には、秘密の共有という一抹の不純さや、何より血の臭いのする生命といったおぞましさが混じっていて、あゆみはしごく複雑な気分ではあったのだ。

だって、お腹《なか》は痛いし、気持ちは悪いし、でもほんの少し嬉《うれ》しい、この複雑な感じが《女》という存在感覚の一端なら、成長して大人になるというのは、ちょうど本で読んだばかりの偏微分方程式のような多変数の揺らぎを余儀なくされるということなのだろう。この漠としたうっとうしさが、三百六十五日薄皮になって眼の前の世界を被《おお》っているということなのだろう。いいえ、一番の問題は身体の成長に思考が追いつかないことに違いないが、理性はたぶん永遠に生理には追いつかない。むしろ、理性と生理がぴったり釣り合っていた子ども時代こそ奇跡だったとすれば、それが突然終わってしまう前に、もう少ししておくこともあったはずだが、自分は何もしなかった。具体的に何をと尋ねられても分からないが、たぶん思いっきり子どもらしいこと。子どもでしか出来ないこと——。

いいえ、こうしていまも具体的に思いつかないということは、仮に機会があったとしても、結局自分はやっていなかったということだろうが、ともかく、いまどんな気分かと尋ねられたら、びみょうと答えるほかはなかった。そしてその一方、母が父や渉とは別の性で、自分と同じｘｘの染色体をもっている生きものだということを初めて身体で感じたり、渉が生まれてから遠くなった母の腕を久しぶりに取り戻した余韻がそこに混じり合ったりして、昨日はほんとうに泣きたくなってしまったのだった。

とはいえ、あゆみは結局泣かなかった。成長して排卵を始めた自分の子宮を、いまさら子どもの子宮と取り替えられるわけでなし。五年もすれば好きな男性だって出来ているかもしれないのに、十三で自分の成長にうろたえていては鬼が笑う。それに今朝は、ユキがすぐに慣れるよと言ってくれ、まだその日が来ていないアリサも、そうよ、子宮はものを考えないもの、と知ったかぶりをしてくれて、あゆみも少し笑ってしまったのだった。そう、二人は正しい。そして何より、いいことだってあるのだ。そもそもあまり好きでない水泳を、堂々とお休み出来るなんて、小さなラッキーだ。そして、父と渉には風邪気味だからと嘘《うそ》をついたのだが、女子がプールに入れないといえばその理由は一つしかないのに、父は気づいた様子もなかった。いいえ、母からそれとなく話は聞いていて、あえて気づかない振りをしたのかもしれないが、あゆみにはどちらでも大差はなかった。どのみち、これだけは父に気を遣われても困る話だったのだから。

　そしてさらに、自分だけ水泳教室の授業を受けることになった渉を黙らせるために、あゆみは一寸した取引もした。一つは、母がもうすぐ大宮の祖母宅から夕食用に持ち帰ってくる法事の折り詰めのおかずのうち、玉子焼きと海老《えび》フライは渉にあげること。そしてもう一つは、今夜うちに帰ってディズニーシーの制覇計画を完成させるときに、敷地内の港から港、アトラクションからアトラクションへの移動距離を、地図上で正確に測るためのキルビメーターを渉に貸してやること。もとは鉱物採集に行く父からあゆみがもらったお下がりで、昨日までは渉には絶対に貸さないと決めていたのだが、この際仕方がなかった。明日からの家族旅行は何としても平和にこなさなければならない。あらかじめ取り除ける障害は取り除き、誰もがそこそこ満たされ、互いにやさしい気持ちでいられるようにしなければならない。

　ともかくそういう事情で、あゆみは午後四時過ぎから一時間、小学生教室が開かれる東京スイミングセンターの五十メートルプールのプールサイドで、父と一緒に渉の練習を見学して過ごしたのだった。学校の終業式だったその日は、ふだん土曜日に集中する子どもたちがいっせいに午後の教室に出てきて、学校の三クラス分ぐらいの人数がひしめく大混雑になり、肝心の渉の姿は見えたり見えなかったりだったが、プールサイドのベンチに坐《すわ》っていると、階級毎《ごと》のインストラクターたちがあっちで笛を鳴らし、こっちで声を嗄《か》らし、そこに子どもたちがはね上げる水音と歓声が交じり合い、天井に反響して、夏の夕立のように降り注いできた。それは、見学しているだけなら退屈しない風景で、笛一つで集合しては散ってゆく子どもたちの密度の揺らぎや、単位体積あたりの子どもたちの熱気の移動を、それこそ偏微分で記述できそうな気がするやいなや、あゆみの頭はまたふとどこかへ飛んでゆき、お腹の重さも一寸忘れた。

一方、隣では父が子どもたちに渡されたディズニーシーのガイドブックと格闘していて、何度眼を通しても頭に入らない様子で眉根《まゆね》に皺《しわ》をつくっていたものだった。父の頭に情報が入らないのは、基本的に興味がないことが半分。あと半分は、『リトル・マーメイド』も『アラジン』も知らない大人の限界で、片仮名だらけのアトラクションやショーの説明をいくら読んでも、イメージとして記憶に定着しないことの証明のようなものだった。

でも大丈夫、計画はわたしたちがちゃんと立ててあるから。入園後、お父さんの最初の仕事はまず、人気アトラクションのセンター・オブ・ジ・アースのファストパスを取りにいってくれること。その道順と、ファストパスの発券機の仕組みと、待ち合わせ場所のポートディスカバリーのアクアトピアの乗り場だけ覚えてくれれば、あとは子どもたちに任せて。ただし、雨天の場合の待ち合わせ場所はアクアトピアではなく、ミステリアスアイランドの海底2万マイルの入り口に変更。あ、携帯電話だけは絶対に忘れないでね——といった具合で、昨日からもう何度も説明してあるのに。ほら、父がまた隣でこっそりため息をついた。気持ちは分かるけど。

あ、渉がこっちを見た。これから五十メートルを自由形で泳ぐから見ていてくれ、ということだった。あゆみは父の肘《ひじ》をつついて注意を促し、弟に向かってちょっと手を振った。初級クラスの子どもたちがぞろぞろ行列をつくって順番に水に入り、泳ぎだしてゆく。三年前まではあゆみもこの小学生教室にいて、お揃《そろ》いの明るいブルーの水着を着けて、毎週訓練を受けていたのだったが、バタフライなんて、まともに頑張ったら腰椎《ようつい》を骨折しそうだったし、結局四年生になっても、ほかの子どもたちが楽に泳ぐ二百メートル個人メドレーを泳げずじまいだった。そのため、大半の生徒が五年生で入ってゆく選手コースに入れず、今年、中学生教室へ入り直して土曜日の午前中の教室に参加しているのだが、バタフライはやっぱり出来ない。

インストラクターの笛が鳴り、順番が来た。渉が両肩をいっぱいに持ち上げて息を吸う。そして、エイッと飛び出すともう、水面に見え隠れする小さな身体が木の葉のようになった。息継ぎのたびにバタ足が止まり、顎が上がり、両腕はほとんど水を掻《か》けていない。あゆみが見るに、土台、水中で十分な推進力を得るには身体が小さすぎ、前に進もうにも隣のコースを泳ぐ子が立てる波の圧力でもみくちゃになる。そこへ、インストラクターの笛がピ——ッ。ハイ、バタ足を止めな——い！　頑張れ！　ピ——ッ。ハイ、顎を上げな——い！　あと二十メートル、頑張って！

頑張ってと言われても、無理なものは無理、とあゆみは思う。もちろん、生まれつき身体が小さいからこそ、水泳で鍛えて筋肉と骨を大きくするのだし、北島康介《きたじまこうすけ》選手も中村礼子選手も初めから大きかったわけではないが、それでも小学生のころから毎日何キロも泳ぎ続ける基礎体力があったこと自体が才能ではないか。ああ、それを言うと、高梨の子どもはそんなに熱心に練習を続けているわけではないから、才能云々《うんぬん》は言っても意味がない。そう、いまよりもう少し身体が大きくなるよう、やっぱりわたしも渉ももう少し水泳を頑張らないといけないということだ。八月に横浜のパンパシフィックで見た北島選手もイアン・ソープも、泳いでいる姿は人間ではないみたいにうつくしかったもの。

あと十メートル！　バタ足を止めな——い！　顎を上げな——い！　インストラクターの声に促されて、渉がキールを失ったヨットのように右へ左へぐらぐら揺れながら泳ぎ続ける。すると父がベンチから腰を上げて、渉くーん！　頑張れ——！　これにはあゆみがびっくりした。子どもに対していつも優しい反面、どこか他人事《ひとごと》のようでもある父が、珍しいことだった。何かある、と直感する端から、渉の手がついにゴールに届いて、父はまた、やった——！　明るい声を上げ、プールのなかから渉がこちらへガッツポーズをしてみせた。まったく、絶対五十メートルは泳げないと思っていたのに、姉としては素直に〈へえ〉というところだった。

それから、ベンチに坐り直した父が、なぜかホッとしたというふうに話しかけてきたのだ。ねえ、あゆみ。実はねえ、この半年間、お母さんとずっと話し合ってきたんだけれど、お父さん、アメリカへ行ってもいいかな、と。

来た——。何かあると思ったら、やっぱり。とはいえ、あゆみは実はあまり驚かなかった。これまで、渉が小学校に上がるまではと、父が渡米を延期し続けてきたことも、そうは言っても年齢的にもう研究生活に残された時間は少ないことも、子どもなりに何となく察していたことだった。「行ってもいいかな」という尋ね方だけは、大人のずるさが垣間見《かいまみ》えて気に入らなかったが、渡米の話自体は子どもがいい悪いを言う筋合いでもなく、わたしはいいけど、と即答した。それで、いつから、どこへ行くの？

マサチューセッツ総合病院。できれば、豊島病院のほうの年度末を待って四月から、と父は言った。そこで、今度はあゆみが言う。それ、とてもいい病院でしょう？　桐原ユキちゃんのお父さんが若いころに行っていたって聞いたことがある。それで、何年ぐらい行くの？

二年。父は答える。そう、だったら来年の夏休みにはわたしたちがボストンへ行く！　この話、渉にもしていい？　あゆみが尋ねると、父は、ディズニーシーでお母さんも一緒のところで話そうと言い、もちろん、それであゆみに異存があるわけもなかった。それよりも、いざ真相が分かってみると、急に拍子抜けして無性に何もかもが可笑しくなった。この半年間、父と母の間に何かがあるような気がして、子どもなりに気を回し続けてきたことも。そういえば、父がなんだかやたらに子どもたちに優しかったことも。そしてそのわりには、何度ディズニーシーのガイドブックを読んでも、頭に入らない様子だったことも。そうそう、今日などは病院を早退して昼過ぎに自動車整備工場に車をもっていったのはいいが、そこへキーケースを忘れてきて、取りに戻ったらしい。アメリカ行きのことをいつ子どもに言い出そうか、父は今日もそれで頭がいっぱいだったということだ。つくづく男子は、なんと女子と違うことだろう！

しかし、あゆみの物思いは尽きない。たとえば、父がそうして念願をかなえる一方で、留守を預かる母はたぶん仕事上も経済上もますます自由から遠ざかることになるが、母がこの不平等をよしとする理由は何だろう。母にとって、人生最大の関心事はやはり、自分より子どもの教育だということだろうか。女が結婚して子どもを産むというのは、結局こういう選択に行き着くということなのだろうか。もしそうだとしたら、自分にはやはり、まだまだ理解ができない。あゆみは思い、また少し戻ってきたお腹の重さとともに、あてのない感慨を覚えてふうとため息をついた。そう、とにかく元気を出さないと。わたしにはわたしの人生がある。

ねえ、お父さん。四月にアメリカへ行くんなら、今度のディズニーシーが最後の家族旅行になるかもしれないから、少し予定を変更して、みんながホテルで過ごせる時間を増やそうか。あ、お父さん、お母さんにクリスマスのプレゼントをしなきゃだめよ。自分は二年も好きなことをするんだから、いつもより奮発してね。何がいいか、わたしのアドバイス、要る？

うん、欲しいな。父は言い、あゆみは少し澄まして答える。そうね、ブルガリの腕時計はどう？　ブルガリ・ブルガリか、ビー・ゼロワンのシリーズで、色はピンクゴールドがきれいだと思う。堀山《ほりやま》アリサちゃんの受け売りだけど。

へえ、ブルガリの時計か――。分かった、参考にするよ。父はいま一つ分かっていない様子で応えはしたが、十月にオープンしたばかりのブルガリ銀座店へ出かけて行って、たぶん値段を見て仰天するだろう。でも、それでいい。いいえ、むしろ仰天して考え込むぐらいでちょうどいいのだ。実際、そうでもしないと、仕事を辞め、家族を置いて二年もアメリカで研究に勤《いそ》しむことの重大さを、父はたぶん分からないだろうから。そして、父にはどうしても分かってほしいから。これは意地悪ではなくて、子どもからのお願いなの。お父さん、分かる？

スイミングセンターからの帰りはもうすっかり日が暮れて、駒込から乗った山手線の電車も池袋駅も、ラッシュアワーの人込みのまにまに見慣れた東京のネオンがきらめいて、空から地上までがすでに一斉にクリスマスだった。父は五十メートルを泳ぎ切った渉へのご褒美《ほうび》に、西武百貨店の地階でクイーンアリスのソフトクリームを奢《おご》ってくれ、さらにお調子者の渉がディズニーシーへもってゆく本を買ってと言い出したのにも「いいよ」と一発OKを出して、三人でわざわざ東口を出て明治通りのジュンク堂まで歩いた。まったく渉も渉なら、父も父だ。

でも、考えてみれば父と一緒に池袋の街を歩くのもほんとうに久しぶりで、実際には昨日も学校の帰りにジュンク堂に寄ってガイドブックを買ったのだが、そのときに見た同じ道、同じ店舗の風景が、いまは心なしか違って見えるのが不思議だった。そうか、父や弟と一緒に眺めるクリスマスの街はこんなふうだったかなと、ずいぶん昔のことのように思い出す一方、自分自身が昨日とはすでに別人になっているのだということも、あゆみはあらためて考えてみた。実に、いざ階段を一つ上がって次の地平に立ってみると、それが昨日までの地平の単純延長ではないことがよく分かる。たぶん、これが成長ということであり、それはよくて階段状、へたをすれば断裂を伴う大変化になるのだが、女子はそれをみな自分の身体で知るのだ、と。

午後六時過ぎ、百貨店前の明治通りをほんの百メートルほど歩く間に、あゆみたちは何人もの着ぐるみのサンタに会い、山ほどのジングルベルを聞き、数えきれないほどのクリスマスツリーの光を見た。ユキとアリサの話では、この冬ディズニーシーで行われているハーバーサイド・クリスマス・グリーティングというショーは観《み》る価値があるということだったが、あゆみはなんだか、南池袋のクリスマスネオンだけでもう、眼とお腹がいっぱいになったような気もした。そう、気分は十分にハイなのだけれど、ちょっと疲れた、と思った。

＊

午後五時前、吉生は池袋駅東口五差路の、あの、依然として名前を思い出せない街路樹の下にいた。三日前の朝と違い、冬の日暮れの空を覆《おお》う枝も葉も、空気にコールタールを流したような黒々とした塊で、その後ろは一面、クリスマスのネオンだった。まったく、たった三日で世の中が超高速で進み、カラー舗装の地べたから雑居ビルのネオンに覆い尽くされた空まで、クリスマスというクリスマスが爆発している――！

　そしてそういう吉生自身、三日前とは体調も気分も違えば、物理的な状況も違っており、同じなのは革ジャンとジーンズとデイパック、足下のクラークスぐらいなのだった。いやもう一つ、イノウエを待っているという状況も同じと言えば同じだったが、厳密には同じという感じがしない。その理由を慰みに自問しながら、吉生は腕時計で何度目かの時刻を確認し、五差路の横断歩道の先へ眼をやった。イノウエは、もし来る気があるのなら、三日前と同じサンシャイン60のほうから来るはずだ。

　五差路の街路樹の下には、あとからあとから人があふれだし、入れ代わり立ち代わり吉生の視界をさえぎり、躍り続けた。三日前、朝の歓楽街にあったうらぶれた顔の背景はだいたいどれも一様だったが、クリスマス直前の金曜日の夜に池袋へ繰り出してきた人間どもの顔もまた、違う意味で一様だった。クリスマスがそんなに楽しいか。カノジョやカレと一緒に過ごす夜が、そんなに特別か。一緒に何か食って、酒呑《の》んで、ホテルでセックスして、明日の朝残っているのは、吐き気とほんの少しの後ろめたさというやつではないのか。いや、そんな話が耳に届くクリスマスでもあるまい。そうか、人生の出来が思い出の数で決まるというのなら、せいぜい面白おかしく思い出をつくればいい。なんなら今日明日は、この俺がそこにもう一つ思い出を追加してやろう。ここから遠くない北区の歯科医の家に、クリスマスに泥棒が入ったという思い出を。

ああいや、いまどき泥棒など、長閑《のどか》すぎてお呼びでないか。デートで頭がいっぱいのカップルたちもお巡《まわ》りも、派手に血しぶきが飛ばないと見向きもしない。女も男も股《また》をおっぴろげ、半径三メートルの安っぽい小さな仕合わせで充足している、上から下までそんなふうなこの国には、血とセックスとばか笑いのB級映画がお似合いだ。

いまの気分？　吉生は自問してみるが、気分は爪先《つまさき》立ちでかろうじて最悪の底から離れているといったところだった。昨日、携帯電話の個人売買の掲示板を通じて入手したボルタレンは25ミリグラム錠十錠のシート八枚、八十錠で一万円といういい値段で、当面これさえあれば何も恐れるものはない最終兵器のはずだったが、実際には二錠呑んでも効かず、三錠目でやっと鈍痛が溶け去るというありさまだった。要は、それだけ嚢胞《のうほう》が悪化しているということで、鎮痛剤が懐《ふところ》にある安心もいくらかは相殺《そうさい》されるほかはなかったが、考えてみればここでいくらか状況が改善されてしまったら、どこかへ出てゆくという当初の動機が失われることになる。中途半端な安逸を覚えてしまったら、今日まで何を粋《いき》がって自分を叱咤《しった》してきたのかが分からなくなる。

吉生は状況の悪さに苛立《いらだ》つ前に、自分のために――いや、正確にはただ考えるためだけに、なおも考え続けた。自分さえその気になれば、出所してすぐ歯医者に行くことも出来たのだし、保険証がなくても、親不知の抜歯なら一万円ほどで済むのに、それでもあえて行かなかったのは、ぼろぼろの歯を一本抜いてホッと一息つくようないじましい人生に、ノーを言うためだったのだ、と。過去に診てもらった数多《あまた》の歯科医どもに理解できなかったのは、このまま状態が悪化すれば、歯髄炎どころか顎骨骨髄炎《がっこつ》とかになって顎がもげるほどの激痛にのたうち回ることになる事態を、ただ回避するだけが人生ではないということだ。

吉生は思う。いいか。その顎骨何とかになったとき、爆発する顎骨がもう一人の俺の背中を押して言うのだ。さあ、おまえの人生にけりをつけるか、脱出するか、最後の一歩を踏み出すときだ、と。そう、いまは一寸ボルタレンへ逃げているが、鎮痛剤でしのげるのもあと少しだろう。決定的な段階はいやでも来る。こうしてぐずぐずしているのも、あと少しだ。あと少しでこの世界の全部が変わる――。

いや、いまは三日前ほど一心に思い詰めているわけではなかったし、そんな最後の一歩を自分がほんとうに踏み出すことの現実味も、すでに薄れつつあった。これまでいやというほど考え、想像し、頭だけの予行演習をして、同じところをぐるぐる回りながら、気がつくとゲップが出るほど満腹になっている自分がいたというわけだ。実際、細菌が顎骨に浸潤し始めたときにはもう、あるのは激痛だけになるはずだった。最後に世界ががらりと転回しようが、転回しまいが、そこにもう自分はいないだろう。そして、そうであればそのときが来るまで、こころの底からやりたいことを、歓喜でちびりそうになるぐらいのことを、やってやってやりまくるだけのことだが、いざとなると自分でも驚くほどこころも身体も動かないのだった。とにかくやりたいことが分からない。あるいは、やりたいことが無い。子ども時代にはあったが、いまは無い。まったく、笑いたいほど何もない。

そうだ、思えば歯根の嚢胞より何より、これこそが自分の人生の一番の病巣《びょうそう》だったに違いなかった。永久歯が抜けると二度と生えてこないように、子どものころこの心身いっぱいに詰まっていたやりたいこと、見たいもの、行きたいところ、嬉しいこと、楽しいことなどの根が全部親や学校の手で引っこ抜かれたあと、あいた穴に溜《た》まったのは膿《うみ》だけだった。ムショでは昼も夜も、外へ出たときにやることを考えたが、今回もやっぱりいざとなると何もなかった。そして、やりたいことの代わりに、ひたすら新聞配達をして時間を埋めてみたが、それでこの二カ月の間に手にしたのがクラークス一足！いったい昨日から俺は何をやった？　昼前にボルタレンを入手したあと、携帯電話の風俗サイトを探してみたが、真っ昼間のソープやデリヘルは、ババアの化粧より露骨で萎《な》えるし、個室ビデオ店はどこも刑務所の雑居房の臭いがする。そうまでして一発抜きに行くほど、たまってもいなかったし、ほんとうはセックス自体がそれほど好きではない。人生の半分を塀のなかで過ごせば、そんなものだ。それだけではない。パチスロに競輪、競艇、競馬、どれも興味がない。車は免許がない。映画は、久々にロードショーでもと思ったら、この冬一番の話題作がハリー・ポッターだと。行きたいところもない。食いたいものもない。たまには本でも読むか？　読書は嫌いではなかったはずだが、もうあまりに長く何も読んでいないし、正直、歯痛のせいで頭を使うことには集中できない。

それで、結局すぐそこのネットカフェに入って、出所したら観たいと思っていた『ブラックホーク・ダウン』を観たのはいいが、なにかしら考え込んでしまうようなまともな映画は、こころに十分余裕のある人間が観るものなのだろう。おかげで、アフリカのどこかの内戦にアメリカの特殊部隊が参加している理由もいま一つ理解できないまま、自分より若い兵士たちが戦場で殺し合いをしている現実の凄《すさ》まじさに何か呆然《ぼうぜん》となって、またばか笑いしたくなっただけだった。それから、そこを逃げだしたあと、サンシャインシティの水族館で午後六時の閉館までクラゲを眺めて過ごし、さらにカップルだらけのプラネタリウムで冬の星空まで観賞して、午後九時前に東池袋のカプセルホテルに入った。そんな一日だった。

そして今日は、と言えば、午前中は思い立って西武百貨店五階の紳士靴売り場を覗きに行ったが、コールハーンの品揃えは少なく、いつもなら反応するはずの足のアンテナはぴくりともしなかった。この足も、結局は気分屋だ。それから、昔から企画展の内容によってはときどき足を運んできた国立近代美術館の工芸館へ行って、松田権六《ごんろく》の漆工芸と蒔絵《まきえ》の展示を観た。漆も蒔絵も高級すぎて縁はないが、手先の仕事の奇跡のような技や、それが生み出す官能を感じるのに、難しい理屈は要らない。まったく、いま思い出しても背筋がブルッとくるような蒔絵の艶《つや》っぽさだった。それがどうしたと尋ねられたら、どうもしないと答えるだけだが、手仕事が好きだった子ども時代の自分のかけらがまだ残っていると思うと、今日も少し静かな心地になった。出所した十月は桃山の古陶磁の企画展に行かずじまいだったので、ついでに六年ぶりの所蔵品を見て回るうちに、結局午後四時を過ぎてしまった。

その後、池袋まで移動する間に頭を入れ替え、東口の五差路に立ったときの身体には、これから一仕事やるのだという気負いが一つ、残っていただけだった。三日前にあった熱溜まりは、ボルタレンのせいで腐臭だけ残してほぼ溶けだしてしまい、ときどき思い出したように昏《くら》いうねりがぐらりとやって来ては、またどこかへもぐり込んで消えてしまうのが、何となく夜の海のようでもあった。そういえば、もう長い間海を見ていない。一昨日もせっかく本牧まで行きながら肝心の横浜港を見損ねたのだが、最後にこの眼で海を見たのはいつだったか。水戸の少刑を出た日に、常磐線の我孫子《あびこ》で電車を乗り換えて外房の海を見に行った、あれが最後か。

そうだ、海があった——。明日未明に一仕事終えたあと、始発電車で東京駅へ出て、総武線で君津あたりまで東京湾の海を見に行くというのはどうだろう。いや、どうせなら外房の勝浦辺りまで行くか。そら、ここは塀の外なのだ。もう恰好をつける必要はないし、自分が一番安らぐことをすればいい。子どものころは親のせいで自由に四日市港へ行くこともできなかったが、いまは誰ひとり止める者も邪魔する者もいない。そうだ、海へ行こう。あの歯科医の家を一寸覗いて憂《う》さを晴らしたあとは、海へ——。まったく、こんなに身近なことに、どうしていままで気づかなかったのか。吉生は自分でたどり着いた思いつきに満足を覚え、五差路の人の海へ眼をやり続けた。

吉生はイノウエカツミを待っている。イノウエもカツミも、笑ってしまうほどふつうの名前だが、中身はバッタ屋のワゴンセールに紛れ込んだ掘り出し物といったところではないだろうか。いや、掘り出し物かどうかは分からないが、ともかく二度目の待ち合わせだからか、それとも自分のほうの気分が変わったのか、三日前と比べて違う感じがするのはやはり気のせいではなかった。一言で言うなら、安定した心地というやつだ。

　信号が変わるたびに吐き出され、また集まっては吐き出されてゆく人の流れが、いまは波打ち際《ぎわ》の泡に見え、耳の奥でそれらしい音が寄せては返すのが聞こえた。よく耳をすませば、それは携帯電話の安売りの声であり、個室ビデオ店の看板を掲げたサンタクロースが振り鳴らす鐘の音であり、タイムセールの売り子の声であり、ファストフード店が流し続けるクリスマスソングなのだったが、それらが一つになって吉生の耳もとを洗う波になる。そして、それに合わせて吉生は知らぬ間に貧乏揺すりをし、何かに急《せ》かされるようにまた少し頭をめぐらせる。

　イノウエが現れたなら、その足でひとまず西が丘の歯科医の家の下見に行くこと。付近を数回流して、今夜の近隣の様子を一応見ておくこと。車を停める場所を決めること。ターゲットの高梨家への本番での《入り》は正面の塀。これは簡単に乗り越えられる。そこから、さらに向かって右側の、隣家と接した細い裏庭の勝手口へ。いくら留守宅でも静かにいきたいから、ドアの開錠はピッキングだ。これもたやすい。次いで、勝手口から侵入したところはたぶんキッチンだろう。ダイニングやリヴィングが一続きになっているかもしれないが、基本的にああいう洋風の家では一階は無視していい。

そして、階段を上がって二階へ進む。二階の造りは、たいがい一階より単純だ。三つか四つ居室のドアが並んでおり、どれかが夫婦の寝室で、貴金属も現金もそこにある。そうそう、昨日見た限りでは窓に雨戸がなかった。カーテンだけでは懐中電灯の明かりが漏れるから、毛布か何かを幕代わりにしよう。それでも、全体で十五分というところだろうか。必要な道具はピッキング用のピン。革手袋。ペンシルライト。あれば便利なバタフライナイフ。ほかにはニット帽。マスク。それから、一昨日買った安物のズックより、シルビアのトランクにあった安全靴を履こう。爪先で居室のドアを蹴飛《けと》ばして開けるのだ。映画みたいに。

ところで、もし大した収穫がなかったら？　そのときの気分次第だが、火でもつけてやるか。それこそ一家の大切な思い出というやつを灰にしてやるのが、ああいう上流家族には最大の罰になる。いやしくも、人の苦痛や生死を生業《なりわい》のネタにしている罰。医療の名の下に、人の身体を平気で切り刻むことのできる神経への罰。そう、誰もがそうと知っていて、けっして口にしないこと。医者の類《たぐい》はみな変態だ。

さて、連休前の今夜は、住宅街が寝静まるのも遅くなるだろう。本番は午前三時、といったところだ。とすると、それまでだいぶん時間があるが、どこで何をして時間を潰そうか。もう、サウナは飽きた。今夜はどこへ行っても混んでいるだろうが、ここは一つ、新文芸坐《ぶんげいざ》なんてのはどうだ？　昨日ぴあで調べたら、今夜かかっているのは、一本が黒人のヒーローがでっかい剣をぶん回してバンパイアをバッタバッタとなぎ倒す話、一本が未来の火星で人間と白塗りのゾンビが死闘を繰り広げる話の二本立てときた。クリスマスに、なんと気の利《き》いたことだ。こんな時期の名画座にしけ込むのは独り者の男に決まっているとはいえ、ひたすら血しぶきが飛ぶだけのシューティングゲームそこのけのホラー映画を揃える映画館側のセンスが笑える。いや、剣をぶん回す黒人ヒーローなどはイノウエにぴったりだし、ひょっとしたらこいつは自分たちのために揃えられた映画かもしれない。そうとも、こいつはたぶん、威勢のいいバカ話で世界をリセットして、それから出陣しろということだろう。もしイノウエが映画はいやだと言ったら、一階にパチ屋もあることだ。ヤッホー！

吉生は飛び跳ねる代わりに一寸その場で足踏みをし、自分で自分に軽く噴いた。今夜の自分はまるでガキだ。たかがボルタレン八十錠でそこまで余裕が出るか。こんな調子であと十錠も呑み続ければ、間違いなく胃のほうが先に潰れるし、結局大半は永久に呑まれることがないのを分かっていながら、デイパックの一番底に大事にしまってヤッホーだと。こんなことなら歯科医一家の自宅ではなく、西が丘のあの古びた歯科医院に押し入って、あるだけのボルタレンや抗生剤をかっ払うというのもありだったということだろうか。吉生は一瞬考え、その端から、一度決めた物事を変更するたびに何かが崩れてゆきそうな直感に襲われて、急いで頭に蓋《ふた》をした。現金があるかどうか分からない家。ただ確実に留守だというだけの家。そんな家に押し入る理由は、それが歯科医の家だから。子どもが附属へ行っているから。上品そうな暮らしだから。それだけ理由があれば十分だった。

そうして頭の回路を閉じ、眼と耳だけをいっぱいに働かせて、吉生は五差路の交差点の先へ首を伸ばす。ますます増えてゆく人の海の上には、何かしら快晴とはゆかない翳《かげ》りがかかっていたものの、数回まばたきするうちにそれもやがて原色のネオンに塗り潰され、ジングルベルに叩《たた》き潰されて、親不知の下の嚢胞のように夜の波の下へもぐり込んでいった。そして、三日前と同じ地点にふいにオレンジ色のニット帽が現れ、吉生の心臓は軽く飛び跳ねるのだ。わざわざ人と組んでやるほどの仕事でもなく、それだけの収穫も見込めないことを考えると、イノウエが来るか否《いな》かは半々だったのだが、いざ当人が現れてみると、あらためて結果オーライという気もしてきて、身体がふわふわと熱を帯びるのを感じた。

吉生は首を伸ばしたまま眼を細め、ひとり笑ってみる。あの野郎。どうせまた、一日スロットをしていたのだろう。あの顔つきだと、今日は負けたか。初めは脳味噌がないと思ったが、ほんとうに脳味噌がなければスロットはできない。何もまとまったことは考えていないが、ところどころにゴミが吹き寄せられるようにして、思考の溜まっているところはあるのだろう。そして、そういうこっちも、この細菌だらけの膿んだ熱溜まりが俺の脳味噌なのだ。そして、ボルタレンを三錠呑んでもまだときどきじわりと戻ってくる、この鈍痛が俺の思考というわけだ。

そら、鼻唄《はなうた》でも漏れだしてきそうな、このふわふわした感じときたら、俺が俺でないみたいだ。ひょっとして、これが弾《はじ》けたい気分というやつなのか——？

第二章　警察

2002年12月24日火曜日

9:15

西が丘一丁目の主婦中谷美和子は、自宅のダイニングキッチンで片づけの手を止め、さっきから隣の高梨《たかなし》家のほうで電話が鳴り続けていると思った。

窓から見える隣のカーポートは、先週の金曜日に勤め先の病院を早退してきた当主の高梨亨《とおる》が自分でベンツを車検工場へもっていったため、空っぽだった。美和子がそんな経緯を知っているのは、亨先生がベンツをカーポートから出すときに一寸《ちょっと》顔を合わせたからで、そのとき明日から家族でディズニーシーへ二泊旅行だと聞いたのだった。その土曜日はあいにく朝から一日雨だったけれども、なんと羨《うらや》ましいことだろう。クリスマスに家族でディズニーシーだなんて、いまの東京で考えられるもっとも仕合わせな家族のかたちの一つではないか。それによくお勉強ができて、お行儀がよくて、いつ見ても元気いっぱいの高梨家の子ども二人は、生まれたときから成長を見てきたせいか、なんだか自分の子のようにかわいい。下の渉《わたる》くんなどは、先週は乳歯が抜けた歯抜けさんだったし、上のあゆみちゃんも、小さな身体《からだ》が附属のぶかぶかのセーラー服に着られているようで——。

美和子は数秒夢想し、新たな電話の音で我に返った。また鳴っている。もう亨先生も優子先生もお仕事に行っている時刻だが、子どもたちは冬休みで家にいるはずだ。それとも、ディズニーシーの帰りに子どもたちはそのまま親戚《しんせき》の家にでも行ったのだろうか。でも、それにしてもお隣さんは、昨日のいつごろ旅行から戻ったのだろう。音は聞こえた？　明かりは見た？　昨日はうちも一日外出していたから、気づかなかったのかもしれない。ほら、また鳴っている。急ぎの用事だろうか。事故？　誰かが病気？　美和子はクリスマスイヴにいやな想像をしている自分に身震いし、そう、いくらかは妬《ねた》みもあるのだわと自分に呟《つぶや》いて、いったん隣家のことは頭から追い出した。

しかし、再び床の拭《ふ》き掃除に戻ってすぐ、今度は単車の音とともに隣のカーポートの向こうに女性の顔が見えて、ハッとした。あれは高梨歯科医院の受付の人ではないか。いったい何をしに来たの——。美和子が首を伸ばすうちに、白衣の上にダウンジャケットをはおった恰好《かっこう》で単車から降りてきた女性は、門扉《もんぴ》越しに家のほうを覗《のぞ》きながら、どこかへ携帯電話をかけ始めた。いったい何があったの。ひょっとしたら、優子先生が医院へ来ていないということ？　医院に連絡もしていないということ？　旦那《だんな》さんはどうしたの？　子どもたちは？

何かあったのだ。何かあったのだ。何かあったのだ。心臓が突然早鐘になり、美和子は窓の外の女性が一寸呆然《ぼうぜん》とした表情で応答のない家を仰ぎ見るのを眺めながら、モップを置いて玄関へ走りだした。

9：21

《ハイ、一一〇番。事故デスカ、事件デスカ？》

《ワタシ、北区西が丘ノ高梨歯科医院ノ受付ノ、山本広江トイイマス。診察開始時刻ノ九時ニナッテモ院長ノ高梨優子ガ出テコナイノデ、イマ院長ノ自宅マデ来テミタンデスケド、インターホンモ応答ガナイシ、電話モ誰モデナイシ、チョット家ヲ覗イテイタダケマセンカ？　ゴ主人ノ高梨亨サンモ、勤メ先ノ都立豊島《としま》病院ニ出勤シテイナイミタイデスシ——》

《北区西が丘ノ高梨歯科医院。ソチラハ受付ノ山本広江サン、デスネ？　院長夫婦ト連絡ガ取レナイ、トイウコトデスカ？　イマ院長ノ自宅前デスカ？　ソコノ住所ハ分カリマスカ？》

9：22

《警視庁カラ各局。赤羽署管内北区西が丘一丁目二十七ノ二十。戸建テ住宅ニオイテ世帯主夫婦ト連絡ガ取レナイトノ入電中——》

赤羽署地域課西が丘交番勤務員の江本武文巡査長は、国立西が丘サッカー場の南にある稲付西山公園内の公衆トイレ付近を巡回中、耳に入れたイヤホンで方面系無線の一一〇番指令を聞いた。西が丘の高梨歯科医院と院長の自宅はどちらもよく知っていたため、夫婦と連絡が取れない、自宅の様子を覗いて報告せよという指令には、強い現実感と非現実感の両方を抱いた。高梨家は世帯主の歯科医と、同じく歯科医の妻のほかに、附属のセーラー服を着た小柄な女の子と、小さい男の子がいたはずだ。夫婦と連絡が取れないということだが、子どもはどうした——？　江本は直ちにＳＷ（署活系無線）で赤羽署に自分が現地へ向かうことを告げ、そのまま高梨邸のある西が丘一丁目へ原付を飛ばした。距離にして六百メートルか七百メートル。原付で一、二分。道路がきれいな碁盤目になっている西が丘は、距離を簡単に暗算できる。

北と西のバス道からそれぞれ二百メートルずつ住宅街に入り込んだ一帯は、西が丘一丁目のなかでもとくに大きな家が建ち並んでおり、よく晴れた朝の冬日が路地と家々を白々と凍らせていた。いつ来ても人声一つなく、朝夕を除けば通行人もほとんどない閑静さが、巡回のたびに気になっていたといえば気になっていたのだが、だからどうだという予断などは、いまのいま入り込んでくる余地もなかった。原付はたちまち高梨邸のある路地に着き、どっしりとした三角屋根の家の門扉の前から、女性二人が首を鵜《う》のように伸ばしてこちらを見た。

9：24

《西が丘ＰＢ江本カラ、赤羽》

《赤羽、リモコン（無線送受信装置の遠隔操作用端末）担当桜井デス、ドウゾ》

《江本、西が丘一丁目ニ現着シマシタ。訴出人ノ高梨歯科医院受付、山本広江サンヲ確認。高梨一家ハ二十一日カラ、ディズニーシーヘ二泊旅行。昨日戻ッテ来タハズトノコト。インターホンノ応答ハナシ。郵便受ケハ新聞ソノ他デ満杯。イマカラ敷地内ニ立チ入リマス、ドウゾ》

《赤羽、了解。赤羽カラ、警視庁。整理番号６１９。北区西が丘一丁目歯科医宅ニ西が丘ＰＢ員現着。郵便受ケニ新聞・郵便多数。応答ナイタメ、イマカラ敷地内ニ立チ入リ

マス、ドウゾ》

《警視庁、了解》

9：32

《至急、至急！　西が丘PB江本カラ、赤羽。住宅北側ノ勝手口ニコジ開ケラレタ痕跡《こんせき》ガアリ、室内ヲ覗イタトコロ、床ニ倒レテイル男性ト女性ガ見エル。呼ビカケニ応答ナシ。強イ異臭ガアル。至急、指示ヲ願イタイ》

《至急、至急！　赤羽カラ、警視庁。整理番号619。北区西が丘一丁目歯科医宅、一階勝手口ニコジ開ケラレタ痕跡ガアリ、一階室内ニ男一名、女一名ノ変死体。強イ異臭ガアル！》

こうして事件は認知された。赤羽署では、リモコン担当の警部補が通信指令本部宛《あ》てに至急報を送り、補助員の巡査長が椅子《いす》を蹴《け》り倒す勢いで署長室へすっ飛んでいった。同時に、方面系で至急報を聞いた刑事課長はSWで在署員に一斉招集をかけ、まずは当直当番が飛び出していったあと、地域課長はPCに立ち入り禁止線の設置と現場保全を指示し、一分後には強行犯係員と鑑識係員が出動した。

9：33

桜田門の警視庁にも同時通報が流れた。

《重要事件発生！　赤羽署管内北区西が丘一丁目二十七ノ二十。戸建テ住宅ノ一階室内ニ、男女ノ変死体。身元未確認。勝手ロニ侵入ノ痕跡アリ。関係各課隊、出動願イマス》

六階捜査一課の強行犯捜査2係現場資料班、さらに総合庁舎二階鑑識課では課長から管理官、検死官、現場鑑識が一斉に聞き耳を立て、椅子から腰を浮かした。一報を受理した現場資料班のデスク主任が理事官席へ走り、さらに庶務担当管理官席へ走った。また同時刻、通信指令本部からは捜査系無線を通じて第二機動捜査隊へも出動要請があった。

《警視庁カラ、二機捜。重要事件発生。赤羽署管内北区西が丘一丁目二十七ノ二十。戸建テ住宅。世帯主高梨亨。当該宅ニオイテ、男女ノ変死体。身元未確認デアルガ、連絡ノ取レナイ世帯主ト、ソノ妻ノ可能性大。勝手ロニ侵入ノ痕跡アリ。直チニ臨場願イタイ》

《二機捜本部カラ、全分駐。北区西が丘一丁目二十七ノ二十。戸建テ住宅ノ一階室内ニ、男女ノ変死体。連絡ノ取レナイ世帯主高梨亨ト、ソノ妻ノ可能性ガ高イ。勝手ロニ侵入ノ痕跡ガアル。直チニ臨場シテ付近ノ聞キ込ミ、目撃情報ノ収集ニ当タラレタイ》

《二機捜本部カラ、一機捜本部。北区西が丘戸建テ住宅ノ変死体事案ニツイテ、機捜一

○一（多重無線車）ノ出動ヲ願イタイ。住所ハ、北区西が丘一丁目二十七ノ二十——》
《赤羽、地域課堀川カラ、西が丘PB江本巡査長。署長、刑事課長、鑑識、出発シタ。応援到着マデ現場ニ留マッテモライタイ、ドウゾ》
《江本カラ、赤羽。了解。訴出人ガ、歯科医院デ患者ヲ待タセテイルタメ、一旦《いったん》医院ニ戻リタイトノコトデスガ——》
現場の江本のSWには、移動中のPCの誰かが即座に無線に割り込んできて、《ダメダ——ッ》と怒鳴った。

9：34

何か臭《にお》う——。十分以上も留め置かれて足踏みをしていた通報者の女性が呟き、西が丘交番の江本のほうへ窺《うかが》うような眼を向けてくる。ねえ、この臭いは何？　家のほうから臭ってくるけれど、何の臭い？　ねえ、なかはどうなっているの。応援が来るまで待てって、何。院長夫婦に何かあったんですか——？
江本は聞こえないふりをし、高梨邸を背に機械になって立ち続ける。通報者の女性や隣家の女性や、近所のいくつもの視線をかわすために四十五度の空を睨《にら》み続けるこの時間は、いったい動いているのか。止まっているのか。勤続八年目で初めての死体。否《いな》、死体なのかどうかも分からない、ただの黒っぽいぐしゃぐしゃの塊が網膜に張りつき、猛烈な臭いが鼻腔《びこう》に張りついたまま、世界が停止したかのようだった。耳のイヤホンが流し続ける無線は刻々と騒がしくなってゆくが、応援はまだか。PCはまだか。

9：35

現場に署のPC二台が相次いで滑り込んできた。江本は軽く敬礼を交わしただけで、指示どおり門扉の前を動かず、勤務員たちは物憂《ものう》げに高梨邸を見上げて、立入禁止線を張るために散っていった。そして二分後には、高梨邸と両隣二軒ずつの計五軒分、南北八十メートルに立入禁止線が張られ、PC二台と各勤務員は、南北それぞれの外側で交通規制を開始した。

9：37

現場に走って来られる距離にある二機捜赤羽分駐所の車両一台が、機捜の一番乗りになった。隊員二人は南の規制線をくぐって高梨邸に向かって走ってくると、現場の家を門扉の外から一瞥《いちべつ》し、次いで歯科医院の女性に向かって、お宅が通報した山本広江さん？　それから西が丘交番の江本に向かって、鑑識まだ？　所轄《しょかつ》まだ？　じゃあ先に、時計回りで二十七番地から聞き込みを始めるから、あとから来た連中に伝えて。そう言い残すやいなや再び走り去っていった。

続いて、赤羽署から強行犯の車両が着き、係長の寺沢警部補が江本に向かってきて、鑑識まだ？ こちらが通報した山本さん？ そう言ってやっと女性を連れてゆくと、前後してさらに刑事課長と鑑識の車両が到着し、最初に車両から飛び降りてきた鑑識係の係長から、この門扉の鍵《かぎ》は開いていたのか！ 鋭い第一声が飛んだ。そして、江本が開いていたと答え終わる前に、ここから始め！ シート張って！ 寺沢係長の矢継ぎ早の指示が鑑識へ放たれた。

それから、門扉の周囲にシートを張るために鑑識の係員たちが走り、署の刑事課長と強行犯係長、二機捜の当番班長らはその場で作業を待ちながら、鳴りっ放しの携帯電話を開いては閉じ、閉じては開き、だった。江本には通話の詳細は聞き取れなかったが、応対がいずれも敬語だったのは相手が本庁の幹部だということだと勝手に想像した。捜査一課の幹部や二機捜の隊長らもすでに現場へ向かって移動中のはずだが、事案が事案だけに、状況をしきりに問い合わせて来ている、と。しかし、そこで江本のSWにも上司の警部補から指示が入って現場を離れることになり、南側の規制線で警戒員に就いたあとは、現場の動きを遠目に窺うだけとなった。

9：50

規制線の外側には機捜の車両がなおも続々到着しており、少し前まで桜並木しかなかった路地に次々に捜査車両が並んでいった。桜田門や霞《かすみ》が関《せき》は少し距離があるため、捜査一課と本部鑑識、東京地検の担当検事らが到着するのはまだ先になる。いや、桜田門の車両も、検事のハイヤーになる一機捜の車両も、すぐそばの霞が関入り口から首都高の都心環状線に乗り、さらに池袋線に入って板橋本町出口から一般道に出ると、西が丘はすぐそこだ。連休明けで首都高が渋滞していても、三十分はかからないだろう。

機捜が出てきて以降、主な無線交信は捜査系に切り替わり、交番勤務員の江本のSWと方面系では、現場の詳細は聞こえなくなっていた。十分ほど前には刑事課長と強行犯係長、二機捜の当番班長がブルーシートをくぐって敷地内に入ってゆくのが見え、いまはその三名が外へ出てきたところだったが、表情などは見て取れなかった。なかはどうなっているのか。子どもらはいるのか、いないのか。江本が一寸臓腑《ぞうふ》をざわめかせたのも束《つか》の間《ま》、SWで機捜一〇一が規制線のなかへ入ると知らされ、「了解」とマイクに答えたときにはもう、窓に目張りをした多重無線車の白い車体が路地に入ってきていて、江本はすぐさま走り寄った。立入禁止帯を外して車両をなかへ入れ、再び帯を張り直すと、そこへ今度は一番乗りで聞き込みに回っていた赤羽分駐の隊員二人が駆け戻ってきて、急いで規制線をくぐりながら、聞いた？　一言声をかけてくると、荒いため息を江本の耳に吹き込んでいった。いま、二階で子どもが二人見つかったらしい、と。

9：58

本部鑑識の車両が現場へ滑り込んでゆき、捜査一課の現場資料班と理事官らの車がそれに続いた。それから、息つく間もなく江本はその本部鑑識の足跡係に呼ばれ、現場に入った署の刑事課長や二機捜の班長とともに、ブルーシートの外でアセテート紙を踏まされて靴跡を採取された。その背後では、到着したばかりの幹部らが多重無線車に乗り込みながら、報告！　と怒鳴り、刑事課長らが急いでそのあとを追って無線車のなかへ消えた。江本はそれを見送り、最後にブルーシートしか見えない高梨邸のほうを仰いだ後、現場を離れた。事件現場に臨場しながら何も分からない警戒員の交番勤務員の時間だけは、止まっているのだと思った。

10：00

一〇一のなかで、木戸理事官と増岡庶務担当管理官、現場資料班の島田係長の三名は、赤羽の安井刑事課長、二機捜の木村班長、赤羽分駐所平田警部補から状況報告を受けた。

変死体は一階ダイニングキッチンに男女一体ずつ、二階の二部屋に女児と男児一体ずつ、計四体あること。人定はまだだが、高梨亨・優子・歩・渉の一家四人であると見てほぼ間違いないこと。子ども二人は、各々《おのおの》のベッドで電気毛布をかけられた状態であること。全体的な腐敗の状況から見て、犯行日時は昨日今日ではないこと。殺害方法は目視では撲殺に見えること。物色の痕跡は二階の夫婦の寝室に著しいこと。勝手口から二階まで、室内は血の付着したゲソ痕（足跡痕）だらけであること。依《よ》って、ホシは複数。《入》も《出》も勝手口。また近隣の聞き込みでは、高梨邸の異変や物音に気づいた者はいまのところ無し。不審人物や不審車両の目撃情報も無し。両親ともに歯科医で子ども二人は筑波大附属という、近所でも評判の《いいお家《うち》》であり、トラブルなど誰も聞いたことがないこと、などなど。

「よし分かった。事件番の8係を赤羽へ招集。係長とデスク主任、サブ主任は現場へ直行。科学捜査係の出動が必要かどうか、鑑識に聞いて。それからこの様子だと、すぐにはなかに入れそうにないし、検事の臨場はゆっくりでいい。そう地検と一機捜に連絡して——」職業病のように増岡管理官がまくし立てる傍で、捜一課長の電話を受けた木戸理事官が口をはさんだ。「もう一個班出せとの課長命令だ。特4（第二特殊犯捜査4係）はいま、どこ？」

「合田《ごうだ》のところですか？　ええと——」

増岡管理官は二秒天井を仰ぎ、電話するほうが早いとばかりに木戸理事官は再び自分の携帯電話を開いた。

＊

10:05

働け。働け。働け。働け。マナーモードにした携帯電話がジャケットのポケットで唸《うな》りを上げる。働け。働け。働け。働け。マナーモードと言うが、警察署の会議室程度の広さでは、そこにいる全員が聞きつけ、またかという非難がましい視線を呼び起こすのに十分な振動音を発する。

合田雄一郎《ゆういちろう》は同席者に一言詫《わ》びて携帯電話を取り出し、テーブルの下で開いた。手を動かすと、皮膚の穴にしみ込んだ生の臓器の臭いが一緒に動いた。早朝、東大医学部の病理学教室で心タンポナーデを起こした心臓の実物と、中心静脈カテーテルの誤穿刺《せんし》の実演を見せてもらっていた間に、臓器の血液や筋肉から放たれた種々のアミノ化合物の臭いの分子が、こちらの皮膚の真皮の脂質膜を透過して細胞の内部にもぐり込んだのだ。

雄一郎は、第二特殊犯の高野博文管理官からの着信であることを確認して、そのまま一寸会議室を出た。電話からは、本人の顔が見えるような無表情に間延びした上司の声が聞こえてきた。合田さんのところ、今日から亀有《かめあり》で医療過誤の調べに入る予定だったな？　それを延期して、至急北区西が丘の応援に出てほしい。住所は西が丘一丁目二十七—二十。亀有のほうは、後日3係に入ってもらう。これは捜一課長命だ、と。

ちょうど半時間前、雄一郎は亀有署へ向かう道すがら、受令機のイヤホンで方面系無線が《北区西が丘ノ住宅ニ二遺体》と叫ぶのを聞いたが、所定の事件番のほかにもう一個班を応援に出すほどの事件だという認識はなかった。その後、遺体の数がさらに増えたのか。ただの強盗殺人ではないのか。今日の事件番は何係だろう。

延期、ですか——。雄一郎は即答せずに二秒の間を置き、その間にあれこれの思いや算段をひとまとめに握り潰《つぶ》した。いまさら延期などできるわけがなくても、捜一課長命は捜一課長命だった。

了解。私と主任二名は十一時現着で西が丘へ直行、残りは赤羽署へ遣《や》ります。では後ほど。そうして直ちに電話を切り、一つ深呼吸をし、すでに亀有の事案の下調べのために各所に散っている部下たちに携帯のBCCで短いメールを送りながら、猛スピードで暗算をした。亀有から千代田線経由で西日暮里まで十五分。西日暮里から京浜東北線の東十条まで七分か八分。前後の移動時間を見ても、十一時に西が丘に着くためには、ここにいられるのは十分弱。さて、会議室で待っている事案をどう片づけるか。

否、片づけではなく、もとより投げ出しというべきだった。管理官の弁は口先だけで、すでに山ほどの業過事件を抱えている3係に、これ以上新しい事件を抱える余裕はない。とくに医療過誤は近年、刑事告訴に至る件数が増加してどこも手が足りず、失踪《しっそう》や不審死専門の特4にまで担当が回ってくるのだが、一口に過誤と言っても違法性を問われるべきものと、そうでないものの線引きがきわめてあいまい、且《か》つ恣《し》意的で、切った張ったがせいぜいの刑事の頭には、たいがい雲をつかむような話になる。否、それ以前に、そもそも医学も医療も知らない刑事が付け焼き刃の知識で介入してよい世界ではない、もしくは医療過誤とされる事案の大半が、もともと刑事事件として扱うべき範疇《はんちゅう》ではない、というのが雄一郎の実感だった。

いまも、何かしら迷いながら急いで会議室に戻ると、案の定、亀有署の刑事課長と被害者遺族と代理人弁護士の三人が、いかにも心もとないという表情でこちらを見た。雄一郎は眼の端で壁の時計の十時六分という時刻を確認し、席に戻ってまたしばらく先方の話にけんめいに耳を傾けた。遺族は正式の告訴状を持参してきたのだが、署の刑事課長はできれば受理したくないという腹だ。

事案は、五十歳の胃癌《いがん》患者の男性に対するありふれた中心静脈カテーテル挿入時の事故が始まりで、動脈を誤穿刺《ごせんし》した医師がすぐに気道確保などの措置はしたものの、挿入した場所が鎖骨下静脈だったために圧迫止血ができず、血腫《けっしゅ》が見る間に胸腔《きょうくう》内に広がった。医師は挿入を中止してすぐにレントゲン撮影をし、ドレナージと輸液で処置をしたが、十時間後、患者は突然血圧が低下してショック状態に陥り、心エコー図検査で左室後方に仮性心室瘤《りゅう》と心嚢《しんのう》液の貯留が認められた。そのため緊急手術を準備していたところ心肺停止となり、蘇生《そせい》を試みたが救命できなかった、というものだった。そして、病院で病理解剖が行われた結果、死因は仮性心室瘤が破裂して心嚢に血がたまった心タンポナーデとされたのだが、問題はそこからだった。

男性は心筋梗塞《しんきんこうそく》や冠動脈疾患の既往歴はなかったが、二カ月前にバイクでの転倒事故を起こした際、後下側壁に心筋断裂を起こして心嚢内に出血し、その後心嚢内の癒着《ゆちゃく》で仮性瘤ができていたと推定された。仮性の心室瘤は薄い心嚢膜でできているため、通常はいつ破裂してもおかしくないとされる。かくして本件では、CVカテーテルの誤穿刺時に撮った胸部X線画像に、突出した左室や、心拍動の低下を窺わせるくっきりした心陰影が見られたことが問題となった。すなわち、その時点で担当医が心膜炎や心筋梗塞を疑い、心電図や心エコーで適切な診断を行っておれば、仮性心室瘤が確認されて、破裂する前に緊急手術が出来たはずだというのが遺族の主張であり、要は担当医がX線画像の鑑別診断を誤ったか、もしくは怠ったことが患者の死につながったというのだった。

一方、当該のX線画像を見た医師たちは全員、撮影時点での血圧低下や脈圧減少、さらには患者本人の胸痛の訴えもないなか、この画像だけで切迫した心疾患を疑うのは無理、と口を揃《そろ》える。朝、会ってきた東大の医師も同じで、カルテに残された細かい検査数値や所見を詳しく見た上で、「無理だよ、こんなもの」とにべもなかった。

しかし、それでは病院側の処置にまったく問題はなかったのだろうか。胸部X線画像だけでは鑑別不能というのは、ほんとうにそうか。あるいはまた、遺族と弁護士の訴えでは、患者の入院当時、外科も内科も医師と看護師の数が少なく、一つ一つの処置がとにかく遅かったというのだが、数分、数十分の処置の遅れが決定的な治療効果の差につながったとする客観的な証拠は得られるだろうか。そんなことはどれも調べを進めてみなければ分からないが、仮に現時点で業務上過失致死に問えるだけの事実がなくとも、現に一人の患者が死亡し、被害者遺族がその死に疑念を抱いている以上、捜査はしなければならない。求められるそのゴールは、死が不可抗力の自然現象ではなかったことの証明ではなく、信頼していた病院で大黒柱を失った遺族がそれなりに納得を得ることであり、そのためには、ともかく説明と理解のための大量の言葉と時間と忍耐が費やされなければならないのだ。

10：15

また携帯電話が震えだした。働け。働け。働け。働け。あるいは急げ。急げ。急げ。

急げ。テーブルの下で管理官からの着信だということだけ確かめて電源を切る。

そうして動かした手とともに、また少し臓器の臭いが立った。否、それだけではない。皮膚細胞に染《し》み込んだそのアミノ化合物の臭いの下では、今日も出勤前に朝四時半から近郊農家の畑で摘み取り作業をしてきた春菊の、葉や茎の不飽和アルコールと、それが酸化した青葉アルデヒドの臭い、さらには作業のあとでそれらを洗い流した石鹸《せっけん》の合成香料が、見えない個人生活の時間を刻むようにして層をなしている――慰みにそんなことを考えた傍らで、弁護士は、カルテに記された心原性ショック時の投薬の一つ一つの量について、ヘパリンが何単位少ないとか、カテコラミンは何ミリグラムが標準ではないか、リドカインの何ミリグラムはこの場合適切かといった話を続けていた。雄一郎はもう一度壁の時計を見、弁護士の話をさえぎるかたちで刑事課長のほうへ短く声をかけた。

すみません、至急の招集がかかったのでここで失礼しますが、告訴状は受理してください。調べはうちの3係が引き継ぐとの捜一課長命ですので――。しかし最後まで言う前に案の定、当の課長や遺族、弁護士の全員から冷ややかな視線を浴び、最後は四十五度のお辞儀一つを残して会議室を走り出た。そうして階段を駆け下りながら自動的に高野管理官に電話をかけ直すと、現場鑑識の要請で、遺体の写真撮影だけ先にやる予定だが、その前に勝手口周辺の作業に時間がかかっているため、屋内の見分は十一時半からにしてほしいというふうなことだった。「了解」とそれに応《こた》えて、また電話を切る。

そして、その足で急ぎ署をあとにしながら、そうだ、こうしていつも逃げるのだと考えてみた。本庁の捜査一課を名乗りながら、決着をつける代わりに考えるだけ考え、時間切れでまた次の事案へ移動してゆくだけだ、と。否、正確には、そうして一つ振り切って次の一歩を踏み出してゆきはするが、振り切ったはずの残滓《ざんし》がいつも金魚の糞《ふん》のようについてくる、というべきだった。たとえば今朝、病理学教室の教授が冷蔵庫から出してきた心臓一個。青いプラスチックの洗面器に入れられて、黒い血栓にまみれて二つ割りにされた左室が、崩れたコーヒープリンのようだった。昨日、東大病院で心筋梗塞に伴う心筋断裂で死亡した男性のものだということだったが、洗面器のなかの心臓にもう個人の名前はない。

10：20

ＪＲ亀有駅前までの一キロ弱を、雄一郎は軽いレザースニーカーの足で飛ぶように歩いた。歩きながら、部下七名からの了解の返信メールを確認し、赤羽署の刑事課長に状況確認の電話を入れ、さらに現場直行の主任二名に屋内見分が三十分繰り下がったことを伝える傍ら、電話でそれぞれ簡単に情報交換をした。被害者は、歯科医の夫婦と子ども二人の四人。戸建て住宅。複数犯。凶器はたぶん鈍器。強盗目的かどうかは不明。犯行日時は先週の金曜日深夜から翌土曜の朝までの間。目撃情報・不審者情報無し。周辺の防犯カメラのテープを収集中。事件番は土井誠一警部の8係。白のワイシャツ、ネクタイ着用。機械的に電話口で繰り返し、通話を終えて携帯を閉じてから、口のなかに嚙《か》み砕けない異物の塊があるのを感じた。

一家四人殺し——。刑事ならひとまず全身が粟立《あわだ》つヤマではあり、現にベテランの主任二人の声も微《かす》かに跳ねていたのだったが、ひるがえって自分はどうだ。みんなほどころが動いていないのは気のせいかと自問してみた末に、そうか、異物は〈ワイシャツとネクタイ〉、もしくは8係の土井誠一だな、と思い至った。いましがた部下宛てに自分が出したワイシャツ云々《うんぬん》の指示は、帳場の雛壇《ひなだん》の上から捜査員の身だしなみをじっと見ていることで有名な木戸理事官の顔がとっさに浮かんだためだったが、糊《のり》のきいたワイシャツもネクタイも、相対する市民や世間体のためではない。捜査員を支えるべき妻の献身の象徴として重視されているというのが、なんとも警察らしい話ではあった。離婚その他で家庭をもたない捜査員は、警察では端《はな》からものの数に入っていない。

そう、ものの数に入っていないと言えば、捜査一課では強行犯、すなわち殺しのナンバー係以外はほとんど透明人間のようなものである一方、土井の率いる8係は、いまのところ強行犯のなかの強行犯を絵に描いたような《ザ・捜査一課》の異名をもつ精鋭なのだった。否、ほんとうのところは、自分を含めた三百四十人もの刑事の嫉妬《しっと》や嫌悪《けんお》や羨望《せんぼう》が、原形を留めないほどに混じり合い、溶け合って、叩《たた》けば作り笑いと褒め殺しと殺意の音がする《ザ・捜査一課》か。

雄一郎は自分のために薄笑いして、いったん本庁六階の大部屋や土井誠一を頭から掃き出し、さらに足を早めた。そうして冬晴れの外気を切って歩き続けるうちに、少し前まで頭を占領していた断層心エコー図も洗面器の心臓もしばし消し飛んでゆき、代わりに今日から最低でも半月、否、一ヵ月分の公私の予定を全部書き換えなければならないことを考えたり、そのために必要な連絡や手続きをざっと頭に並べてみたりした。続いて、身支度の準備のために南口のイトーヨーカドーに立ち寄り、最低三日は泊まり込みになるのに備えて靴下三足、ワイシャツと下着に洗顔料を買い、手提げカバンの底にしまった。二十代で早々と離婚して独り身に戻って以来、出陣に際してはずっとそんなふうだったが、下着の替えを買うぐらいのことで済むのは自分だけで、家族持ちの部下はみな、今晩にも家で祝うはずだったクリスマスイヴを潰すことになる。ひそかに待ち望んでいたとはいえ、二個班が投入されるようなヤマなら正月もたぶん無い。一年のうちで誰もが一番招集されたくない時期の重要事件に、部下たちがどんな思いで参集してくるのか、そうして一寸気を回してはみたものの、ほとんど白紙のノートを繰るようなものだった。

それから代々木上原行きの電車に乗り、西日暮里までの十五分、無為に現場のことを考えないために、ただ習慣で文庫本を開いた。昨日行きずりに買ったものだったが、一日経《た》つともう、『利根川図志』というタイトルすらピンと来ない。百五十年も前の利根川がどうしたというのか、やる気がないことの見本のような読書。否、そろそろ先が見えてきた仕事と人生の転機というものか、この春から、千葉の矢切の野菜農家で早朝と休日に農作業を手伝うようになった。その関係で、関東平野を潤《うるお》す利根川流域の地誌に眼が留まったのかもしれない。否、そうだとしても、作物を摘み、畑に農薬を散布するその手で事件現場の遺留品に触れ、土の組成と肥料の効き具合を考える頭で、心疾患のX線画像の鑑別診断の是非を問い、部下の捜査報告をまとめたり、日報や報告書を書いたりもする。そういう日々のどこに中心があり、どこが外縁になるのか、刑事警察のような明白な世界に棲《す》みながら分からなくなっていることの証明のような読書だった。

しかし案の定、それも数ページで脳裏からは消えてしまい、代わりに十年前まで約十年住んでいた赤羽台団地の風景や、駅までの坂道を毎日往復していた二十代の自分へと、頭は散漫に飛んだ。そしてそれもすぐに溶け去ると、その赤羽台団地の南端から距離にして一キロもない西が丘の住宅地へ、さらにはいまのいま変死体が横たわっているという戸建て住宅の地番へと焦点は絞られていった。そうだ、西が丘へ最後に行ったのは、FC東京とヴィッセル神戸の試合が西が丘サッカー場であった九九年の四月だった、と。そのとき、東十条からサッカー場まで歩く途中で桜並木のある住宅街を見た、あの家々のどれか――。

10:50

雄一郎はJR西日暮里駅の京浜東北線ホームに立った。半コートの襟を立てて隠した耳に受令機のイヤホンを入れ、かたちだけ眼を文庫本に落とし続けた。都下全域をカバーする方面系の無線はかたときも沈黙していることがないが、重要事件が発生した朝のそれは、ふだんより心なしかどの応答も早く、北区西が丘を中心とする同心円を描いて全署、全交番、全PCが耳をすましている緊張感がありありだった。

《志村カラ、警視庁。東坂下、ヤナセ板橋店ニオイテ、マル害宅ノベンツヲ確認。二十日金曜日午後二時、マル害ガ車検ノタメニ持チ込ミ、昨日二十三日月曜日午後ニ引キ取リ予定ダッタガ、今日マデ引キ取ラレテイナイ。ドウゾ》

《警視庁了解。警視庁カラ、多重一〇一。志村署坂下PBカラ報告有リ。ヤナセ板橋店ニオイテ、マル害宅ノベンツヲ確認。二十日金曜日午後二時、マル害ガ車検ノタメニ持

チ込ミ、昨日二十三日月曜日午後ニ引キ取リ予定ダッタガ、今日マデ引キ取ラレテイナイ。ドウゾ》
《多重一〇一、了解。多重一〇一カラ、二機捜二〇三。ヤナセ板橋店ニ向カエ——》
侵入時、車庫にベンツがなかったということか？　ホシが事前に下見をしているなら、あるはずのベンツが無くなっていたことで、家族が不在だと思ったのだろうか？
10：58
雄一郎は、西が丘一丁目の地図を確認するため、最初にJR東十条駅南口の中十条交番に立ち寄った。住宅地図を一瞥する間、気もそぞろという顔をした勤務員のSWがそこでも大音量でガーガー怒鳴り続けていた。《赤羽カラ、多重一〇一。西が丘一丁目八番付近ニ白ノクーペノ目撃情報。日時ハ、十九日木曜日ノ昼前。ドウゾ》《多重一〇一カラ、赤羽。証言者ノ住所氏名ヲ願イマス——》それだけ聞いてから、「音量下げて」雄一郎は一言注意し、巡査はあわててスピーカーをミュートにした。
それで、この一丁目十番の高梨歯科医院というのが被害者の医院で、いま無線が言っていた一丁目八番付近は、この一方通行の路地の、この辺りですか？　仮にその白のクーペがホシの車なら、自宅だけでなく医院のほうも下見していたということですかね。
雄一郎が話しかけると、若い巡査は任官してまだ日が浅いのか、本職には分かりません！　と顔をこわばらせ、雄一郎は礼を言って早々に交番を出た。

自宅と、それに近接した歯科医院。ホシは最低限、歯科医一家と知った上で狙《ねら》ったようだが、下見は前日の十九日だけだったのか、否《いな》か。ともかく事件の認知から一時間半で、早くもホシの可能性のある動線が見えてくるとは、ずいぶん雑な犯行だった。

11：15

次いで、その西が丘一丁目十番付近の古い商店街の路地に立った。戦前の海軍住宅の時代、もしくは戦後間もない時期からこの地で商売を営んできたと思われる八百屋や雑貨店やクリーニング店などが、幅員四メートル弱の狭い路地に庇《ひさし》を伸ばしており、高梨歯科医院も昭和の感じがする時代物のビルにひっそりと看板が上がっているだけで、いかにも地元の歯科医院という風情《ふぜい》だった。玄関のガラス戸には休診の貼《は》り紙があり、さらにその隣に年末年始の休診日のお知らせが貼ってあって、『十二月二十日（金）〜二十三日（月）』云々とあった。ホシが下見に来たのであれば、間違いなくこれを見ただろう。それから雄一郎はあらためて路地を眺め、なるほどと思った。仮にホシが一丁目八番に車を停めて下見に来たのなら、この十番の路地には車を停められないことを知っていたということだが、はて、ホシには一定の土地鑑があるのか。それとも、十九日の下見が初めてではなかったのか。

11:20

西が丘一丁目二十七番の現場付近は、古い桜並木がトンネルをつくり、家々の大きな屋根とうつくしく刈り込まれた植え込みが連なっていたが、どこも生活の物音もない静けさで、突然の事件が年末の気ぜわしさやあわただしさを一瞬にして消し去ったのがありありだった。そこに張られた規制線の黄色いテープや、その手前に並んだ民放各局の中継車や報道のカメラの見慣れた行列も、じっと息を殺している感じがし、いつもの賑々《にぎにぎ》しさはなかった。

一方、規制線のなかもすでに多重無線車を含む捜査車両が列をなしており、五十メートルほど先の工事用ブルーシートが、ここが惨劇の舞台だと知らせていた。警戒員の警官に一声かけて規制線をくぐり、そのブルーシートまで来ると、近くにいた8係の土井誠一から「どうも」という声がかかった。傍らの二人の警部補からも、どうして特4がいるんだという顔つきの軽い会釈《えしゃく》があった。二人の名前は、パンチパーマの大仏のほうがデスク主任の本間某。刑事にしては少し物憂げな、そのへんの学校教師然としたほうがサブ主任の島袋《しまぶくろ》某、とその場で自分に確認した。

ほら、土曜日は一日雨だったから。鑑識が苦労しているみたいですよ。土井が言い、シートのほうへ顎《あご》をしゃくった。その土井の頭越しに、雄一郎は門扉や塀を覆《おお》うシートと、それを越えてのびてゆく冬枯れの桜の枝と、その先にある大きな三角屋根を仰ぎ見た。周囲の家と同じ空気があり、先に見た歯科医院の風情と比べても違和感はない。社会的地位はあるが、現金や貴金属の詰まった金庫はない家。ホシはこの家をわざわざ狙ったのか。それとも、たまたま留守だったから狙ったのか。

雄一郎は、リュックにもなる自分の手提げカバンを背負って両手を空け、新しくおろしたノートの最初のページに日付と最初の三行を記した。《二〇〇二年十二月二十四日火曜日晴れ。一家四人殺害。北区西が丘一―二十七―二十、戸建て。11：25現着。特別な家構えではない。狙いは金か、家族か》

それ、いいですね。土井が雄一郎の背中のカバンを顎で指して薄笑いし、交換しますか？　雄一郎も薄笑いを返しておいた。土井が抱えているグッチのセカンドバッグは、たぶん十万ほどもする。コートは分からないが、スラックスも靴もたぶんイタリア製。四十半ばにしては肩幅や胸板の厚みがある刑事の体軀《たいく》と合わさって、一寸した俳優にもその筋にも見えるきわどさだった。否、きわどさを楽しむ余裕に脱帽、と言うべきか。最寄りの消防署から実況見分の立会いに駆り出された若い署員が一人、物憂げな表情でこちらを見る。

続いて、多重無線車の車内から出てきたスーツ姿の男二人のほうへ眼が行った。あれが先月着任したばかりの友納検事と事務官の山部某。友納は三十七ですって。土井が背中で言う。その友納がこちらを見、雄一郎は一寸頭を下げた。すると向こうも軽く頭を下げてきたが、同時にその手はもう携帯電話を開いていて、すぐにせわしげにどこかと話し始めた。地検刑事部の本部係主任検事は、何かにつけ現場に出てくるのを好む人が多いが、通常より若くして着任したからには優秀に違いない友納某もそのタイプか、それとも理が先に立つタイプか。否、どちらだろうと特4には大した影響はない話だと、すぐに思い直した。

あ、それからうちの早見。京都出張で、帰京は夕方。迷惑をかけますけど——。土井はもう一言、思い出したように声をかけてきたが、8係の管理官の出張云々こそどうでもいい話であり、こんなときに《ザ・捜査一課》が何に気を取られているのかと思った。

11:30

あ、おはようございます。おはよう。おはようございます。おはよう。特4のほうのデスク主任野田淳一とサブ主任川村春樹の両警部補が新たに到着し、8係との間で互いに眼を逸《そ》らせたままの会釈が交わされた。8係には一つの帳場に二個班というやりにくさがあり、特4には自分たちが従の立場になることの居心地の悪さがある以上、こんなものだった。土台、どんなに踏み固められても、荒れ地は荒れ地でしかない。

そういえば野田・川村ともに、亀有の医療過誤事案で被告訴人になった医師の、過去の勤め先などを当たっていた途中の呼び出しで、昨日は、急いで結果を出せる事案でもなし、これで今年の年末年始はゆっくり出来るという話をしたばかりだった。野田の息子二人はもう高校生と中学生だが、川村のほうは下の娘がまだ七歳かそこらで、二月には三人目が生まれる。正月休みが潰れて、家のほうは大丈夫なのだろうか。雄一郎はまた無駄に気を回してみたが、その先はやはり白紙のノートだった。否、見れば二人ともどこかで着替えてきたらしい真新しい白ワイシャツとネクタイ姿だったし、久々の殺しの帳場にかける思いは、こちらが案じるまでもないと言うべきだった。

へえ、この家ですか――。その野田・川村の両名が、ビニールシートから覗く大屋根を仰いで呟いていた。経歴では8係の本間らに劣らない特4のエースたちも、これは行きずりの物盗《ものと》りが狙う家ではないと見たか、ひどく鈍い声、鈍い表情だった。

＊

11：32

外周と勝手口、ＯＫ！　敷地の裏のほうから足跡係の声が飛んだ。ブルーシートから本部鑑識の堀田係長が顔を覗かせて「なかへどうぞ」捜査員たちに告げ、「足跡、どうです？」土井がすかさず尋ねる。

「いまのところ、ゴム底が二種類。立体も平面も、屋外の分は雨で流れて採れなかったが、ルミノール反応は出た。《入》も《出》も、この門扉と裏の勝手口。足跡の採取は屋内でやる」堀田は言い、「了解。屋内は土足で上がっているようだから、出来るだけ現状足跡を採ってください。合田さんのほうは何かありますか？」土井が首を回してきて、雄一郎はとりあえず首を横に振った。

それから、雄一郎ら捜査員と地検の二名、立会いの一名は直ちに鑑識の手でコートとスラックスをブラシではたかれ、各々不織布の足カバーを渡された。また、各々手袋とマスクをつけ、キャップを被《かぶ》った。そうして雄一郎たちはブルーシートをくぐり、一家四人が殺された家を初めて目《ま》の当《あ》たりにしたのだった。

敷石の一枚一枚、植え込みの一本一本が年月を感じさせる天然石の玄関アプローチの先に、やはり年月という風格を滲《にじ》ませた洋館の観音開きの扉があった。その上にそびえる白壁と急勾配《こうばい》の切り妻屋根は、張りぼてではない本物の洋館のもので、見るからに重厚な反面、いまふうの明るさはなく、アプローチ左手の空っぽの車庫の奥に残された子どもの自転車二台が、どこか間違って置かれた異物のように見えた。車庫の奥にある庭も繁《しげ》った常緑樹の色が濃く、子どものいる家の庭という感じではなかった。風はなかったが、捜査員が動くと澱《よど》んだ空気が動き、かすかに異臭が立ち上った。

「この門扉の鍵は、見ての通りのサムターン錠で、外から手を入れて簡単に開く。ホシはここからなかへ入ったあと、この手前のアプローチに沿って、あの北側の勝手口へ回り、帰りも同じ順路を戻ってきて、ここから外へ出たということで間違いないと思う。ゲソ痕を見る限り、侵入口を物色した様子はない」鑑識の堀田は手短に説明し、「よし次、屋内行くぞ！　現状足跡採るから、保護板もってきて！」部下の係員たちにも声をかけると、先に立って石のアプローチを裏の勝手口へ進んでいった。

そのアプローチは、高さ二メートルのコンクリート塀に沿って敷地を回るようにつくられており、いったん門扉を入ってしまうと、そこを歩く人の姿は道路から見えない。なめらかな砂岩の天然石は、ゴム底に吸いつくようで踏んでも音がしない。いまからおよそ八十時間ほど前、ホシたちはいま雄一郎たち捜査員がしているのと同じようにして、ゴム底の靴でひたひたと石を踏んでいったに違いなかった。

家屋の北側の通路は幅一メートルほどで、高さ一・五メートルの板塀の北側は隣家の芝生の庭、西側も別の住宅の庭だった。勝手口のドアの上に常夜灯はあるが、深夜には北隣と西隣の住宅、及び東側の道路からの視線は無いと言ってよいエアポケットだった。

そして、こじ開けられた勝手口のドアも防犯対策を施した最新の製品ではなく、ガラスの入った木質のドアとアルミ製の枠には、一目でそうと分かる大きく凹《へこ》んだ当て痕があった。凹みの形状は幅のある浅い帯状。一般的な平バールなら、当て痕は四角い凹みになる。従って、使われたのは断面が幅広く、ドアと枠の隙間《すきま》に差し込める程度に先端が平たくなっていて、しかも一定の長さがある工具と考えられたが、ともかく枠とドアをねじ曲げて鍵を外すのに、一分とかからなかっただろう荒っぽさではあった。土台、家の構えのわりに警備会社のシールもない外観を見るだけで、侵入者にはガラス破りや当て使い、ピッキングなどのどれもが選択肢に入ったに違いないが、結果的に何らかの工具で軽々とねじ曲げられた勝手口のドアは、まるで街道沿いの事務所荒らしのような印象でもあった。

雄一郎はノートに一行追加する。《手慣れた侵入。要手口資料照会》

11:35

鑑識の堀田がそのねじ曲がったドアを開け、鑑識の係員とともに保護板を手に上がり框《かまち》を上がっていった。捜査員も靴を脱いで足カバーをつけ、土井係長の8係、雄一郎の特4、地検、立会いの順でそれに続いた。

そこはダイニングキッチンで、少し日数が経過した死体に特有の刺激臭が、見えない煙幕になってまず鼻腔に張りついてきた。北と東に窓があるが、表の道路に面した東側の窓も樹木が外光を半分ほど遮っており、昼前には日差しも移動して、薄暗いと言ってよいほどだった。勝手口から見ると、北と東の窓に面してL型のシステムキッチンがあり、大きなテーブルと椅子六脚があり、広さは約十五、六畳。テーブルと椅子の下には、約六畳分の薄茶色のベルギー絨毯《じゅうたん》が敷いてあり、勝手口から見て奥のほうの椅子が二脚、その絨毯の上に倒れていた。またさらに、椅子用のごく薄い座布団《ざぶとん》が二枚、スリッパが二足、ばらばらに散っていた。そして、テーブルの向こう側には階段ホールに通じる開口部があり、外開きのドアは開けっ放し。階段ホールの先にはガラス戸で仕切られた応接室。ほかには、階段ホール側の壁に、大小のフレームに入れられた家族写真が十数枚と、十二月のカレンダー。全体として、倒れた椅子と床の二つの死体と座布団二枚を除けば、よく片づいていて整然とした印象であり、家の外観がそうだったように、やはり特別に贅沢《ぜいたく》な暮らしという風情ではなかった。

そうして、初めにダイニングキッチン周辺の間取りを見て取ったあと、あらためて勝手口の上がり框付近から順に見ていった。無垢《むく》材のフローリングの床は、上がり框のすぐそばから目視でそうと分かる血液足跡が点々としており、いずれも方向はまちまち。二度三度折り重なっているものも多数あって、二人のホシが盛んにうろうろしたことが窺えた。端的に、そこはたんなる通路ではなく、寝ているはずの家人、もしくは不在のはずの家人にホシが遭遇した場所であり、驚いた家人が声を上げるひまもなくホシに凶器の一撃を食らった場所であり、さらには物音を聞いて二階から降りてきた二人目の家人と遭遇した場所でもあったということだった。

眼を皿にして、一歩ずつ奥へ進む。二十一日未明、ここで何が起きたのか。ホシと被害者の遭遇はどのようにして起きたのか。暴行はどのあたりで、どのように行われたのか。男女はどちらが先に襲われたのか。

被害者二名は、男性が階段ホールに通じるドア口から五メートルほどダイニングキッチンに入り込んだところで、また女性はそのドアを入ってすぐのところに倒れていた。男性の身体《からだ》の脇《わき》には、ドア付近から四メートルにわたって身体と一緒に引きずられた吐《と》瀉物《しゃぶつ》と血液の擦過痕《さっかこん》があり、それがひとまず男女の襲われた順番を教えていた。すなわち、前後の詳細は不明ながら、ホシはまず、階段ホールに通じるドア口付近で男性に凶器による一撃を加え、そのとき椅子が二脚倒れた。椅子が倒れた音は絨毯のせいでさほど響かなかったかもしれないが、男性が倒れた音は一定程度二階に届いたことだろう。そして、それを聞いた家族が二階から降りてきたときに備えて、ホシは階段ホールから見えないよう、ドア口付近に倒れた男をあらかじめダイニングキッチンの奥へ引きずり込み、やがて二番目に降りてきた妻がダイニングキッチンを覗《のぞ》き込むのを待ち伏せして、これを襲った。その間、子どもが二階の寝室に留まっていることから見ても、父母のどちらもおそらく周囲に聞こえるような叫び声は上げていない。すなわち殺害は、結果的にきわめて静かに、簡潔に行われ、終了した。そういう現場だった。

もっとも、押し込みでも居直りでも、強盗目的であれば一人目と遭遇した時点で逃げるのがふつうであり、待ち伏せしてまで二人目を襲うのは特異なケースだと言わなければならなかった。なぜなら勝手口はすぐそばにあり、仮に二人目があまり時間を置かずに階段を降りてきたとしても、一人目の被害者をわざわざ四メートル引きずる時間があれば、その間に十分逃げられたからだ。はて、このホシどもが、二階にまだ残っている家族に騒がれる危険を冒してまで、二人目を下で待ち伏せした理由は何か。雄一郎はノートに新たな数行を書き込む。

続いて、死体を見た。鑑識が敷いた保護板を踏みながら、最初に男性のほうに近づいた。着衣はパジャマ。足は裸足《はだし》。体格はふつう。手の甲や指にはすでに暗い緑色を帯びた静脈の腐敗変色が起きており、パジャマのズボンから覗いた足も同様だった。床に伏した顔は直径五十センチの黒い血溜《けつりゅう》に浸《つ》かっていて、眼や口許《くちもと》の表情は不明。天井を向いている後頭部と左側頭部は激しく挫裂《ざれつ》していて原形を留めていなかった。一方、損傷の激しさのわりに血液の飛沫痕《ひまっこん》が少なく、鑑識の堀田がすかさず床の座布団一枚を拾ってひっくり返すと、そこには案の定、真っ黒に変色した血の染みがあった。もちろん、頭に座布団を被せたということは、その時点ですでに被害者は動いていなかったということになる。血が飛び散るのを防ぎたかったのか、血を見たくなかったのか、わざわざ薄い座布団を被せた上から凶器を振り下ろしたホシは冷酷かつ臆病《おくびょう》、もしくは神経質、といった想像が走った。否《いな》、冷酷と臆病、残忍と神経質が複層している隣には、子どもっぽさ、過剰さ、目的と手段の乖離《かいり》といった別種の印象も張りついていて、足して二で割る端から、輪郭はなくなっていった。

そして、そこから四メートル移動して、最初に男性が倒れたとみられる場所へ眼を移すと、そこには直径十センチほどの血溜のほかに、かなりの量の吐瀉物があった。正確にはそれは血溜より下にあり、男性はそこで最初の一撃を頭に受けて、まず嘔吐《おうと》したようだった。その時点で意識があったのか無かったのかは分からないが、その後さらに四メートル引きずられて頭蓋骨《ずがいこつ》を砕かれるまでもなく、最初の一撃を受けた時点ですでに瀕死《ひんし》だった可能性が高い。一方、目視では首から下の損傷は分からなかったが、床に投げ出された両手の爪《つめ》は、一見した限りではきれいで、ホシと格闘などはしなかったようだった。

次いで、階段ホールに通じるドアロの近くに伏している女性の死体を見た。女性は、階段を降りてきてダイニングキッチンに踏み込んだところを襲われたと見られる。こちらも着衣はパジャマ。足は裸足で、男性と同じように左側頭部から後頭部にかけて挫裂があり、直径四十センチの血溜に顔面が没していた。近くの座布団には大きな血痕があり、最後には女性もまた頭に座布団を被せられて、頭蓋骨が砕けるまで凶器で殴打《おうだ》されたようだった。その一方、こちらには一メートル離れたところに一続きの滴下血痕も見られた。男女どちらかが立っている状態で落とした血かもしれないし、ホシの凶器から垂れた血かもしれない。女性は頭をダイニングキッチンの方向に向けており、とくに抵抗した形跡もなかった。右耳の下の頸部《けいぶ》に黒い皮下出血の痕《あと》が一つあったが、皮膚の腐敗網のためにはっきりせず、雄一郎のノートには《解剖所見注意》と記された。頸部に何らかの圧痕があるとしたら、女性はダイニングキッチンでホシと遭遇した際、凶器の一撃を受けて意識を失う前に、ホシに身体を拘束されたか、抵抗して格闘になったか。死体を二つ見分したあと、二階へ移る前に、雄一郎たち捜査員はさらにダイニングキッチンの隅々を見て回った。ここで何が起きたのか。もっとよくホシの動きが見えないか。遺留品はないか。

システムキッチンについては、ホシが最後に血を洗った可能性がある流しを除けば、引き出しや開き戸のなかの棚はひたすら整然としていて、包丁などを持ち出した形跡はなく、冷蔵庫のなかを荒らした痕跡もなかった。それだけを見ても、ホシにとってダイニングキッチンはもともと勝手口を出入りする際の通過地点に過ぎず、家人との遭遇など予定外だったということだったが、そもそも予定外の遭遇はなぜ起きたか。その答えは、壁の十二月のカレンダーを見た8係の本間主任が「あ、これだ——」と簡単に出してしまった。

カレンダーには二十一日、二十二日、二十三日の三日分に大きな星印がついており、そこに「Tokyo Disney Sea の書き込みがあった。ホシどもが事前に歯科医院のほうも下見し、そこにあった二十日から休業という貼り紙を見ていたとしたら、一家が家を空ける日を一日間違えた可能性が高い、ということだった。とはいえ、留守宅のつもりで侵入した男たちがたまたま居直ったにしては、一家四人殺しという結果はやはり過剰すぎるというほかはなかった。雄一郎は何かしら呑《の》み込めない思いに駆られながら、あらためてダイニングキッチンを見渡した。

いったいここで何が起きたのか。未明のそこは北の窓から勝手口の常夜灯の明かりが入り込むため、男女の区別や目鼻の区別がつく程度の薄闇《うすやみ》ではあっただろう。しかし被害者たちは、ホシの姿をほとんど見るひまもなかったかもしれない。大声を上げるひまもなく、逃げるひまもなく、ほとんど出合い頭に凶器の一撃が飛んできただろうからだ。一方、ホシたちは周到に二人目を待ち伏せし、さらにはとっさに頭に座布団を被せて凶器を振り下ろしているのだった。これについては、手慣れているのか、自分がやっていることに自分でうろたえているのか、はたまた何かのスイッチが入ったが最後、前後が分からなくなる性格なのか、いずれとも言いがたかったが、最低限、強烈な殺意があったことだけは疑いの余地がなかった。

すなわち、このホシたちは、物盗りに入った家のダイニングキッチンで、たまたま遭遇した家人に驚いて手を出してしまったというのではない。初めから、その気になれば人を撲殺できるほどの道具を携えて押し入り、実際にその機会が訪れると、まったく迷うことなく反射的にそれを使用して大人二人の頭を叩き潰したのだ。せっかく下見をしながら、狙いを定めた家が留守になる日を一日間違える程度に抜けている雑な頭の持主が、スイッチ一つで殺人マシンに切り換わる。これは、ひょっとしたら素人《しろうと》か。

「よし、次は子どもたちだぞ——」

土井が初めて一声発し、先に立ってダイニングキッチンから階段ホールに出ていった。主任四名、鑑識の堀田、地検、立会いがそれに続き、雄一郎はしんがりになって、最後にカレンダーと同じ壁に並んだ家族写真をざっと見渡した。旅行先、学校行事、クリスマス、誕生会など、どんな種類の写真があるかをおおまかに確認しただけで、一家四人の生前の顔については、むしろ正視しないように努めた。死者たちの生前の顔を知ったが最後、死体を前にしてこころが揺らぐ。勤続二十一年で百体以上の死体を見てきたが、人の心身も考え方も年々変化するし、一年前に平気だったことがいまは平気でないこともある。個人の生活感覚と社会生活のあわいに生じているのだろう、そうした小さな齟《そ》齬《ご》がいまもふと忍び寄ってきて、自分の身体を一寸《ちょっと》重くしているのを感じた。朝見た洗面器の心臓一つも、もし生前の持ち主を知っていたら、その場で吐いていたか、そもそも見るのをやめていたか、だ。

11：45

吹き抜けの階段ホールから二階へ進む。

ダイニングキッチンで男女を撲殺したホシが、続いて血溜《だ》まりを踏んだ足で上がっていった階段は、建築用語でいう折り返し階段。その一段一段に続いてゆく血液足跡は、二対。階段に敷かれた滑り止め用マットがホシたちの靴のゴム底に付着した血を吸い込み、下から上へ上がるにつれて足跡は薄くなっていた。そして、階段を上がりきると、廊下に沿って手前から南西に一部屋、南東に一部屋、北東に一部屋、一番奥の北西に一部屋があり、見分は手前の南西の部屋から順に始まった。

扉を開けると、まず、真冬にしては強い異臭の壁が崩れ落ちるようにして廊下へ流れだしてきた。カーテンが閉まったままの薄暗い部屋にある家具は、勉強机と椅子《いす》、ガラス入りの本箱、クローゼット、ポールハンガー、ベッドの五点。そうして一目で数えられるほど整然としており、机の上もスタンドと本立て以外に出ているものは何もない片づき方だった。また、椅子の上には中身が詰まったリュックが一点。椅子の背にかけられたセーター、半ズボン、靴下は翌朝の着替えだったのだろう。そしてポールハンガーには、いかにも小学生らしい黒い詰め襟と半ズボンをつるしたハンガー一点と、黒のランドセルが一点。そのなかで、ベッドの上につくられた布団と毛布の小さな山がただ一つ、そこに生きもののいた気配を発していたが、それはまさに、二階へ上がってきたホシが最初に見た光景でもあったに違いなかった。ゴム底の血は階段のマットに吸い取られてもう肉眼では見えなかったが、部屋に荒らされた形跡がない以上、ホシはベッド以外のどこにも触れることなく、ベッドへ真っ直《まっす》ぐに向かったのかもしれない。そして、布団の小さな山の中身が大人か子どもか、男か女かも確かめることなく、布団の上から凶器を振り下ろしたか、あるいはのしかかって先に首を絞めたか。

鑑識の堀田係長が、そろりと布団と毛布をつまんでめくり上げた下に、子どもはいた。電気毛布で温められていたために腐敗が進んですでに皮膚が崩れ始め、破れた腐敗疱《ふはいほう》から真っ黒な滲出液《しんしゅつえき》が流れだして目鼻ももう目鼻ではない、ひと抱えの黒っぽい泥の塊だった。もっとも、腐敗ガスによる全身の膨張が始まってはいても、胎児の姿勢を取って身体をぎゅっと丸めたそれは、生前よほど華奢《きゃしゃ》だったのか、いまだ十分に小さかった。血痕や腐敗滲出液の染みは、身体が触れていた敷布や毛布、布団の内側にあり、子どもはやはり布団を被ったまま襲われ、絶命したようだったが、腐敗が進んでいるため、外傷は側頭部が潰《つぶ》れていること以外に目視ではもう確認できなかった。

もういいか？ さすがの堀田が急《せ》かすように眼で尋ね、つまんでいた布団を下ろす。あらためて部屋を眺めた。机の本立てには、小学校一年生の教科書と学習帳、国語辞典、漢字辞典。正面の壁には時間割のほかに、『十二月は五〇m泳ぐ』という手書きの貼り紙とイアン・ソープの写真が並んでいた。スイミングスクールに通っていたようだが、ふつうはそのへんに転がっているだろう野球道具やサッカーボールがないところを見ると、いわゆるスポーツ少年ではなかったのかもしれない。

本箱には、岩波の世界児童文学集三十巻に植物図鑑、鉱物図鑑、鳥類図鑑、昆虫図鑑、魚類図鑑、日本地図帳、世界地図帳などが並んでいたが、一番真ん中に飾ってあるのは精巧な64分の1スケールのはしご車と化学消防車の模型だった。小学生のプラモデルにしては一寸高価だが、戦闘機でも鉄道車両でもない消防車というのがいかにも年相応だった。そして、椅子に置かれた子ども用リュックのなかには、着替えと双眼鏡とディズニーシーの地図など。あと数時間で起き出し、セーターと半ズボンに着替えてリュックを背に、ディズニーシーへ出かけるはずだった子どもの時間が、直前で停止した時限爆弾のように無化され、もう一度始動するときを待っているかのようだった。否、ポールハンガーに掛けられたランドセルの、誇らしげな五三の桐《きり》の校章は、停止した子どもの時間と一緒にすでに凍りついているようにも見えたことだった。

そうか、ホシの眼にはこうした子どもの生活の片々が一つも届かなかったか。雄一郎は数秒自分がホシになって、三たび子どもの部屋を見回し、十年前なら自分もそうだったかもしれない、と思った。ホシはおそらく二十代から三十代。子どもに縁のない生活をしながら、その実、自身がまだ子どもを脱していない年代だ、と。

続いて、隣の南東の部屋へ進んだ。そこも部屋の造りは同じ、家具とその配置もほぼ同じだった。隣の部屋よりは色目が淡いカーテンを通して屋外の光がわずかに差してくる位置にベッドがあり、電気毛布と布団の小さな山があった。この子も小さい、と一目見て想像した。

堀田が布団の端をつまんでめくり上げ、そのまま無言で眼を泳がせた。隣の男の子と同じ、小さく丸まった胎児の姿勢で息絶え、腐敗し、変色し、溶解し始めている黒い塊があった。髪の毛でかろうじて女児と分かるが、こちらは顔面を含む頭部全体が潰れているようだった。推理は後回しが原則の現場で、「凶器、何だと思う――」土井誠一がその場の空気を代表して一言漏らしたが、これだという答えは誰も持ち合わせていなかった。これだけの損傷を与えられる鈍器は、金属バットか鉄パイプ、ゴルフクラブならドライバーかフェアウェイウッドぐらいしかないが、いずれも留守宅に侵入する空き巣の持ち物としては無理があったし、勝手口をこじ開ける道具としても同様だった。否、既存の道具であれば、いまどき調べればすぐに分かることだし、一般に知られていない特殊な道具であれば、そこから逆に持ち主の素性も見えてくるというものだった。

「あ、待ってください。枕《まくら》の下に本がある――」雄一郎は布団を下ろそうとした堀田を止め、死体から外れてヘッドボードの隅へ押しやられた枕の下から、文庫本一冊と赤い表紙の日記帳を引き出した。日記帳を土井に渡し、自分は文庫本のほうを手に取った。スタンダールの『赤と黒』の上巻で、四分の三ほど読み進んだあたりに栞《しおり》がはさんであった。その前後のページを繰ると、主人公が修道院でいまどきの教会のあり方に思いをめぐらせるくだりで、そうか、ジュリアン・ソレルはまだパリへ出ていないのか、といま一つあやふやな記憶を辿《たど》り、本を閉じて再びもとの場所に戻した。

一方、土井も何かに追われるようにして、その場で日記帳の一部を読み上げたものだった。「十二月十六日月曜日。二十二時四十五分。あと五時間で、十二歳とおさらばして十三歳になる。生まれてからの時間で測るだけなら、とくに意味もない十三歳。子ども以上、メス未満——。本間！　これ、押収《おうしゅう》。手続きを頼む。合田さんたちもあとで眼を通してください。夫婦仲のことも書いてある。かなわんな、子どもって」

さっきの子が六歳で、この子が十三か。たまらんですね。主任たちも言葉少なに応じた。現場観察の場での私語は珍しいことだった。

女児は、布団のなかで黒い塊と化した姿も小さかったが、ポールハンガーに掛けられたセーラー服も小さかった。とはいえ、その小さな制服の持ち主は、『赤と黒』を読む程度に早熟で読書好きな中学一年というだけではなかった。机の本立てに並んでいる参考書の背表紙には複素数のベキ級数だの、三角多項式だの、線形写像だの。同じ本立てには国際数学オリンピックの問題集というのもあった。この子、十三歳だろ——？　誰からともなく三たびため息交じりの声が上がり、またすぐに行き場もなく立ち消えになった。生きていたら、数年のうちにはほんとうに数学オリンピックに出ていたかもしれない子どもだったとは。言葉がなかった。

さらに本箱も、弟のものより大人向けになったさまざまな図鑑や事典、科学雑誌のほか、漱石《そうせき》、鷗外《おうがい》、藤村《とうそん》、太宰《だざい》、谷崎潤一郎などの小説に加えて、古事記、万葉集、土佐日記、方丈記までが並んでいたが、それらに混じって飾られているのは、こちらは消防車ではない犬のぬいぐるみだった。どこかで見たことがある、イギリスで大人気の人形アニメの何とかという犬。たしか四月ごろに、池袋のサンシャインで作者と映画作品の展示会があり、川村だったか、ほかの部下だったかが子どもを連れていったと言っていた、そのときに名前を聞いたはずだ。ピングー？　グルミット？　大学レベルの数学に手をつけている超早熟な中学生も、ふだんはふつうの女の子で、その池袋サンシャインの展示会に行ったのだろうか。

数歩退いて、隣の部屋でしたのと同じように全体を眺め直した。部屋は窓から東の街路灯の明かりが入る。従って、ドアを開けたホシの眼にポールハンガーのセーラー服が見えなかったという想像は困難ではあったが、状況を見る限り、ホシはやはり部屋の様子には眼もくれずにベッドへ直行し、寝ている子どもを襲撃したとしか言いようがなかった。ほとんど凶器を振り下ろす機械であり、冷酷と言えば冷酷だが、しかし機械に感情はない。冷酷や残忍というよりはただ粗暴で、込み入った理屈などはない自動機械。このホシは、ひょっとしたら自分の叩き潰しているのが人の頭だという意識すらなかった可能性がある、と思った。

ひるがえって二人の子どものほうは、両親が相次いで下へ降りていった足音も、侵入者と遭遇して襲われた物音も聞こえず、さらにはホシが階段を上がってくる足音も、ドアを開けて部屋に入ってくる物音も聞こえず、ぐっすり眠ったまま殴打されたと見て、間違いないようだった。二つの子ども部屋は、階段ホールをはさんでダイニングキッチンとは反対側の応接室の上にあるため、人が倒れた振動などは響きにくかったのかもしれない。どちらの子どもも突然一撃を受け、目覚める間もなく失神もしくは意識障害を起こした後、そのまま致命傷となる打撃を受けて絶命したのかもしれない。もしそうであれば、少なくとも恐怖はなかっただろう。そう推測できるのが、せめてもの救いではあった。

11：55

続いて、北東と北西の二部屋は同時に見分した。ダイニングキッチンの真上に当たる北東の部屋は、ダブルベッドのある夫婦の寝室で、北西の部屋は書斎。その間には寝室とつながったウォークインクローゼットがある。そのいずれもが一目で物色されたと分かる状態だったが、手当たり次第というわけではなかった。寝室ではまず、ベッドの上に中身を引きずり出されたボストンバッグ二点。床に、同じく中身を抜かれたハンドバッグと、男もののセカンドバッグが各一点。男ものと女ものの財布が各一点。ほかには、書斎の床に男ものの書類カバン一点。最初に男ものの財布を拾った堀田が、それを逆さにして振ってみせた。銀行のキャッシュカード無し、クレジットカード無し、紙幣無し。それは女ものの財布も同様だった。捜査員六人で黙って顔を見合わせた。ひょっとしたらホシは、夫婦を殺害する前に、どちらかからキャッシュカードの暗証番号を聞き出したか。

金融機関で預金の引き出しの有無を確認すればすぐに分かる話ではあったが、仮に殺害の前に暗証番号を聞き出していたとなると、ダイニングキッチンでの一部始終も少し様子が変わってこざるをえなかった。すなわち、留守だと思って侵入したホシが家人と遭遇し、とっさに凶器を振り回したというのではなかったのかもしれない。仮に家人との遭遇は予定外だったとしても、ホシたちは、考えていたよりずっと冷静に目的をキャッシュカードに変更し、夫婦のどちらか――おそらく夫が倒れている姿を見せつけられた妻のほうだろう――を脅して番号を聞き出したのかもしれない。そして番号の入手に成功すると、次はキャッシュカードそのものを入手しなければならない。そのためには、まだ残っている家族が起き出してきては困るのであり、先にそちらを始末することになった。そう考えるなら、子どもたちが機械的に殺されていったことの説明もつくが、しかしそうだとしてもやはり、何もかもが過剰だという初めの印象は変わらなかった。これはほんとうに居直り強盗なのか、それとも違うのか。

とはいえ、部屋の荒らし方はたしかに物盗りのそれではあった。カバンや財布類のほかに、ナイトテーブル、ウォークインクローゼットのタンス、書斎のデスク、壁面収納などの引き出しはすべて開けられ、現金や貴重品を探した形跡が残っていた。ホシはたぶん、キャッシュカードのほかにも現金や貴金属をひととおり探したのだろう。ウォークインクローゼットの床には指輪やネックレスの空のケースが四つ、五つ転がっていたほか、都市銀行の名前入りの空の封筒も捨ててあった。手分けして引き出しをすべて当たったところ、書斎のデスクの引き出しに銀行の取引明細書などはあったが、通帳、印鑑、カードの類《たぐい》は残っておらず、ホシが盗るべきものを順当に盗っていったのは間違いなかった。

その一方で、住所録、学校の保護者連絡名簿、自宅不動産の権利書や登記簿、夫婦の年金手帳、各種の保険証書などは手つかずのままで、一家もしくは世帯主や妻への個人的な怨恨《えんこん》や執着を窺《うかが》わせる痕跡はひとまずゼロ。壁面収納の引き出しに大量の私信があったが、それには手がつけられた気配もなかった。ということは、これはやはり居直り強盗なのか――？　否、そうだとしても依然、なぜこの家だったのかという基本的な疑問は残っており、何らかの怨恨の線は消えない、というのが現時点での結論となった。

12：15

屋内に凶器は無し。ざっと見た限りでは遺留品も無し。押収したのは、二階の娘の寝室で日記帳一点。夫婦の書斎で住所録一点と学校の連絡名簿一点。世帯主高梨亨の備忘録一点。妻優子の手帳一点。雄一郎たちが一階に降りると、ダイニングキッチンでは足跡係が床に這《は》いつくばって懐中電灯で現状足跡を探っており、すでにいくつも標識が立っていた。そうして足跡痕を採り終わった区画から指紋採取が始まり、さらに写真撮影へと続いてゆくことになるが、二階の四部屋まですべて片づけるのには、最短でも丸二日はかかりそうだった。

下へ降りると、早くも現場の状況は摑《つか》んだという顔つきの友納検事が、解剖のための鑑定処分許可状を直ちに用意する旨《むね》、鑑識の堀田と言葉を交わしていたかと思うと、事務官とともにあっという間に辞去していった。その直後に今度は堀田の携帯電話が鳴り出し、聞けば、赤羽署のほうに高梨亨の姉妹や高梨優子の兄など、首都圏在住の遺族が到着し始めており、四人の遺体の移動がいつごろになりそうか、署長が問い合わせてきたということだった。堀田は、早くても夕方になると電話に応《こた》えていたが、どのみち女性の遺族には対面は無理だろうということで、遺体の移動の件は結局、土井誠一が遺族には自分が説明すると言って、本間・島袋の主任二名とともに先に勝手口から外へ出ていった。

続いて、雄一郎と野田・川村の主任二名も、四十分間いた事件現場の家を出た。いつものことながら、外へ出たとたん一気に息苦しさが込み上げてきて、各々《おのおの》マスクを引き剝《は》がして喘《あえ》いだ。そして、もうすぐ三児の父になる川村が胸のつかえを下ろすようにして一言曰《いわ》く、「このホシ、奪ったキャッシュカードを使っていたら、面が割れるのは早いですよ、たぶん」。

「絶対、マエがあるだろうし」野田も言い、雄一郎は自分も同意見だと応じた。事件としては特別に奇異な点も複雑な点もない強盗殺人であり、しかも侵入の手口一つを取っても、初犯ということはあり得なかった。またキャッシュカードを使って現金を引き出しているのなら、ATMやコンビニエンスストアの監視カメラに顔や全身像を撮られているのは間違いなく、よほどのことがない限り早い時期に面は割れるはずだった。そうして全国に手配されたあとは、網にかかるのを待つだけになる。

もっとも、そうして思いのほか平板な展開になりそうな先々を予想すると、一度に四つも死体を見分し、腐敗臭にまみれてまた一歩日常から遠ざけられた虚脱感と、そうは言っても早く片づけばこちらも楽だといった思いが交互にやってきて、雄一郎は現場にいる間に張りつめていた神経が一寸緩むのを感じた。否、半分はこれ以上神経が荒れないよう、神経自身が自らを弛緩《しかん》させたのだ。

ブルーシートをくぐって道路へ出ると、ちょうど庶務担当の増岡管理官が引き揚げるところで、正午のNHKニュースと民放各社のワイドショーが一斉に速報を流したから、と伝えられた。その声の半分は上空を旋回する報道各社のヘリコプターの爆音に押しつぶされ、無意識に空を仰いだ拍子に、《祝祭》という言葉がぽつりと浮かんだ。

＊

12：20

ヘリコプターが舞い続ける下で、多重無線車の傍らに木戸理事官、二機捜の木村班長、赤羽署の安井刑事課長、本部鑑識の戸倉《とくら》課長、現場資料班の島田係長、8係の土井誠一、特4の雄一郎の七名が集合して簡単な打ち合わせが行われた。

まず、ほぼ金銭目的の居直り強盗の線で間違いないな？　土井さん、合田さん、どう？　木戸理事官が尋ね、土井と雄一郎は間違いないと思うと応えた。次いで鑑識から、死体の搬出は夕方。さらに東大で行われる剖検は、明朝一番に開始してもらう予定だが、四体すべて終了するのは早くて二十六日。ただし死因と創口の情報は明日じゅうに揃《そろ》うだろう、という話があった。また、現状足跡の採取と、指紋・微物の採取が終了するのは二十五日夜。ゴム底から履物を特定する作業のほうはおそらく今夜じゅうに可能、とのことだった。

続いて木戸から、捜一課長の指示で初回の捜査会議の招集が午後八時半になること、報道向けの記者会見は午後七時に一回目、二回目以降は適宜行うことが伝えられた。また特捜本部の人員は、赤羽署から十七名、各署の方面指定捜査員十名を合わせて当面五十七名。必要に応じて速やかに増員する、とのことだった。

次に、捜査会議まで約八時間、すでに初動捜査に就いている機捜十二名、所轄《しょかつ》七名と、赤羽署で待機中の者を含む捜一の二個班十八名を、とりあえずどう配置するか。これについてはまず、機捜の五組十名がすでに初動から二時間、現場を中心に半径三百メートルの駐車車両のチェックとゴミ箱や側溝などの遺留品探しに続いて、住宅の聞き込みを行っており、これを続行したいという木村班長の要望があった。また、機捜の一組はヤナセ板橋店で被害者宅のベンツを確認したあと、被害者高梨亨の勤め先である都立豊島病院へ回っており、戻り次第、これも聞き込みに合流することになった。

さらに、赤羽署の捜査員は二名が高梨歯科医院の受付と歯科衛生士、患者への聞き込み。五名は、現場を中心に半径五百メートルの主要道路沿いのコンビニエンスストア、ガソリンスタンド、コインパーキングなどの監視カメラのビデオテープを回収に回っているところで、ここから二名を至急、被害者夫婦の主要取引銀行である東京三菱《みつびし》の板橋支店へ遣《や》ることになった。仮に現金の引き出しが確認されれば、引き出しがあったATM毎《ごと》に管轄の支店へあらためて捜査員を遣ることになる。

一方、本庁の8係は現金引き出しの状況を見ながら、すでに赤羽署に出向いてきている遺族とそのほかの遺族全員からの聞き取りを行う。それと並行して特4は、被害者夫婦の手帳と備忘録、娘の日記帳、学校の連絡簿、住所録などから鑑につながる人物を洗い出し、北区と板橋区の歯科医師会、口腔《こうくう》外科学会、被害者夫婦の出身校の東京医科歯科大関係者、さらに豊島病院で高梨亨が担当した患者などと照合の上、参考人聴取が必要な関係者のリストを作成する。ただし、ATMでの預金引き出しの結果次第では、一部はビデオテープ回収のために銀行の当該支店へ回ることになった。

そして最後は、今後の捜査員の編成だったが、遺族とその周辺の鑑捜査、並びに医療関係者を含む参考人聴取で8係は手一杯になるだろうから、今回はそちらでやってほしいという土井の申し出だった。何を置いても捜査の要である編成だけは強行犯がやるのがふつうなので、少し驚いたが、ほんとうに鑑で手一杯なのか、それともほかに事情でもあるのか、雄一郎はその場は深く詮索《せんさく》せず、ひとまず了承するに留めた。とまれ、これから被害者一家の鑑に何か出てくるか、それともやはり流しの居直り強盗か。監視カメラの映像は、どのくらい得られるか。さらに映像は鮮明か、不鮮明か。人員の割り振りは捜査方針と一体であり、ぎりぎりまで捜査状況を見ながら、幹部と土井の意見を聞いて調整する時間をみると、最初の編成作業は、午後七時半に取りかかるのでは少し遅い、というところだった。

12：25

打ち合わせは早々に終了し、ヘリコプターの爆音に追い立てられるようにして散会した。その後、雄一郎は野田・川村の両主任を呼び、ひとまず急いで医療過誤関連の報告を受けがてら、二人のファイルを回収した。内容をまとめて今日明日じゅうには亀有署へ渡さなければならない。野田は、死亡した男性が二カ月前にバイク事故を起こした際に救急搬送された病院で、当時のカルテの写しを取ってきていたが、「撮ったのは頭部CTと足の開放骨折のレントゲンだけ。胸部は本人の訴えもなかったようで」ということだった。一方、川村のほうは、被告訴人の医師が執刀した過去五年間の手術記録の提出について、病院側と話し合う日時を二十六日木曜日午前八時と決めたところでの呼び出しだったようだった。二十六日午前八時。病院側の窓口は事務長。話だけは聞くという感触――。雄一郎はその場でメモを取る。

それから雄一郎のほうからは、8係から預かったこちらの事件の被害者の手帳、日記帳などを二人に渡し、被害者一家の鑑につながる人物があれば拾いだして、学会や病院関係者と照合してリストを作成するよう指示した。ただしATMなどでホシの姿を捉《とら》えたビデオテープが回収できそうなら、もちろんそちらが優先される、と。ほんとうは、少女の日記帳は自分で眼を通したいような気もしたが、家族旅行に行く前の晩まで『赤と黒』に読み耽《ふけ》っていたらしい少女への個人的な思い以上の理由があったわけではなかったし、十三歳の少女など、自分には宇宙人以上に遠い生きものであることを思うと、いまごろ何を血迷っているかというところだった。

じゃあ、資料をよろしく。集合は赤羽署の講堂で午後一時。みんなに連絡をお願いします。雄一郎は言い、主任二人は「了解」と口先だけの返事をして、資料を証拠品押収用の段ボールに入れ、代わりに手荷物置き場からそれぞれのビジネスバッグを取り上げた。どちらのバッグも、たぶん一万円もしない。すぐ隣には、グッチのセカンドバッグを抱えてグッチのローファーをサンダルのように履き潰している刑事もいるのだが、結局のところ、地方公務員のつましい生活に甘んじるのをよしとしない勝負人生を取るか、もしくはそうした挑戦と無縁の安定を取るか。昔から間違いなく二つの生き方がある警察のなかで、野田も川村も手堅く後者の道を選んだというだけのことだった。

否、ほんとうに手堅いのだろうか？　雄一郎はまた少し執拗《しつよう》に自問してみる。野田も川村もたぶん少女の日記帳を自分で読むことはしないし、さっさと部下へ丸投げしたあとは、キャッシュカードの情報を待ちながら、いつでも真っ先に飛び出してゆける態勢で、とりあえず近年の強盗・窃盗《せっとう》の手口資料でも見るか、独自に現場周辺を歩き回るか。二人ともそういう顔つきだったし、そうでなければもとより刑事ではなかったが、かつては自分もそうだった、この刑事の行動原理というやつは、ほんとうはただの想像力の欠如、もしくは世界の狭さというものではないのか、と。

そら、また無駄な脱線をした。自分を叱《しか》り、この一時間あまり背中にあった自分の手提げカバンを下ろした。量販店のものではないが、特別に高級なブランドでもない、中途半端《はんぱ》に値の張る本革のカバンを数秒眺めると、今度は《自意識過剰》という一語が浮かんで、苦笑いが出た。

12：30

雄一郎は、赤羽署へ向かう前に高梨歯科医院を見てゆくという野田・川村両名と別れ、署までの二キロ弱をまた黙々と歩いた。二〇〇〇年に強行犯捜査から特4に移り、未解決事件や特殊な掘り起こし事案、さらには業過事件の捜査が中心になった自分の現状に、ほんとうのところは身体も頭もいまだ十分に馴染《なじ》めないでいる。そのことの証《あかし》のように、今日もまた機械になって歩いている、と思う。そうして西が丘を過ぎ、隣接する赤羽西の古い住宅密集地を抜けてＪＲの電車の音が響いてくるあたりまで来たところで、周辺の風景の変わりように一寸眼が留まった。

雄一郎が赤羽台団地に住んでいた十年前には、赤羽駅の西側一帯が、高台の団地の明かりを仰ぐようにして地べたに張りついた場末で、とくに埼京線、東北・上越新幹線、宇都宮線、高崎線、京浜東北線が並行して走る高架沿いは、時間が数十年も止まっているかのような木造アパートや仕舞屋《しもたや》が折り重なっていた。それらがいまはきれいに姿を消して建売住宅が並び、道路までカラー舗装になっているのだが、事前に周辺の下見をしていた西が丘の強盗たちも、おそらくこの風景を見たに違いなかった。再開発によって住人が変わり、暮らしの生業《なりわい》が変わり、臭《にお》いも変わってしまった都市の外れの風景を。そして、そこで一軒の民家に押し込み、キャッシュカードなどを奪ったついでに一家四人を皆殺しにしていったのだ。

否、都市の外れの住宅地に強盗が現れ、侵入した先で家族全員を殺害したというだけのことであって、そこに特別な意味などはない。眼に見えているものがすべてであり、この事実というやつの明白さのほかには何もない。そう告げているような平板な再開発の風景であり、その風景の一部を実力行使で変形させた殺人者たちも、もしテレビカメラのマイクを向けられたなら、きっと同じような感想を述べるだろう、という気がした。

この身も蓋《ふた》もない世界は、何ものかがあるという以上の理解を拒絶して、とにかく在るのだ、と。俺たちはその一部だ、と。

12：50

雄一郎はまだ赤羽署には入っていなかった。署の手前三百メートルにある北運動公園のベンチで、コンビニエンスストアの握り飯二個と豆乳の簡単な腹ごしらえをし、同時にその十分ほどの時間を使って私用を整理した。

気楽な独り身でも年末年始はそれなりに予定があったし、矢切の農家のほうも、二十九日までは正月用の温室トマトや鍋物《なべもの》用の春菊やネギの出荷で繁忙だった。加えてこの正月は、いまは大阪の官舎暮らしの元義兄の男と一緒に、独り身同士、琵琶《びわ》湖《こ》の湖北と兵庫県の豊岡を回る計画もあったのだった。否、計画といっても、新幹線とレンタカーの予約を取っただけだったし、そもそも地裁判事でもある相方はたんに琵琶湖の鮒鮨《ふなずし》が目当て、片やこちらはいつの日か買えるときが来るのかどうかも分からない売り農地の下見が目当てという、いい加減な話ではあった。元義兄は二十年も先の定年後に住む土地を探すのかと嗤《わら》うが、いざとなれば、こうしてほんとうに爪を土で黒くして野菜畑を這い回っている自分自身を観察するに、余生を土とともに生きたいというのはたぶん本気なのだ、と雄一郎は思う。そう、どこまでも〈たぶん〉だが、それで何の不都合がある。

　かくして握り飯片手に、警察から支給されたものではない個人の携帯電話でＪＲの予約窓口に電話をかけ、名前を告げて、十二月三十日の京都行きと一月三日の東京行きの新幹線指定席と、四日分のレンタカーの予約を取り消した。それから、自分の携帯電話を開いた勢いで、元義兄の官舎の留守番電話にも短いメッセージを入れた。今日、北区の事件に駆り出されたので正月が無くなった。また手紙を書く、と。続いて、これも昼間は一家総出で畑に出ているために電話に出る者がいない矢切の農園宛《あ》てに携帯メールを入れた。急用のためしばらくお手伝いに伺えません。すみません。またご連絡します。合田より——。

　ほかにその場で片づけたのは、この半年の間に増えた農業関係の知り合いとの、忘年会や新年会を欠席する旨のメール。月一回の歯のクリーニングの予約のキャンセル。気が向けば覗《のぞ》くつもりにしていた古書店の年末セール。『教行信証』を読む会。年明けの科学カフェ。剪定鋏《せんていばさみ》の研ぎ方講習会。ベランダの洗濯物。サボテンその他の鉢植えが二つ三つ。そうして諦《あきら》めるものは諦め、細かな予定を消し終わると、久しぶりの旅行を含めた自身の個人生活の全部が音を立てて流れ去り、三百メートル先で待っている仕事だけが残った。どこからともなく滲《にじ》みだしてきた所在なさと一緒に、直ちにベンチを立った。

　さて、ホシどもが事前の下見をしたのは確実だが、あの古びた高梨歯科医院の外観と、直線距離にして四百メートルほどしか離れていない院長宅は、どこで、どのようにして結びついたか。ホシは地元の人間だったことがあるか、もしくは夫婦どちらかの患者だったことがあるか。事務所荒らしと同じ侵入手口が指し示しているのは、歯科医夫婦の生活圏にいる人間ではない。ホシと歯科医一家に接点があったとしても、それはせいぜい患者と歯科医の関係に違いない。治療内容や費用のトラブルでもあったか。それとも、泥棒がたまたま患者になったか。

　働け、働け、働け、働け。ポケットの携帯電話が盛大に鳴り出し、歩きながら電話に出た。赤羽署の安井刑事課長から、キャッシュカードでの引き出しが確認されたという一報だった。二十一日の午前五時を皮切りに、本日二十四日午前一時十三分までの六十八時間に、神奈川、埼玉、千葉三県の十六カ所のコンビニエンスストアのＡＴＭでカードが使われており、引き出されたのは千二百万。連休中、ホシどもは各地を転々としながら、一日三百万の引き出し限度額いっぱいの預金を盗《と》っていった計算になる、と。もちろん、ホシは一度も入力番号を間違えていない。

　予想していたことではあったが、ホシが被害者から番号を聞き出してから殺したという犯行事実は、やはり衝撃だった。そしてさらに、千二百万という金額よりも、十六ヵ所のＡＴＭという事実のほうが何かの間違いではないかというところで、間違いではないと分かった端から、これはもはや雑や無謀を通り越して、砂のような脳味噌《のうみそ》が考えた犯行だという思いがやってきた。犯行後、六十八時間で十六ヵ所もの地点にべたべたと足跡を残してゆくような強盗など聞いたことがなかったし、到底プロの仕事ではあり得ない。事務所荒らし、もしくは車上荒らしがせいぜいの若い男。窃盗や傷害程度の前科があり、定職はなく、首都圏を車で移動し慣れており、この四日間徘徊《はいかい》していたのは街道沿いのファミリーレストラン、パチスロ店、健康ランドに駅前の二十四時間サウナ。そして、ネットカフェ、個室ビデオ店にファストフード店――。

了解。すぐに署に入ります。課長に応えて電話を切るやいなや、待ち構えていたように8係の土井、木戸理事官、上司の高野管理官らからの入電が相次いだ。予想以上に早い展開に、どの声もうわずっていた。それぞれに短く応じながら、信号が点滅し始めた横断歩道を走って渡ると、眼の前が赤羽署の玄関だった。八階建ての少々立派すぎる庁舎の裏はもう隅田川で、突然水の臭いがした。

13：00

赤羽署の五階講堂には、一足早く現場から戻った安井刑事課長と強行係の五名、本庁の8係と特4の十八名があわただしく顔を揃えた。黒板に張りだされた首都圏の間に合わせの地図に、署の平瀬警部補が赤いピンで十六カ所のATMの所在地に印をつけてゆき、刑事部長宛ての臨場報告書作成のために署に入っていた現場資料班も加わって、全員でそれに見入った。合計十六本のピンには、ホシが現金を引き出していった順番と時刻を記した付箋《ふせん》がつけられ、ホシどもが、一家四人を殺したその足で次から次へとコンビニエンスストアを求めて車を駆ったのが、眼に見えるようだった。

12／21　5：00川越市並木　セブン－イレブン
12／21　5：35狭山《さやま》市新狭山　ファミリーマート
12／21　5：52入間市扇台　ローソン
12／21　6：13入間市二本木　セブン－イレブン
12／21　7：59横浜市旭区川井本町　ローソン
12／22　6：25横須賀市米が浜通　セブン－イレブン
12／22　7：48鎌倉市由比《ゆい》ガ浜《はま》　セブン－イレブン
12／22　8：19藤沢市片瀬　セブン－イレブン
12／22　9：52横浜市戸塚区戸塚町　ローソン
12／23　7：15川崎市川崎区大島　ファミリーマート

12／23　7：38　川崎市川崎区京町　ローソン
12／23　8：15　川崎市川崎区榎町《えのきちょう》　ローソン
12／23　8：42　川崎市幸区南幸町　ファミリーマート
12／24　0：15　木更津市桜井新町　ファミリーマート
12／24　0：56　千葉市中央区蘇我町《そがちょう》　セブン‐イレブン
12／24　1：13　千葉市中央区本町　ローソン

これは、16号線だな――という声が、どこからか上がった。西が丘サッカー場のすぐ裏の中山道を北へ真っ直ぐ上がれば、たしかに16号線とぶつかる。それを西向きに走れば川越、狭山、入間であり、さらにそのまま東京の西側を突っ切ると相模原、横浜に出る。その先は三浦半島の横須賀であり、16号線からは逸《そ》れるが、海沿いに西へ進めば鎌倉と藤沢だ。そして、藤沢から北上すれば戸塚、さらに川崎市から東京湾アクアラインに乗って東京湾を突っ切ると、木更津から千葉市内の中央区は再び16号線沿いになる。

なるほど、このホシの一人は過去に16号線で車を転がしていたか、いまも転がしている男かもしれない。トラック運転手か、沿線の工場勤めか。今日の未明までおそらく下見に使ったのと同じ車で16号線を流しながら、パチスロ店とファミレスと周辺の健康ランドをハシゴしていたか――。驚きも何もない、日々そこらじゅうで出会う犯罪と犯罪者の風景が次々に脳裏を走り去ったが、もちろん予断は禁物であり、雄一郎は速やかに頭を切り替えて、捜査員を現地へ走らせるための指示に取りかかった。

資料班！　各県警に至急、一課長名で捜査共助の嘱託書を送ってください。次、所轄と8係、特4は手分けして、直ちにビデオテープの回収に向かう。まず、千葉市中央区の二店へは、特4の野田・井坂組と川村・小出《こいで》組。木更津は――。

＊

14：30

講堂に並べられた折り畳み式のテーブルとパイプ椅子の上に、冬の長い日が差す。少し前まで警察情報通信部の機動通信課が臨時電話の回線工事に来ていたが、それも半時間ほどで終わり、いまは十台ほどの電話機とファックス、パソコン用のLANケーブルが、講堂の一角のテーブルにまとめて積み上げられていた。もう間もなく電話が並び、分厚い捜査報告書のファイルが並び、ビニール袋に入れられた証拠資料がそこに並んで、情報班を中心に捜査員たちが昼夜忙しく行き来する《作業台》となるテーブルだ。

午前中から真っ先に署に入って本庁や各所轄との事務連絡や文書作成に携わってきた

現場資料班も、いまは新しい情報待ちになり、交替で休憩に出ている。それに先立つ一時間前には、二十一日明け方から今日の未明にかけてホシが駆け抜けた三県、十六店のコンビニエンスストアを目指して、所轄三組、8係二組、特4三組の計八組十六名が一斉に飛び出していった。現地では、ATMの指紋採取のために各県警の鑑識も出番を待っている。もうそろそろ、どこかの防犯ビデオでホシの姿が確認されるころだろうか。

雄一郎は一寸壁の時計を見る。

確認すべきビデオテープは、ATM本体に設置されているカメラのものだけではない。コンビニには店舗自身の防犯カメラがあり、さらには周辺の別のコンビニ、ガソリンスタンド、コインパーキングなどのカメラもある。当該のATM設置店のほかに一つでも二つでも映像が拾えたなら、それはそのままホシの足どりになる。そして、そこからさらに新たな目撃情報にたどり着く可能性もあれば、ホシが乗り回していた車の車種やナンバーが判明する可能性もある。そうして仮に車種が判明すれば、西が丘の現場付近での目撃情報もさらに出てくるかもしれない。また、運良くナンバーが判明すれば、幹線道路のNシステムで車を追うこともできるが、こちらはすでに乗り捨てられているだろう。ホシが車を乗り捨てた場所はおそらく、いまから十三時間ほど前に最後の現金を引き出した千葉市中央区の本町小学校前ローソンから、そう遠くない市内。あるいは、ホシがもう少し用心深ければ、千葉港あたりに車を沈めているか。

そして、そこから始発電車を待ってさらに移動したにしろ、新たな足を調達したにしろ、ホシはすでに沖縄にいてもおかしくはない時刻ではあった。否《いな》、千二百万を二人で分けても一人あたり六百万。それだけの現金があれば、香港、中国、あるいは東南アジアへ高飛びするという手もある。否、十中八九前科のあるホシが、有効期限の切れていない旅券をもっている可能性は低い。そう思いなおしたが、雄一郎のノートにはまた一行、《旅券の有無、要照会》と書き付けられた。あちこちに大量の足跡を残しているホシの身元は、そう時間を置かずして割れるだろうが、押し込んだ先で一家四人を殺した上に、十六カ所ものATMに足跡を残してゆくなど、このホシの行動はむしろ何でもありだとみるべきだった。

さあ、どこのATMから最初の連絡が来るか。映像は鮮明か、不鮮明か。映っているのは一人か、二人か。雄一郎はノートを再び閉じながら、また一寸壁の時計を見上げた。自分が動くのではなく、部下の報告をただ待つという時間には、何年経《た》ってもやはり慣れることが出来ない。

14：40

だだっ広い講堂の一隅で、雄一郎は帳場に備えて、ひとまず方面指定捜査員を含む五十七名の階級と経歴に眼を通し、二人一組に組んで表をつくってゆく。なるべくベテランと若手、本庁と所轄をペアにして編成を組みたいと思うが、所詮、通りいっぺんの肩書や経歴ではほとんど何も分からず、機械的な作業になった。

続いて、時計を気にしながら、亀有署に引き継がなければならない医療過誤事案のほうの捜査資料の整理にかかった。正式には今日から着手するはずだったとはいえ、半月前からそれなりに内偵を重ねてきた係員たちのファイルはかなりの量があり、その内容も外科手術の基礎知識から、たとえば被告訴人の過去の手術成績、所属するさまざまな学会の専門医・指導医などの資格や論文など、公表されているデータの一つ一つを洗いだしたものまで、煩雑《はんざつ》そのものだった。しかも刑事の手に負えない中身もあり、整理と言っても項目毎に分けるぐらいのことだったが、それでも単純作業とはゆかず、かといって創造的な作業でもない。否、警察の仕事はもとよりそういう時間の積み重ねではあるが、いくら業務上過失事案と言っても、一介の刑事が胸部X線画像の心影だのリドカイン何ミリグラムだのと口にする異様を、どこにも収められないまま呑《の》み込んでゆく自分に辟易《へきえき》し、ついでに欠伸《あくび》が出た。畑に出るために朝は四時に起きているせいだ。こんなことを、おまえはいつまで続ける気だ？

考えるともなく考え、また少し手が止まったと同時に、間もなく自分たち捜査員の

《作業台》となるテーブルの上の、被害者一家の手帳と備忘録、住所録などへ眼が飛んだ。コンビニエンスストアのATMの大量ヒットのおかげで、特4は野田・川村の両主任を含む六名が千葉へ向かったため、当初の雄一郎の予感どおり、被害者宅から押収した手帳その他の資料は結局、係で一番若手の吉岡《よしおか》譲《ゆずる》につけ回されたのだった。その後、頭の回転だけは速い若い頭脳は、わずか半時間ほどで歯科医夫婦の生活圏の把握と、人物の拾いだし作業を終えてしまい、それをさらりとエクセルで表にしてみせたが、そこに並んでいたのは顎口腔《がくこうくう》病理病態学、顎口腔咬合《こうごう》学、顎口腔腫瘍《しゅよう》学といった歯学研究分野の名前であり、臨床口腔病理学会、歯周病学会、口腔外科学会、口腔腫瘍学会、小児歯科学会といった研究団体の名前であり、それに伴う固有名詞だけだった。個人の備忘録や手帳の中身がそんなふうだということは、すなわち個人生活がそんなふうだったということだ。

その歯科医夫婦について、吉岡は曰く、「夫婦ともに、この数カ月は学会発表で頭がいっぱい。専門はどちらも歯周病学のようだから、仕事上はライバルですかね。金の話はゼロ。亭主は来年、マサチューセッツ総合病院へ研修に行く予定で、奥さんも東京医科歯科大の歯学部の助教授の椅子《いす》が待っていた。何月何日に子どもの林間学校や水泳教室といった記載はありますが、具体的な記述はなし。夫婦ともに、家庭生活についてくだくだと書き綴《つづ》るタイプではなかったようですね。ともかく私の感触では、この浮世離れした夫婦の生活圏にホシがいたら、三遍回ってワンというところです」だった。

いつものことながら、仕事のスピードと集中力にプラス一点。物事を一筆書きのように言い当てる巧《うま》さにプラス一点。現場を見ていないのに、夫婦の備忘録と手帳だけでおおまかな空気を読み取ってしまう。しかしまた、ここにホシはいないと言い切る軽口にマイナス一点。あと少し待てば、ATMの画像を確認したという一報が入るのに、拾いだした人物や学会名の照合のためにさっさと歯科医師会や東京医科歯科大学へ出かけてゆくマイペースにマイナス〇・五点。事前にメールで念を押したのに、白でなく薄いブルーのワイシャツを着たままのマイペースに、やはりマイナス〇・五点。

雄一郎は結局、予断を持たずに時間をみて内容をさらに精査するよう指示し、吉岡はこれも口先だけで「了解」と応えて風のように消えてしまった。そのあとに残された資料に、いまは日が当たって光っていた。そう、出かけるときに当然証拠品専用の段ボールに入れていったのだろうと思っていたら、まだ捜査員が常駐もしていない場所に資料を置きっぱなしにしていった不注意にマイナス一〇点。紛れもない上司の監督不行き届き。そう自己採点した端から身震いが出た。おまえこそ気が散っているのだ、と。それにしても吉岡は、一番下になっている娘の日記帳に眼は通したのか、通していないのか。

雄一郎は数秒、日記帳に眼を留め、浮世離れというのは、たしかにそうかもしれないと思った。とくに贅沢《ぜいたく》な風情《ふぜい》ではない代わりに、これ以外にありようがないといった感じの堅さや厳格さも感じられた被害者宅を眺めるに、親も子も知的レベルの高さと平凡な日常生活の間をなめらかに行き来し、それなりに晴朗で穏やかに暮らしていたように感じたのだったが、世の中に騒々しく流布《るふ》している平均的な家族像と比較すれば、やはり浮世離れという言い方が一番しっくり来る。エリート一家や地元の名家というより、家族のそれぞれがしっかり地に足をつけて生きており、その地面そのものが一般よりかなり標高が高い。そういう家族だ。けっして特別ではなく、おそらく日本じゅうにそういう家族は点在、もしくは偏在しているのだが、下世話な世間には、それが立っている地平そのものの高さまでは見えないというのが正しい。

15：13

携帯電話が鳴りだし、思わずこころが跳ねた。車を使わず、総武線で千葉へ向かった野田主任と井坂巡査部長の組から、「いま、中央区本町のローソンでビデオを観《み》ているところです。映っています、映っています――」という一報だった。「ええーと、オレンジのニット帽にサングラスにマスク――。くそ、顔が分からない――」携帯電話の向こうで、まさにビデオテープを観ながら野田が舌打ちをする。「ああいや、こいつは若いな。いまふうの帽子の被《かぶ》り方です。眼の上ぎりぎりまで目深《まぶか》に下ろして、耳も被《おお》いかくすアレ。背丈はふつう。低くはない。服装は紺のダウンにジーパン。やっぱり若いですよ、こいつ。たぶん、二十代から三十代の初め。その筋っぽい雰囲気はない——」

「一人か」雄一郎は尋ね、「一人です。仲間は見えません」野田は言う。

「了解。その時間帯にいた店員と客の話、できるだけ取っておいてください。表に車があったか、なかったか。仲間がいたか、いなかったか」

「了解。これから県警と合流して、ATMのほうのテープもすぐに手配します。川村と小出は、蘇我町のセブン-イレブンへ向かいました。片平と村木は付近の防犯カメラを当たっています。とりあえず以上。何か分かり次第、連絡します」

野田からの電話は忙《せわ》しげに切れ、雄一郎は再び取り出したノートに《☆A》と記した。《二十代～三十代初め。十二月二十四日AM1:13、千葉市中央区本町ローソンのATM。オレンジ色ニット帽。サングラス。マスク。紺のダウンジャケット。ジーパン。ふつうの男?》

いまふうのニット帽を目深に被り、その筋のような雰囲気もない若い男——。車上荒らしや事務所荒らしを重ねてきた二、三十代という読みは自分にもあったが、それでもけっして〈ふつう〉の男を思い描いていたわけではなかった。それなりのチンピラ、もしくは筋者が念頭にあったのだが、ベテランの野田の眼に〈ふつう〉と映ったのなら、それは〈ふつう〉と見るべきだった。ひょっとしたら、ホシは監視カメラを避けるために、ATMでの現金引き出しには別の人間を使ったか。それとも、オレンジ色のニット帽を被った〈ふつう〉の男は、紛れもなく一家四人を殺害した当人なのか。未《ま》だ一件のビデオが確認されただけの段階では想像ばかりが走った。雄一郎は自分を叱咤《しった》し、上司の高野管理官と8係の土井と木戸理事官宛てに一報の概要をメールで知らせたついでに、署の安井刑事課長へもいち早く知らせるべく、テーブルに広げていたファイルと、吉岡が置き去りにした被害者宅の資料一式をいったん証拠品用の段ボールにしまって、席を立った。

16：30

それから約一時間のうちに、一番遠い鎌倉と藤沢の二店を除く十三店のコンビニエンスストアとATMの監視カメラで、現金を引き出すホシの姿が次々に確認されていった。男は二人おり、一人は千葉市の本町ローソンのカメラに映っていたのと同じオレンジ色のニット帽の男。もう一人は黒いニット帽を被り、服装は黒い革ジャンとジーパンで、体格はもう一人より幾分小柄だが、こちらもサングラスとマスクで被われた顔貌《がんぼう》は不明。全身の印象や歩き方などは三十代、という刑事たちの報告だった。

　また、いまのところこの二人以外に仲間らしい姿は映っておらず、現場の二種類の足跡痕《こん》の持ち主は、この二人とみてほぼ間違いないのではないか、という空気が膨らんでいったが、実際にこうして被害者のキャッシュカードを使っている以上、少なくとも事件に関与しているのは確実であり、顔と名前の割り出しが急務となった。もっとも、遺留指紋が採れれば一発だが、不特定多数の人間が触れるATMでは大きな期待はできない。最終的にはビデオテープの画像を公開するにしても、捜査の順序としては当面、一店一店での目撃情報の収集を急ぐと同時に、ホシが乗り回していた車の実物を見つけ出すことだった。数日間乗り回した車なら、ほぼ間違いなく指紋や掌紋が出る。微物や髪の毛なども出る。前科のあるホシなら即、面が割れて指名手配がかけられる。

　かくして、雄一郎のノートにはまた新たに《車を捜せ》と記された。事件発生の二日前の十九日正午ごろ、西が丘の高梨歯科医院からそう遠くない路地に停まっていた白のクーペ。おそらくは盗難車。そしておそらく、二十一日未明の事件当日も、現場近くのコインパーキング、もしくはパーキングメーターのある路傍に停められ、ホシがそこから高梨邸へ向かったのだろう車。またさらに、一家を殺害したあと、ホシが再びそこへ戻り、キャッシュカードを使えるコンビニエンスストアを求めてそのまま中山道を北上しながら、おそらく今日未明に千葉市内で最後の現金を引き出すまでずっと乗り続けていただろう車。現在、十六カ所のコンビニエンスストアに散っている刑事たちは、周辺のガソリンスタンドやコインパーキングなどのカメラも当たっているが、要は、オレンジ色と黒のニット帽の男たちが乗り降りしている車だ。仮にコンビニ周辺で見つからなくとも、ホシたちが時間を潰《つぶ》したに違いない周辺のファミリーレストランや健康ランドに対象を広げれば、必ず見つかるはずだ。

そうして雄一郎は、刑事たちからの一報や現場で聞き込みを続けている機捜からの経過報告、さらには鑑識からの進捗《しんちょく》状況の報告などを聞きながら、8係が遺族の対応に当たっている一階の応接室と五階の講堂を行き来し、その間に亀有署へ渡す医療過誤事案のファイルをようやく刑事課長宛てで文書集配便に出した。

それから、8係の土井から短く遺族の様子も聞いた。高梨亨の実姉は独身の内科医、実妹とその夫も内科医と外科医、高梨優子の実兄は歯科医で、いずれも死体の検分には慣れているらしく、土井曰く、一家四人が署に移され次第対面したいと、蒼白《そうはく》な顔をした女性たちが背筋を伸ばして言うのだ、ということだった。その象徴が大宮在住の高梨優子の七十五歳になる母親で、8係から二名が出向いていったところ、自分は二十日の法事の席で娘の優子の元気な姿を見ることが出来たが、ほかの家族はそうではない。どんな死体であっても、血を分けた兄妹や甥姪《おいめい》の最期《さいご》の姿をみてやるのが遺族の務めだ、とか言ったということだ。

「まあ、万事がこういう感じです。調書はあとで回しますが、被害者一家の生活圏にホシはいそうにない」土井は簡潔に言い、「流しの線が強い、ということですか」雄一郎が確認すると、「流しだと思う」土井は応じた。それには「備忘録や手帳に眼を通したうちの者も、同意見でした」と言うに留めておいた。ちょうどそのとき、三階の刑事部屋から「遺体が現場を出た」という一報が入り、さらに藤沢の片瀬海岸のセブン－イレブンに向かっていた署の強行犯の寺沢警部補からの一報が入って、一寸《ちょっと》あわただしくなったからだった。

　土井は遺族が待っている一階の応接室へ戻ってゆき、雄一郎のほうは講堂に留まって、藤沢から入った情報を上司と部下にメールで伝えた。防犯ビデオに映っていたのは、オレンジ色のニット帽の男。やはりサングラスとマスクで顔は判別できないが、男の背後のガラス戸の外に、白の乗用車のフロント部分が映っているという話だった。寺沢と連れの刑事が見たところ、車種はニッサンのシルビアのようだが、画像処理すればはっきりするだろうということで、思わず手に汗を握った。ついに出た。この車か、それとも違うのか。

　鎌倉のほうの結果を待ちながら、雄一郎は、知らぬ間に手が動いてまた自分のノートを開き、小さな紙に頭ごとのめり込むようにして考え続けた。盗んだ車を乗り回して、16号線沿線を徘徊してきたのだろうニット帽の男たち。これがおそらくホシだ。しかし、ほんとうに流しの犯行と見てよいか。流しなら、どこでどんなふうにしてこの一家を見つけたのだ？　キャッシュカード以外に金目のものはないように見える家に、なぜ押し入ったのだ？　そう、カーポートに車がないことや、家族の不在を確信したので押し入ったのではないのか？　キャッシュカードを狙《ねら》うつもりなど、初めはなかったのではないのか？　いないはずの家人とたまたま遭遇した結果、盗るつもりのなかったキャッシュカードを盗ることになっただけではないのか？　そしてそうだとしたら、想定外の修羅場でなぜ平然と暗証番号を聞き出し、なぜ子どもを含む一家四人を平然と殺し、なぜ平然と十六カ所ものコンビニを回ることが出来たのだ？　雄一郎はほとんど眼球の裏側を覗き込むようにして事件に見入り、自問する。

＊

16：45

鎌倉の由比ガ浜のセブン－イレブンからの一報はまだない。一家四人の遺体もまだ着かない。空ではヘリコプターが搬送を待ち、地上では庁舎前の歩道を埋めた報道陣が待ち、応接室の遺族が待ち、署長以下刑事課長、総務課長、8係の土井らがじりじりと腕時計を覗く。

一方、雄一郎は各コンビニから上がってくる不審者情報と照合するため、高梨歯科医院のカルテを押収《おうしゅう》する算段にいち早く取りかかり、まずは臨時休業になっている高梨医院に電話をかけた。そして、連絡のためにしばらく医院に留まるよう警察から念を押されている受付の山本広江に、出来れば一時間ぐらいのうちにカルテの回収に行きたい旨を伝えると、「何時ぐらいまでかかります？」女性はもうあまり頭が働かないほど疲れているという声で尋ねてきたもので、そうか、医院の表の路地にはいまもメディアが張りついているのか、インターホンが鳴りっぱなしか、とやっと想像してみた。

その場は、「七時までには帰宅していただけるようにします」と返して電話を切ったが、口先の気遣いはしても、ある日突然事件の関係者となった一般女性の心労や困惑まで理解する思考回路は、警察にはない。遺体はまだか。雄一郎は、時計の針と競争するようにして新たな電話をかけ始めた。

16：48

8係の土井と本間ほか四名は、夕方になって次々に詰めかけてきた被害者一家の関係者その他——豊島病院の歯科口腔外科医長から北区歯科医師会関係者、筑波大附属小学校と中学校の各教頭と担任、北区教育委員会、西が丘自治会、さらには先代からの顧問弁護士、税理士、プライベートバンクの担当者などなど——の対応に追われてつかまらず、携帯電話はつながったり、つながらなかったり、だった。そのため、連絡確認事項を滞らせないよう、雄一郎は逐一メールにして残し、メールで片づかない場合は自分が各階を行き来して必要な人物をつかまえ続けた。そしていまも、一階の応接室まで足を運び、遺族と一緒に遺体を待っている副署長を廊下に呼んで用件を伝えた。

「今夜じゅうに歯科医院のカルテを押収したいのですが、任意提出に応じてほしい旨《むね》、いまそこで遺族のどなたかの同意を口頭で取っていただけますか？　もし何か言われたら、刑訴法一九七条に基づく任意だと伝えてください。必要な書類は、カルテを押収してから作成します」

副署長は応接室に引っ込み、一分と経たないうちに再び顔を出すと、高梨亨の実姉がカルテの押収に同意したと告げた。

その三十秒後には、雄一郎は階段を上がりながら、吉岡巡査部長に《至急連絡乞《こ》う》と携帯メールを送り、その足で三階の刑事部屋に入ると今度は、いまから歯科医院のカルテを運び出しに行くのに、人を二人とバン一台を出してほしい旨、安井刑事課長に告げた。車両手配なら、一課の庶務担を通すより署の装備を使うほうが早い。安井はその場で直ちに知能犯係の若手二人を呼び、書類の押収はお手のものだという二人は、「医院の規模は？」と手際《てぎわ》よく尋ねてきた。

先代から続いていて、八百屋やクリーニング店と並んでいるような住宅街の古い医院。大きくはない。雄一郎が答えると、「町の歯科医院でも、先代から続いているのなら、カルテの数は千や二千ではきかないでしょう。過去五年分ぐらいは電子カルテになっているかもしれませんが、それ以外の紙のカルテを全部運ぶとなると、トラックが要る」という返事だった。そういえばこれまで医療過誤事件で扱ったのは総合病院のカルテばかりで、町医者のそれは経験がなかったことに気づいて少し困惑したが、ともかく全部運びたいと雄一郎は応じ、それではということで、知能犯係の二人はバンと段ボールと台車の三点セットを調達するために総務課へ降りていった。

そして、入れ替わりに吉岡譲から折り返しの電話が入り、いまは東京医科歯科大学の同窓会事務局で名簿を入手した帰りで、秋葉原で京浜東北線に乗り換えるところだということだった。それを労《ねぎら》うのもそこそこに、吉岡にはそこから西が丘の歯科医院へ直行するよう告げた。「赤羽署の知能犯の西河と山岸という二名が現場で合流する。目的は電子カルテと紙のカルテ、全部の押収。署へ持ち帰って五階へ上げること。受付の女性が疲れているから、なるべく早く片づけてほしい」、と。

そのとき受話器からは、「カルテ調べなら楽ですね」という吉岡の軽口が返ってきたが、実際のところ、医療過誤事案を扱うようになってから、特4の刑事はみなカルテが読めるようになった。ポケット版の医科用語辞典、歯科用語辞典は必携で、必要ならステッドマンの医学略語辞典も引くし、英語もドイツ語も辞書を引く。しかし一方では、カルテ調べは頭も体力も要らない単純作業であり、ほかの捜査と比べれば間違いなく楽な仕事ではあるのだった。それが物足りなくもあるが、結局俸給が同じなら、楽なほうがいいに決まっている。そんな実感のこもった〈楽ですね〉の一言だった。

17：00
一家四人の遺体は、バン二台に載せられて署に入ってきた。その瞬間、表の歩道を埋めた報道陣が一斉になだれを打ち、八階建ての庁舎が建物ごと震えたほどだった。裏の搬入口はビニールシートで被われたはずだが、順次運び込まれてゆく遺体へ送られたいくつもの視線が津波になって署内を駆けめぐり、三階の刑事部屋にいた雄一郎にもそれはたちまち伝わった。

「それにしても、気丈な遺族でよかったですな。遺体を見ないままでは死が実感できないし、実感できないところの整理がつかない」一緒にいた安井課長が自分に言い聞かせるように言い、雄一郎は三秒それを反芻《はんすう》して、「仰《おっしゃ》るとおりですね」と応じた。遺体のない死は不在と変わらず、残された者は死を迂回《うかい》し続けながら、死でも生でもない不在の気味悪さに取りつかれ続ける恰好《かっこう》になる。それは、ニューヨークの世界貿易センタービルの崩落で元妻を亡《な》くして一年が経つ男の、一寸した実感だった。

「そういえば、遺族がみな医者だということで、検死官が苦虫を噛《か》みつぶしていましたよ」安井が軽く話を逸らし、「ああ、そうでしょうね。当番は誰ですか」雄一郎が尋ねると、安井はさらに応《こた》えて曰《いわ》く、「あの朝永《ともなが》さん。ほら、一昨年まで一課の管理官だった――。まあ、真面目《まじめ》な人だから。ああそれで、ビデオデッキは六台で足りますか？ビデオ専従班はどのくらいの人数になります？」

安井課長との打ち合わせは続く。コンビニエンスストアやATMの防犯カメラのビデオテープは、入手出来たものから今夜にも画像の分析を始めなければならない。それに使うビデオデッキは署で六台用意できるとのことで、それで十分だと雄一郎は応じた。それに今後十六カ所のコンビニエンスストアとその周辺のほかに、西が丘の現場周辺からも相当数の防犯ビデオが集まってくることが考えられたが、デッキが六台あれば、予備一台として、二人一組の十五分交替でひたすらテープを見続ける解析作業に充《あ》てる要員は十人。ホシの風体や体格、足取り、仲間の有無など、決定的な情報となる映像の確保は、いまでは人手をかけてでも優先しなければならない捜査の要《かなめ》だった。

　そうして捜査本部のおおまかな人員配分の一つを決めた一方、刑事部屋には一番遠い由比ガ浜のセブン−イレブンに出向いた署の強行係からの一報もあった。その十六番目の防犯ビデオによれば、二十二日日曜日の午前七時四十八分、自動ドアの入り口に現れたのは、オレンジ色のニット帽の☆A。隣の藤沢市で記録された映像と同じく、今回も店の表に停められた白の乗用車のフロント部分が一部映っている上に、店主が白のフルエアロのシルビアだったことを記憶していたという大ヒットだった。由比ガ浜大通のその店舗は、夏は海沿いの134号線から流れてくる族車が多いものの、冬の早朝に現れるのは珍しいので記憶に残ったということのようだ。

　一方、車の持ち主については、マスクやサングラスなども記憶になく、買物はせずにATMだけ利用していったという証言が得られたに留まったが、とまれ、このシルビアが藤沢市のセブン−イレブンで録画された白の乗用車と同車種かどうかは、真っ先に画像解析に回して、結果を出さなければならなかった。また、それを裏付ける目撃情報の収集は、十六店舗すべてとその周辺で徹底する必要があり、聞き込みにはベテランを配置する必要もあった。そうして雄一郎のノートは埋まってゆく。

　それから、その由比ガ浜のシルビアについて、各所のコンビニ周辺で防犯カメラを捜索中の捜査員たちと8係宛てに一斉メールを送って注意を促し、続けて二機捜の木村班長宛てに電話を一本かけながら、口と眼のほうはまた別々に動いて、その白のフルエアロのシルビアと、それに似たクーペの写真を署で用意できるかどうか、安井課長に確認した。そして、できるという課長の返事を得て、今度はつながった機捜宛ての電話に戻り、西が丘一丁目八番の路地で目撃された白のクーペについて、シルビアかもしれないという一報と、携帯電話に写真を送るので聞き込みに活用してほしいことなどを伝えた。すると木村は「ひょっとしてエアロ付き？」と聞き返し、「フルエアロ」雄一郎が応えると、「なるほど、住民の眼に留まるはずだ。これで謎《なぞ》が解けた」という舌打ちが返ってきた。

たしかに、ホシが車を住宅街の路地に停車させていたとしても、実際にはせいぜい半時間から十数分間だっただろう。そんな車一台が複数の住民の眼に留まり、記憶に留まった最大の理由は、住民たちの日常に存在しない珍奇な車だったからだと考えるのが自然ではあった。

そして、そんな目立つ車で下見に来た男たちについては、大胆さとは違う大雑把さや無頓着《むとんちゃく》さのほかに、その手の車を日常的に乗り回している人種と、そういう人種が呼吸している風景が直ちに浮かんでくるのだった。一家を殺した後、奪ったキャッシュカードを懐《ふところ》に車を転がして、おそらく反射的に向かった16号線。フルエアロのクーペが似合いすぎ、事務所荒らしや車上荒らしや自動車盗が似合いすぎ、深夜や早朝のコンビニエンスストアが似合いすぎる。否、似合いすぎてほとんどマンガだったが、しかしこのベタなちんぴらどもはそこでは終わらず、何かのきっかけで居直り強盗になった。そうして一家四人を殺した時点で、彼らは凡庸と日常から脱皮し、生まれ変わったのだ。そしていまや16号線の風景からもはみ出した異物となって、行き場を失っているだろう。達成感よりも居心地の悪さを感じて困惑しているだろう、などと想像してみたが、否、違うかもしれない、とすぐに思いなおした。強行犯の現場を離れて三年近くも経った自分の感覚など、いまやほとんど当てにならない、と。

18:00

六時台のニュースが西が丘、西が丘と連呼し続け、雄一郎はなおも署内を行き来し続ける。一階の霊安室では遺族が引き揚げ、代わりに朝永検死官による死体の代行検視が始まったとのことだった。四体もあるので夜中までかかるだろうが、終わるころに一応結果を聞きにゆかなければならなかった。撲殺なら撲殺でよし。凶器の見当がつけば、なおよし。少し前には、高梨歯科医院に入った吉岡から、カルテは全部で段ボール五十箱ぐらいになるという途中報告もあった。そのカルテの押収については、五時半を過ぎたころに8係の土井から「そんな話は聞いていない」という一言が入ったが、そういう土井も参考人の聴取で動けず、電話は十秒で切れた。

それから、その8係を統括する第四強行犯捜査の早見武史管理官から初めて電話が入り、「こちら早見ですけど。うちの土井が手が離せないんで、代わりに捜査の状況を聞かせてくれるかな？　あ、それから、午後七時のNHKニュースに合わせて捜一課長の記者会見をやるから、そちらで発表文をつくってほしい」と言ってきた。まさに重役出勤。否、やっと京都出張から戻ったのはいいが、今度はこちらのほうの手がふさがっているときだった。そのため捜査状況のほうは、これから8係や署の刑事課と詰めるので午後七時まで待ってくださいと言って自分から早々に電話を切ったが、早見の声を聞いていた十秒間に、捜査とは関係のない何かの違和感がふくらみ、集中力が一寸途切れてしまった。否、正確には、早見の声を聞いて個人的な何かに思い至ったのだが、その場ではあえて考えないようにした末の空白だったかもしれない。

その後、雄一郎はなおも各階を行き来しながら刑事たちの報告の電話を受け、理事官や庶務担管理官、二機捜隊長らからの状況を問い合わせる電話に復命し続けた。そしてそのつどノートの書き込みはさらに増えてゆき、その合間には捜一課長会見用のスカスカの発表文をつくって幹部に回覧したりもしながら、頭は捜査方針へ、人員編成へ、幹部との調整へと飛んでいった。部下の手前だけでなく、けっして仕事が命というわけでもない自分自身の手前、不注意による凡ミスだけは犯さないよう努力はしていたが、大人数が動く現場ではどんなに注意を払っても、払いすぎるということはなかった。

それから午後六時半過ぎには、本庁幹部が揃《そろ》う前の意見調整のために、五階の講堂へ8係の土井係長と署の安井課長を呼んだが、それもすべて立ち話になった。

まず、午後いっぱい被害者一家の関係者たちと会ってきた8係の意見は、現時点で被害者一家の生活圏にホシはいそうにないが、資産の状況を見ると、完全な流しの犯行と言い切ることもできない、というものだった。すなわち、西が丘の被害者宅の外見はたしかに地味だが、その金融資産は、債券や株式などの総額が五億にもなり、都市銀行の口座も複数ある。ホシがキャッシュカードで現金を引き出したのは高梨亨名義の口座の一つで、そこには病院からの給与の振込や、公共料金の引き落としや生活費などの預金の出入りがあるが、ホシによって千二百万円引き出されたあとの残高がなおも七百万円以上あるほか、定期預金にも数千万円が預けられている。高梨優子名義の定期預金も同様。これが被害者一家の資産状況である以上、ホシが最初からこの一家を狙った可能性も視野に入れる必要があるだろう。従って捜査は当面、防犯ビデオの分析と、ホシと被害者一家の接点の解明の二本立て。歯科医院のカルテも、当然そこに含まれる、と土井は言った。

また安井課長は、犯行が流しでなく、最初から被害者一家を狙ったものであったとしても、ふだんから16号線沿線を車で流している男らの犯行なら、車上荒らしや自動車盗の前科があってもおかしくない、との意見だった。

次いで、こちらの意見を求められ、基本的な認識は同じだと雄一郎は応えた。「正月をはさんでしまうので、年内の一週間と年明け一週間、さらに次の一週間というふうに、とりあえず一週間単位で重点を決めて人を配置してゆきたいと思います。具体的にはこれから決めますが、おおまかなところでは、最初の四週間で防犯ビデオ関連の目撃情報収集と、カルテの不審者の洗い出しを終えて、その時点で進展がなければ、防犯ビデオの映像公開に踏み切る、という感じでしょうか」

しかし、それには土井が直ちに「映像の公開は、別途検討するということで」と釘《くぎ》を刺し、「うちは、どちらでも」と言って安井は判断を避けたが、両者とも当然の反応をしたまでだった。防犯ビデオの映像については、昔から公開の時期以前に、公開そのものに慎重なのが警視庁で、しかもそこには特段の理由もない。謂《い》わば暗黙の了解というのに、現場が映像の公開時期を云々《うんぬん》しても仕方ない話ではあり、雄一郎自身、その場でそれ以上話題にする気もなかったのだが、土井はさらに「うちの早見がいまの話を聞いたら面倒なことになりそうだから」と、冗談めかした口調で念を押していったものだった。

そして、その物言いを耳にしたとき、雄一郎は少し前にあえて頭から追い出した思いをまた一寸たぐり寄せており、その後、当の早見管理官に約束どおり電話を入れて現状での捜査方針を短く伝えながら、自分がさっきから何を考えていたのかを、超特急で反芻したのだ。

すなわち、早見管理官はもともと、オウム真理教事件のころに捜一課長だった人物Kとの権力闘争に破れたSの子飼いで、平成十二年にKが新宿署の署長になって本庁を去るまで、Sとともにどちらかといえば冷遇されていたこと。一方、自分はといえば、Kが捜一課長だった時代にその引きで警部に昇進したこと。またさらに、そのKが本庁を出たと同時にS、すなわち現捜一課長の妹尾俊一《せのおしゅんいち》が本庁に入ったことで、理事官から係長クラスまで、一斉に権力の交替が起こったこと。かくして、早見は一課に戻って管理官になり、土井も品川署の課長代理から捜査一課に返り咲いた一方で、Kの子飼いだった自分は強行犯捜査を外れて特殊犯へ異動したこと、などなど。

思えば、階級社会の論理にも組織の権力闘争にも縁がないと自認してきた自分だが、たとえば三十半ばでの警部への昇進が、それなりにKの権力闘争にぶら下がっていた果実でなくて何だったというのだろう。ひるがえって妹尾俊一や早見管理官の時代のいま、Kの子飼いだった自分にもう芽はない一方、土井などはまさに出世の好機で、そう思えばビデオテープの公開云々で面倒を起こしてくれるなという気持ちは痛いほどよく分かる。そうだ、土井や早見への違和感の正体は、組織の権力闘争に連なるほかはない自分への悲哀を思い出させられるゆえの苦手意識というだけのことだろう。しかも、オウム事件の前後には二百四十人ほどだった一課の人員が総勢三百四十人にもふくれ上がったいま、個々の権力闘争や悲哀自体が、もはや水ぶくれの有象無象のそれなのだ。

もっとも、ちまちまとこんな回顧や自省をして何になる？　雄一郎は自問してみるが、こうした己の足許《あしもと》の確認はつねに必要だ、という答えしか出てこなかった。この複雑怪奇な権力機構で、まともに自分の職務を全うするために。怨嗟《えんさ》や嫉妬《しっと》や憤懣《ふんまん》のるつぼで、徒《いたずら》に自尊心を損なうことがないようにするために、だ。

＊

19：00

《繰り返しニュースでお伝えしております通り、本日午前九時二十分過ぎ、北区西が丘の戸建て住宅で一家四人の遺体が発見されました。遺体は世帯主の高梨亨さん、妻の優子さん、長女の歩《あゆみ》さん、長男の渉くんと見られ、いずれも死後数日経っているとのことです。では、警視庁赤羽署で行われている記者会見の模様を、中継でお伝えします。

え——本日午前九時二十分過ぎ、一一〇番通報の要請にもとづいて赤羽署地域課の警察官が北区西が丘一丁目二十七番二十号の戸建て住宅を見分したところ、一階と二階の各室内において、世帯主高梨亨、妻優子、長女歩、長男渉の一家四人の他殺体を現認いたしました。高梨亨は都立豊島病院の歯科口腔外科勤務、高梨優子は西が丘一丁目十番の高梨歯科医院院長であります。遺体はいずれも鈍器で殴られた跡があり、死後数日経過しております——》

テレビの中継画面をちらりと見やると、妹尾捜一課長の隣で置物になっている梶署長のネクタイが昼間と変わっていた。何をやっているのだ、と思う。警察署のほかには清掃工場や変電所しかない日暮れの国道沿いを、報道のカメラの光が走り続け、野次馬の子どもが飛び跳ねる。都心の一家四人殺害はやはり、一億の国民のこころをひそかに沸き立たせ、退屈な日常を忘れさせる負の祝祭ではあるか。

個人用の携帯電話にいくつもメールやメッセージが溜《た》まっていたが、雄一郎は発信者の確認だけして返信はせずに電話を閉じ、人員編成表の作成を続ける。

19：30

定時のNHKニュースがひとしきり西が丘の一家四人殺害事件を伝えていったあと、外の人声の渦が講堂まで夜風に乗って駆け上がってくるほかは、ひとときがらんとなった。各所に出払っている刑事たちはまだ戻っておらず、五方面の各署から招集された方面指定捜査員の姿もない。そこへ、8係の本間主任が上がってきて、がさごそと忙しげにノートパソコンを開き、昼から予想以上に多くの関係者から一度に事情を聴くことになったせいで参考人供述調書の整理が追いつかない、と苦笑いした。

あ、新しいパソコンですか。いいなあ——。雄一郎はそんな返事をしながらまた軽い脱線をし、考えてみたものだ。刑事の書類仕事と役所の窓口仕事の違いは何か、と。こうしてノートパソコンを覗き込み、大真面目な顔でキーボードを叩《たた》く、この順応と従順の光景がどうしても馴染《なじ》まない刑事のそれは、いったいどこがおかしいのだ？

「あ、係長。うちの若いやつ、一人でも二人でも地取りか証拠品係に回してくださいな」本間は眼と口を別々に動かして言い、「それはまた、どうしてですか」雄一郎が尋ねると、「誰とは言いませんが、近ごろの若いやつときたら、携帯GPSを見ながら歩いているバカもいますんで。鍛え直しませんと」といった返事だった。「あ、そうそう。今夜は無理ですが、明日から私が鍋《なべ》をつくりますから。冬野菜たっぷりの。楽しみにしていてくださいよ」

　そうか、そういえば本間の実家は金沢の日本料理屋で、本間が出る帳場は朝晩の炊《た》き出しが美味《うま》いことで有名なのだった。「ああ、それは是非」と応じる端から一瞬、矢切の畑の春菊を思いだしたが、そうして軽口を交わしたのも束《つか》の間《ま》、また携帯電話が鳴り出し、本間はすぐ行くと電話に応えながら、その手は開いたばかりのファイルを早くも保存にかかっていた。

「ほら、今度は臨床医の何とかというスタディ・グループの東京支部です。北区の歯科医師会も、大学の同窓会事務局もすぐに飛んできましたけど、いざというときの弔電や供花の手配はみんな手慣れたもんですよ。もっとも、遺族は密葬の意向のようでしたが」

「密葬の件、決まったら知らせてください。もしお通夜《つや》や葬式があるのなら、捜査員を出す必要があるし」

「了解です」

　本間は結局、講堂には三分ほどいただけで新たな関係者の応対のために出て行ってしまい、雄一郎は再びひとりになって、所轄《しょかつ》十七名、二機捜十二名、方面指定捜査員十名、捜一十八名の計五十七名の第一次の編成表を仕上げた。各班の任務は大きく分けて六種類。①コンビニエンスストア十六店とその周辺を含む16号線沿線の足取り追跡に、車をもっている二機捜十二名。②防犯ビデオの解析班に8係一名、特4一名、所轄二名、方面捜査員六名の計十名。③高梨歯科医院の患者から不審人物を洗い出すカルテ分析班に特4三名。④現場周辺の地取り班に特4二名、所轄十三名、方面捜査員三名の計十八名。⑤当面はゲソ痕の追跡になるだろう証拠品解析班に、8係二名、所轄二名の計四名。⑥遺族対策兼被害者周辺の鑑捜査班に、土井誠一を含む8係七名。そして、電話応対・資料整理・連絡調整を行う情報班に、方面捜査員一名、雄一郎を含む特4二名、枠外で所轄から出してもらった女性刑事一名の計四名、となった。情報班に入れた特4の小出健《けん》吾《ご》巡査部長は、入院中の老父の容体急変に備えて、あえて内勤にしたものだった。

それからその表を手に署内を行き来して、まずは8係の土井と署の安井刑事課長の確認と承諾を取り、次いで署へ向かう移動の車中だという早見管理官には、同じものをパソコンのメールに添付して送った。早見はそれをさらに理事官と一課長へ上げて、捜査会議の前に意思の疎《そ》通《つう》を図ることになるが、三分後には車中の早見から折り返し電話が入って、初動の段階で地取り班が九組十八名とは少なすぎる、と言ってきた。早見には半時間前にあらかじめおおまかな捜査方針を伝え、大晦日《おおみそか》までの一週間はコンビニエンスストアとその周辺で得られた防犯ビデオの映像分析と、高梨歯科医院のカルテから不審者を洗い出す作業に集中するということで了解を取ってあったのに、現場のちっぽけな筋道など、幹部の気分一つで霧散する。

もっとも、幹部の建前論も、総論賛成・各論反対も珍しい話ではなかったし、雄一郎はその場で、カルテ分析と証拠品解析の人員を必要に応じて地取りに回すという但《ただ》し書を加えて早見の了承を取り付けたが、おかげでまた余計な時間を取られ、その間に携帯電話にはいくつものメールが溜まった。一階の霊安室で死体の検視をしていた朝永検死官から、一体分の検視調書を鑑識課長に提出したという知らせ。直接の上司の高野管理官から、今夜は某所のお通夜で直帰につき悪《あ》しからずという知らせ。8係の土井から、ネットに被害者一家を誹謗《ひぼう》中傷する書き込みがある件で、遺族と歯科医師会のクレームが入ったとの知らせ。署の安井課長から、三階の会議室にビデオデッキ六台を設置し終わったという知らせ、などなど。それらへの了解の返信にまた数分を潰し、五階に戻ると、今度はエレベーターホールで、署の知能犯係二名と吉岡譲が台車三台に段ボールを積んで上がってきたのとぶつかった。

吉岡の説明では、その三台分だけで二十数箱。もう一往復して、全部で五十箱。運び終わったらすぐに整理にかかる、とのことだった。実際の手順としては、ひとまずア行からワ行まで、それぞれのカルテの数を数えて領置調書に記録するのが先で、次に電子化されているものと、されていないものに分けることになる。それさえ片づけたなら、歯科のカルテは医科のそれより簡素なので、仮に三千人分あっても、内容のチェックだけなら三人がかりで三日。そのあと、拾いだした要注意人物や不審人物にローラーをかけることになるが、第一弾は年内に終えられるだろう。そんな皮算用をした。もっとも、高梨歯科医院の患者のなかにホシがいる確率は半分に過ぎなかったし、半分の確率があるなら、もちろん調べる必要はあったが、結果次第では針のむしろは必至だった。

20：00

講堂では、いつの間にか戻ってきた本間主任がまたがさごそとノートパソコンを開き、雄一郎もやっと十五分ほどの時間をつくると、自分のパソコンを開いて、継続捜査になってしまった医療過誤事案のほうの捜査報告書に付け加えなければならない本日分の一ページを書いた。

その作業台のすぐ隣では、衝立《ついたて》の後ろに段ボール五十箱を積み上げて吉岡がカルテの数を数え続け、ぼつぼつ集まり始めた捜査員たちが好奇の眼でそれを見やってゆく。一人また一人、所轄の指定捜査員の姿も見え始め、そのつど「どこそこの某《なにがし》です、よろしく」という簡単な挨拶《あいさつ》を交わして各自その場の様子を窺《うかが》いながら、ひとまず初回の会議前に特有の、所在なさと緊張の混じった空気を呼吸する。

それから、千葉と埼玉、神奈川に出向いていた刑事たちの帰還がばたばたと重なり合ったが、最初に上がってきたのは千葉方面へ行っていた特4の野田と井坂で、野田はビデオテープを手に「テープ、テープ！　ホシが映っているぞ！　ホシが最後に立ち寄った千葉市内のローソンとATMのテープ！」大声を上げて入ってくるなり、黒板わきのビデオデッキへ突進していった。そうして講堂は一気にざわめき立ち、雄一郎も本間も吉岡も、指定捜査員六、七名も、一斉にテレビの前に集まって、ざらざらする画面に眼を釘付けにしたのだった。

テープが回りだし、上から下を見下ろすカメラが、コンビニエンスストアの入り口のガラス戸を映しだす。防犯ビデオ特有の三秒一コマの映像をスロー再生したものなど、映像と呼べる代物《しろもの》でないことも多いが、たまたまテープが新しかったのか、機械が新しかったのか、この店のものは比較的きれいな画像で、それだけで、おお——という低い歓声が上がった。

右下のカウンターが刻み続ける日付と時刻は十二月二十四日午前一時十一分。ガラス戸が開いてオレンジ色のニット帽を目深に被った男が入ってくる。サングラスとマスクで顔のほぼ全部を覆《おお》っているにもかかわらず、とくに怪しい感じがしないのは、きょろきょろする素振りもない全体の雰囲気のせいか。なんの変哲もないダウンジャケットやジーパンのせいか。「こいつ――?」「若いな――」「手袋はめてやがる――」誰からともなくため息のような声が漏れるなか、ビデオ画面の男はカメラを意識する様子もなくATMに向かってゆき、機械の前に立つと、こちらに後ろ姿を見せたまましばし動かなくなった。その間、画面の下のほうでは店員の頭が何事もなく行き来し、回り続けるカウンターの数字がやがて午前一時十四分になったとき、ATMを離れた男は再び画面の中央を横切ってゆき、ガラス戸をくぐって画面から消えた。まるで、近所に住む学生かフリーターが生活費を出しにきたといった姿であり、映像だった。

「誰か、三階の刑事部屋と8係に知らせて!」雄一郎が短く指示する傍らで野田がテープを入れ替え、画面はATMの防犯ビデオの映像になる。

こちらも三秒一コマ。機械そのものに仕込まれているカメラが、機械を操作する男の胸から上を斜め正面から捉《とら》えていたが、ニット帽とサングラスとマスクの威力は絶大で、ひとまずどこかの若い男という以上の情報は何もなかった。否《いな》、すでに十六回目だから か、ATMを操作して現金を引き出すまでの約九十秒間、周囲を警戒するような素振りもなく、完全に冷静もしくは無頓着に見えるのが異様そのものではあった。何も知らなければたしかに近所の住人に見えるが、しかしATMの記録からは、このとき間違いなく被害者のキャッシュカードが使われ、一回の操作で百万円が引き出されたことが分かっている。しかも、ほんの十九時間前のことだ。

続いて、同じく特4の川村と小出が持ち帰った千葉市中央区蘇我町のセブン‐イレブンのテープも観た。こちらの画質は前のものほど鮮明ではなかったが、黒いニット帽と黒の革ジャンとジーパンの☆Bの姿が、それでもしっかりと残されていた。どちらもサングラスとマスクで顔は消され、風体もジャケットが違うほかは似たり寄ったりなのに、見た感じも第一印象も違う。☆Bのほうは、コンビニに入ってくるときの一寸した立ち居や周囲を見回す素振りに警戒心が窺えるほか、三秒一コマでははっきりしないが、ひょっとしたら猪首《いくび》もしくは猫背かもしれない。ともあれその☆Bも、いまから十九時間半前の二十四日午前零時五十六分に、その店舗のＡＴＭから百万円を滞りなく引き出していったのだった。

そして、そのテープが終わるころには、刑事部屋から上がってきた安井課長、参考人の対応に当たっていた8係の六名、さらには千葉に行っていた残り一組のほか、埼玉や神奈川へ散っていた刑事たちも順次上がってきて、講堂のテレビを囲む人だかりは一気に膨らんだが、その場ではそれ以上のテープを観ることはできなかった。会議の開始時刻より十分も早く、捜一の木戸理事官、鑑識の山田理事官と穂村管理官、庶務担当の増岡管理官、そして事件担当管理官の早見の五名が講堂に揃ってしまったためで、まったく五名とも時計が狂っているのだとしか思えない間の悪さだった。鎌倉方面へ行った所轄の寺沢警部補らはぎりぎりまで上がってこられないだろうし、まだ現場から戻らない機捜や鑑識も然《しか》り。現場に十分という時間があれば、一仕事でも一休みでも出来るのだ。雄一郎は黒板前の雛壇《ひなだん》に着いてしまった幹部たちには構わず、時計を睨《にら》みながら野田・川村の主任に今日入手できたテープの種類と内容を表にするよう指示し、吉岡にはカルテの数を数える作業に戻るよう言った。そうして自分もテーブルに戻り、ノートパソコンを開き直すと、どういう風の吹き回しか、わざわざ隣へ坐《すわ》った土井誠一が一寸話しかけてきた。

「ガイシャの手帳や備忘録、お宅のところでざっと見てくれたんでしたっけ。どうでした？」

土井は、吉岡が作成した人物名と団体名などのリストにその場で眼を通し、「ああこれだ、日本臨床歯周病学会とか、専門のスタディ・グループのＪＩＡＤＳとか――」などと独りごちたが、その物言いを聞きながら、雄一郎のほうはまたふと思い出すことがあった。そういえばこの土井は、妹尾捜一課長の復権で早見とともに一課に戻ってくる前の品川署時代の、さらにその前の一時期、特殊犯の3係にいて、製造物責任法関連の重大事故や医療過誤などの業過事件の専従だったこと。そのころの上司が早見だったが、職務の性質上、糊《のり》のきいた三つ揃いを着て丸の内や麹町《こうじまち》の高層ビルに颯爽《さっそう》と出入りしていた両名の周りには、捜査対象になる企業や医療法人からの誘惑も多い、独特の華やぎと隠微さがあったこと。とまれそういうわけだから、土井も実は医療分野の捜査はお手のものなのだということ。

土井は、リストを置いてさらに話しかけてきた。

「歯科の世界というのは医科よりややこしいという印象があったけども、案の定ですよ。まあ聞いてください。遺族や関係者の話を総合すると、こうです。もともとガイシャ夫婦は東京医科歯科大の口腔《こうくう》外科の同期なんですが、妻の優子はさらに歯周病学の院へ行って、博士論文は歯周病学で書いた。夫の亨はそのまま口外（口腔外科）の助手に残って、その後豊島病院に出てから、外部のスタディ・グループで歯周病学の研究に入った。来春には、その歯周病学でボストンへ留学する予定だったらしい。こう聞くと、互いに刺激し合う研究熱心な夫婦という印象でしょう？　ところが、大学の同窓会や歯科医師会やスタディ・グループの関係者はみな、少しずつ違うことを言う。私の印象では、夫婦が口外のほかにペリオ（歯周病学）でも実績をつくっていたことへの嫉妬や軽蔑《けいべつ》が、複雑に渦巻いているといったところですかね」

「軽蔑、ですか――」

「口外とペリオでは、外科と内科のどっちも診ますというようなものだからでしょうな。ともかくあの夫婦の実際は、高梨医院のひなびた風情《ふぜい》とは全然違う。むしろ、ふつうの町医者ではないと言ったほうがいい。いまさっき、大宮の優子の実兄で、実家の歯科医院を継いでいる人が来ていたんだけども、その人に言わせると、妹婿《むこ》の高梨亨が自分の研究のために高梨医院を妹の優子に押しつけたせいで、妹は研究者としてのキャリアを犠牲にしてきたというわけです。もっとも実際には、旦那《だんな》の留学に合わせて、優子もこれまで非常勤講師だった東京医科歯科大の助教授を引き受けたという話だから、犠牲になったというのは必ずしも正しくない」

いつものことだが、どんな家族も外から見える姿と実際の姿は違う。ましてや事件に遭った家族は衝撃でゆがみ、崩れ、外部の視線によって浸食されてゆくのだと思いながら、雄一郎はしばし耳を傾け、〈流し〉という自身の見立てに変更を加える必要があるか否《いな》かを思案した。

「これからカルテを当たるつもりにしていますが、いまの話ですと、歯科医院のほうは片手間だったということになりますかね」

「片手間かどうかは知らないけども、先代とは治療の方針も違っていたようですな。しかも三年前に先代が死んだあと、下の子の受験のために院長の診療時間が短くなって、古くからの患者がかなり転院したそうです。そういえば、夫婦ともに自分の道へ進むことが決まった来春には、高梨医院も閉院になる予定だったらしい。それが高梨亨の姉妹にも優子の実兄にも不満だったみたいですね。それに、そんなふうだから両家は昔から疎遠で、二十日の大宮のほうの実家の法事も、優子だけが行って亨は行っていない」

「まあ、親族同士の関係としてはとくに珍しい話でもないと思いますが」

「ともかく、北区の歯科医師会では相当目立っていた夫婦ではあるようだし、九割九分、流しの線だとは思うけども、怨恨の線も一応洗っておきたい。そこで、です――。いまのところ証拠品はゲソ痕だけだし、証拠品解析班の8係二名を、鑑捜査に回してほしいんだけど」

迂遠な回り道をして、言いたかったのはそれか。それには雄一郎も「考えておきます」と迂遠に応えるに留め、少し前にお宅のところの本間警部補が若手を証拠品係へ回してくれと言っていたのだということは言わずにおいた。ともあれ、被害者一族の人間関係も、歯科医夫婦の研究者の顔も、興味深くないとは言わないが、ホシが現場に残していった足跡痕は足跡痕だった。現場で見た二組の靴底のうち、一つはほぼ新品とおぼしきスニーカーのものだったし、仮に量産品であっても、犯行のために買ったものであれば、日は経《た》っていない。メーカーを割り出して早急に写真を公開すれば、どこかの量販店のカメラから面が割れる可能性もゼロではないのだ。

しかしまた、そう考えてみた後に、ああそうか、と思った。量販品からホシに辿《たど》りつく可能性はゼロではないが、だからこそ捜査員には靴底をすり減らして歩き回る日々が待っている。その一方で、事件現場の状況を見ればこのホシが基本的に物盗《ものと》りであるのは明らかであり、被害者の鑑がヒットする可能性はほとんどないことが予想できるのだが、どうせ靴底をすり減らす日々なら、土井としては、可愛《かわい》い部下を少しでも気分的に楽な鑑のほうへ回してやりたいということなのだ、と。同じ部下への目配りでも、係長と主任のそれではかたちが違うこともあるが、そうか、土井と本間は必ずしも夫唱婦随でもないのか、と思った。

＊

20：30

講堂に最後の捜査員たちが駆け込んできたと同時に、捜査一課長、鑑識課長、赤羽署長が入室し、キリ――ッ！　相互に礼ッ！　安井刑事課長の号令が飛んだ。そうして一同が一斉に起立し、礼をし、また一斉に着席すると、そこはもう灰色から黒までの濃淡に染め上げられた男の園だった。否、正確には枠外で出してもらった所轄の女性刑事一名が含まれてはいたが、とまれそれを含めた総勢五十八名が定められた階級とその席次に従って頭を並べた光景は、まさに畑の畝《うね》に並んだキャベツだった。巻きの固いもの緩いもの、緑の濃いもの薄いもの、個々に違いはあるが、キャベツがキャベツ以外のものになることはない。

そして、最初に雛壇の端のプロジェクター設備のあるテーブルで説明に立ったのは、病気に強く生育旺盛《おうせい》で、収穫期の幅が広くつくりやすい、もっとも平均的な早生種の冬キャベツだった。

「ええ――では、平成十四年十二月二十四日、北区西が丘一家四人強盗殺人被疑事件について特別捜査本部を本署に開設するに当たり、最初に私、本署刑事課安井宏から事案の概要を説明いたします。あ、そこの人。スライドを映すので照明を落として。ええ――すでに新聞各紙の夕刊に報じられておりますが、現場住所は北区西が丘一丁目二十七―二十。家屋は戸建て。世帯主氏名高梨亨、四十七歳。被害者はその高梨亨のほか、妻優子、四十七歳。長女歩、十三歳。長男渉、六歳。以上四名であります――」

安井課長はプロジェクターの書画カメラの下に現場写真を一枚ずつ置いてゆき、正面の黒板に垂らされたスクリーンには三角屋根の洋館の全景、一階のダイニングキッチンにあった家族写真などが映しだされていった。

「被害者夫婦はともに歯科医で、高梨亨は都立豊島病院歯科口腔外科の勤務医。妻優子は西が丘一丁目十番の高梨歯科医院で開業。子どもは筑波大附属中学校一年と、同小学校一年。高梨歯科医院は戦前から当地区で開業しており、地元では代々の名家でありす。ええ――本事案は本日午前九時二十分過ぎ、院長と連絡が取れないという高梨歯科医院の受付女性の一一〇番通報を受けて、最寄りの西が丘PBから地域課勤務員が出動し、同家の勝手口がこじ開けられているのを発見してなかを覗いたところ、ダイニングキッチンに男女の変死体を確認。その後、直ちに本署の刑事課が臨場して現場を保全した後、二機捜の全分駐所、本部鑑識、捜査一課の出動を得て初動捜査に当たった結果、一階ダイニングキッチンで夫婦二人、二階子ども部屋で子ども二人の計四人が殺害され、室内が物色された末に、現金、キャッシュカードと貴金属数点が奪われた強盗殺人事件と断定されたものであります。凶器を含め、遺留品はいまのところ発見に至っておりません。事件発生日時は、十二月二十日深夜から二十一日未明にかけてと推測されております。なお、ホシは犯行後、二十一日の午前五時から本日二十四日午前一時過ぎまでの六十八時間に、埼玉・神奈川・千葉各県の十六カ所のコンビニエンスストアのＡＴＭを操作して、東京三菱銀行板橋支店の高梨亨名義の普通口座から合計千二百万円を引き出したことが判明しております。貴金属については遺族に確認しているところですが、現時点では盗まれた品の特定には至っておりません。以上が本事案の概要になります」

そこまでは、夕方の記者会見で捜一課長が報道各社に公表した内容だった。続いて二機捜の木村班長がプロジェクターの傍に立った。これも、ザ・キャベツ。

「ええ——二機捜からは、現場周辺の聞き込みの結果と不審車両について報告します。まず聞き込みの範囲は、事件現場を中心に西が丘一丁目・二丁目、隣接する赤羽西四丁目・三丁目、上十条五丁目、西が丘三丁目。ゼンリンの住宅地図を拡大しますと——これが一丁目二十七—二十の被害者宅。北側の二十七—十九、及び南側の二十七—二十一、さらに裏の二十七—九、二十七—十、二十七—十一、そして東側の道路をはさんだ向かい側の十八—九、十八—十、十八—十一。被害者宅を取り巻くこれら八軒は、いずれも二十日深夜から二十一日未明にかけて在宅であったものの、いずれの住人も不審な物音などには気づかなかった、とのことであります。また、不審人物や見慣れない通行人を見たという住人も、現時点では無し。さらに範囲を広げても、同様に不審人物、不審車両の目撃は無し。話し声、車の発進音を聞いた者も無し、という状況であります。ちなみに西が丘一丁目・二丁目内の碁盤目の道路は、いずれも抜け道ではないため、深夜に住人以外の車が通ることも稀《まれ》な、非常に静かな地区だという近隣住民の話でありますが、現場から近い一丁目四十三―十二に日経新聞の専売所がありまして――場所はここです。ここは午前二時半には朝刊の配送トラックが来るほか、紙受けや折り込み作業と配達のための従業員たちも近くの寮からやって来ます。本日、二十一日未明に出勤していたという従業員三名から夕方に話を聞いたところ、専売所へ出勤した午前二時半前後、ならびに配達が始まった三時半以降、近隣で不審者や不審車両を見たという従業員はおりませんでした。なお、この専売所の従業員たちについては、当夜に通った道順など、明日もう少し詳しい話を聴取した上で報告します」

「本日分の聴取内容も、あとで提出してください。よろしくお願いします」そうして、いわずもがなの一言を差し挟んだ早見管理官は、葉肉がやわらかく、甘く美味《おい》しいが、在圃性《ざいほせい》が悪く日持ちがしない極早生の春キャベツ。

二機捜の報告は続く。

「次、不審車両について。まず十九日木曜日の正午前、西が丘一丁目八番の路上――このあたりです。ここに十数分間、白い乗用車が停まっていたという目撃情報ですが、目撃したのはこの一丁目八―十二の主婦小林さんと、向かいの九―十三の主婦川本さんです。小林さんは自宅二階のベランダから、西側フェンスの外の乗用車を見て、一目で住民の車ではないと思ったために覚えていたとのことです。また、向かいの川本さんは、家のなかから乗用車の運転席に男が乗っているのを見ていて、そのとき何となく、ご近所の女子高生を男が迎えにきたと思った、ということであります。もっとも、以前にもそういうことがあったというのではなく、あくまで白い乗用車の風情と素行不良の女子高生が、主婦の頭のなかで結びついたということのようです。ちなみに、この主婦が見たのは運転席の男一人で、年齢や服装等、詳細は分からないということであります。また、ホシがATMを利用した一部のコンビニエンスストア従業員から、二人組が乗り回している車について、エアロパーツを装着した白のシルビアとの証言が得られているため、同車種の写真をこの主婦二人に見せたところ、こんな感じだという以上の回答は得られませんでした。このシルビアについては、引き続き現場周辺で写真を見せての聞き込みが必要であります。

次に、現場周辺のコインパーキングでありますが、直近では一丁目に一ヵ所、二丁目に二ヵ所。いずれも現場から徒歩で五分圏内です。この三ヵ所のパーキング周辺で聞き込みを行ったところ、二丁目十八─十七のパーキングの向かいのハイツ梅木の二階住人が、二十一日午前三時半ごろにパーキングを出てゆく車の音を聞いたような気がする、ということでした。住人の氏名は高橋雄人二十二歳。学生。当夜は、バイト仲間と徹マンだったと言っております。このバイト仲間のうち二名は現在、長野へスキー旅行で不在。もう一名については本日夕方、バイト先の赤羽駅前イトーヨーカドーで本人と会って話を聞いたところ、車の音は覚えていない、ということでした。この二―十八のパーキングの防犯カメラはまだ、未確認であります。これを含め、西が丘二丁目のもう一カ所と西が丘一丁目の一カ所、さらに隣接する上十条四丁目の一カ所と、環七をはさんだ五丁目の一カ所、板橋区清水町の四カ所、小豆沢《あずさわ》一丁目の二カ所、二丁目の二カ所、計十三カ所のコインパーキングの防犯カメラのテープについて、それぞれ管理会社の営業所に協力要請済みでありますが、テープの確認作業は明日からの作業になります。機捜からは以上です」

「了解。合田係長は速やかに現場周辺の動態調査の要員を確保して、土井係長と調整するように」

また春キャベツの一言があり、土井が〈どうする〉という眼をこちらによこした。ふつう、人手も手間もかかる動態調査は、事件発生日と同じ土曜日未明に行わなければ意味がない。しかし、次の土曜日はもう二十八日で、年末の帰省が始まる日でもあるため、やはり調査の意味は薄い。依《よ》って本格的な動態調査は年明けの二週目以降。それが当初の予定だったが、新聞専売所の動態調査はたしかにその限りではなかった。《二十五日AM2：30～4：00　六組十二名　日経専売所周辺に配置》と、その場でメモにして土井に渡し、土井からは親指と人さし指の〈ＯＫ〉が返ってきた。

その間に、鑑識のほうは穂村管理官ではない堀田係長が報告に立っていた。こちらは、刑事裁判で唯一《ゆいいつ》確実に証拠採用される検証調書や実況見分調書を書くのは刑事ではない、鑑識だという自負と、しかし書くのは管理官であって係長の自分ではないという自嘲《じちょう》を練り込んだ、晩生のひねキャベツ。

「鑑識のほうからは、最初に被害者の遺体写真を確認していただきたいと思います。これが、一階のダイニングキッチンで死亡していた高梨亨――。次、これが妻優子。場所は同じダイニングです。次、これが二階子ども部屋のベッドで、電気毛布と布団《ふとん》を被《かぶ》った状態で発見された長女の歩――。次、隣の子ども部屋で同じく電気毛布と布団を被った状態で発見された長男、渉――。この子ども二人は、熟睡しているところを布団の上から鈍器で殴られたものとみられますが、ホシが布団をめくって下の子どもを確認した形跡はありません。解剖は明日になりますが、検死官による検視の途中報告では、四体とも死後経過日数は三、四日とのことであります。なお、凶器は発見されておりません。いまのところ、凶器の形状も分かりません。

次に、これが現場家屋の略図です。〈入り〉はまず門扉《もんぴ》。ホシは外からサムターン錠を回して門扉を開け、アプローチに沿って敷地の北側へ回り、この勝手口を何らかの工具でこじ開けて、侵入した。〈出〉は、いまの逆順です。足跡痕を見る限り、ホシは門扉から真《ま》っ直《す》ぐ勝手口へ向かっていて、勝手口以外の侵入口を物色した形跡はありません。アプローチの敷石の足跡痕ですが、二十一日土曜日の雨で流されたため、採取できた五点の痕跡はすべてルミノール反応による潜在足跡で、一つはスニーカー、一つはカジュアルシューズかブーツの類。屋内に残された血液足跡も同じもので、現時点ではホシは二人と考えられますが、もちろんこれ以外のゲソ痕がないか、徹底的に潰す必要があります。なお、靴底からのメーカーの割り出しは、たぶん明日朝の会議で結果を報告できると思います。

次に、勝手口のドアをこじ開けたときにできたドア枠側の当て痕の形状は、この写真の通りであります。一般的な平バールなら四角く凹《へこ》むところ、この凹みは浅く、幅が約八センチとかなり広い。依って、工具の種類は現時点では不明です。

次に、これが勝手口を入ったところのダイニングキッチンの写真です。ホシは、物音を聞いて二階から降りてきた被害者夫婦をこのダイニングキッチンで殺害しています。そのため多数の血液足跡や潜在足跡が入り交じっていて、本日はこれを拾い上げることで手一杯だったので、二階にはほとんど手がついておりません。明日二階の足跡を拾った上で早急に整理したいと思いますが、ホシと被害者の動線を明らかにするには数日かかる予定です。

以上、現時点では、ホシはシステムキッチンや冷蔵庫、食器棚には手を付けていないことや、ダイニングから階段へ直行していて、一階のほかの部屋は覗《のぞ》いた様子がないことが判明しております。ダイニングの向かいの応接室も入っていないので、足跡痕を見る限り、ホシの狙《ねら》いは最初から二階の夫婦の部屋だったと言えるかもしれません。それから、ダイニングで採取した指紋多数と、髪の毛やフケ等の微物数十点について、被害者のものか、ホシのものかの分別が終わるのも、同様に数日かかると思います。鑑識からは以上」

入れ替わりに早見管理官が、講堂に並んだ五十八のキャベツに向かってよく透る美声を響かせた。

「捜査一課第四強行犯捜査管理官の早見です。では、私から本事案の捜査方針を説明します。ただいま関係各隊より初動捜査の概要説明があった通り、本件は未明に戸建て住宅に押し入った強盗が一家四人を殺害して、キャッシュカードその他を奪って逃走するという、大胆かつ粗暴な犯行である。事前に下見が行われ、被害者夫婦が歯科医であることを知った上で狙ったのだろう計画性も見られるが、その一方で、白の乗用車を各所で目撃されていることや、犯行後十六カ所ものATMの防犯カメラに姿をさらしていることなど、ずさんな面も目立つ。また現場周辺には、被害者一家以上に金融資産のある家も少なくないことを考えると、高梨家を狙ったのが単純な流しの犯行であったのかどうかは、慎重に見極める必要がある。依って、当面の捜査方針は、顔見知りか流しかにとらわれることなく、敷鑑・土地鑑の捜査と、足跡痕・ビデオ等の証拠品解析の基本に従うものとする。また、これから一カ月は現場を中心に西が丘全域と赤羽西の一部、上十条の一部に対してローラーをかけることとし、ホシにつながる情報の収集に当たる。以上」

事件担当管理官としては、可もなし不可もなし。少なくとも最悪の部類ではないというだけで、現場には何よりの朗報だった。次いで、春玉と冬玉を足して二で割った特徴のない夏秋キャベツの、謝辞の挨拶。

「赤羽署署長の梶でございます。本日は本署管内で発生した一家四人殺害事件の捜査本部開設に当たり、本部捜査一課、本部鑑識、第二機動捜査隊、さらに五方面各署より迅速な応援をいただき、こころより御礼申し上げます。何卒《なにとぞ》、よろしくお願い申し上げます。赤羽署一同尽力する所存であります。一日も早い被疑者検挙に向けて、よろしくお願い申し上げます」

そして、刑事部内の権力闘争に勝利して捜査一課長となった最強のキャベツの締めがあった。まさに、いまも近郊の畑で忘れられたように薄昏《うすぐら》い緑の葉をごわごわと繁《しげ》らせながら、冬日の下でしぶとく肥大し続けて収穫のときを待っている中晩生の寒玉系キャベツ。季節も旬《しゅん》もない四季穫《ど》りで日持ちがし、ファミリーレストランなどで豚カツの付け合わせやコールスローになる。

「本日はご苦労さまです。捜査一課長の妹尾です。本事案は社会的影響の大きさを顧みるまでもなく、早急な犯人検挙が何より重要であるから、捜査一課からも二個班を投入し、総力態勢で臨むこととしたい。年末年始で捜査に不自由も多いと思うが、捜査に近道はないことを肝に銘じ、取りこぼしのなきよう、鋭意捜査に全力を尽くしてください。私からは以上」

幹部の訓示は当たらず障《さわ》らず、簡潔に。これはその見本か。それとも、一課長は身体《からだ》の具合でも悪いのか。思わずそう勘繰ったほど、気の抜けた挨拶だった。

キリ——ツ！　礼！

五十八名がまた一斉にがさごそと起立し、礼をし、一足先に捜一課長、鑑識課長、一課と鑑識課の理事官、庶務担当管理官、赤羽署長の六名が退室していった。

そして、それを見送ったあと、一課長に何かあったのかという思いで、黒板前の上席に残った早見や土井の顔を窺うと、両者とも気づいているような、いないような鈍い表情ですっと眼を逸《そ》らせてしまったもので、雄一郎はまた数秒、余計な雑念に駆られることになったのだった。さては早見も土井も、目の前の帳場とは関係ない、何かの複雑な計算をしたな、と。ひょっとして、また幹部の誰かの不倫か。それとも金か。誰かが誰かに不祥事のネタを握られたか。なるほど、例によってまた隠微な目配せが本庁六階を駆けめぐっているか。

考える端から失望――否、考えていること自体に失望したが、それらが悲哀、もしくは悲哀未満の不快に変わる前に、雄一郎は深呼吸一つでひとまず頭を空にした。いろいろな面で条件の悪い年末年始という時期の捜査の現場は、一にも二にも時間との闘いであり、不倫どころか夫婦生活のひまもない。

21:00

現場には現場の時間が流れており、速やかに鉄面皮を取り戻した早見管理官が、講堂に残った捜査員に向けて活を入れる。「本日からは〈出来ない〉〈分からない〉は禁句である。結果を出せ。二十三区内の住宅地で一家四人が殺されて、ホシはどこの誰だか分かりませんでした、では通用しない。顔見知りも流しも関係ない。一に物証、二に物証、三に目撃証言だ。当本部では当面防犯ビデオの解析班とカルテ調べを除いて、デスク仕事はないと思ってほしい。全員、自分の足で歩け。歩いて結果を出せ。以上、頼みます」

次いで、土井もふだん通りの《ザ・捜査一課》の顔に戻って、滞りなく示達を引き継いだ。曰《いわ》く、「今夜は、明日からの捜査の糧《かて》にするために、まずは一家四人を殺してキャッシュカードを奪って逃げたホシ二人の、防犯ビデオの映像を全員で観《み》ておきたい。いずれも犯行後、首都圏のコンビニエンスストアにATMの現金を引き出しに来た際に撮られた映像である。では、安井課長のほうでテープの準備をしていただく間に、特4の合田係長から初動捜査の編成の示達がある。全員、注目！」

そして今度は雄一郎がメモを読み上げる。

「第二特殊犯捜査4係の合田です。それでは各班の人員配置は次のとおりです。まず、追跡班に二機捜十二名。この班は、ホシが犯行後に現金を引き出して回った埼玉・神奈川・千葉の十六店のコンビニエンスストアと、その周辺を含む16号線沿線の目撃情報の収集、並びに地取りに当たってください。次、防犯ビデオの解析班に十名。赤羽署の菊地久雄、山岸篤夫。大塚署、安倍稔。富坂署、久保田大《まさる》。杉並署、近藤昭一。北沢署、金田武。小松川署、林裕史。城東署、竹中信明。8係、黒木隆。特4、井坂信博。先の十六店のコンビニエンスストアのほか、西が丘周辺のコインパーキング十三ヵ所の防犯ビデオの解析に当たり、ホシの人相、犯行に使用した車の車種の特定につながる映像の確保に当たってください。次、現場周辺の地取り班——」

雄一郎は、各班に割り振った捜査員の氏名を機械的に読み上げてゆき、事前に早見自身の了解を取ってあったとおり、高梨歯科医院のカルテ分析班にもそれなりの捜査員を割り当てた。そうして捜査員五十八名の分担の示達を終え、さらに日付が変わった午前二時過ぎから現場近くの新聞専売所近辺で行う動態調査のための六組十二名と責任者を別に指名した後、土井があらためて鋭い一声を発した。

「では、いまから防犯ビデオを再生する。各隊から報告のあったとおり、映っているのは二人。解析処理前のテープなので顔貌《がんぼう》も体格も不鮮明だが、各々《おのおの》の雰囲気はよく分かる。どちらもオッサンじゃない、三十を少し超えたぐらいの若い男だ。全員、これを網膜に焼きつけろ！」

22：00

五階講堂の初回の会議は散会し、事件担当と本部鑑識の両管理官、赤羽署の刑事課長、そして報告のためだけに出席していた鑑識の堀田係長がまず退室していった。続いて午前二時半からの動態調査に出てゆく所轄八名、8係二名、特4二名の十二名が、仮眠を取るために一足先に道場に消え、ビデオ解析班十名もビデオデッキの待つ三階会議室へ降りていった。また、事件現場周辺で半日あまり地取りや関係先の聞き込みに当たったった二機捜と所轄の刑事、さらに関係者の事情聴取に当たった8係の刑事たちは、それぞれ講堂に居残って捜査メモや報告書を書き、それを土井に提出した者から一人また一人、どこかへ姿を消す。家族へ電話をかけるために一寸《ちょっと》外へ出る者、食料を買いに出る者、タバコを吸いに出る者もいる。

一方、その間も捜査メモの束は土井の手から本間・島袋の両主任へ、さらに雄一郎へ、情報班の四名へと渡ってゆき、各々仕分けされた末に、《被疑者関係》《被害者関係》《被害者遺族・関係者》《証拠物》《地取り》などの真新しいボックスファイルに入れられてゆく。その後、土井が最終的な内容のチェックをして、その日の捜査日報と、幹部に上げる報告書を書くという流れのはずだったが、気がつくと、日報も報告書もいつの間にか雄一郎の仕事になっていた。人によるが、単調な事務仕事は快感になる。

半時間前に始まった捜一課長、理事官、赤羽署長の三名が臨席しての二回目の記者会見は、まだ続いているようだった。しかし、NHKと民放各社の中継車の照明が庁舎の下を埋めるのも、せいぜい日付が変わるまで。記者会見場が報道陣で埋まるのもおそらく最初の三日。四日目の二十七日金曜日はすでに世間は仕事納めであり、記者会見もかたちばかりになる可能性が高い。

そして作業台の隣では、五十箱の段ボールを積み上げて、特4の三名が高梨歯科医院のカルテの数を数えるかたわら、《ア行》から順に中身の調べを始めていたが、吉岡の話ではカルテの電子化は去年から始めたばかりで大半が紙であり、さらに大半が家族で代々医院に通っている患者のカルテだということだった。現院長の妊娠・出産と先代の高齢が重なって、七、八年前から新規の患者をなるべく取らないようにしていたこともあり、飛び込みは年にせいぜい十数人。その大半が精神疾患で通院歴のある患者とそれに近い患者で、残りは治療費踏み倒しの常習者とクレーマー。いずれも高梨院長がカルテの表紙に赤ペンで印をつけていたということだ。また、そういう地元密着型の歯科医院のため、先代の時代から二十年勤めている受付の山本広江には、飛び込みの患者はカルテの名前だけで分かるという話で、数千のカルテから何者かを探す作業は、少なくとも鉄道駅で回収済みの切符の山を掘り返すよりは楽になりそうだった。

　とまれ、絞り込んだ対象年齢は、とりあえず昭和三十五年生まれから六十年生まれ。性別は男女。歯科医院の近くで白のクーペを目撃した主婦の一人が「近所の女子高生を男が迎えにきたと思った」ように、ホシは女性患者の男という線も考えられるため、対象を男に絞ることはしなかった。そしてカルテの内容の注意点は、第一に飛び込み、予約のトラブル、治療終了前の転院や中断などの受診行動。第二に異常な主訴、鎮痛剤の依存症、治療内容へのクレーム。第三に治療費未払いの常習者と、保険未加入者などなど。仮に高梨医院の三千余のカルテのなかにホシ、もしくはホシと近い者がいなければ、出入りの材料屋と技工所を当たり、そこにもいなければ豊島病院のほうのカルテを当たらなければならない。ホシと高梨一家の接点は、もしあるのなら、この線上になければおかしいのだ。

講堂では、まだ報告書を書くまでもない方面捜査員らが新しい情報が入るのを黙然と待ち続ける。刑事とは、待つ職業でもある。一方、これまで刑事課で受けていた外部からの通報は、午後十時をもって講堂の特設電話にかかるよう切り替えられたが、五台もある外線電話は沈黙したままだった。クリスマスイヴだもの。誰かが吐き捨てていったが、一般からの通報がないのは、第一に、被害者宅の異変に気づいた者が近辺にいないということであり、第二に、犯人についての情報を警察がほとんど公表していないことの結果ではあった。事前の下見があったこと。侵入の手口が勝手口のこじ開けであること。土足で室内を歩き回っていること。金品のある場所だけを的確に狙っていること。キャッシュカードで現金を引き出したコンビニエンスストアが16号線沿線に集中していること。乗っているのは白のクーペである可能性が高いこと。記者会見で何を公表し、何を伏せるかは管理官と理事官の胸三寸だが、その程度の基本的な情報さえも大事にしまい込んで公表しない理由は、いったい何なのだ？　今夜はだめだが、明日ならいいのか。三日後ならいいのか。一ヵ月後ならいいのか。

いまごろは、☆Aと☆Bもどこかでクリスマスイヴだ。東京ではない地方都市の、すえた臭《にお》いの染《し》みついたホテルかウィークリーマンションに女を呼んで。あるいはどこかのパチスロ店で、相変わらず閉店ぎりぎりまで機械にかじりついて。そうだ、ひょっとしたらシャブも打っているだろうか。それにしても、一晩に四人もの人間を殺して迎えるクリスマスイヴは、いったいどんな感じがするものだろう。いまだかろうじて自由の身ではあるものの、一線を越えてしまった人生の味とはどんなものなのか。

23：00

「ゲソ痕《こん》が一つ判明した！　ホームセンターコーナンのPB商品で、スニーカー型の安全靴一九八〇円。サイズは二十五・五センチ」

鑑識からの一報を伝える土井の声が上がり、講堂の捜査員たちが一寸息を殺した。なんと、安全靴で泥棒に入ったとは――。値段からみて、中敷が鋼板で出来たJIS規格のものではないにしても、安全靴と名がつく以上、工場や建設現場で履き慣れていなければ履けない重さはあるだろう。そして、ホシの一人がそういう現場にいたことのある男ならなおさら、わざわざ歩きにくい安全靴を選んでの侵入が異様に見えてくるというものだった。

雄一郎は自分のノートに新たに《安全靴？》と書く。そして、ファイルボックスに溜《た》まった捜査員らのメモをまた初めから読み返し、本間主任が作成して打ち出した被害者遺族らの参考人供述調書をあらためて、ノートに記すべきものは記し、頭を整理してゆくのだ。

いまのところ遺族のなかに気になる人物はいない。歯科関係者も同様。被害者一家の葬儀は密葬。しかし、弔電や供花のリストは提出してもらわなければならない。ほかには、機捜が初動で聞き取ってきた近所の住人たちの談話。そのなかには被害者一家への微妙にひずんだ感情を窺わせるものもある。曰く、あのお家《うち》は若先生の代になってからご近所との付き合いがなくなりましたので、生活の様子などは存じません。曰く、優秀なお子たちなのでしょうが、外で遊んでいる姿なんて見たこともないし、奥様もお忙しいようで、あまり挨拶もなさらない方でした。曰く、先代は優しい先生だったが、現院長は性格がきつく、治らないものは治らないと突き放すので評判が悪かった、などなど。もっとも、それらの声はいずれも死者のまわりで何倍にも増幅されてゆきがちな他者の感情であり、警察が見つめるものとは、微妙に重ならない。

そして、また少し理由もなくこころが一揺れしたところで、土井誠一と今夜何度目かの眼が合うやいなや、「おかげで、うちの二名は明日から一九八〇円の安全靴を追う日々だ」といった無駄口が飛んできたが、実際には首都圏のコーナンは店舗数が少ない上に、捜査対象は購入層の限られる安全靴であり、むしろこんなに恵まれたブツ捜査はないと言うべきだった。そんなことは百も承知の上で、土井ともあろう男が何かしら吐きだせないものを吐きだそうとして、親しくもない人間に話しかけてくる。それが、こころなしか不穏な感じだった。

「まあ二週間の辛抱です。正月が明けても状況が変わらなければ、捜査は見直しです」

雄一郎が応じると、「ただし、ビデオ映像の公開は無しで」土井は言い返し、雄一郎もほとんど条件反射でもうひと押しした。

「シルビアの写真なら、公開はできます。ホシはどこかで絶対に車を乗り捨てている。車を発見できれば、指紋が採れる。指紋が採れたら、たぶん面が割れる」

「写真を公開して、全国の警察に協力してもらうわけですか？　そいつは楽しそうだ」

土井は、最後は心底苛立《いらだ》つというつくり笑いをして自分から話を打ち切り、そのまま背を向けてしまったが、その後ろ姿からはなおも何かの隠微な計算を重ねている音がし、カチカチカチカチ一定のリズムを刻みながら、雄一郎の神経を叩《たた》き続けた。

23：30
テレビはその日最後の民放ニュースになった。本日午前九時半ごろ、東京の北区西が丘の住宅で――。講堂の刑事たちの放心したような眼が、すでに決まり文句と化した原稿を読み上げるアナウンサーの、女優にしてもおかしくない美貌を追う。しかし、それもすぐに赤羽署の中継映像に変わり、西が丘の住宅地に張られた黄色い立入禁止帯とブルーシートの映像に変わり、コマーシャルが流れたあとはもう、お台場のデックス東京ビーチのクリスマスイルミネーションに変わって、今夜はクリスマスイヴです——と、アナウンサーが微笑《ほほえ》む。

川添という女性巡査部長はすでに帰宅し、作業台には特4の小出と、方面捜査員の重村という若い巡査部長が残っていた。その周りでは、席を外す者。タバコの臭いをさせて戻ってくる者。携帯メールに見入る者。スポーツ紙を開く者。腕組みをして頭を垂れる者。誰もが当てのない一報を待ちながら、夜更《よふ》けとともに少しずつ弛緩《しかん》してゆく。雄一郎の傍らでは、所轄《しょかつ》の誰かが昨日の全日本レスリング選手権の話を始め、ねえ、試合見ました？　六機（第六機動隊）の豊田、優勝しましたものねえ。そうそう、永田克彦《ながたかつひこ》も。合田さんは、レスリングは？　ふいに話がこちらに飛んできたが、自分はプライドのほうが面白いとは言えず、愛想笑いで逃げた。

そうして日付が変わるまでと決めて、雄一郎も溜まっていた個人用の携帯メールを開いた。『残念。君の時間が空くときに備えて、正月は小生が現地の下見に行き、後日写真を送ろう。早期解決を祈る』『ひょっとして北区の事件ですか？　こちらは戦力が減って厳しいですが、仕方ないですね。来れそうな日があればすぐに連絡ください』『メール頂きました。楽しみにしていたので残念です。年明けにまた会いましょう』『残念です。途中参加もOKですので、一同ぎりぎりまでお待ちしています』などなど。いつも以上にどのメールにも現実味が感じられないまま、それぞれに『メール拝受。またご連絡いたします』と短く返信し、早々に電話を閉じる。

それから日付が変わる前、結局作業台の証拠品の段ボールのなかの赤い日記帳に一寸手が伸びていた。最初のページを開くと、小さく粒の揃《そろ》った鉛筆書きの文字で、『十二歳と十三歳の差をつくりだしているのは制度だ！』——。いかにも純粋で生意気で聡明《そうめい》そうな少女がページの向こうからにこにこ笑いかけてきて、雄一郎はふいにどぎまぎし、そういえば近ごろ、ときどき考えることがあるのだ、と思った。もし貴代子と離婚しないで、夫婦の間に女の子でも生まれていたら、どんなふうだっただろう、と。

２００２年12月31日火曜日

7：50

　捜査八日目となったその日も、雄一郎は朝一番に赤羽署裏の駐車場で早見管理官の自家用車を捕まえて言った。「毎度お騒がせします。シルビアの件ですが」、と。すると返ってきたのは、今朝もこれ以上はないほど間延びした「シルビアァ？」であり、続いて「車種の公表はない。永遠にない。これは捜一課長命だ」。

　どこまで押せるか試すためだけに、雄一郎も毎朝同じことを繰り返し、早見のほうも同じ返事をする。どちらが先に根を上げるか、まるでガキの睨み合いだったが、捜査の進展に車種の公開は不可欠だからこんなまねをしているというのは、半分の真実でしかなかった。もちろん、帳場が立ったその日から本部六階を席巻《せっけん》しているらしい隠微なさざ波への義憤だというのも然《しか》り。意味のない《保秘》の乱発も、捜査の非効率も、はたまた裏金にたかる守銭奴《しゅせんど》とそれに群がる金魚の糞《ふん》も、幹部たちのいじましい下半身も、どれもこれも現場は黙って呑《の》み込むだけであり、たまに呑み込み損ねても、幹部相手に厭味《いやみ》すれすれのストーカーをやったりする以上のことはない。そう、真実の残り半分は腹いせ未満の己がちっぽけな感情なのだったが、そんなことは雄一郎自身が百も承知だった。

8：00

五階講堂では雛壇に木戸理事官、早見管理官、土井係長、安井刑事課長、木村班長、雄一郎の六名が顔を揃え、大晦日《おおみそか》の朝会となった。この二日、朝会で新たに報告、検討すべき情報は一つも上がっていない。

「合田から、本日の各班の編成を伝えます。明日元日から一部配置を見直しますが、地取り各班は本日いっぱい、あらためて一から割り当て区域を回ってください。ビデオ解析班は昨日に引き続き、証拠品解析班一班と合流して、ホームセンターコーナンの防犯ビデオの調べ。証拠品解析班のもう一班は、貴金属の贓品《ぞうひん》捜査。カルテ分析班も、昨日に引き続き、マル対（調査対象者）を出来る限りつぶしてください。二機捜については、本日夜から元日の未明にかけて中央道の《初日の出暴走》に出てくる暴走族と旧車會《きゅうしゃかい》の聞き込みに向かってもらいたいので、今日は十四時でいったん上がってください。詳細は木村班長にお任せします。なお正月期間中は人の移動、事業所の休みなどにより、事件現場周辺の地取り、聞き込み、贓品捜査等は困難になるため、いったんこれらを中断して編成を一部見直し、明日から新態勢で再スタートしたいと思います。では、今日も一日よろしくお願いします」

そうして雄一郎が事務的な示達をしたあとは、その日もまた土井の活が入った。

「今日で一週間になるが、このだれた空気は何だ！　一週間で成果がなければ、次の一週間もあっという間だぞ！　まだ凶器の見当さえついていない。目撃者もいない。歯科医院まで下見に来ていたホシは幽霊か！　気合を入れていけ。手ぶらで上がってくるな！」

とはいえ、この一週間の捜査の進捗《しんちょく》状況を正確に言うなら、順当に判明すべき事柄は判明し、動かないものは動かず、無いものは無いというものであって、どちらかといえば手堅い滑り出しと言えた。それに、事件の大きさと捜査員のエンジンの回転数は比例するものでもなく、回転が低すぎるというのなら、その責任は捜査員よりも現場指揮のほうにあると言うべきだった。張りつめた空気は理想だが、それなら捜査幹部がまず、捜査員が気持ちを張りつめていられる状況を整える必要がある。ホシが乗り回していたシルビアの写真公開をしないことに、いったい合理的な理由はあるか。気合でホシは挙がらない。

では、これで閉める！　上がりは二十一時！

9：00
「合田さん、正月に地取りを中止して旅舎検《りょしゃけん》（宿泊施設の聞き込み）に回す件は、行程表を出すように。それから、機捜を中央道へ遣《や》る件も、行程表の提出を。明日元日の朝会に一課長に提出する日報は、全体像を見渡せるものを頼みます」それだけ言って早見は早々と姿を消し、捜査員たちも次々に出ていって、十分ほどの間に講堂はがら空きになった。そして、雄一郎はまたパソコンを開く。この一週間、どれだけ報告書を書いたかしれない。四人も殺したホシにいま現在マンションなどの定住先がある確率は低く、そうだとすれば、ホテル、ウィークリーマンション、二十四時間サウナ、カプセルホテル、温泉ランドなどをしらみ潰《つぶ》しに当たるのは急務なのだったが、地取りを一時中断するというだけで、山を一つ動かすような手間を強いられる。これが捜査の日常だった。

昨日あたりまではぼつぼつ鳴っていた一般からの外線電話も、大晦日の今日はさすがにもうほとんど鳴らない。冬の日差しが高くなってゆく講堂の作業台で、川添巡査部長が透明なマニキュアを施した爪《つめ》をいじり、方面捜査員の重村巡査部長と、情報班に入れられたことが不本意な特4の小出健吾は石になり、土井は今朝もまた携帯電話をもってどこかへ姿を消したまま、戻ってこない。

10:00

雄一郎は、行程表を管理官のパソコンに送信したあと、明日元日の朝会で捜一課長に提出するための日報を書く。毎日提出している捜査日報とは違う、全体像を見渡せるものをという管理官の指示だったが、犯行の一部始終と被害の全体像のほかに、現時点で何かが見渡せるわけもなかった。いまは被疑者の割り出しに向けて、可能な限りの方法を尽くしている最中であり、面はいずれ割れるはずだが、それがいつになるかは誰にも分からない。運がよければ明日にも割れているだろうし、十年経っても割れていないかもしれない。かくして日報には『目下可能な限りの方法を尽くして捜査を進めている途中であり、その結果を踏まえた上で、一日も早い解決のためには、証拠品の一部公開等の検討も必要と思料する』などと書いた。それを再び管理官のパソコンに送ったところで午前十時半になり、定期便のようにその朝も地検刑事部の本部係主任検事の友納晴彦が事務官を伴って現れた。

捜査に特段の進展もないこの段階で、検事は何をしに来るというのでもない。作業台に眼をやって、そこに並べられた証拠品に変化がないことを確認し、捜査報告書のファイルの直近の日付のページに眼を通し、次いでおもむろに「それで、今日の目玉は?」

と尋ねてくる。情報班の若手を除けば、講堂にはたいがい雄一郎しか残っていないため、雄一郎はたったいま早見宛《あ》てに書いた報告書の内容のなかから、聞き込み対象を暴走族に広げることなどを口頭で繰り返す。すると友納は、そんな通りいっぺんの説明など要らないという表情で一言「そうですか」と応《こた》え、「ではまた明日」と言い残して、十五分ほどで帰ってゆくのだ。

ほんとうに元日までやって来る気だろうかと呆《あき》れたものの、捜査への熱意は認めないわけにもゆかず、雄一郎はどこにもやり場のない気分を変えるため、『13時帰庁』と黒板に書き残して一旦《いったん》外出した。シルビアの公開がだめなら、捜査の進展のために何かほかの手を考えなければならない。

11：00

雄一郎は、桜田門の本部庁舎五階の捜査三課の大部屋にいる。スリから金庫破りまで、東京じゅうの盗犯を扱うそこも大晦日はあまり関係がなく、とくに手口担当の第一盗犯捜査第2係のシマは、係長以下四人の係員が電話を肩と耳に挟んで分厚い手口原紙のファイルを繰り、常習者カードを繰り、だった。

「合田さん、せっかく来てくれたのに悪いね、一寸待ってくださいよ。年末年始は泥棒も大忙しだから」旧知の相沢隆一係長が、薄い綿毛のような髪をふわふわさせながら、電話片手に立ったり坐《すわ》ったりし、その傍で雄一郎も女性捜査員に淹《い》れてもらった煎茶《せんちゃ》を手に、「こちらこそお邪魔してすみません」と小さくなった。都内には約四千人の窃盗《せっとう》常習者がおり、半数が塀のなかで、半数が日々そのへんでシノギを続けていると言われる。一方、一人ひとりが誰にも置き換えることの出来ない圧倒的な記憶と勘を身につけた盗犯捜査の刑事たちにとって、世界は三百六十五日、己が記憶に刻まれたその四千人分の顔と手口で回っているのだ。しかし、もちろんそこには死体はない。血も臓器もなく、泣き叫ぶ遺族もいない。

「よし、みんな。手の空いた人から一寸写真を見て。あの西が丘の一家四人殺しのホシ二人の防犯ビデオの映像だそうだ。侵入手口は勝手口のこじ開け。これが当て痕の写真。バールではないな、これ——。それから侵入は土足。ホシは一家を順に殺したあと、夫婦の寝室とクローゼットを荒らし、キャッシュカードと貴金属を盗《と》ってずらかった。被害額は、ATMで引き出された現金が千二百万と、貴金属が八百八十万円相当。合田さん、貴金属の内訳は？」

「一・五カラット相当で三百万円のハリー・ウィンストンのダイヤモンド・ネックレス一点。ミキモトの二百万円の本真珠ネックレスとイヤリングのセット一点。七十三万円のカルティエのサファイア入りピンクゴールドのラブ・ブレスレット一点。ティファニーの百万円のスウィング・ブレスレット一点。二百万円のスウィング・ネックレス一点。計五点です。贓品捜査はやっていますが、どれもケースや箱を捨てていっているので、ホシはひょっとしたら値打ちを知らないで盗ったのかもしれません」

「あるいは、ブランド品に興味はなかったか、ですな。宝石盗なら現物だけ盗っていきますから。ともかくこのホシの下見と犯行前後の足は、フルエアロのシルビアで、犯行後に立ち寄ったコンビニのATMはほぼ16号線沿線、か――。なるほど、自動車盗、車上荒らし、空き巣狙い、事務所荒らし、なんでもやっていそうだ。主に16号線沿線で稼いで、たまに都内へ入ってくるという感じかな――？　みんな、どう思う」

相沢係長が回した紙焼きが刑事たちの手を渡ってゆき、その間に「盗犯の常習者のなかにはいないと思う」「この、背の低いほうのやつ。見覚えがあるかな――。もう少し顔がはっきりしたら分かるんだが」「フルエアロのシルビアなんて、百パーセント盗難車だと思うが、車高調で改造なんかしてあったら、ふつうは乗れないですからね。その手の車に乗り慣れているやつで空き巣狙いといえば、だいたい絞られてはきますが、一家皆殺しとなると一寸違うかな――」次々に感想が聞かれた。

「そのシルビアの型式は分かりますか」

「3ナンバーサイズのS14型。それ以上は、防犯ビデオの映像が不鮮明で分かりません」

「S14型のフルエアロか――。常習者はそういう車で仕事はやらんと思うが、何か出るなら自動車盗か、車上荒らしの線かもしれない。この紙焼きをコピーしていいですか？　こちらでも気にしておきますよ。マエのある盗犯なら、確実に探せます」

12：00

雄一郎は、本部庁舎で一課の幹部に出会わないよう目線を下げ、ふだんにもましてここに自分の居場所はないという思いを強くしながら、帰路に着く。

いましがた三課の盗犯捜査の揺るぎなさを目《ま》の当《あ》たりにしたせいで、額に渦巻くものがあった。自分たちは今日現在どこにいるのか。寄って立つ足場はあるか。前へ進めるか。道は正しいか。雄一郎は自問し、自答する。たとえば、自分たちはどこまで来たか。

この一週間でまず、被害者四人の死因が正式に特定された。高梨亨には側頭上部と後頭上部に三ヵ所の陥没骨折があり、矢状静脈洞《しじょうじょうみゃくどう》破裂による失血が直接死因とされた。優子にも同じく三ヵ所の頭蓋冠《とうがいかん》・頭蓋底《てい》骨折があり、こちらは骨折断片による脳幹挫傷《ざしょう》が死因とされた。子どもにはともに脳挫傷、胸部骨折、内臓破裂の外傷があり、歩は右心室破裂、渉は大動脈断裂と肝臓破裂が直接の死因とされた。四人ともほぼ即死。子どもに頭部以外の損傷があるのは、襲われたときにベッドで寝ていて、ホシには頭部だけを狙うのが難しかったことの証《あかし》とみられる。その凶器のほうは、いまだ判明していない。

現場で採取された血痕と毛髪、皮膚片・皮脂などの微物はDNA鑑定され、全資料が家族四人のものと判明した。ホシは毛髪一本も落としてゆかず、指紋・掌紋も同様だった。一方、二種類の足跡痕については、一つがホームセンターコーナンのPB商品の安全靴であることは初日に判明したが、もう一つについてはラバー底が修理で張り替えられた可能性があって、靴のメーカー割り出しには至っていない。

一方、大量の足跡痕の一つ一つの位置が正確に作図されたことで、勝手口からダイニングキッチンに侵入したあとのホシの動線が明らかになった。それによれば当初の見立てどおり、ホシ二名はダイニングキッチンで当主の高梨亨と遭遇してこれを殴打《おうだ》、昏倒《こんとう》させてシステムキッチン側へ引きずった後、妻優子を待ち伏せて、これもドアロ付近で殴打、昏倒させた。その後、階段ホールから二階へ上がり、手前から順に子ども部屋を開けて各々廊下とベッドの間を往復した末に、夫婦の寝室と書斎に達し、そこで物色をした。このとき寝室のクローゼットから奪った貴金属も、残された箱や保証書と販売店から順次割り出されたが、その盗り方が宝石盗のものであれ、ブランド品であることも知らない素人《しろうと》のものであれ、現金と合わせて二千万円を超える被害額は、流しの侵入盗にしては大当たり過ぎるという声も捜査本部にはあった。しかしまた、プロの侵入盗なら、偶然家人と遭遇して殺害に及ぶことはあっても、待ち伏せまでして一家全員を殺すことは考えにくい上に、そもそもプロはキャッシュカードなど狙わない。

では、基本的にはやはり、事務所荒らしが住宅街に流れてきたか。これについても、現時点での答えはイエスであり、ノーだった。被害者一家の鑑は、一週間でさらに歯科医夫婦の大学の人脈、歯学関係の各学会、さらには子どもの学友やその親にまで広がったが、いずれも隠微な競争心と嫉妬《しっと》に満ちた世界という以上の具体的な話は見つかっていない。しかしまた、当初の見立てどおり、家構えと生業と家族構成で狙いを定める流しの侵入盗であれば、この家は狙わないと考えられるのであり、その意味では一家と何らかの鑑があったはずなのだ。

その可能性の一つとして考えられる高梨歯科医院の患者もしくは出入り業者の線は、カルテの調べがほぼ終了し、絞り込まれたマル対の追跡が順次始まっていた。昭和三十五年生まれから昭和六十年生まれまでに区切って絞り込んだ患者数は千二百八十三。そのうち、高梨院長が赤で印を入れていた問題患者数四十二。その内訳は精神科通院歴のある者が二十、薬物中毒者が三、クレーマーと予約トラブルの常習者が十一、治療費未払いが八。以上については所在不明者六名を除く三十六名の所在を確認、本人や家族と接触して対象から除外した。

その一方、カルテ分析班は飛び込みの患者、治療が未完了のまま通院をやめた患者、そして無保険者を別に選別したほか、カルテの記載内容が不明瞭《ふめいりょう》なもの、院長の赤い印はないが記載内容に不審点があるものなども拾いだしており、高梨医院受付の山本広江の記憶と照合しつつ、逐一潰しているところだった。もっとも八日目の現在、これといった成果は得られていない。

またさらに、犯行前後のホシの足取りについては、二十五日水曜日、近くに住む大学生が車の音を聞いたとの証言をしていた西が丘二丁目十八―十七のコインパーキングの監視カメラの映像で、白のフルエアロのシルビアの出入りが早々と確認された。映像の日付は、入庫が二十一日土曜日午前一時五十分。出庫が午前三時二十七分。いずれもパーキングを徒歩で出入りするニット帽とマスクの男二人が映っており、背恰好《せかっこう》からコンビニエンスストアのＡＴＭに現れたのとほぼ同一人物と断定された。また、そこから高梨邸までは徒歩で三、四分の距離であることから、午前一時五十五分から午前三時二十分過ぎまでの約九十分という犯行時間も確定された。この白のシルビアは、鎌倉と藤沢の二店のコンビニエンスストアの防犯ビデオにも一部映っており、鎌倉のほうの店長の目撃証言、さらには高梨医院近くでの女性二人の目撃情報と合わせて、犯行前後のホシの足であったとほぼ断定されたのだが、警視庁という組織は、犯行に使われた車の車種の一般公開については、尻《しり》に火がつくまで「シルビアァ?」だ。
否《いな》、それならそれでこの手の改造車に乗る手合いへと聞き込み対象を広げるまでで、年明けからは走り屋グループ、自動車整備工場、部品屋、解体業者などへ機捜がローラーをかける予定ではあった。その手始めに、機捜は《初日の出暴走》に参集する族や旧車會の車を追って、中央道の八王子料金所、石川PA、首都高の芝浦PAへ繰り出し、場合によっては二日以降も富士急ハイランド周辺まで出かけてゆく。

13：00

赤羽署まで戻ってきたときだった。玄関の前に立っていた少女二人と眼が合い、雄一郎の心臓は軽く飛び跳ねた。あ、歩の日記に出てきた学校友だちの桐原ユキと、堀山アリサ——。なぜか、突然そう思った。ああ、俺はこの少女たちを知っている、と。

そう、百七十近い背丈と小さなおかっぱ頭の九頭身が、たぶんニューヨークでモデルになるのが夢だという堀山アリサ。まだ幼い美貌と、お下げ髪と眼鏡の素っ気ない組み合わせが男を惑わすかもしれない、こちらがたぶん未来の生物学者の桐原ユキ。子どもでも大人でもない特別な生きものの精気を噴射し、市井《しせい》の刑事の視細胞の垢《あか》を洗い落として世界の木目をきりりと揃い立たせながら、少女たちがこちらを凝視し、雄一郎も少女たちを凝視した。

考えてみれば、十三歳ぐらいの少年少女には仕事柄ほとんど出会うことがない。話をすることもない。骨や内臓から皮膚まで、未知の匂《にお》いや感触に満ちたものたちが、大人の手の届かない世界の何たるかをこれ見よがしに知らせながら、自分たちはべつに意識しているわけではない、これが自然体なのだという顔をしてすっくと立っている、これが少女という生きものかとあらためて学習する一方、眼の前の二人は、生まれたときからファミリアだのセリーヌだのを着て育ってきたのだろう特別な空気もあって、やはりそのへんのコンビニエンスストアにたむろしている少女たちとは世界が違うのだということも考えた。これは言うなれば、おとなしげな色の服の襟裏に、ゼロが一つ多い値札がついている少女たちなのだ、と。

「警察に用ですか」

雄一郎が声をかけると、少女二人は顔を見合わせ、眼の前の男が信用できるか否か、その透明な眼差《まなざ》しで一瞬にして値踏みをして、「西が丘の歯科医師一家の事件の捜査をしている警察署はここですか？」九頭身の少女のほうが口火を切って言った。

「そうですよ」

「刑事さん――？」

「そうです」雄一郎は自分の警察手帳を開いて見せ、少女たちは再び顔を見合わせると、ほんとうは緊張していたらしい様子で、二人揃って肩で息をついた。

「高梨歩さんのお友だち、かな？　事件のことなら話を伺いますが、ひょっとして君たち、学校や親御さんに内緒で来た――？」

少女たちは揃ってうなずく。息を詰め、鼻腔《びこう》をふくらませて身構え、いまから二人で大人の世界と対決するのだというふうに、だ。

「では、学校と親御さんにはとりあえず内緒にしておきますが、名前と住所は言えますか？」

少女たちは、今度は首を縦に振るかわりに三たび顔を見合わせ、それから小さいほうの少女が言った。「学校にも親にも事件に触れないよう言われているので、名前を言うことは出来ません」、と。「でも、お願いがあるんです。ネットの掲示板に、高梨歩ちゃんとご家族について、ひどいことが書かれているのはご存じですか？　毀損《きそん》されたのが死者の名誉でも、虚偽の事実が摘示されている場合は罰せられるはずです。刑法にそう書いてあります。親告罪《しんこくざい》なので、私たち他人が発信者を告訴することはできないけれども、ご遺族なら告訴できます。この春、プロバイダ責任制限法が施行されたので、ご遺族が請求すれば発信者情報は開示されるはずです。ですから警察から、ご遺族のどなたかにお願いしていただけないでしょうか」

少女は一息に言い、続いて「是非お願いします！」二人は四十五度のお辞儀をしてみせた。突然逝《い》ってしまった親友のために、自分たちに出来ることを精一杯考えたのか。何かしていなければ、ショック状態から抜け出せないのか。こうした事件とそれに巻き込まれた悲惨な友の死を、十三歳がどんなふうに受け止められるものなのか、まるで想像がつかないまま、雄一郎はその場で「たしかに承りました」と応じていた。自分のなかで、少女たちのなにがしかの直截《ちょくせつ》さと、殺された少女が生きていた世界の真っ当さが重なり合い、一寸した化学反応を起こしたのかもしれなかった。

「ただし、プロバイダへの開示請求手続きには数日かかること。それから、ご遺族が書き込みの削除以上の司法手続きを望まない場合もあり得ること。この二つは理解できますか？　よろしい。念のため私の名刺を渡しておきます。では今日はもう大晦日だから、気をつけて帰りなさい」

雄一郎は庁舎前の横断歩道を渡って帰ってゆく二人を見送り、ふと、刑事と相対していた数分の間に少女たちが光速で老いた、と思った。ただでさえ短い輝きしかもたない少女たちが、身の回りの事件や暴力の現実を知ることで、自分たちの前にあるのが無尽蔵の未来でなく、存外にもろい有限の未来だと知るのはつまらないことだった。――そうか、死んだ高梨歩の日記には桐原が北海道、堀山が香港へそれぞれ家族と正月旅行に行くと書いてあったのだが、二人とも結局行かなかったのだ。

その後、雄一郎は特捜本部に戻ってすぐ、ネットのいくつかの掲示板を確認し、土井係長にも確認させた。いずれも、いまどき珍しくもない2ちゃんねる語による面白半分のやり取りではあり、名誉毀損に問えるほどの内容ではないと感じたが、明らかに個人の名前が特定できる書き込みであったため、遺族はスレッドの削除を請求できると判断した。それから、この手の問題で一番実利を考えて迅速に行動しそうなのは高梨亨の妹夫婦だという土井の意見に従い、その場で連絡を取ると、直ちに弁護士に手続きをさせるという返事があって、少女たちに約束した件は十分ほどで片がついて終わった。もちろん、少女たちについては、本日の捜査日報のなかでは匿名《とくめい》になる。

14：00

未明の出番に備えて仮眠を取るため、木村班長率いる二機捜の面々が出先から三々五々上がってきて、講堂が少しざわめき立った。各自がその日の聞き込み結果をメモにして土井係長に提出してゆく間から一寸した驚きの声が膨らみ、それが次々に伝播《でんぱ》して「オレンジ色のニット帽の男がヒットした」という声になった。どうやら機捜の一班が、16号線の横浜市旭区今宿東町のガストで、防犯ビデオの映像のオレンジ色のニット帽の男によく似た男を見たというアルバイト従業員の証言を取ったようだった。そのガストは、ホシが犯行日の朝、川越、狭山を経て入間から16号線を南下してきた末に、横浜市旭区川井本町のローソンのATMで百万円を引き出した、そこから約一・八キロ東へ走った地点にある。

　そのアルバイト従業員の話によると、十二月十七日午前二時半ごろ、ガストの駐車場でGT—R一台が金属バットと鉄パイプで武装した暴走族六人に襲われたというのだった。最初にGT—Rが駐車場に入ってきてすぐ、単車六台がそれを追うように入ってきて取り囲み、さらに道路からの入り口をふさぐかたちで単車数台が道路側に並んでいたということだ。GT—Rを取り囲んだ単車六台から降り立った男らは、店の外へ出てきた従業員に店に戻るよう手で合図をし、その様子がただならない空気だったので、従業員と店長は報復を恐れて警察へ通報もしなかった。そのあと、GT—Rはものの十分ほどでぼこぼこにされて、単車は引き揚げていった。一方、GT—Rはそのまま朝までそこにいたが、早朝白のベンツがやってきて、GT—Rの車内で夜を明かした男を乗せて姿を消し、さらに一時間後、そのベンツの主が今度はレッカーで現れてGT—Rを引き取っていった。その、GT—Rを暴走族に破壊された若い男が、オレンジ色のニット帽だったというのだ。

　シルビアではなく、GT—R。車種は異なるが、これがまったく異なる世界の話でないことは、誰にとっても明白だった。走り屋と、自動車整備工場や解体工場と、16号線。そして暴走族と、それを系列化している暴力団の世界。金属バットなどで武装した暴走族が、単独で幹線道路やファミリーレストランの駐車場で暴れられるものではなく、暴力団が指示したと考えるのが自然であり、ガストの従業員らも実際そう判断して、通報しなかった。GT―Rに乗っていた男も、襲撃の最中に車内から一一〇番していないとすれば、これもかたぎではない。サングラスのために目鼻だちは分からなかったというその男は、近隣の車屋を当たれば身元はすぐに判明するだろうし、仮にGT―Rが廃車になっておれば、そこからも住所氏名は割れる。オレンジ色のニット帽というだけでは証拠にもならないが、16号線沿線の暴力と車の臭気をまとっているというだけで、注目する価値はあった。

「土井さん、ここに残っているカルテ分析班をいますぐそっちへ回します。周辺のレッカー業者と整備工場を当たって、工場が休みでも経営者の自宅を探したい。そのGT―Rの男の話をどうしても聞き出さなければ」

雄一郎はその場で言った。講堂の後方でカルテの山に埋もれていたはずの分析班も、いつの間にか仕事を中断して黒板前まで出てきており、雄一郎が言い終わる前に、早くも自分たちでゼンリンの住宅地図を開いていたものだった。そしてさらに、「今夜の

《初日の出暴走》、これで追っかけがいがあるわ」機捜の木村班長が言い、「族同士の出入りはあの辺では珍しくもないし、帽子の色だけでは決め手にならんが、臭うことは臭う」と土井も言った。土井は、見かけ以上に慎重な男だが、今回ばかりは外に出ている部下たちに宛てて早速一報のメールを打ち始め、雄一郎もそれに続いた。

シルビアの車種や防犯ビデオの映像の迅速な公開が望めないなかでも、まだまだ道はある、ということだった。くだんのGT—Rの男の当否は別にして、GT—Rやシルビアを転がす世界に、一家四人殺しのホシは間違いなく足跡を残している。侵入盗でシノギながら、平バールやボルトクリッパーやペンチ、ガラスカッターなどの泥棒用具をトランクに積んだ走り屋のクーペで、いまも16号線を流している、とあらためて読んだ。

一家四人を殺害後に埼玉南部から神奈川へ、千葉へとシルビアを駆って逃走したホシの足取りは、この七日間で、現金を引き出したコンビニエンスストア十六店のほか、同じ幹線道路沿いのファミリーレストラン、温泉施設、パチスロ店の防犯ビデオで次々に確認されていたが、たとえば足がフルエアロのS14型シルビアというだけで、それはまた各地区の族や暴力団とひんぱんに交錯することも分かってきたところだった。3ナンバーになったことが嫌われてあまり売れなかった車種だった分、仲間うちではどこの誰が乗っており、誰がいつどこでドリフトで潰し、誰が盗難に遭い、誰が売ったかといった話がつねに飛び交っているほか、もともと大半が走り屋御用達《ごようたし》で、ナンバー登録されている名義人と実際に車を転がしている人間が違って当たり前という車だった。盗難は多いが、いろいろ理由があって警察に届けられることは少ない。そのため偽造ナンバーでなくとも幹線道路沿いで職質にあう確率が高い、そんなS14を逃走車両に使ったホシは、よほど何も考えていないか、あるいはふだんからこの手の車に乗り慣れすぎていて、この車種は目立つという基本的な注意も働かなかったか、どちらかなのだった。そしてそうだとすれば、元日からの捜査の重点を、族や走り屋、さらに関連の自動車整備工場、中古車販売業者、部品屋、解体屋に移してゆくのは正しい道であるはずだったし、当初の読みどおり、面が割れてくるとしたら、この線か、侵入盗の線のどちらかだという思いがまた一つ固まることになった。

15：00

二機捜はすでに仮眠のために立っていった。カルテ分析班の特4三名も、七日ぶりにカルテから解放された勢いで、旭区を中心に半径十キロ圏内の自動車関連の事業所を速やかに絞り込むと、税務署と陸運局の登録から経営者を洗い出し、片っ端から電話をかけ始めて、半時間後には全員姿を消してしまった。

一方雄一郎は、横浜市旭区の展開を受けて、元日からの新しい編成表を速やかに一部修正した。午前中に稟議書《りんぎしょ》を書いたとおり、二十四時間サウナからネットカフェまで、16号線沿線の宿泊施設にローラーをかける旅舎検班に地取り十班二十名。16号線沿線の暴走族グループと自動車整備工場その他へのローラーは、いましがた勇んで飛び出していったカルテ分析班三名と所轄三名を二機捜十二名に追加して、計九班十八名。ホームセンターコーナンの安全靴の追跡捜査は、変更なしで二班四名。貴金属の贓品捜査は、方面捜査員の二班四名。防犯ビデオ解析班はしばし休止。カルテ分析も当面、雄一郎が情報班と兼務する。敷鑑捜査は、手口捜査を兼ねることとして一名追加の8係八名。情報班は四名で変わらず。

そうして修正した分担表を土井に見せて了承をもらい、さらに早見管理官に送信した後、雄一郎は作業台の隣のカルテが積まれたテーブルに移動した。

16：00

あいうえお順に分けられた段ボールで築かれた壁に囲まれて、雄一郎は要調査分のカルテに眼を通してゆく。分析班が独自に選り分けた要調査分は、①飛び込み、②治療未了、③無保険、④記載内容不明に分けられ、対象者は全部で約二百名ほどだった。無保険だからどう、治療未了で来院しなくなったからどう、ということではなく、どこまでも高梨医院のような住宅地型の医院にとっての異物を捜すためであり、それは16号線沿線の走り屋に捜査の眼が向き始めたいま、ますます差し迫った課題になってきたと言えた。土地や被害者一家に何の鑑もない流しの常習犯が、16号線から北区西が丘へ偶然に迷い込むことはない。ホシが一家の経営する歯科医院を知っており、わずか一回程度の下見で自宅に押し入っている以上、高梨一家との接点は必ずあるはずだった。

そして、現時点では歯科医師会や大学関係よりも、歯科医院の患者、もしくは出入り業者のほうが蓋然性《がいぜんせい》が高いという理由で、これまで三千件のカルテを選別してきた結果、最終的に残ったカルテの山が四つ。そのなかでもとくに、飛び込み・治療未了・無保険の患者百八十六名は目下、分析班が一人ずつ潰しているところだった。ちなみに、その百八十六名はいずれも西が丘の住人ではなく、歯科医院の半径三キロ内の集合住宅に住所がある。職業は男性がサラリーマン、学生、無職。女性が店員、販売員、アルバイト。年齢は二十代から四十代。来院時の主訴は、C（虫歯）か右下・右上・左下・左上各8番（第三大臼歯《だいきゅうし》）のPain（痛み）が大半を占め、診断は単純なCやG（歯肉炎）からPer（歯根膜炎）、Pul（歯髄炎）など。治療は、8番ならExt（抜歯）。PerやPulなら、麻酔をしてKP（窩洞形成《かどうけいせい》）したあと、Pulpectomy（抜髄）し、End（根管治療）をし、FC（フォルムクレゾール）を根充（根管充塡《じゅうてん》）して、ガッタパーチャで神経管を封鎖し、最後にCR（複合レジン）を詰めることになる。

さて、顔を腫《は》らした患者に飛び込んでこられたら、医師は基本的には断れず、保険証がないと言われても理由を詮索《せんさく》する権利まではない。ともかく診療台に坐らせ、口を開けさせたが最後、上下三十二本の歯が並んだそこは、性別さえ無い無名の口腔《こうくう》だ。そして、必要な治療を施された経過が、一つ一つアルファベットの略語に化けて書き残されたカルテもまた、無名の空間になるほかはないが、そこで唯一《ゆいいつ》、刑事だけがそれを眺めてその口腔の持ち主のさまざまな人生を想像するのだ。たとえば、二十歳の飲食店店員が1番や2番といった前歯にC3やC4の穴を開けてPulを起こすというのは、いったいどんな生活を送ってきた結果だろうか、と。地方から出てきて、赤羽西あたりのうらぶれたスナックで客にウィスキーを注ぎながら、シャブでもやっているのだろうか。そうだ、たとえばその女に男がいたとしたら——？　雄一郎は、しばし時間を忘れてカルテに没頭する。

＊

21：00

二機捜十二名は中央道を目指して出動していった。残る捜査員が三々五々戻ってきた講堂では、捜査八日目の各班の報告が始まり、捜査員たちは疲れた心身を押してよその班の成果に耳を傾ける。今日の捜査の進捗状況を把握するためもあるが、それ以上に、刑事はそれぞれ自分で状況を読み、自分で割り当てを拡大、変更してゆかなければ仕事にならない。そのため、ほかの班がいま何をしているか、何を隠しているかを探ろうとしてじっと聞き耳を立てるのだ。否、そうでもしなければ、大の男が来る日も来る日もこの捜査会議というやつをやり過ごすすべはないというのが第一の理由だろうか。出来の悪い中学生のように朝晩、雁首《がんくび》を並べさせられ、思考停止しなければ神経のほうが耐えられない下らなさ、惨《みじ》めさと戦いながらじっと下を向くのは、ひとえに、上しか見ていない上司や、自分より若い上司のぼやけた面《つら》を見ないため、だ。

地取り一区、○○と○○の証言の裏付けが取れました。地取り二区、○○、○○、○○の裏付けを取りました。地取り三区、○○と○○を再確認しました。地取り四区――。シロをシロと確定してゆくのが捜査の基本とはいえ、実際には現場周辺の住宅についてはその時期もすでに終わりつつあり、地取り担当の刑事たちが割り当てられた区画に見切りをつけて、個々に捜査の手を広げてゆくのは時間の問題だった。少なくとも8係の土井も特4の雄一郎もそう理解しており、かたちばかりの報告に対しては、「結果を出せ」とだけ言っておく。

現に地取りに関しては、事件当日にホシの車が出入りした西が丘二丁目のコインパーキングが割り出され、防犯カメラの映像で入出庫の時刻も特定されている今日、そのコインパーキングを含む地取り八区と、そこから高梨家に至る道路を含む地取り六区、そして十二月十九日に下見の車が停まっていた一丁目八番と高梨歯科医院を含む地取り九区の三つを除く区域にネタが出る可能性は格段に低くなっていた。また、ホシが足跡を残した六区、八区、九区も、下見の車を目撃した主婦の証言と、コインパーキングから車が出る音を聞いたという大学生の証言以外の新しい証言は一切出てきておらず、ここでも担当の刑事たちはもう割り当て区域に見切りをつけて、独自に動いているのかもしれなかった。実際、ほとんど車も通らない住宅街で、午前二時や三時という時刻にホシたちはゴム底の靴で通りすぎていったのだが、その足音に気づいて眼を覚ました住人がいる可能性にかけることができる者は地取りを続け、そうでない者は自分で違う道を切り開くだろう。そうしたそれぞれの判断や選択の当否は唯一、結果が出るか否かだけであり、そのときまではすべての刑事がフリーハンドだ。

次、証拠品解析班。これもヒットのない日々が続いていたが、こちらは目的が限定されている分、地取りのように融通がきかない厳しさがあるのは事実だった。目下、二班四名がホームセンターのPB商品の安全靴の購入者を追って、東京・神奈川・千葉の各店へ防犯ビデオの確認と聞き込みに回っているが、各店舗のコンピューターに記録されているのは当該の安全靴が売れた日付と数だけで、時刻は分からない。しかも、どの店舗でも安全靴が一足も売れないという日はないため、結局午前九時半から午後八時までの開店時間中のすべてのビデオを観《み》ることになるが、ビデオはすべて一週間で上書きされるため、二十五日水曜日に各店のテープを押さえた時点で、どの店舗も十九日木曜日からの一週間分、七本のテープしかないという状況だった。今日現在、千葉の一店と東京の四店、さらに神奈川の保土ヶ谷星川店と港北ニュータウン店の計七店を潰したところだが、ATMで現金を引き出したホシの風体に合致する人物は見つかっていない。

かくして解析班の四名全員が今夜も黙って呑み込んだのは、①当の安全靴の購入が十九日以前である可能性、②関東の十三店以外の店舗で購入された可能性、③購入したのがホシ以外の人間である可能性の三つだったが、調べるべき店舗はまだ、横浜市港北区にもう一店、相模原に二店、大和市の中央林間に一店、湘南《しょうなん》藤沢と鎌倉に各一店残っている。それらのいずれも、ホシが逃走中にATMを利用したコンビニエンスストア各店や、16号線沿線の工場街と微妙に重なっており、ホシの生活圏と重なっている可能性を考えれば、まだまだ投げ出すには早かった。

次、贓品《ぞうひん》捜査。こちらは対象となる質屋が都内だけで六百五十店、ディスカウント店が七十店という世界で、一組が一日二十店回っても、二組で二週間以上はかかる計算だが、すでに贓品五点については都内と埼玉・神奈川・千葉の首都圏のほか、愛知・大阪・福岡・北海道に特別重要品触《しなぶれ》の赤い品触書が回っており、どこかの店に品が入れば即、分かるようにはなっていた。しかし、当初は早い時期に贓品が動くだろうと予想していたのだが、事件から十日でどこからも一報がないところをみると、ホシは盗んだ宝飾品を女にでも渡したか、業者以外のルートで処分したか、あるいは端《はな》から処分するつもりがないか。これについては、ホシがブランド品だと知らなかった可能性を含めて、思いのほか霧が深いというところだったが、正月明けにひょいと出てくる可能性もまだ大いにあった。

次、敷鑑《しきかん》捜査。被害者一家につながる歯科医師会と大学の人間関係は最初の二日間で出尽くしたが、まったくの流しの犯行とは考えられない以上、どこかにあるのかもしれない鑑を捜して、8係が今日も高梨夫婦の昔の交遊関係にまで対象を広げて聞き込みを続けていた。それはもう鑑捜査の手本になる徹底したもので、どこかでホシと接点があったのかもしれない一家の日常生活の分単位の時間割や通勤・通学路、買物の店などはもちろん、高梨優子の大学時代の男友だちの借金問題から、高梨亨の結婚前の女性関係と手切れ金の額、はたまた先代と愛人の間にできた非嫡出子《ちゃくしゅつし》の、さらにその結婚相手の犯歴まで、すでに周囲の記憶にない過去のすみずみまで掘り返され、記録され、逐一参考人供述調書になって簿冊《ぼさつ》に綴《と》じられてゆくのだ。

ちなみに今夜の報告は、平成十二年夏に長男の附属受験のために高梨家に雇われていたベビーシッターの女性が長男に風邪を引かせた云々《うんぬん》で、シッターの派遣会社と高梨夫婦の間でトラブルになった顛末《てんまつ》について。雄一郎は、一家の敷鑑については掘る場所が違うと個人的には思うが、歯科医院の患者のほうにヒットがない以上、8係の捜査を無駄と切り捨てることもできなかった。

次、そのカルテ分析班。飛び込み・治療未了・無保険の患者百八十六名のうち、今日できっかり百名が潰された。百人目は九年前に赤羽西に住んでいた元組員で、ケンカで前歯を折り、無保険で高梨歯科医院に駆け込んだ後、自費でつくった五十万円の金歯が合わないといってトラブルになり、警察沙汰《ざた》になった。その後は案の定、刑務所を出たり入ったりで、いまは相模大野にいるという情報をマル暴から得て、吉岡譲が本人に会いに行ってきたのだが、下町の歯科医院にはそんな事例もある。また、駒込署の平野という若い刑事が午前中に潰してきたのは、カルテの住所がでたらめだった二十代の水商売の女性や、無職なのに自費診療で毎回五千円、六千円の治療費を払ってゆく三十代の男、内縁の夫の暴力から逃げているために保険を使えないという三十代の女性などだ。

そして、ひと通り各班の報告が終わったところで、土井が久々に力の入った声でGT―Rの一件を報告した。

「本日、機捜第一班の塚口組が横浜市旭区で取ってきた情報であるが、機捜はすでに暴走族を追って出動したあとなので、代わりに私から報告する。事案は暴走族による破壊行為。場所、横浜市旭区今宿東町のガスト駐車場。そこで、十二月十七日火曜日午前二時半ごろ、GT―R一台が暴走族のバイク数台に囲まれ、鉄パイプや金属バットでぼこぼこにされた。そのGT―Rの持ち主が、オレンジ色のニット帽だったというガスト従業員の話がある。GT―Rは朝までそこに留まって、午前七時前にベンツの男がオレンジ色のニット帽の男を拾っていった。さらに午前八時過ぎ、そのベンツの男が今度はレッカーで現れ、GT―Rを引き取っていった。襲撃については、店側もGT―Rの持ち主も警察に通報はしていない。以上、これについて至急、現場近辺の自動車整備工場等の聞き込みをしてきた四名、報告願います」

さすがに講堂に並んだ頭が一斉に上がるなか、特4の片平がまず報告に立った。雄一郎はすでに内容を聞いていたが、一週間カルテ漬けだった頭が突然、機械油と鉄板の世界に切り替わって不具合が起こるどころか、逆に冴《さ》えわたったらしい過不足のなさだった。

「まず、当該のGT—Rを引き取った工場は、今宿東町のガストから16号線を東へ一・五キロ行ったところにあるカワイ自動車株式会社という自動車整備工場です。住所は川井本町になります。二十一日午前八時前、ホシが五番目に現金引き出しのために立ち寄ったローソンの三百メートル西です。工場主の氏名は奥井勇樹《ゆうき》。自宅住所は旭区若葉台。工場は二十八日から一月五日まで年末年始の休みに入っていて、自宅も本人・家族ともに不在。新聞は五日まで止まっています。このカワイ自動車の東西一キロの16号線沿いにはほかに四軒の同業者があって、うち二軒が今日の昼間も営業していて話を聞くことができたのですが、それによると、奥井が連休前の十九、二十日ごろ、同業者四軒に対してGT—Rの部品が必要なら安く卸すともちかけてきて、事情を尋ねると、暴走族に潰された車を引き取ったという話だったそうです。GT—Rの持ち主については、もともと事故車を奥井が安価で売った相手だという以上のことは、現時点では分かりませんが、正月明けの六日に奥井をつかまえ次第、氏名等判明すると思います。また、奥井が部品を卸すと言っている以上、GT—Rは廃車になっているはずなので、これも正月明けに陸運局で調べれば、住所氏名は判明するはずです。それから奥井の車ですが、白のベンツというのはガストの従業員の記憶違いで、実際には白のシーマです。私からは以上。族関係については村木が報告します」

それには、早見管理官の意見が入った。「そのGT—Rの持ち主が仮にホシということになると、十七日にGT—Rを潰されて、十九日にはもうフルエアロのシルビアに乗っていたわけか？　族に車一台潰されるようなトラブルを抱えていた男が、四日後に東京の北の端で一家四人殺しに及んだわけか？　ニット帽の色だけで先走るのは時期尚早だ。神奈川県警のシマでもあることだし、慎重に行け」

正論ではあったが、少しは捜査員のはやる気持ちも理解してほしいと思いながら、

「村木！　報告」雄一郎は次の報告を促し、生安で暴走族対策に当たっていたこともある特4の村木巡査部長が応じて言った。

「私の知る限り、当該のガストがある今宿東町あたりで暴れることのできる族は限られております。ほとんどが相模原もしくは町田から来ているグループと考えられるため、町田署の組織犯罪対策課で最近の状況を聞いてきたところ、今月半ばごろに町田と相模原のグループが盛んに16号線を流しているので、族同士の抗争があるのかもしれないと警戒していたそうです。ちなみに町田ではGT—Rの件は認知していませんが、ファミリーレストランの駐車場で、数台のバイクが乗用車を取り囲んで襲うというのは、族同士の抗争ではないと思う、という話でした。以上」

「族同士の抗争でなかったら、何だって？」また早見が口をはさみ、「担当者曰《いわ》く、元

日の《初日の出暴走》で何人か捕まるだろうから聞いてみる、とのことでした」マイペースの村木が答えたと同時にざわっと失笑が広がり、ざわっと緊張の砂山が崩れた。

「本日はこれで閉める。当直以外は、報告を提出した人から帰宅してください。明日元日の朝会は、一時間遅い午前九時半から。新しい編成は、明日朝発表します。以上！」

土井の声が飛び、壁の時計は午後九時半を指した。

22:00

散会から半時間で講堂はほぼ空になった。捜査員が上げていった報告のメモや走り書きを積んだテーブルでは、それを整理してパソコンに打ち込んでゆく8係と特4の主任四人の手と指がしばし唸《うな》りをあげ、作業台の小出、重村、川添が眼の下にクマをつくりながら、黙々とファイルを右へ左へと送り続ける。また、その傍らで土井は幹部らに上げる報告書を、雄一郎は捜査日報を書き、さらに別のテーブルでは、中央道の八王子料金所と首都高の芝浦PAで取り締まりの交通機動隊と合流したという二機捜からの一報を、今夜の当直の一人、所轄《しょかつ》の寺沢警部補が受けていた。

そして、一日の報告書の締めも半時間ほどで終わると、まずは二人の子持ちの川添巡査部長が「よいお年を」と挨拶《あいさつ》をして駆け去るように姿を消した。履歴書には子持ちだという但《ただ》し書が無く、雄一郎がそうと知ったのはほんの数時間前だ。それならもうここはいいから早く帰宅してくださいと気づかうと、いまどき女性蔑視《べっし》もはなはだしいという憤怒《ふんぬ》の眼で睨《にら》まれたが、日付が変わる前にと家路を急ぐ後ろ姿はやはり母親だった。それから島袋、野田、川村の主任たちと小出、重村も順次辞去してゆき、やがて講堂には今夜の当直になる8係の本間、所轄の寺沢、特4の雄一郎の三名が残った。

いつもの遅い晩飯は、大晦日《おおみそか》ということで本間主任特製の少し贅沢《ぜいたく》なかも鍋《なべ》に熱燗《あつかん》がついたが、まだ何か足りないという気分が三つ重なり合ったと同時に、「さいたまスーパーアリーナのボンバイエ――」「ミルコとサップ、まだだよな」「よし、観よう」となった。

テレビがつき、三万五千人もの格闘技ファンを詰め込んだアリーナのどよめきと実況アナウンスの金切り声が講堂に流れだした。藤田《ふじた》和之《かずゆき》が低い姿勢から正面タックルに出る。そのスキンヘッドの頭をミルコ・クロコップが抱え込む。一発、膝《ひざ》蹴りが入った。藤田が両腕で顔をかばう。あ、藤田、藤田――。本間が早くも呻《うめ》き、ミルコ、ミルコ！寺沢が呟《つぶや》き、出た、戦慄《せんりつ》の膝蹴り！　実況アナウンスが叫ぶ。ミルコ、行け！　雄一郎も声を上げる。怪物ではない、訓練で鍛え上げられたキックが初めは小賢《こざか》しいと思ったが、このところめっきり強くなって、好感がもてるようになった。そら、劣勢の藤田がまたタックルに出る。テイクダウンを取った。よし、藤田ァ――！　本間が一緒に身を乗り出し、ミルコのパンチが下から藤田の顔面に入って、カンカンカン！ ゴングが鳴りひびく。
23：00
二機捜からはときどき現状報告が入るが、具体的な話は未《ま》だない。どの電話も、周囲で鳴り響く空ぶかしの轟音《ごうおん》がヴォヴォヴォヴォンヴォンヴォン！ 警察の拡声器が「止まりなさい！ 止まりなさい！」で、捜査員の声も聞こえない賑《にぎ》やかさだった。その合間に、ボンバイエはボブ・サップと高山善廣《たかやまよしひろ》のメイン試合が始まってしまい、黒光りする肉の壁が高山めがけて突進してゆくのを見た。高山の金色の髪が飛び散り、サップの腕と青いグローブが油圧で動いているのかと思うなめらかさで右、左と飛ぶ。それが一発、二発と高山の顔面に入る。あ、だめだ――。本間も寺沢も腰を浮かす。
そうだ、ホシが三十代なら、いまごろどこかでこれを観ているだろう。巨大な肉の塊が二つ、三万五千人の観衆に煽《あお》られ、興行主やスポンサーに煽られ、テレビ中継に煽られてぶつかり合い、血を絞り合うこの世紀の興行を、たったいまテレビの前で眺めている何千万人かの日本人の一人になって。頭を空っぽにして。たぶんこの瞬間には、十日前に自分たちがしでかした凶行も血まみれの死体も意識の外へ押しやって。ぼんやりとして。

ああ、だめだ――。本間たちが椅子《いす》に沈む。高山はサイドポジションを取られたところから挽回《ばんかい》できず、腕を取られて逆十字で押さえ込まれたまま、レフェリーがゴングを要請して終わった。そして、またまんまと乗せられたと気づいて白々とし、これが本ものタイマンなら死んでいるよなと、三人で笑い合った。

あと半時間ほどで新年になるというとき、めずらしく大阪地裁判事の元義兄から携帯電話がかかってきた。「そっちはどんな様子だ?」そう聞くので、「年明けに動きがあるかもしれないし、ないかもしれない」と答えると、「そうか、少し期待してもいいということだな」という返事があった。どちらもこのまま独り身でゆくのか否かの決断を先送りにしたまま四十を越えてしまい、互いに相手が先々の人生をどう考えているのかを探り合いながら、たまには小旅行でもしようと話し合ったのが夏のことだった。結局、片方の予定が立たず、今度もまた二人しての旅行は霧散してしまったが、こうして新年を迎える前に、元義兄は元義兄でまた懲《こ》りずに何かを期待し、雄一郎も何かを期待して、「じゃあ、よいお年を」と言い合う。

2003年1月6日月曜日

8：00

強烈な冷え込みで下水が凍った朝、二機捜と特4の捜査員計六名が、横浜市旭区の自動車整備事業者奥井勇樹の若葉台の自宅前を固めた。ただの聞き込みのために六名も出動したのは、相手が覚醒剤《かくせいざい》所持の常習犯だった上に、事前の周辺捜査で以前から無許可の自動車部品売買や違法な改造を行っていた疑いがあり、逃亡する危険があると考えられたことに因《よ》る。

捜査員は、門扉《もんぴ》のインターホンに「朝からすみません、警視庁ですが」と告げた。警視庁なら古物商の免許の話ではないと思ったのか、奥井は逃げる様子もなく寝起きのジャージ姿で外へ出てきて、捜査員とは門扉越しの立ち話になった。もちろん、その筋の崩れた雰囲気をそれなりにふんぷんとさせながら、だ。

「お宅、先月そこのガストでGT―Rを引き取ったな？　そのGT―Rの持ち主の名前は」

「断っておきますが、盗難車じゃねえっすよ。名前はイノウエカツミ。井戸の井に、上下の上。克服の克。美人の美。GT―Rは十九日に解体して、二十日に廃車届を出しました。もう現物はないっす。陸運局で調べたら分かります」

「井上の勤め先は」

「十七日に会ったとき、伊勢佐木町のパチ屋を辞めたと言ってました。それ以上は知らない」

「相模原で走っている連中に聞くと、GT―Rを族に襲わせた組関係者は、埼玉の熊谷で走っていた元族で、いまは〈菱〉のほうの組員の蒲原春樹《かんばらはるき》だという話なんだが、ほんとうか？　蒲原もお宅の客だそうだが、いまどこにいる？　正月から姿が見えないが」

「そんなことは組に聞いてください」

「じゃあ、井上のほうの現住所は」

「以前はそのパチ屋の寮にいたはずだけど、いまは知らないっす。十七日の朝、事故ったから迎えにきてくれって井上からメールがあって、俺がガストでやつを拾って、落としたのが淵野辺《ふちのべ》です。姉貴夫婦のマンションがあると言ってました。だから、てっきりそこへ身を寄せるのかと思ってたら、昼ごろに今度はマジェスタでうちの工場へ現れて。誰の車だか知らないっすけど、うちの工具を使って、割れたエアロを取り外していきました。井上を見たのはそれが最後っすね」

「マジェスタには一人で乗ってきたのか」

「いや、知り合いだという男がいましたよ。見たことのねえやつ。年恰好《かっこう》は三十ちょいってところですかね。井上の代わりに手際《てぎわ》よくエアロを扱っていやがったから、同業者かも。そう、整備士——」

「井上の携帯番号は」

奥井は自分の携帯電話を開いて登録された番号を表示してみせ、捜査員はメモを取る。

「でもその番号、二十一日の朝に廃車手続きが完了したことを知らせるつもりで電話をしたときは、もうつながらなかったすから。プリペイドのチャージ切れかも。それに携帯なんか、いくつも使いわけているはずだ。つながることはつながっても、こっちの液晶表示にはいつも《圏外》って出るやつとか。まあ履歴を調べたらいいっすよ、無駄だと思いますけど。で、井上のやつ、何かやったわけ？」

「うちが捜しているのは、公道で金属バットを振り回して暴れたやつらのほうだ。お宅、蒲原の居どころが分かったら、その名刺にある二機捜の横田まで知らせてくれ。いいな？」

捜査員は、奥井の口から不用意に多方面に情報が漏れる危険性を考えてその場では目的を一部偽り、奥井に防犯ビデオの写真を見せることもしなかった。一方、その間に別の捜査員が特捜本部に一報を入れて《井上克美》で総合照会をした結果、三分後にはA号（犯歴）、S1（非行歴）、S2（暴走族）、Z号（暴力団関係）で複数ヒットしたという回答が返ってきた。昭和四十五年十二月二十六日生まれの、三十二歳の男が忽然《こつぜん》と浮上した瞬間だった。

よし、そっちは渕野辺のマンション、伊勢佐木町のパチ屋を当たれ！　引き続き、蒲原春樹を捜せ！　電話の向こうで、特捜本部の土井誠一が怒鳴った。

8：30
合田さん、手口原紙、常習者カード、被害通報票！　それに被疑者登録！　直ちに手配！　赤羽署の、朝会前の五階講堂にも土井の声が飛ぶ。本間は鑑識に井上の写真の紙焼きの手配！　安井課長は、井上の携帯の通話履歴の照会を願います。ほかは、スクリーンに注目！

黒板前のスクリーンに、いましがたデータベースから入手した《井上克美》の顔写真が映し出され、講堂に捜査員らの短い感慨のため息が広がった。眼前にあるのは、眼鼻も口も造作が小ぶりで特徴がなく、ある意味シュッとした二枚目と言えなくもない、いまふうの二十代の男の顔だった。防犯ビデオの映像から紙焼きにされたホシ二人の顔は、いずれも帽子とマスクとサングラスで眼鼻と耳が隠されたものだったため、端から比較するポイントもない、まったく新しい顔が一つ。否、現時点でこの男がホシの一人だという根拠はどこにもないが、五十パーセントの確率で当たりではある顔が一つ、世界の真ん中に穴を穿《うが》ち、捜査員らの気分にもぽっかり穴があいた感じだった。

一方、雄一郎はその場で三課の第一盗犯捜査2係の相沢係長に電話連絡を入れ、傍らでは土井が捜査員たちに向かって、《井上克美》の犯歴から読み上げていった。

「氏名、井上克美。昭和四十五年十二月二十六日生まれ。本籍、埼玉県本庄市。父、井上武雄《たけお》、同六十二年病死。母、井上照美《てるみ》、平成六年病死。略歴、平成元年三月本庄北高校普通科卒。同年四月、上京。江東区辰巳《たつみ》の株式会社東亜倉庫に就職。その後、平成五年に大型免許を取得して江東区東砂の江東運送株式会社に転職。さらに同七年、荒川区西尾久《にしおぐ》の堀部運送株式会社に転職。現住所、不定。同八年八月時点での職業、トラック運転手。対象となる事件。飲食店従業員の女性に対する傷害事件。同八年八月六日、豊島区北池袋のハイツ山久において、同ハイツに住む同棲《どうせい》中の飲食店従業員大村里枝当時二十五歳の顔面を殴打《おうだ》、全治三カ月の重傷を負わせ、同日池袋署に緊急逮捕されたもの。

備考として、同九年八月、東京地裁にて懲役三年の実刑判決。黒羽刑務所に収監。同十一年八月、満期出所。ちなみに、この平成八年の傷害事件の被害者大村里枝の氏名が、高梨歯科医院のカルテにあるそうだ――」

二度目のため息がどっと広がるなか、大村里枝のカルテをいち早く発見した特4の吉岡譲の報告がある。

「カルテの記載は以下のとおりです。氏名、大村里枝。昭和四十六年四月十日生まれ。職業、販売員。住所、赤羽西二―四―一。日ノ出荘。初診、平成七年十二月四日。紹介無しの飛び込み。主訴、右下第三大臼歯の痛みと腫れ。診断は虫歯。処置は、レントゲン撮影、麻酔、抜歯。抜歯は難抜です。これらに初診料と痛み止めの処方箋《しょほうせん》料を加えて、合計千三百二十八点。カルテには、《無保険／同伴の井上克美さん支払い》という注記があります。この後、大村里枝は五回消毒に通い、毎回再診料四十点を自費で支払い、終了が十二月十五日です。この大村里枝については、去る十二月三十日にカルテ記載のアパートと当時の勤め先のダイエー赤羽店を訪ねましたが、日ノ出荘は再開発ですでに無く、ダイエーも当時の従業員名簿等は処分されていて、居所の確認には至っておりません。本日は、北池袋のハイツ山久から至急、再捜査します」

そして再び、土井が続けた。

「要はいまから七、八年前、傷害事件を起こす前のトラック運転手井上克美が、大村里枝という女と暮らしていたという話だ。現時点でそれ以上でも以下でもないが、高梨歯科医院と井上の接点は看過できない。なお、看過できない理由はほかにもある。非行歴を見ると、昭和六十年四月、八月、十月、十一月、いずれも単車窃盗《せっとう》と無免許運転で補導。また、暴走族関連では昭和六十一年から六十三年にかけて十四回——いや十五回、いずれも道路交通法の共同危険行為等禁止違反で埼玉県警本庄署、行田署、深谷署、蕨《わらび》署、秩父署、熊谷署などで逮捕歴。犯罪事実は、たとえば盗難車を乗り回し、地元の関越狂走連盟龍神会を挑発して暴走行為を繰り返した末に、国道17号線沿線で殴り合いのケンカ——とある。そのほか、行田連合、ブラックエンペラー、秩父愚連隊、士魂《しこん》等の暴走族グループとも同様に、ケンカ、ケンカ、ケンカだ。さらにZ号の記録には、平成元年三月、稲川会直参《じきさん》の暴力団矢野組のタニマチ、井上興業の解散式で飲酒した上、矢野組組員と乱闘。全治三週間のけがを負わせて傷害罪で本庄署により逮捕。後に起訴猶《ゆう》予《よ》処分、とある。この件は十八歳の子どもが本ものの暴力団員を相手に云々ということだから、至急本庄署に詳細を照会するが、ともかく粗暴を絵に描いたような経歴であることは間違いない。依《よ》って、当本部はこの井上克美を至急洗うこととし、本日ただちに本庄署と埼玉県警に二組四名を派遣したい。合田さん、指名を」

「では、旅舎検一区の尾崎組、本庄署。二区の横井組、県警本部。とくに少年カード、犯罪事件処理簿、身上調査票を残らず収集した後、県北の暴走族情報の収集もよろしくお願いします。また尾崎組は、実家と本庄北高校にも寄ってほしい。こちらからは至急、捜査嘱託書を相手方に送付しておきます」

土井に代わる。

「もう一つ。井上克美を洗う以上は、十二月十七日の昼、カワイ自動車の整備工場に井上克美がマジェスタで乗りつけた際に同乗していたという男にも、一応注目しておきたい。その男については、奥井勇樹が同業者かもしれないと言っていたということなので、ひとまず東京と神奈川の整備工場を当たる。指定と認証を合わせると一万を超えるかもしれないが、各署の交通課と生活安全の暴走族情報、並びに三課の自動車盗と車上荒らし、自動車部品の贓物故買《ぞうぶつこばい》、違法改造等の情報を吸い上げて、井上克美と懇意にしている、もしくは一緒に行動している整備士がいないかを捜してもらいたい」

そしてまた、雄一郎があとを継ぐ。「それから、三課からの回答です。井上克美の名前は常習者カードにも手口原紙にもない。被疑者登録にもないとのことですが、盗犯での前科がないことをもって、盗犯でないということはできない。なお、本日は編成を一部組み替えますので、尾崎組と横井組以外の出発は一寸《ちょっと》待ってください、以上」

9：00

捜査員らには、新しい分担が速やかに示達された。元日から首都圏の宿泊施設を回ってきた旅舎検班は二班減り、八班十六名で続行。しかし携帯する写真の一枚は、とりあえず紙焼きが間に合わないため、各自の携帯電話にパソコンから落とした《井上克美》の画像になる。二機捜十二名を中心にして16号線沿線の暴走族と自動車整備工場にローラーをかけている九班十八名は、一班減らして八班十六名にした上で、目的を《井上克美》とその連れの男の絞り込みに変更。ホームセンターの安全靴の追跡は二班四名のままだが、これも新しい画像を携帯する。贓品捜査も同じく二班四名のまま、これも新しい画像を携帯する。敷鑑は8係の八名に、埼玉へ派遣した四名と、ほか二名を追加して十四名体制とし、埼玉県内の井上の敷鑑のほか、淵野辺の親族、井上のかつての勤め先の倉庫会社一社と運送会社二社、横浜のパチスロ店の聞き込みに当たることとした。

示達の後、班毎《ごと》に短い打ち合わせをして捜査員らは潮が退《ひ》くように出かけてしまい、講堂には土井、雄一郎、安井刑事課長、作業台の小出・重村・川添、そして珍しく腰を上げそびれたらしい早見管理官が残った。作業台ではこの半時間、通信機器に詳しい小出健吾が、受話器を片手にNTTへの問い合わせを続けているが、なかなか埒《らち》があかない様子だった。

とまれ、こうしてホシと思《おぼ》しき人物が割れてみると、持ち上げた荷物を降ろす場所がないような、一寸した困惑がやってくることがある。ちょうどいまがそれだという顔つきの早見が、何かしら個人的な気がかりも加わってのことか、またぞろ水を差してきて曰く、「ねえ君たち。私が念を押すまでもないことだが、ある女が男に連れられて高梨歯科医院にかかった。その翌年、男は女を殴ってムショ行きになった。そして先月、男はオレンジ色のニット帽を被《かぶ》っていて、GT―Rを暴走族に潰《つぶ》された。事実はそれだけだ。男を一家四人殺しに結びつける物証は、どこにもない」

そこで雄一郎も、一寸身を乗り出して言う。「管理官、だからシルビアです。シルビアを発見できたら、ホシの指紋が採れます」

土井が失笑し、早見もつられて半ば笑いだしながら応《こた》えて言った。「君、何を聞いていたんだ。奴《やっこ》さん、GT―Rを潰されたその日に、もうマジェスタに乗り換えていたとさ。その十七日にマジェスタで、十九日には今度はシルビアか？　頭を冷やせ」

早見は行ってしまい、入れ替わりに作業台の小出が首をひねりながら受話器を置いた。聞けば、井上克美の携帯電話はJ-フォンのプリペイドで、昨年の九月一日から十二月二十四日まで、百七十件の発信、百二十一件の受信があるが、当該の番号からかけた相手、当該の番号へかけた相手の番号はいずれもアメリカの国際転送サービス会社のフリーダイヤルの番号となっていて、その先は追跡できないようだった。NTTの話では、海外の発信者番号指定サービスを経由して発信者番号を偽装する手口と同じようなものだが、こちらは、携帯電話をかけると転送サービス会社のサーバに自動的に転送される簡単な装置が使われており、ネットで一万円ほどで売られている、ということでもあった。

「携帯電話をいくつも使い分けているのなら、ふつうにかかる電話も使っているのだろう」「要は、ふつうの商売ではないということだ」「いや、海外の交換機経由でも、調べようと思えば調べられるはずです。問題は、そこまでする必要のある相手か否《いな》か、ですが」

その場はそんな結論になった。

10:00

敷鑑に加わった吉岡組から、ファックスの一報が入る。池袋署で入手した大村里枝に対する暴行傷害事件の一件記録のうち、井上克美が自身の家族関係について供述している被疑者供述調書の冒頭部分の一枚。

『父、井上武雄は本庄市新井五二四の川砂利採取業、株式会社井上興業の四代目社長でした。私が小学生のころは、眼の前の利根川で父の会社のドラグラインが川底を浚渫《しゅんせつ》しているのを眺めるのが好きでした。そのころから近所の人は、うちの家を「ケツ持ち」と呼んで怖がっている感じがしましたが、井上興業が暴力団のタニマチであることを私が知ったのは、昭和五十五年に父と母照美が覚醒剤密売と銃刀法違反などで警察に逮捕されたときです。そのとき、母も暴力団の矢野組組長の娘だと警察で聞かされました。私と姉智江は秩父の父方の祖母の家に引き取られ、小学校の残りと中学校は秩父市の学校に通いました。無免許で単車に乗るようになったのはこのころです。五十九年に母が出所し、私と姉も本庄の家に戻りましたが、会社のほうは、父の代わりに母の実家の矢野組若中《わかちゅう》の佐竹宣夫《さたけのぶお》が形式的に代表を継いでいただけで実質的に廃業状態でしたし、その佐竹も五十七年に逮捕、服役中でしたので、結局うちは生活保護受給世帯になりました。私の高校の学費は、母方の祖父矢野博嗣《やのひろつぐ》が出してくれました。しかし、私は暴力団に興味がなく、恩義を受けている矢野組の使い走りにも熱心ではない厄介者で、二カ月に一度は無免許で暴走して補導される毎日でした。私は幼いころから身体《からだ》が弱かったので、クスリはやりません。六十二年に父が府中刑務所で病死したあと、井上興業を解散しようと思い、出所していた佐竹宣夫と話し合いましたが、向こうが聞き入れないので椅子で頭を殴り、全治三週間のけがを負わせました。怖いという思いはなく、気がついたら身体が前へ出ていた感じです。単車を駆っているときと同じです』

調書はいまから六年五ヵ月前、二十五歳の男が供述した内容を、取調べの刑事が書き言葉に直して録取したものに過ぎなかったが、それでも何か独特の空気があるのを感じ取り、雄一郎は一寸考え込んだ。利根川で動くドラグラインを眺める子どもと、覚醒剤で逮捕されるような父母と。あるいは、暴走族が自分のGT―Rを潰すのを黙って見ていたという〈静〉の井上克美と、組員の男に殴りかかったという十代の〈動〉の井上克美と――。

それから、定期便の友納検事がやって来て同じ調書に眼を通していったが、検事の感想は「結局、絵に描いたような粗暴犯の、絵に描いたような生い立ち、ということになるんですかね」だった。

11：00

克美の実姉が住む淵野辺のマンションを訪ね当てた8係から、女は不在で、子ども四人が糞尿《ふんにょう》まみれという一報があり、十分後には、仕方なく地元相模原署と児童相談所に出動を要請したという続報が入った。実姉もひょっとしたら薬中か。惨状が想像できるような、できないようなで、雄一郎らが顔を見合わせた傍らでは、いまさら驚くような話かといった川添巡査部長の一言が飛んだ。これが、この国の掛け値なしの底辺というやつですから、と。

12：00
淵野辺にいる敷鑑の島袋組から、井上克美の実姉橋下《はしもと》智江を相模原駅近くのパチスロ店で発見、相模原署がその場で覚醒剤所持の現行犯で逮捕した、との入電あり。児童相談所に一時保護された子どもらが「ママはパチンコ」と言っていたほか、地元の地域課も行き先は淵野辺、古淵、もしくは相模原駅周辺のパチスロ店と見て捜していた矢先のことだった。智江の夫、橋下大輔《だいすけ》四十二歳が暴力団の構成員の上に覚醒剤使用の常習犯のため、相模原署は定期的に一家の現況を確認していたが、平成十二年暮れに橋下が三度目の逮捕、実刑を食らって服役して以来、しばらく智江から眼を離していたらしい。その智江も覚醒剤は再犯で、中毒症状もあるため、警視庁の捜査員がすぐに話を聞けるかどうかは分からないとのことだったが、こちらとしては待つ以外になかった。

そして、もう一件。池袋署で平成八年の事件の被害者大村里枝について、特4の吉岡組が一件書類にあった福島の実家に里枝の現況を尋ねたところ、埼玉の西川口の飲食店に勤めていることが分かったということで、吉岡らは川口へ向かったところだ。

13：00
埼玉県警本部を訪ねた横井組から、少年事件関係の簿冊を入手後、昭和六十年代の県北の暴走族と暴力団事情について聞き取り、これから秩父市の井上克美の祖母宅に向かうとの入電。克美の母方の実家である矢野組は、組長矢野博嗣が脳梗塞《のうこうそく》で療養中のほか、組も活動休止状態のため、当面話を聞けそうな係累《けいるい》は祖母の井上サトのみ、とのことだった。一方、本庄市に入った尾崎組からは、本庄署で井上興業とその一家の話を入手。これから本庄北高校とその周辺の聞き込みをするとの入電あり。県警本部でも所轄でも、克美については人によって印象がまちまちだという、意外な中間報告ではあった。

次に、克美が勤めていたパチスロ店は、正確には伊勢佐木町ではなく隣接する長者町《ちょうじゃまち》でヒットした。店は有限会社で、チェーン店が西区と保土ヶ谷区にある。長者町のその店舗は、16号線と交差する県道沿いの、飲食店とカラオケ店とパチンコ店がひしめく歓楽街にあり、正午前という時刻に歩道に自転車を並べて、近所の商店主やサラリーマンや出勤前の水商売の男女がパチンコ台に向かっている、ありふれた街中のパチ屋だという捜査員の報告だった。また、店長はその筋の眼の据わり方をしており、こちらが提示した警視庁の手帳には眼もくれずに開口一番、商売の邪魔だと吐き捨てた。そのため、こちらもその場では克美の勤務状況を確認するに留め、近々任意で来てもらうことになると思うからそのつもりでいろと凄《すご》んで引き揚げた、とのことだった。聞けば、店のスロットコーナーは《ミリオンゴッド》《アラジンA》《獣王》といった爆裂機が揃《そろ》い、ゴトが入っているのか、サクラが入っているのか、一つのシマで二台も噴いている真っ最中という、一寸異様な空気だったということだ。

ともあれ井上克美は十二月十四日土曜日、遅番で日付が変わる午前零時まで働いて退出したのを最後に、翌十五日から無断欠勤。寮にも帰った形跡がないとのことであり、場合によっては、十七日未明に旭区内で暴走族に襲われるまでの二日間の足取りを洗う必要が出てきたということだった。否、仮に克美と一家四人殺しを結びつける直接証拠が一つでも出てきた場合は、そんな話ではすまなくなる。食いつめた末のパチンコ店勤めではあっても、一家四人を殺して千二百万円の預金と八百八十万円相当の宝飾品を奪う凶行との間を埋めるのは、そう簡単ではない。

続いて、ようやく留置前の智江に会えたという島袋班からの、二度目の連絡があった。結果は奥井勇樹の証言どおりで、「克美は十二月十七日朝、二年ぶりぐらいに突然マンションに現れたが、上がりもしないですぐに消えてしまった。翌日一階に降りたとき、駐車場に置いてあった亭主のマジェスタが無くなっていた。亭主が玄関の下駄箱に入れていたキーも無くなっていたので、克美が持ち出したのだと思う。克美は黒羽刑務所を出所した平成十一年から十二年暮れまで、亭主が経営する町田市下小山田の産廃処理場で働いていたが、亭主が逮捕されて以降は会っていなかった」とのことだった。

智江の体調が悪く、それ以上の聴取は明日以降になったが、代わりに「亭主の収監先を探して話を聞いてこい」という土井の指示が飛んだ。

14:00

井上克美が平成八年に女を殴ってムショ行きになる以前に勤めていた会社のうち、江東区辰巳の東亜倉庫は吸収合併で会社が無くなっており、荒川区西尾久の堀部運送株式会社も平成十一年に倒産して、事業所自体が駐車場に代わっている、という捜査員の報告だった。そのため、克美を知る会社関係者に会うことができたのは江東区東砂の江東運送株式会社だけで、結果報告は午後二時過ぎに電話で上がってきた。それによると、克美はトラック運転手としての成績は良く、時間に正確で取引先の評判も悪くはなかったが、平成七年の春ごろに城東署から、車の窃盗団がアジトにしている千葉県市川市のヤードに克美が出入りしているという情報が会社に寄せられた。そのとき克美本人は九州まで走っていて不在だったため、会社で本人のロッカーを調べたところ、ペンチやニッパー、差し金、ボルトクリッパーに平バール、根切《ねき》りなど、泥棒御用達としか考えられない道具が出てきたため、本人が九州から戻るのを待って即時解雇した、という。

ネキリ？　どんな字を書く？　根切り工事の根切りとは違うのか？　そのとき土井は電話口で何度か聞き返し、三秒後には《根切り》という走り書きをこちらによこして、「城東署に自動車盗の件、確認！」電話に怒鳴った。

そしてさらに一分後には、雄一郎のノートパソコンに《根切り》なるものの画像が映し出されて、受話器を置いた土井、別の電話に出ていた安井課長ともども、一寸した感慨の声を上げていた。これなら見たことがある。そう、昔から道路の水道管工事や住宅の基礎工事などの現場で、よく眼にしてきた。解体工事現場で使われる金テコとは違い、作業員が地中に力いっぱい突き刺して、人力で硬い地層を割ってゆく、あのいかにも重そうな鉄の棒。一般には、たしか《スキ》と呼ばれているもの。そしておそらく、あの歯科医宅の勝手口のドアをこじ開けた当のもの——。

否、こうして画像を見れば直ちにアレだと思う一方、正式な名称を知らなかったという理由で、いま一つ自分の記憶に確信がもてない宙づりの心地になった。画像のなかのそれは鍛造された黒っぽい鋼《はがね》の棒で、長さは一二〇〇ミリから一五〇〇ミリまである。片方の先端は尖《とが》り、片方は刃幅八五ミリから九〇ミリの両刃の鋤《すき》になっていて、刃の長さは一八〇ミリ。柄の太さは二五ミリ。重量は短いもので三・七キロ。一五〇〇ミリの長いもので六・六キロ。その自重を活《い》かして土木工事現場や開墾現場で硬い地面を掘り崩したり、樹木の根を切ったりする道具、とあった。そして何よりも、画像を見る限りでは、先端の刃のかたちは、被害者宅の勝手口のドア枠につけられた浅く幅広い帯状の当て痕《こん》とほぼ符合しているようだった。

雄一郎はその場で製造元の土農工具の専門メーカーに電話をかけ、どこで手に入るのかを尋ねてみると、一般にホームセンターなどには流通しておらず、個人が入手するのであれば農協しかないという話だったが、なるほど、本庄あたりなら近所の農機具小屋にふつうに転がっているか、あるいは砂利屋の倉庫にスコップやツルハシに混じって何本か常備されていてもおかしくないだろう。しかも、いまも昔も一本が一万円しないとなれば、凶器としては一般的な硬式用金属バットよりはるかに安価な上に、こちらはドアのこじ開けにも破壊にも使えて、しかもかさばらない。しばらく根切りなる物体を眺めるうちに、井上はこれを自動車盗で使っていたというより、十代のころから暴走族同士のタイマンで使っていたのではないか、といった想像もした。

ともあれ、直ちに本部鑑識に根切りの件は伝えられた。鑑識は、現物さえ入手できれば、当て痕や被害者の頭蓋骨《ずがいこつ》の割れ方との照合はすぐにできると応じ、結局安井課長が署の誰かを最寄りの農協へ走らせるために、急ぎ席を立っていった。

一方、雄一郎は埼玉の西川口で井上の昔の女を探しているはずの吉岡に電話を入れ、平成七年春の自動車窃盗団の一件を告げて、女に一寸尋ねてみるよう指示をした。

15：00

淵野辺から横浜刑務所へ回った島袋組から、井上の義兄橋下大輔に会ってきたという急ぎの入電。年末に橋下に面会にきた同業者の産廃業者の話として、十二月十七日深夜もしくは十八日未明に、その業者の町田市小野路町の処理場から新品の4tトラックが盗まれ、同日午前二時過ぎに、同じ町田の南東部の高ケ坂で乗り捨てられているのが発見された。場所は高ケ坂郵便局前の道路で、何者かが向かいの造成地にあったユンボでATMを破壊しようとして失敗。トラックとユンボを道路に放置して、別の車で逃走したのだが、そのユンボは橋下が廃業に当たって旧知の土木会社に売ったもので、たぶん克美が合い鍵《かぎ》をもっていたはずだ。それに、トラックを盗まれた小野路の業者も橋下の会社の取引先であり、ひょっとしたらATMを狙《ねら》ったのは克美かもしれない、というのだった。そしてさらに、克美の盗癖はある日突然スイッチが入る。盗むのに理由はなく、金が欲しいわけでもないが、スイッチが入ったら半月ぐらいは止まらない。あれはビョーキなのだ、とも。

盗癖。ある日突然始まる――。いやな予感が走ったが、考えている場合ではなかった。町田署への問い合わせと捜査員へのBCCメール、刑事総務課への地域犯罪被害情報の照会などで、雄一郎らの手も口も頭もしばし煮え立った。もしも、この窃盗と器物損壊で克美の指紋でも出れば、一気に別件逮捕で引っ張ることができる。しかも、こうも情報がぼろぼろと出てくる無防備さは、フルエアロの白のシルビアで泥棒の下見をする頭とすんなり結びつく——。そう思う一方、何もかもが子どものマンガのようで、一家四人殺しの生々しさからはやはり遠い、という思いも依然消えなかった。

とまれ、町田署盗犯係の担当者は電話の向こうで「ええ——？」と驚いてくれ、こちらの捜査員をいますぐそちらへ遣《や》ってもよろしいですかと尋ねるのも気の毒な慌《あわ》てぶりだった。おおかた町田あたりは年末の盗犯が引きも切らず、現金の被害がなかった事案にまで、十分な捜査の手は回らなかったのかもしれない。「氏名、井上克美。井戸の井、上下の上、克服の克、美人の美。昭和四十五年十二月二十六日生まれ。本籍、埼玉県本庄市。至急、指紋票と遺留指紋の照合をお願いします。十六時半には捜査員二名がそちらへ伺いますので、よろしく」と告げて電話を切った。

十中八九、指紋は採れていないのだろう。しかし盗んだトラックのナンバーが分かれば、小野路から高ケ坂までのどこかで、Nシステムに捉《とら》えられているはずだったし、フロントガラスのなかの顔が見える可能性があった。そしてさらに運がよければ、そのトラックの前後に、郵便局前から逃走した《別の車》も映っているかもしれない。ATMを重機で壊す手口はふつう単独犯ではなく、町田でもきっと仲間がいただろうからだ。十七日の昼ごろ、井上が横浜市旭区の整備工場で黒のマジェスタのエアロを外していったときから約十四時間。井上はまだマジェスタに乗っている可能性が高い。そして、小野路から高ケ坂へトラックを運んだのが井上なら、マジェスタを現場に運んだのは例の《整備士》かもしれないし、その逆かもしれない。いずれにしろ、まずは井上克美の犯行と断定できるか、否か。もし指紋がなければ、こちらの高梨邸で採取されたゲソ痕と町田の現場のゲソ痕を照合してみるか。いまだ当てもないまま、気だけが先へ先へと走った。

16：00

冬の早い夕暮れが迫り、捜査報告書や捜査関係事項照会、捜査嘱託書《しょくたくしょ》などなど次から次へと書類を書き続ける手元が、少し昏《くら》くなってきたときだった。うちの者が探してきました、ほら！　五階講堂に、地域課の課長が根切りの現物を持って上がってきた。農協へ足を運ぶまでもなく、赤羽小学校の北側で行われている道路工事現場の作業員が持っていたというそれは、長さが百五十センチほどのまさに鉄の棒で、片手で持ったとたん、重っ！　という声が飛び出した。十年以上も使いこまれて、初めは削った鉛筆のように尖っていたはずの先端はすでに丸くなっていたが、もう片方の先端の両刃の部分は文字通り「鋤《すき》」のようで、先端の刃先に一定の厚みがあるバールよりも、ドアと柱の間に差し込んでこじ開けるのには都合がよさそうだった。講堂の戸口に当ててみて、柱に当たる部分が刃の幅と同じ、浅い帯状になることをざっと眼で確認したあと、それは署の車で直ちに警察総合庁舎の本部鑑識へ運ばれていった。

17：00

日は早々と暮れ、族上がりの元トラック運転手について、ひとまず捜査方針を固めなければならないときが迫ってきていた。これから捜査員が各所から持ち帰ってくる資料によって、井上克美の外周はほぼ埋められるだろうが、時系列からみて、そこに半月前の強盗殺人の直接証拠となる情報が含まれている可能性は低い。否、頼みの状況証拠も、七年前に一度だけ高梨歯科医院を訪れていたというだけでは話にならない。否、町田署管内のATM損壊現場から指紋かゲソ痕が出るか。目撃情報その他で、井上が被疑者として浮上するか。否、仮に井上がATM損壊犯と判明しても、井上を一家四人殺しと結びつけられるのはゲソ痕だけであり、もしこれが一致しなければアウトだ。では、ほかに井上に懸ける理由は何かあるか？

結論がないまま、雄一郎は各所からの入電、報告や手配の架電、また入電と追われ続け、惑い続ける。早見に言われずとも、一つ間違えば大きく捜査の方向を誤りかねないことは百も承知していたが、かといって踏み出すところで踏み出さなければ、ゴールは永遠に見えない。井上は、物証を固めて被疑者と断定するはるか手前の存在ではあるが、証拠は降ってはこない。あるのか無いのか分からない証拠を、捜すのか捜さないのか。

決断するのは誰だ――？

18：00

本部鑑識の堀田係長から、「根切りの刃の形状は当て痕とほぼ合致するが、犯行に使用された実物がなければ断定はできない」との回答あり。しごく当たり前の結果であり、落胆も何もなかった。

続いて、七年前の城東署の自動車盗の件。こちらはパキスタン人やナイジェリア人貿易商に盗難車や部品を卸す組織的な窃盗団で、平成七年の年明けに市川の解体工場が摘発された際、捕まったメンバーの供述から井上の名前が挙がったもので、井上は五月に逮捕されたが、証拠不十分で釈放されていた。この窃盗団での井上の役割は、直結でエンジンをつないだ車をヤードまで運ぶ運び屋だったらしい。

一方、町田署のATM損壊事件は、指紋無し。目撃者無し。複数の足跡痕は採れていたが、一家四人殺しの現場に残された二種類と合致するものは無し。4tトラックが盗まれた小野路の産廃処理場から高ケ坂までは、鎌倉街道と鶴川街道を通ることになるが、その間にNシステムは無し。かくして、とりあえず現時点で井上の犯行を裏付ける証拠は無し。

そして、埼玉の西川口に行っていた吉岡組は、午後五時にキャバレーに出勤してきた大村里枝をつかまえ、話をICレコーダーに入れて本部に帰ってきた。「まったく女の言うことって――」吉岡は一人前に薄笑いして言ったものだ。

《カッちゃん、また何かやったの？　あれからもう一度も会ってないんだから、話すことなんかないよ。でも、あたし、悪い感情なんか持ってないよ。あれは、あたしが勤め先の子にハッパもらったのがカッちゃんに見つかって、それで殴られただけ。警察にはハッパのことは言えなかったし、あいつも黙っていてくれたんだけど。だから悪いのはあたしなのよ。カッちゃんてね、優等生なんだ。お酒もタバコもクスリもやらないし、信号は必ず守るし。潔癖症だし。そのくせお金に困っているわけじゃないのに気分で車を盗んだり、鉄の棒を振り回して、よその家の塀を壊したり。本ものの鉄の棒。スキ、って呼んでたと思うけど。ヘンでしょ。ビョーキだって、自分で言ってた。子どものころからそうだったみたい。突然スイッチが入って、暴れたくなったら止まらないんだって。あ、そうそう。セックスが嫌いなんだ、カッちゃん。だって、潔癖症だし。でも、なんか好きだったな、あたし――。ああごめんね、何の話だっけ。あたし、いま眼の前がグルグル回っているのよ、アハハハハ。そう、ご機嫌てやつ。分かる？》

すぐそばで、仕事前の女たちの衣擦《きぬず》れやさんざめきがふつふつするなか、里枝という女はいくらか薬物が入っているらしい陽気さで笑い続け、吉岡は平成八年八月の事件以来たしかに井上とは会っていないことを再確認して、さっさと初回の接触を切り上げていた。

2003年2月2日日曜日

8：00

事件認知から四十一日目の早朝、それらしいシルビアが一台、千葉県市原市岩崎の木材センター脇《わき》の養老川河川敷で発見された。

年明けに井上克美の名前が浮上して以来、歯科医一家四人殺しにつながる直接証拠はないものの、オレンジ色のニット帽と高梨歯科医院の二つの状況証拠は残ったまま、捜査の進展は止まった。局面を打開するため、雄一郎は事件に使われた白のシルビアの写真公開を捜査責任者の早見武史に進言し続けたが、事件認知からまだ一カ月だというのか、あるいは焦《あせ》らなくても早晩ホシは挙がると見ているのか、はたまた昨年末からのきな臭い空気がなにがしかの影を落としているのか、久々に妹尾捜査一課長や木戸理事官が臨席した一月二十四日の捜査会議でも、現場にはとんと理解できない理由で事態は動かなかった。そして翌二十五日には、初動捜査からずっと捜査に携わってきた二機捜十二名が原隊復帰で姿を消し、四十六名とコンパクトになった陣容で、従来どおり宿泊施設への旅舎検、首都圏の自動車整備工場と暴走族への聞き込み、ホームセンターの安全靴の追跡、贓品捜査、高梨一家周辺への再度の敷鑑捜査などが続いた。

そうした一月三十一日金曜日の早朝、赤羽署の駐車場に現れた早見管理官に対して、雄一郎が二十一回目のシルビアの写真公開の陳情に及んだ際、突然OKが出た理由は分からない。それこそ事件とは関係のない何かの不祥事で動きでもあったのかと勘繰ってみることもしたが、公開と非公開を分けるものの正体をまともに考えるのは時間の無駄というものだった。否、たしかに何かあったのだと内なる下世話な声が言ったのだが、それについてあれこれ気を回すだけの忍耐がなかったと言うべきか。とまれ、写真はただちにメディアに公開され、同時に警視庁管内の各警察署、並びに手配主務課を通じて関東管区各県の県警本部へ一斉に手配された。そして、それからわずか三日目の本日二月二日午前六時過ぎ、木材センター従業員の通報で、河川敷に放置されているシルビアが地元署地域課の警邏《けいら》によって確認されたのだ。

現場は、千葉港に注ぐ養老川河口から二キロ遡《さかのぼ》った河川敷で、河口にかかる16号線の養老大橋から南へ一キロの距離にある。また、南東へ一・五キロ下ると内房線の五井《ごい》駅があるが、京葉臨海コンビナートに隣接した現場は住宅もまばらでだだっ広く、昼夜を問わずほとんど人けがない。地元の人間以外、入り込むことはなく、幹線道路からも少し離れているが、トラック運転手だった男なら土地鑑があるかもしれない、そういう土地のようだった。

少し薄汚れた白のフルエアロのシルビアは、枯れた草地に突っ込むようにして放置してあり、ドアはロックされていて、キーはなかった。ナンバープレートは、前後ともNシステムやオービスの赤外線カメラに映らないようにする違法カバーが付いていたが、本体の封印はそのままで、偽造プレートではなかった。そして、その場でナンバー照会された結果、シルビアの所有者は、年末に神奈川県の相模原北署に覚醒剤所持で検挙されて勾留《こうりゅう》中の暴力団員であることが判明。

シルビアは現在市原署に運ばれて、鑑識による指紋と微物の採取が行われている。また、一報を受けた捜査本部からは、8係の本間主任と赤羽署刑事課の大谷巡査部長の二名が自宅から市原の現地へ、さらに特4の川村主任と赤羽の原口巡査部長の二名が相模原北署へ向かった。一方、当該のナンバーで、十二月十八日から二十四日までの首都圏のNシステムの記録との照合は真っ先に試みたが、違法カバーのせいか、照会センターからは該当する記録はない、という回答があった。

9：00

写真公開三日目での車両発見だからどう、ということはなかった。これで膠着《こうちゃく》状態から脱出できたのは事実だったが、脱出したら脱出したで、新たな懸案はむしろ、シルビアから井上克美の指紋が出てきたときの捜査方針だった。十二月十七日未明に横浜市旭区のファミリーレストランで目撃されたオレンジ色のニット帽と、七年前に高梨歯科医院を一度だけ訪ねたことがあるという二つの事実に、新たに盗難車のシルビアの指紋を足したところで、この井上を被疑者と断定できるわけではない。しかしその一方で、いま現在、井上以上に被疑者に近い人物もいないのであって、当面の課題は、あと一つか二つ状況証拠を固めることが出来るか、否か。もしくは、別件逮捕できるようなネタが出てくるか否かにかかっている、と言えた。

一月六日以来、敷鑑捜査班を中心に井上の周辺をずいぶん洗ってきた結果、大村里枝の鼻をへし折って三年務めたあとの井上は、義兄の廃棄物処理場で働いていたときも、パチスロ店で働いていたときも女性の影はなかったほか、休日はGT−Rを一人で転《か》がすか、マンガ喫茶に入り浸るかで、たしかに酒もタバコも呑《の》まず、賭け事にも無縁の生活だったようではあった。しかし、まっとうな生活をしている男がプリペイド携帯をいくつも使い分けたりはしないし、族に襲われることもない。町田署のＡＴＭ襲撃事案では井上の犯行を裏付ける証拠は出なかったが、４ｔトラックを盗みだす際にボルトクリッパーで施錠《せじょう》のチェーンを切断している手口や、重機でＡＴＭを破壊する荒っぽさは、かつての自動車盗の手口と通底していたし、次々に車を盗んで乗り換える手口も然《しか》り。もう一度洗い直す価値はあるし、族とつながりのある暴力団のシノギ関係をもっと掘り下げるとしたら、シルビアが見つかったいまだった。井上と一家四人殺しを結びつける決定打の証拠が出てこなかった場合、井上の線ではおおっぴらに動きにくくなるのだから、動くならいまなのだ。

そうして雄一郎は、その朝も捜査員を各自の持ち場へ送り出した後、ひとまずシルビアから井上克美の指紋が出るのを待った。これまでに入手した井上の少年調査記録一式や逮捕時の一件書類、地元本庄市の関係者から得られた供述調書をいま一度めくり、一家四人殺しにつながるわずかな糸でもないか、敷鑑捜査の対象はいないか、神経を研ぎすませながら、だ。

井上克美についての公式記録は、地元暴力団の準構成員にしてタニマチでもあった砂利採取業、株式会社井上興業の四代目社長だった父武雄と、暴力団矢野組組長の娘だった母照美がともに覚醒剤《かくせいざい》等で検挙されてしまった十歳のときから、郷里を出る十八歳までの、暴力に明け暮れた人生の一部を描きだしてはいたが、年月が経《た》ったいまでは、所定の書式を埋めるためだけに記入された記号の山といった感もあった。

しかも内容を子細に見ると、中学・高校時代のすさまじい補導歴・逮捕歴にもかかわらず、なぜか一度も保護処分になっておらず、児童通告もされていない。道交法違反の共同危険行為に無免許と傷害が重なってもなお、不処分。平成元年三月、上京前に暴力団員の頭を椅子《いす》で殴りつけて全治三週間のケガを負わせたときでさえ起訴猶予処分。何かよほどの情状があるのかと記録を探しても、何も見当たらない。地元署によれば、当時は暴走族が暴力団の下部組織と化して、強盗、殺人、強姦《ごうかん》、銃刀法違反に薬物売買などの凶悪犯罪が日常だった時代でもあり、それに比べれば井上などはかわいい部類だった、という話ではあったが、どうも釈然としなかった。

その犯罪事件処理簿もしくは身上調査票の記載を見ると、どの時代も学校関係は怠学《たいがく》《無し》。成績は《普通》。一般的に非行の進んだ暴走族の場合、怠学は《有り》、もしくは《ときどき有り》で、成績も《不良》になるが、克美は学校には当たり前のように通い、適当に勉強もしていたようなのだった。また喫煙も《無し》。有機溶剤その他の薬物乱用も《無し》。子に対する両親の態度はいずれも《放任》。家族の経済状態は、秩父の祖母宅に預けられていた時代からずっと、上・中・下・極貧のうちの《下》。しかし、父母が覚醒剤で検挙される昭和五十五年以前は、砂利採取業がそこそこ儲《もう》かっていたので、生活は豊かだったということだ。

非行の共犯形態は、最後に暴力団員に重傷を負わせた事件を除き、すべて《六人以上の組》となっている一方、暴力団との関係の有無ではいずれも《非行集団・暴力団不加入》。すなわち、当時の克美を知る埼玉県警少年課の担当者の話では、共同危険行為で克美と暴走族グループを補導してみると、克美はグループに属しておらず、一台でグループにケンカを売っていたと判明して驚くことがしばしばだったというのだが、母方の祖父が矢野組組長だった事実を考慮すると、これも理解しにくい話ではあった。

ともあれ、そうした暴走行為やケンカなどの具体的な動機原因は、《理由無し》。暴れだしたら手がつけられない凶暴さには、周囲も一目置いていたというが、族相手のタイマンでは結局一度も重大な結果を招くことはなく、高校もきちんと卒業し、東京の倉庫会社への就職も決まった。そして、刑務所で病死した父に代わって井上興業を解散するに当たり、代表を継いでいた矢野組の若中を椅子で殴って大ケガを負わせたのだが、このときは矢野組組長の矢野博嗣が若中のほうの非を申し立てたことで起訴は見送られ、晴れて克美は故郷を出るに至ったようだった。

本庄北高校の元クラス担任や教科担任の克美の印象はまちまちで、「物静かだが、何を考えているか分からない」「見た目は不良でないためか、大人に可愛《かわい》がられていた」「愛想がいいときと悪いときが極端に分かれる二重人格」「誰ともつるまず、いつも一人だった」「頭はよかった」「学校の問題生徒だったことはない」などなど。

一方、埼玉県秩父郡東秩父村皆谷《かいや》で農業を営む克美の父方の祖母サト七十八歳は、「頭のいい子だった」「小学校で珠算能力検定1級を取るほど、記憶力がよかった」「学校で遅くまで図書室の本を読んでいた」「よく野良《のら》を手伝ってくれた」「父母のせいで寂しい思いをしているのを我慢していた」「姉の智江は社交的で田舎にいつかなかったが、克美は田舎の静けさが気に入っているようだった」などなど。どこまでが真実かは分からないが、暴走族に一人で殴り込みをかけるような狂気をもつ井上克美には、子どものころから一人でいるのを好む〈静〉の顔があるようで、二つの顔の間にいまのところ脈絡がない、分裂した印象ではあった。

10：00

シルビアの持ち主の暴力団員山本宏に相模原北署で接見した川村組から、当のシルビアは十二月十八日深夜から十九日朝にかけて、南町田の温泉施設の駐車場で盗まれたものという一報有り。キーは、サンバイザーにスペアがはさんであった由《よし》。町田という場所と十八、九日という日付をみると、十八日未明の高ケ坂郵便局のATM襲撃はやはり井上ではないのか、という思いが走り、気持ちが粟立《あわだ》った。久々に待つことの苦痛を感じながら、雄一郎は今度はその町田のATM襲撃事案の一件書類を開き、これが別件にならないか、当てもなく期待したり、すぐさまそれを否認したりと揺れ続けた。

本筋での物証がなく、状況証拠も十分ではない男を、仮に別件が出てきたところで、北区の一家四人殺しの重要参考人に据えるのは、一か八かの賭けのようなものだと、もう一人の自分が言う。誰がそんなリスクを取る？　行方不明の井上を捜すには、井上をとりあえず重要事件容疑者登録にする必要があるが、誰がそんな決断をする——？　早見管理官はしない。早見がしなければ木戸理事官もしない。木戸がしなければ一課長の妹尾もしない。そして幹部がそうなら、8係の土井誠一もたぶん決断はしない。否、土井に限って言えば本来はそれぐらいの決断のできる男だろうが、昨年末から本庁に流れているおかしな空気の一端を吸っているらしいいま、期待はできないということだった。その土井は、朝から少し離れたところで自分の係の人事功過録に手を取られたまま、シルビア発見のドタバタにも案の定、一寸うわのそらの様子だった。

一方、雄一郎は、今日に限って所用で顔を出せなかった地検の友納が電話でシルビアの一報についての詳細を聞いてきて、その応対にまた少し時間を取られた。

11:00

市原署から、当該のシルビアからとりあえず四十個の指紋と十個の掌紋、三種類の足跡痕と微物数十点を採取したので、直ちに指紋から原紙との照合を始めるとの一報があった。また、養老川河川敷の現場周辺と木材センターで聞き込みをした本間組から、シルビアはクリスマスイヴのころから放置されていた、という報告も入った。正確な日付を覚えている者は見つかっていないが、シルビアに気づいた者はみな、車体がきれいでナンバープレートも付いていたため、持ち主はそのうち現れるだろうし、走り屋かヤクザなら、へたに通報して何かあっても困ると思ったようだった。

12:00

最初にヒットしたのは、井上克美の指紋と掌紋となった。十分予想はしていたのだが、いざヒットすると厳粛な心地がした一方、逃げ道を断たれた困惑も覚えた。結果を土井誠一に伝えると、向こうも微妙な顔つきで「そうですか」と一言応じ、それから、「で、どうします——?」

それには、正直に「一寸考えさせてください」とだけ応えた。現段階で確実なのは、十二月十七日に横浜市内で黒のマジェスタに乗っていた井上が、一週間後の十二月二十四日ごろには千葉県市原市郊外に、白のシルビアを乗り捨てたという事実のみ。十二月十八日深夜から十九日未明にかけて南町田の温泉施設でシルビアを盗んだのが井上だという証拠はなく、また、北区西が丘の高梨家周辺や、ホシがATMの現金を引き出した鎌倉と藤沢のコンビニエンスストアの防犯カメラに映っていた白のシルビアと同一かどうかも、現時点では分からない。

しかし、市原にあるシルビアからは、これからさらに判明することがあるはずだった。とくに車の所有者の暴力団員以外の同乗者——このシルビアが北区の強盗殺人で使われた車なら、もう一人の☆Bの指紋が出てくるはずだし、その男に前科があれば、一発で氏名は割れる。その可能性には大いに期待をしてもいいはずだった。

13：00

昼過ぎから、シルビアの指紋の持ち主は次々に割れていった。まず、シルビアの所有者の暴力団員山本宏の指紋と掌紋。次に、同じ暴力団員香山久則なる四十六歳の男。前科は覚醒剤。続いて飲食店従業員の小寺由美なる二十八歳の女。前科は覚醒剤。さらに塗装業の森村良文《よしふみ》なる三十歳の男。前科は傷害と覚醒剤。目下、覚醒剤所持で戸塚署に勾留中。そして、新聞販売員の戸田吉生なる三十四歳の男。前科、強盗傷害その他。市原署からの電話を受けた安井課長がメモをよこしながら、「この戸田、ほかと毛色が違うな——」と独りごち、覗《のぞ》き込んだ土井も「臭《にお》いますな」と漏らした。シルビアの所有者を含め、ほかの指紋の主は全員覚醒剤の前科があるが、戸田だけが違う。

直ちに、氏名と生年月日で犯歴を出し直した。昭和四十三年八月十日生まれ。三十四歳。本籍、三重県四日市市。六十年七月、四日市高校在学中、同校三年生の男子生徒にナイフで切りつけ、現金一万五千円を奪った強盗傷害事件で逮捕。津家庭裁判所で保護処分、愛知少年院送致。六十二年同院溶接科卒業。平成二年五月、荒川区西日暮里二丁目の自動車整備工場、岡崎自動車株式会社の社長岡崎智雄六十五歳をスパナで殴打《おうだ》、事務所の手提げ金庫から現金二十六万円を奪った強盗傷害事件で逮捕。東京地裁で三年十カ月の実刑判決。水戸少年刑務所で服役。七年十二月、千葉県市川市を盗んだ乗用車で走行中、ファミリーレストラン・ロイヤルホストで知り合った米田久美子二十六歳に暴行、現金一万三千円を奪った強盗傷害事件で逮捕。千葉地裁で六年の実刑判決。

身長百六十七センチ、体重六十キロ。各所のATMの防犯カメラに映っていた黒い革ジャンの男のほうと、体格は合わなくもない。また、風貌《ふうぼう》は眼と眉《まゆ》の間が狭く、眉間《みけん》と額に皺《しわ》が刻まれているため、年齢より少し老《ふ》けて見える。眉は太いほうで、髪も濃く、首は太く短い。見た目は頑健そうだが、二重瞼《まぶた》の小さめの眼は気弱そうで少し女性的な感じでもあった。とまれ、そうして三秒、戸田吉生なる男の顔写真に見入った後、土井は千葉県警市川署へ、安井は荒川署へ、雄一郎は三重県の四日市署へそれぞれ確認の電話を入れ、五分後には暫定《ざんてい》的な結果が出揃っていた。すなわち、当該の戸田吉生は平成二年当時、西日暮里の岡崎自動車で働いていた二級整備士であること。市川の強盗傷害事件で実刑判決を受けて六年服役したのは府中刑務所であり、昨年十月に出所したばかりであること――。

15：00

雄一郎は、事務機械になって五階講堂の作業台に坐《すわ》り続ける。土井、安井とともに、外へ出ている捜査員たちの携帯電話に戸田吉生の顔写真を送り、現況を知らせるメールをＢＣＣで送る傍ら、各所宛《あ》ての照会書を書き、地検の友納はもちろん、久々に報告を急《せ》かし始めた早見や木戸の電話に応じながら、荒川署と市川署へ戸田関連の一件書類を取りに行った捜査員たちの帰りを待ち、関係者の聞き込みに走った捜査員たちからの復命を待つ。どんな事件のどんな捜査も、ある一定の距離までホシに近づいたときを境に、一気に情報があふれだすが、いまがそのときだった。

シルビアから出た指紋の照合作業はなおも続いているが、車の所有者山本宏を含む六名の身元が割れた午後三時、雄一郎たちは所在不明の戸田吉生と井上克美を除く男女四名のもとへ、いったん出先の捜査員たちを走らせた。勾留中の二名を含めて戸田吉生以外は全員が町田、相模原とその南、すなわち横浜市旭区、瀬谷区、泉区、戸塚区あたりに地盤があることから、ひょっとしたら町田と相模原に土地鑑のある井上克美を知っている者がいるか、あるいは府中や水戸の少刑つながりで戸田吉生を知っている者がいるか、といった想像もしたが、結果はいずれでもなかった。男女四名は、山本宏を介して各々《おのおの》つながりがある一方、四名全員が戸田と井上を「知らない」と答えたのであり、その時点で、特捜本部はこの二人を、南町田の温泉施設で十二月十八日深夜から十九日未明にかけてシルビアを盗んだホシとひとまず断定した。

また、一時間前に戸田吉生の顔写真を含む写真帳をもって横浜市旭区カワイ自動車の奥井勇樹の自宅へ確認に走った捜査員からの復命もあり、奥井は十二月十七日昼ごろに井上の運転するマジェスタに同乗していた男について、「こいつだ」と断言したらしかった。もっとも、そうしてほぼ確定したのは、井上克美と戸田吉生が二人で行動しているらしいことと、二人が南町田でシルビアを盗み、一週間ほどして千葉県市原市の郊外に乗り捨てたことの二つのみ。暴力団員所有の当該のシルビアが、十二月十九日と二十一日未明に北区西が丘で目撃されたシルビアと同一である証拠は、依然として無い。

16：00

戸田吉生に関する情報のうち、雄一郎たちの手元にはまず、戸田が平成二年に荒川署管内で起こした強盗傷害事件の一件書類と、被害者の自動車整備工場経営者の捜査報告が届いた。

戸田吉生。昭和四十三年八月十日生まれ、三十四歳。父、一郎六十四歳。母、則子六十四歳。事件当時二十一歳の戸田は、被疑者供述を自身の教育歴から始めている。それは曰《いわ》く、『父母は三重県の教職員で、父は中学の数学教師、母は中学の英語教師でした。一人っ子だったからだと思いますが、両親の期待を一身に背負い、厳しく躾《しつ》けられました。小学校は三重大学教育学部附属小学校の受験に失敗したので、地元の四日市市立神前《かんざき》小学校、中学校も私立東海中学の受験に失敗したので市立三重平中学校に通いました。進学塾にも通い、成績はたいてい上位でしたが、高校受験では結局また両親が望んでいた愛知の東海高校には入れず、県立四日市高校に入学しました。私は木工芸が好きなので、ほんとうは愛知の県立旭丘高校の美術科へ行きたかったのですが、県立なら地元の普通科へというのが両親の希望だったので、四日市高校に入ったのです。高校では学業に身が入らなくなりましたが、学校のせいではありません。所詮《しょせん》、この私自身が身の丈以上の背伸びをしてきた末の限界であり、さらには物心ついたときから、ほんとうにやりたいことをしてこなかった結果の心の限界というやつです。高校二年の春、父方の叔父が所有していたアメリカ製の飛び出しナイフ一丁を盗みました。精巧な木工細工の施された柄が気に入り、どうしても欲しくなったのです。それから、それを肌身離さず持ち歩くようになって、ときどき行きずりの中高生に見せびらかしたりしていましたが、七月の期末テストの前、同じ高校の三年生にガンをつけられたと思い、気がつくとすれ違いざまにナイフで切りつけていました。その瞬間は、知らない自分に出会ったような気がして興奮しました。また両親が、自分たちの知らない息子を見てどんな顔をするかを想像して、痛快な気分になりましたが、それ以上に生まれて初めての解放感がやって来て、幸福のあまり失禁しそうになりました――』

井上克美のほうが地方都市のある種の典型的な家庭崩壊の産物なら、こちらは教育熱心な親の期待に押し潰《つぶ》されたらしい受験競争の敗者。逮捕時の、刑事相手の通り一遍の供述だからか、判で押したような子どもっぽい精神構造であり、行動原理ではあった。

とまれ、戸田は親から離れることが出来て大人になった気分だったらしい愛知少年院溶接科を、昭和六十二年に卒業して上京。出身の三重平中学時代の元校長の紹介で、荒川区西日暮里の自動車整備工場、岡崎自動車株式会社に溶接工として就職し、同時に、自動車整備士養成学校の夜学に入学した。入学金二十万円は四日市の親が出し、三年間の学費百八十万円は工場の給料でまかなった。実際に平成二年春には二級整備士の国家試験に合格しているところから見て、人並み以上の努力はしたのだろう。しかし、経営者の岡崎智雄の参考人供述調書によれば、戸田は手先が器用で仕事が精密なため、従業員として重宝する反面、性格は自己中心的で協調性がなく、雇い主にも顧客にもいつまでも馴染《なじ》まないところがあった。そして平成二年五月六日深夜、工場兼自宅の一階事務所の物音に気づいた経営者の岡崎が二階の自宅から事務所へ降りたところ、出てきた戸田と鉢合わせになり、岡崎が大型スパナで頭を殴られて全治三ヵ月の重傷を負う強盗傷害事件が起こった。事務所の手提げ金庫からは、取引業者への支払いのために用意してあった現金二十六万円が無くなっており、逃走した戸田は三日後の五月九日、京急大森町駅近くのカプセルホテルで発見、逮捕された。

このときの動機について、被疑者供述調書には『二級整備士の資格を得たのに昇給がなかった』『仕事を評価されなかった』『経営者が自分を辞めさせようとしていた』といった勤め先への不満が述べられているが、岡崎のほうはその供述調書で、待遇面の改善が遅れたこと以外については否定しており、年少出の男を雇ったことへの後悔と、自分を襲った戸田への厳しい処罰感情を述べていた。事実はどうだったのか、一件書類だけではははっきりしないが、懲役三年十ヵ月の実刑判決が出ていることから見て、公判では被害者の言い分がほぼ、そのまま認められたのかもしれない。その岡崎智雄は現在七十七歳になり、工場は廃業して、いまは跡地に五階建ての賃貸マンションを建てて娘夫婦とともに住んでいる、とのことだった。本人はすでに認知症が進んで話は出来ず、娘が戸田のことを覚えていたものの、「無愛想でうっとうしい感じ」「粘着質の目つきが怖かった」といった程度の話が得られたのみだった。

一方、荒川署で事件を担当した警部補は、いまは八王子署の刑事課長になっており、土井誠一が自宅まで電話をかけて、十三年前の被疑者について簡単な聞き取りを行った。その結果はこれも、「歯痛のためにカプセルホテルで動けなくなっていた」「取調べより先に、歯科で切開手術をしなければならなかった」「動機は金ではないような感じだった」「破滅型で、後先の計算ができる男ではない」「四日市の両親が、息子の事件を受けて市の教職員を辞めた」といった散漫な断片の寄せ集めになった。おそらく、歯痛以外に印象に残るホシではなかったということだが、それにしても歯痛とは。戸田は、虫歯持ちか――。刑事の神経が自動的にちらりと反応し、雄一郎のノートには《歯痛》の一語が書きつけられる。

17：00

平成六年春に水戸の少刑を出た戸田が、その後勤めた新聞販売店は、上池袋二丁目にあった。郷里の両親も行方知れずとなり、頼ってゆくところもないムショ帰りの男が、糊《こ》口《こう》をしのぐために手っとり早くもぐり込める先の一つが新聞販売店だったのは間違いないが、翌七年暮れに市川で三度目の暴力沙汰《ざた》を起こすまで、約一年半も勤めたというのはずいぶん長い。捜査員が販売店の社長から聞き取ったところでは、戸田は無遅刻・無欠勤で配達ミスもなく、几帳面《きちょうめん》な性格が機械的な作業に合っているようだったが、眼つきや物言いの端々にやはり不良っぽさがあり、正社員にして集金や勧誘をさせるまでの決断はできなかった。そして七年暮れ、初めて無断欠勤した日の未明に千葉県警から事件の一報があったのだが、ものすごく意外な感じはなかった、という。

雄一郎は、刑事の神経が反応するままに、戸田吉生という男の来歴を覗き込むようにして考える。新聞配達員の無遅刻・無欠勤というのは、夜遊びをしていては出来ない。何かしら堅苦しいほど真面目《まじめ》な生活ぶりと、ムショ暮らしの臭気を同居させたまま、朝晩走り続けていたという配達区域が上池袋二丁目、三丁目、四丁目。四丁目の北端は北区と接しており、一・五キロほど北上すればもうJR十条駅がある。さらに北西に二キロのところには都立豊島病院。西が丘の事件現場と微妙に近いというのは偶然にしても、上京したときに住んでいた西日暮里から、ムショ暮らしを経て池袋・板橋方向へ移動したのは、西日暮里と似た風景の街を選んだということか。それとも何となく眼についた求人広告の先が上池袋だったのか。否《いな》、一年半後に事件を起こしたのが、まったく方向の違う千葉県市川市であることを考えると、戸田の土地鑑はむしろ千葉方向にあるのか。そうだとすれば、横浜・埼玉方面に鑑のある井上とは方向が逆であり、二人合わせて16

号線のほぼ全域をカバーしていたことになる。

18：00

平成七年の市川市の事件の一件書類到着。送致書に記された《犯罪事実》は曰く、『被疑者は平成七年十二月二十四日午後九時半ごろ、市川市大野五〇五レストラン梨苑の駐車場に、同日午後五時ごろに東京都千代田区八重洲《やえす》の地下駐車場で盗んだトヨタ・カローラレビンを停車し、助手席に同乗していた無職米田久美子二十六歳（同日午後七時ごろに船橋市古作三―一〇ファミリーレストラン・ロイヤルホストで知り合ったもの）に暴行、肋骨《ろっこつ》二本にひびが入る全治三週間の重傷を負わせた上、現金一万三千円を奪ったもの』だった。また、《犯罪の情状等に関する意見》は、『被疑者は強盗致傷一犯を有し平成六年四月に出所したばかりであり、改悛《かいしゅん》の情は皆無であるから、厳重な処罰を願いたい』。

被疑者供述調書は、また自身の学歴を述べることから始まっていたが、平成二年のときより直截《ちょくせつ》な供述が含まれており、たとえば中学教師だった両親については『中学二年のときに行われた知能テストの点数が百二十程度の平凡な結果だったと知った母は、担任との面談に来ませんでした。自分はこういう女の股《また》から生まれたのかと思うと、ほんとうに反吐《へど》が出ました』とあった。親にも事情はあれ、平成二年の事件を境に実の息子と縁を切ったという親も、それへの怨嗟《えんさ》を隠さない二十七歳の息子も、何やら無慈悲の蟻《あり》地獄のようではあった。

とまれ、事件当日についての記述によると、十二月二十四日は日曜日で夕刊の配達がなかったため、戸田はときどき足を運ぶ国立近代美術館の工芸館へ行き、常設展示を見たというのだった。企画展をやっていないのは分かっていたが、いつも人がいないし、静かなのが気に入っている、と。だとすれば、木工芸が好きだという話や、愛知県立旭丘高校美術科へ行きたかったというのは、どちらも本音だったのか。これだから人間を相手にしている仕事は侮《あなど》れないというところだったが、そうだ、手先が器用で細かい仕事をするのが戸田吉生なら、高梨邸の勝手口を力任せにこじ開けたのは、例の根切りをもっている井上だろうか——想像が先走った。

そして、供述はさらに進む。八重洲の地下駐車場で車を盗んだのは『どこかへ行きたくなったから』であり、京葉道路を船橋まで走ったのは、『今日が有馬記念だったことを思い出したから』だった。もっとも、レースはすでに終わっており、馬券を買っていたわけでもない。それでも何となく中山競馬場まで走ると、競馬場はすでに照明も消えた黒い穴だったが、代わりにファミリーレストランの明かりがクリスマスツリーのようで、駐車場はカップルと家族連れの車で満杯だった。道路も、駐車場に入るための車の列とナンパ目当ての車の列が入り交じった大混雑で、渋滞に巻き込まれてのろのろ運転をしていたとき、たまたま眼が合った女が自分から助手席に乗ってきて、一万円でいいと言った。それから、その女を乗せてしばらく車を走らせたが、片道一車線の三桁《けた》の国道沿いにホテルがあるわけもなし。北総開発鉄道の大町駅へ向かう途中、持病の歯痛が始まり、我慢できなくなったので、小さなドライブ・インの駐車場に入った。そこで、女に一万円を渡して降りてくれと言うと、女はタクシー代をよこせと言い出し、頭に来たので女を車から引きずりだして殴りつけ、それでも腹の虫が収まらないので、女のハンドバッグから財布の現金一万三千円を奪った。その金は、翌朝駆け込んだ市原市の歯科医院の診療代に消えた、ということだ。

市原の歯科医院——。直ちに一件書類から、その歯科医院の医師の参考人供述調書を引っ張り出した。医院の場所は市原市五井。今日、シルビアが発見された場所のごく近くだった。また、その五井の歯科医院に飛び込みでかかった戸田の症状は、右下第三大《だい》臼歯《きゅうし》の歯根嚢胞《のうほう》。麻酔、切開、洗浄などの応急措置を自費で受けた、とあった。ひょっとしたら、平成二年にカプセルホテルで動けなくなったという歯痛もこれか。歯根嚢胞といえば何の符合か、矢切の松本農園の社長が、やはり下顎《したあご》に嚢胞をつくって小臼歯を一本抜いたのが去年夏のことだった。

「こいつ、西日暮里の時代から歯医者通いをしていたかもしれませんね。調べてみますか」そう独りごちて、小出健吾がすぐに新たな電話をかけ始めた一方、雄一郎も自分のノートにさらに一行、《歯科医師会》と書きつけた。この戸田吉生は、全国の歯科医師会に一斉手配をかければ、早晩どこかで引っかかるだろう。しかし、手配をするための容疑は？　都道府県警察間の重要事件容疑者登録だけでは、民間への手配は出来ない。否、それ以前に、一家四人殺しでの重要事件容疑者登録は、物的証拠もない現時点では無理。とすれば、ここは自動車盗で指名手配か。シルビア窃盗《せっとう》の容疑で、戸田と井上の逮捕状を取ってしまうか。

19：00

会議前に戸田吉生についての所見をまとめて報告してほしい旨《むね》、早見が急いた口調で電話を入れてきたということで、「どうする？　シルビア窃盗の容疑で逮捕状を取って指名手配、行きますか？」土井は手短に尋ねてきて、雄一郎もそれで行きましょうと応じた。

上への報告書は土井、逮捕状の請求書は雄一郎が引き受け、壁の時計を見上げた。逮捕状の請求には、《被疑者が罪を犯したことを疑うに足る相当の理由》のための疎明《そめい》資料として、シルビアから採取された被疑者二名の指紋資料のほかに、所有者山本宏の被害届と供述調書が必要になる。《被疑者の逮捕を必要とする事由》のほうの疎明は、被疑者二名に前科があることと、現在逃亡中であることの二点で足りる。いますぐ相模原北署に捜査員を遣《や》れば、調書を揃《そろ》えて都内まで戻るのに二時間。こちらが書類を持参して簡裁前で待ち合わせれば、午後九時過ぎには逮捕状を請求できる、と計算した。

2003年3月3日月曜日

12:00

正午前、戸田吉生が兵庫県神戸市長田区内で逮捕された。その二時間前の午前十時ごろ、同区庄田町《しょうだちょう》の歯科医院から、朝一番に飛び込みで来院した男性患者の氏名が、歯科医師会と警察から手配されていた人物と一致するという通報があり、兵庫県警長田署の刑事が出動してカルテ記載の駒ケ林町《こまがばやし》のワンルームマンションを訪ねたところ、部屋にいた本人が自動車窃盗の被疑事実を認めたため、その場で逮捕状を執行したというものだった。そのときの戸田の表情や言動など、詳細は不明ながら、向こうの刑事の話では、戸田は右顎が首とつながるほど腫《は》れていて、手配写真とは人相が一変しているということでもあった。

逮捕の一報は、長田署から直ちに警視庁の捜査三課へもたらされた。その五分後には、戸田が一万円札で五百五十八万円を所持している、という第二報も入った。三課を経由したのは、指名手配の容疑が、十二月十八日深夜から十九日未明にかけて東京都町田市鶴間の温泉施設「万葉の湯」駐車場でシルビア一台を盗んだ窃盗であったことに因《よ》る。

そして一報は赤羽署の特捜本部へ伝えられ、さらに折り返し本部庁舎の理事官、一課長、刑事部長、さらに東京地検刑事部へと鳴り物入りで伝えられていった。いったいいつの間に戸田某が本ボシに昇格したのか知らないが、ともかく井上克美とともに自動車盗で指名手配にしてちょうど一カ月目、昨年暮れの事件認知から数えて七十日目のことだった。

長田署が伝えてきた容疑者発見の経緯によると、戸田は、年明けに別の医院で右下第三大臼歯を抜歯したあとの激痛が止まらないと訴えて庄田町の歯科医院を訪ねたものだが、院長は当院では精密検査はできないとして、痛み止めだけ処方して戸田を帰宅させた。戸田は自費で初診料と処方箋《しょほうせん》代を合わせた二千五百円を払っていったが、その際、午後から夕刊の配達があると言っていたとのことで、住所のワンルームマンションも、歯科医院から遠くはない長田区久保町の神戸新聞販売店の寮だった。自費でかかった歯科医院で本名を使った理由は不明だが、新聞販売店に勤める際に必要な原付免許が本名だったためかもしれない。ちなみに戸田の原付免許は、昨年十月九日に刑務所を出所した二日後に鮫洲《さめず》運転免許試験場で取得されている。そのとき提出された住民票の住所も、板橋区下板橋の新聞販売店の寮のものだったが、いまや少なくとも千二百万円の現金の半分が懐《ふところ》に入っているだろうに、神戸まで逃げてまた新聞販売店で働き出していたというのは、捜査員の誰も想像していなかったことだった。

とまれ、戸田逮捕の一報を受けて、雄一郎たちはまず、兵庫県警の電話を赤羽の捜査本部で受ける旨、本庁の捜査三課に依頼した後、各所に出ている捜査員にBCCで《神戸市で戸田逮捕/詳細確認中》のメールを送った。次いで土井と雄一郎の間で、身柄引き取りのために8係三名、所轄《しょかつ》三名を東京駅へ向かわせると決め、土井が長田署と身柄調整をする一方、雄一郎はその六名に新たなBCCを送って、打ち合わせのために出先から一旦《いったん》戻るよう指示を出した。明日には、それとは別口で、逃亡先のマンションや関係先の現場検証等のために、捜査員四名程度を神戸へ遣らなければならない。さて三日で片づくか、四日かかるか。近隣にビジネスホテルはあるか。

そしてその間にも、五階講堂の作業台は警電が鳴り続ける事態になって、久々に電話番の応援が警務課から回されたほか、雄一郎たちの携帯電話もあっという間に二十件、三十件と着信が積み重なった。戸田の身柄が確保されたとなれば、戸田関係で新たな聞き込み先、新たな捜査事項、新たな配置などが必要になるとみた捜査員たちからの問い合わせであり、最新情報を求める早見管理官や木戸理事官や友納検事の催促だった。また、いつの間にか講堂には署長、副署長も姿を見せて、今夜じゅうの移送があるのか否《いな》か、あるのなら何時ごろになるか、記者会見を開くのかどうか、署の準備もあるのでなるべく早く知りたいと繰り返し、それには雄一郎も、到着は深夜、記者会見はまだ分からない、と繰り返した。

実際、長田署で指名手配の容疑について一通り聴取が行われた際、戸田本人が『シルビアより、西が丘の歯科医一家のほうはどうした？』という一言を吐いたということで、担当の刑事が早速東京へ確認の電話を入れてきたのだった。それに対しては「あくまで参考人の一人です」と土井は答えていたが、人の口に戸は閉《た》てられない。仮に警視庁が身柄を受け取る前に戸田が一家四人殺しについてぶちまけてしまった場合、他県の警察のことでもあり、情報が漏れてメディアが騒ぎだすことも覚悟しておかなければならないが、そうなった場合、一家四人殺しの容疑での逮捕を幹部が急ぐ可能性もあった。現場としてはそれだけは阻止した上で、別件逮捕を最大限利用するつもりではあったが、万一の場合には、戸田を赤羽に移送した未明の時点での記者会見がもちろん必要になる。

「野郎、自分とイノウエカツミが歯科医一家を殺《や》った、キャッシュカードを奪ったと言っているそうだ――」土井が受話器を手にちらりとこちらに目をよこし、次いで「その井上某も参考人の一人です」と電話に応じ、「井上とは二十四日朝、千葉の市原で別れたそうだ」またこちらにささやく。

「念のため、安全靴はどこにある、と尋ねるよう言ってください」雄一郎はすかさず口をはさみ、土井は再び受話器の向こうの刑事とやり取りをした後、ため息とともに受話器を置いた。

「安全靴は二十一日の朝、川越のセブン－イレブンのゴミ箱に捨てた、って。もともとシルビアのトランクにあったやつなので、もとに戻すつもりだったが、どこかで犬の糞《ふん》を踏んで臭かったんだそうな。それから、それと一緒にネックレスなどの貴金属も捨てた、って。ごっそり全部」

一般には公表しなかった安全靴と貴金属について、同じく公表しなかった現金引き出し先の川越のセブン－イレブンで捨てたと言う。そして、さらにこれも公表されていない井上克美の名前を挙げてみせる。五百五十八万円の現金を所持していた事実と合わせて、戸田吉生はほぼ本ボシということだった。そしてむろん、井上克美も――。雄一郎たちは顔を見合わせ、誰からともなくため息をついた。検挙とはたいがい呆気《あっけ》ないものだが、抵抗もしない、否認もしないホシが理解しやすいホシとは限らないし、改悛《かいしゅん》の情も同じように関係はない。むしろ理解し難く、一筋縄ではいかないかもしれない予感がため息になり、苦笑いになったというところだった。

そして、土井は直ちに早見管理官らに一報の電話をかけ始め、安井課長は被疑者の受け入れ準備のためにあわただしく姿を消し、雄一郎はひとまず、ホームセンターで安全靴の追跡を続けている二班四名に撤収の指示を出した。関東に十三店舗をもつホームセンターのPB商品ということで、専従捜査員たちは今日まで六十九日間、各店の防犯カメラの映像一週間分、計九十一本のテープを繰り返し観《み》る傍ら、周辺の工場や工事現場を回り続けてきたのだが、そこに探し物はないことが判明したいま、捜査員を一秒でも早く解放してやるのが先決だった。もちろん、撤収させた一班はシルビアの所有者山本宏が勾留されている相模原北署へ回し、安全靴の件を確認させることにした。

それから、鳴り続ける電話に追われながら、身柄調整のための捜査共助課とのやり取り、現地の戸田のワンルームマンションを検証するための捜索差押許可状の簡裁への手配、東京駅からの移送のための人の配置表、車両の手配、明朝神戸へ遣る捜査員の人選と新幹線の切符の手配、その間にも各所からの連絡や問い合わせのメモやファックスが手元にたまっていった。必要書類の催促。記載漏れ。追加。訂正。確認、確認、確認。また催促。問い合わせ。至急の但《ただ》し書付き。《被疑者、尋常でない歯痛の訴え。指示乞《こ》う。長田署／児玉》。メモを土井に回すと、手でつくったバツ印だけが返ってきて、雄一郎は自分で長田署へ電話をする。すると、児玉を名乗る人物が電話口に出てきて曰く、「顎がパンパンに腫れて、口のなかは膿《うみ》だらけだし、冗談でなくひどいですわ。近所の歯科医に尋ねても、慢性骨髄炎なら鎮痛剤や抗生物質では間に合わんそうで。どうしますか、西市民病院の口腔《こうくう》外科に連れていくことはできますけど」

慢性骨髄炎といえば、腫張《しゅちょう》、激しい疼痛《とうつう》、瘻孔《ろうこう》形成、排膿などが直ちに思い浮かんだ。医療過誤の事案で何度か出くわしたことがあり、外科手術をしても予後が悪い難治性の感染症であることは承知していた。ふつうなら当然、口腔外科の世話にならなければならない。雄一郎は三秒考え、「すぐに死ぬことはないから、放っておいてください」と応じた。「処置が必要なら、こちらへ移送してから考えます。お手数をおかけしますが、よろしくお願いします」

そうして受話器を置きながら、戸田吉生の半生は刑務所と歯痛で括《くく》れるのかもしれないということ、さらに明日朝にはどのみち聴取より先に駒込病院あたりの口腔外科に連れてゆくことになるだろうことの二つを考えた。実際、この一カ月の間に、戸田がかつて暮らしていた西日暮里でも上池袋でも歯科医院に通い続けていたことが分かっていたし、平成二年に強盗傷害事件を起こして荒川署に逮捕されたときも、取調室より先に歯科医院に送られた男だった。そういえば、当時から患部はいつも右下の第三大臼歯だったのだが、感染がついに顎骨《がっこつ》に広がって骨髄炎を起こすまで悪化しているという事実に、なにがしかの年月の経過も感じさせられた。

そしてまた一通、戸田に口腔外科の治療を受けさせるための報告書を書き、警務課に駒込病院の予約を取らせた後、明日から神戸へ出張させる捜査員の手配と確認をし、手元にたまり続けるメモを片づけ、電話をかけ、メールを片づけながら、眼はこれまでに集めた戸田吉生関連の一件書類を繰り返し追い続けた。またその間に、大阪の判事宛てに《神戸市長田区駒ケ林町はどんな町？　時間が空いたら返信乞う》と送っておいた私用メールに応《こた》えて、元義兄から短い返信もあった。それは曰く、『明石《あかし》出身の事務官に聞いた。古い漁師町で、小さな漁港がある。震災で壊滅する前からさびれていたそうだ。住宅は少しずつ再建されているが、復興住宅へ移った世帯も多く、市道も海岸通りもまったく人けがない。いまはイカナゴ漁が始まっているが、駒ケ林地区から出ている漁船は少ない。ＪＲからも少し距離があり、昔からある商店街はシャッター通りになっているが、ハイカラな神戸らしからぬ田舎町の風情《ふぜい》がある、といったところだ。ひょっとして、朗報か?』

いつもながら簡潔で文学的なメールだった。続いて長田署へも何度目かの電話をかけ、窓口の児玉警部補にも現場がどんな土地なのかを尋ねてみた。今後の取調べで逃亡生活の詳細は早晩明らかになるはずだが、それにしてもなぜ神戸だったのか、なぜさびれた漁港だったのか、雄一郎は無性に知りたかった。

児玉はいくらか長閑《のどか》な口調だった。「まあ、一言でいえば、不景気な町ですわ。震災で出ていった住民が戻ってこないもんで、昼間はどこもかしこも空っぽ。とくに、奴《やっこ》さんが住んでいた新聞販売店の寮は、市道からさらに海側に入った海岸沿いにあって、向かいは漁協の倉庫と海です。ほんと、なーんもありません。いまはイカナゴ漁の季節ですけど、駒ケ林の港から出る船は少ないし、仲買の車も来てるんやら、来てないんやら。新聞の配達区域はその駒ケ林、庄田、駒栄《こまえ》、野田の各地区だったらしいですが、全部海沿いですから、人けのない漁港と油槽所のタンクと、関電の変電所や市の下水処理場の施設を眺めながら、毎日配達の単車を走らせとったんでしょうな。販売店の話では真面目な働きぶりやったそうですから。ほう、東京でもそうやったんですか。そうですか――」

雄一郎は三十年も前、学校の遠足で神戸港の中突堤から港を一周する遊覧船に乗ったときに見た風景を思い出す。六甲の山々が海岸線まで迫っていて、麓《ふもと》に市街地が開けた風景は絵はがきのようではあったが、遊覧船が進んでゆく湾内は、川崎重工や三菱重工の造船所に油槽所のタンクが連なる灰色の岸壁が数十キロも続いてゆくのだった。工場地帯に隣接した長田の小さな漁港はそのどこかにあり、当時出入りしていたのはポンポン船だが、いまはディーゼルエンジンを積んだ五トン前後の小型船だろう。また同じころ、明石市の天文科学館のプラネタリウムへも校外学習で行ったが、海沿いを走る電車の車窓から見た垂水《たるみ》や明石の漁港の風景は、長田のそれとそう違うはずもない。どちらを向いても広がるのは潮臭さと鉄錆《てつさび》と褪色《たいしょく》した木材とコンクリートの風景であり、漁具や空いたトロ箱の積まれた空っぽの魚市場と舳先《へさき》を並べた漁船たちの先に、薄く油の浮いた濃い緑色の海がある。

そうだ、戸田が生まれ育った四日市の海も、油槽所や火力発電所などの大規模施設を少し離れると、そこはもう空気に潮と重油の臭いが混じり、鉄錆の色がついたコンクリート護岸と油の浮いた海があるだろう。そうか、戸田は無意識にせよ、海岸の風景に引き寄せられて神戸まで来たか。そもそも強盗傷害で逮捕された平成七年のクリスマスイヴも、事件を起こす前に国立近代美術館の工芸館に行っていた男であり、今回も大阪の繁華街ではなく神戸の海辺の町でひとり新聞配達をしながら海を見ていたか。しかし、一家四人を惨殺《ざんさつ》しておきながら、いったいどんな眼で。どんな心持ちで。

長田の刑事の声は続く。

「後日、そちらで現場検証はされるでしょうが、海の見えるワンルームの部屋で、エアコンもない。コタツ一つと、図書館から借りた本が二冊。『木工の伝統技法』と『なごみ』という茶道誌の九九年九月号。一昨年、人間国宝になった指物師の中川清司《きよつぐ》の、柾《まさ》合《あ》わせのお盆と、神代杉の木画色紙箱の図版のページが折ってありましてね——。木工芸に関心があるんですかね。あ、こちらは雨が降り出しましたわ」

「あ、こちらもいま、降り出しました」

午後三時、東京も雨になった。

*

18:00

長田署から、午後九時五分に新神戸駅を発《た》つ最終の新幹線に戸田を乗せる、との正式の連絡が入る。新聞販売店の寮のワンルームマンションに残されている戸田の私物は、布団《ふとん》一式とマウンテンバイク一台を除くと、ショッピングバッグ一つに入る程度なので、移送の捜査員に持たせる、とのことだった。

一方、いち早く始まった夕方の民放各局のニュースが、北区歯科医一家四人殺しの重要参考人の身柄が神戸市内で確保されたと伝え始め、また少し心臓が飛び跳ねた。顔写真こそ無かったものの、容疑者は三十四歳の新聞配達員と伝えられており、ガセではなかった。そして、一分後には雄一郎たちの携帯電話が一斉に鳴り出し、バカヤロー！情報を流したやつを探せ！という管理官らの怒声の嵐《あらし》になったのだが、土台、他県の警察に言っても詮ない話だったし、そもそも戸田が働いていたのは新聞販売店なのだ。自社の販売店の従業員が指名手配犯だった上に、数百万の現金を隠していたとなれば、何事かと思わない記者はいない。土井ともども、携帯電話を閉じて苦笑いした。

19：00

そして結局、午後七時のＮＨＫニュースも冒頭から『昨年暮れに東京都北区西が丘の歯科医師高梨亨さんの一家四人が殺され、キャッシュカードなどが奪われた事件に関与したとみられる男が、今日午前兵庫県神戸市で身柄を確保された模様――』と報じ、画面には長田署を取り囲む報道陣の中継映像が流されたのだった。そして本庁の早見からは、こちらでも刑事部長と地検刑事部が戸田の扱いを協議中だが、今夜じゅうに一家四人殺しでの逮捕状の請求だけはすることになるだろうから、現場の意思を統一しておけという指示があり、雄一郎は「逮捕状の執行は、井上克美と一緒です。一家四人殺しでの逮捕状を取るのなら、どうか井上の映像の公開を検討してください」とその場で上申した。実際にはシルビア窃盗容疑での逮捕であっても、週刊誌などが本命の強盗殺人容疑について書き立てるだろういまこそ、映像公開のチャンスだった。

23:55

戸田吉生と兵庫県警の捜査員を乗せたのぞみ66号は、十一時四十五分に定刻通り東京駅に到着し、十分後には、一行は丸の内北口で赤羽署のバンに乗った。四時間前に神戸の長田署を出たときから、報道のカメラに追われ続ける事態となったため、急遽《きゅうきょ》丸の内署の応援を得てホームから駅舎を出るまで厳重な交通整理が行われ、その一部始終は、NHKと民放各局のその日最後のニュース番組でも中継された。周囲を何重にも刑事たちに囲まれた戸田は想像していたより小柄で、黒のニット帽のてっぺんがときおり覗く程度だったが、賑々《にぎにぎ》しい中継映像のおかげで、手配署で待つ捜査員も、まるで自分が被疑者の引致に同道してきたような感覚に陥る、近ごろの移送風景ではあった。

もっとも七十日目の身柄確保といっても、網にかかったのが他県だったこともあって、メディアが騒ぐほどには捜査本部のほうは盛り上がらず、不測の事態に備えてほぼ全員が帰宅を取りやめて待機していたものの、話し声もなく静かなものだった。それに、あくまでシルビア窃盗容疑での逮捕だったし、雄一郎たち現場が歯科医一家四人殺しでの逮捕状の執行に首を縦に振らなかった結果、記者会見も行われないことになって、混乱を避けるために本庁幹部も姿は見せなかったほか、署長・副署長も早めに帰宅してしまっていた。そのためメディア各社も、この先の手続きがどうなるのか、情報を取ろうと各々懇意の警察関係者の携帯電話を鳴らし続けており、講堂に残った捜査員がときどき携帯電話を開いては閉じ、開いては閉じしているのはそれだった。一方、土井と雄一郎はそのつど、私用の携帯を切っておくよう一応注意はするが、手続きの日程や予定ぐらいのことなら、もとより隠すほどのこともなかった。刑事警察の捜査員は、それぞれいくらかは外の世界とつながり、世間一般の常識につながっていなければ世の中が見えなくなる。

0：00

日付が変わり、午前零時のNHKニュースも、いきなりヘリコプターの中継映像から始まった。戸田吉生を乗せたバンと警護のパトカーが、雄一郎たちの眼の前で神田橋入り口から首都高へ入ってゆく。首都高環状線から5号線に入れば、板橋本町出口はすぐそこだ。いまの時間帯なら、一行は三十分足らずで赤羽署にやって来る。

さて、面《つら》を拝んでやるとするか！　まず、安井課長が一声発して腰を上げ、一階の受け入れ態勢の点検のために講堂を出ていった。次いで土井が曰く、「弁解録取書はうちの本間が取る。同席は私と島袋。取調室は第一。たぶん十分とかからんだろう。合田さんたちはどうしますか？　一階でナマを拝むか、マジックミラーか」

結局、全員がマジックミラーを選び、雄一郎はその場であみだくじをつくって、取調室を覗く順番を決めた。近年は帳場が立つような事件の場合、被疑者供述調書を取る主任クラスの捜査員を除くと、捜査員が最後までホシの顔を見ずに終わることも多いが、今回は雄一郎が希望する捜査員には見せてほしいと言い、現場責任者の土井もとくに反対しなかったので実現した真夜中の見学だった。しかしその一方で、わざわざ時間が限られている今日でなくとも、明日から最低でも十日間はあるということで、実際には大半の捜査員が辞退する結果になった。端的に戸田吉生という男は、一家四人殺しのホシではあっても、刑事が一目面を見てみたいと思うようなタマではない、ということだった。

事実、ほとんど行きずりに近い家に深夜押し入って一家四人を殺し、金品を奪った犯行には、どんな謎《なぞ》もない。動機は金。夫婦を殺したのは口封じ。子ども殺しは騒がれないため。殺害をためらった形跡もない、まるで強盗の教則本だった。またさらに、過去の被疑者供述調書に垣間見《かいまみ》える感情生活や思考回路のほうも、絵に描いたような世間への不満と鬱屈《うっくつ》に満ちていて、逆に個性が描きづらい。雄一郎自身、一定の人間像を想像できるような、できないような、いつになくあいまいな心地であり、だからこそ生きた本人と相対する必要を感じるのだが、若い捜査員たちの反応が鈍いのも分からないではなかった。現に、重大な事件を起こしたわりには印象が薄く、魅力もない、退屈な犯罪者というのがある。血なまぐさい事件の主役となって世間を大いに騒がせても、ついに手錠をかけられて白日の下にさらされたとたん、それ以前の人生と同じように、結局衆目を集め損なう惨《みじ》めな犯罪者。理屈ではなく、ただとにかく戸田吉生はそういう一人なのだった。

あ、そろそろ板橋本町出口を出るぞ——。テレビの中継画面を見ていた平瀬が声を上げた。同時に当のバンから、一階の警務から、三階の安井から、どこかでテレビを見ているのだろう管理官の早見から、次々に電話が入り始めて一寸《ちょっと》あわただしくなった。みんな、バンはあと十分で着くそうだ。平瀬さん、一階から応援要請。土井係長、管理官から至急！　合田さん、管理官から。一課長がやっぱり記者会見をやると言っているそうだ——。ええ？　いまから？　思わず聞き返すうちに、テレビの音ではない本もののヘリコプターの爆音が遠く響いてきて、雄一郎たちは一斉に窓の外の夜空を仰ぐ。

0:30

時間を延長して深夜の報道を続けるテレビ画面に、国道の北本通りから署の南側の駐車場へ右折で入ってくるバンが映った。その一瞬、フロントガラスの奥にうつむいたニット帽の頭が見えて、雄一郎たちはあっと息を呑《の》む。しかし、それもすぐに投光機とカメラのフラッシュで消し飛んでしまい、代わりに駐車場に滑り込んでゆくバンのテール、それを追いかけるテレビカメラ、制止する警官が重なり合い、クラクションと警官の怒声と報道記者たちの叫び声が重なり合い、アナウンスは「三十四歳の男――」と連呼し続ける。事件に関係したと見られる三十四歳の男。一部情報では、新聞配達員の三十四歳の男。三重県四日市市出身の三十四歳の男。

その同じ中継をどこかで観ている幹部たちが、電話の向こうで記者会見の内容をどうするか、現場で詰めるよう急かしている。あくまでシルビアの窃盗容疑でいくか、それとも一家四人殺しのほうの容疑が固まり次第再逮捕するという言い方で、本命に言及するか。土井は早見の電話を保留にしたまま、「どうする」と他人事《ひとごと》のような眼をよこしたが、その顔には、身柄が一つでも取れたいまは、逮捕取調べから送致までの事務的な手続きをなるべく早く完了させたいと書いてあった。一応特4の顔を立てて尋ねてはいるが、8係としては本命での容疑が固まり次第再逮捕に踏み切るということで支障はないのだ、と。そう、土井には年末来の本庁幹部のごたごたと無縁ではないらしい個人的な事情もあるようだったが、それを差し引いても、当初からこの事件そのものにそれほど食指が動くわけではなかったことを隠しもしないのだった。

では、おまえはどうだ？ 雄一郎は三秒自問し、自分もほんとうは似たようなものだと自認したが、その傍らには〈井上克美をどうするのだ〉というもう一人の自分もいて、結局かろうじて踏みとどまることになった。「容疑が固まり次第、本件で再逮捕というかたちにするのなら、井上克美のほうの公開捜査が条件です。井上はいまもどこかでテレビを観ているかもしれない。せっかく井上も逮捕状を取ったんですから、防犯ビデオの映像公開を、いまやらない手はない」雄一郎は言い、「分かった、分かった、お宅の正論はもう、耳にタコが出来るぐらい聞きました！」土井は蠅《はえ》でも振り払うように言い、苛立《いらだ》ち、笑いだした。「映像公開は、私から早見に進言します。それより、一課長の記者会見が午前一時から。勇み足の広報が、記者クラブにそう伝えてしまったんだそうで。私は戸田の調べがあるから、そちらで記者会見の発表文を頼みます」

土井はいま一つ気合が入らない様子で言い残し、携帯電話を手に講堂を走り出していった。ほかの者もみな、すでに戸田を迎えるために下へ降りてしまい、講堂には作業台の当直の小出健吾と雄一郎と、長田署の捜査員が持参した戸田の私物が残された。衣類と下着数点。タオルにくるまれた五百五十八万円の現金。使用された形跡のない、播州《ばんしゅう》三木打刃物のハイス鋼彫刻刀各種十本。小さめの枕《まくら》ほどの大きさの、彫刻刀用小型研ぎ機。神戸市立図書館の貸し出しカード。『木工の伝統技法』と茶道誌『なごみ』一冊。犯行当時に所持していたのはデイパックのみで、それは微物や血痕《けっこん》採取のためにすでに本部鑑識へ送られていた。まだ中継が続いているテレビの画面で、このあと午前一時から警察の記者会見が開かれる予定、とアナウンサーが繰り返していた。

0:50

意外に小柄。痩《や》せて貧相な感じ。足下のクラークスだけがピカピカ。去年秋に出所してすぐに、池袋の西武で二万円で買ったそうだ。大事にしていたらしい。顔は腫れ上がっていて、手配写真と似ても似つかない。眼も顔色も死人みたいだ。膿の臭《にお》いがすごい。窓を開けなければとても取調べにならない、などなど——。一足先にマジックミラーで戸田吉生の様子を覗《のぞ》いてきた捜査員や、東京駅まで身柄の引き取りに行ってきた8係捜査員の評だった。

雄一郎は、急遽決まった記者会見の段取りに追われて、しばし一階の警務課と三階の刑事部屋を行き来していたため、三階の第一取調室を覗くのは最後になった。隣の第二取調室に入って、カーテンのついた小さなマジックミラーの覗き窓を覗くと、机をはさんだ斜め正面に戸田吉生は頭を垂れて坐《すわ》っていた。ミラー側を向いている顎が赤黒く腫れて、見るからに具合悪そうなのがまず眼に入り、言葉を失った。その数秒、四半世紀前に癌《がん》で死んだ自分の母親が、最後に癌が背骨に転移して見るのも辛《つら》い苦しみ方だったことを思いだしたためだったが、とまれ顎骨も骨だとすると、その炎症がただごとではないことを、あらためて考えた。昼間、長田署に「すぐに死ぬことはない」と言ったが、感染症である限り敗血症の危険はあるのだ、と。

机をはさんで戸田と相対しているのは本間主任。手前でパソコンに向かっているのが島袋主任。土井は、机から少し離れたところに立ったまま、斜めに戸田を見下ろしていたが、その表情は被疑者に食らいつくようなふだんの気迫はなく、どちらかと言えば街中ですれ違った病人を見やるような無関心、もしくはいますぐそばを離れたいといった嫌悪感《けんおかん》が見えた。大声をだす必要がないのか、取調室の声は聞こえないが、戸田の口は動いていないので、話しかけているのは本間のほうだった。それに応えて戸田の頭はときどき小さく縦に動くか、横に動くかし、そのつどタオルで涎《よだれ》を拭《ぬぐ》う。また、そのタオルを握りしめた拳《こぶし》が小刻みに震えており、振動は肩へ背中へと伝わって、上体全体が薄い金属板のようにぶるぶる震えながらたわんでいた。

雄一郎は、そうしてひとまずその苦悶《くもん》の様子に嘘《うそ》はないことを確認し、取調べより先にまず治療という当初の方針に誤りはないことを確認した後、二分ほどでそこを離れた。記者会見の準備に追われていたためでもあったが、それ以上に、ミラー越しに見た男の姿に何かこころをかき乱されたというのが正しかった。二十年の刑事生活でもあまり経験がない被疑者の身体条件の悪さ、惨めさのせいだったが、一階の署長室まで階段を駆け下りながら、考えずにおこうとして知らぬ間に考えていたのはたぶん、取調室で戸田を見下ろしながら土井が考えているのだろうことと同じだった。数年後には間違いなく刑場に立っている男が、初めからこんなふうにぼろぼろだというのは悪い冗談か。それとも自分たち警察が何か悪いことでもしたのか、と。どちらにしろ不快であり、陰鬱だった。

0：55

雄一郎は、都内の公舎から急遽出てきた妹尾捜一課長、同じく二十三区内のどこかから出てきた木戸理事官、増岡庶務担当管理官、そして早見を前に、ぎりぎりまで記者会見の要旨を説明し、二十分前に大急ぎでつくった発表文の内容を詰めた。要は、兵庫県警による逮捕は去る某日に都内某所でシルビアを盗んだ自動車盗の容疑によるものであり、手配署である本署への引致も同様であること。一方、戸田は逮捕された際、共犯者とともにそのシルビアで北区西が丘の高梨邸に向かい、同邸に押し入って一家四人を殺害、キャッシュカードなどを奪った後、同シルビアで逃走したと供述したため、昨夜、急遽逮捕状を請求したこと。今後、鋭意捜査を行い、容疑が固まり次第、北区歯科医一家強盗殺人事案でも再逮捕する予定であること。そして共犯者についても、すでに同シルビア窃盗の容疑で指名手配中であるが、新たに北区の強盗殺人容疑で指名手配し、同時に公開捜査に付すること。ついては、井上克美の顔写真と身体特徴のほか、防犯ビデオの映像を数点、追って一般公開すること。

公開捜査のくだりは、早見から正式な回答を得る前に原稿をつくって、そのまま押しつけた恰好《かっこう》になったが、そのときの勢いも、ひょっとしたら戸田の悲惨な姿から来ていたのかもしれない、と考えてみた。そういえば妹尾も木戸も増岡も早見も、結局、戸田の姿を最後まで見ることはない。自分たちの検挙した男がどんな顔をしていたか、どんなに惨めで小さな男だったか、永遠に知らないのだ。

1：30

テレビ中継は午前一時前に終わったが、警察の記者会見は妹尾捜一課長と早見管理官が出席して、八階の武道場で一時に始まり、いまも続いていた。長びいているのは、メディア各社の質問がやはり一家四人殺しの容疑に集中しているためだった。

戸田吉生はすでに二階の留置施設に移されていた。聴取に同席していた島袋の話では、土井の指示で、署の誰かの私物だった市販の冷却ジェルシートが渡されたということだった。その土井は取調室から戻ってくるやいなや、「奴さん、井上克美と一緒に町田のATMをやったってよ!」と大声で告げ、その場にいた雄一郎ら数人の喉《のど》からは、おお——というため息が漏れたものだった。先般、克美の義兄橋下大輔が、あれは克美の仕業かもしれないと言っていたのは正しかったということだ。

雄一郎は土井とともに、その場で直ちに明日からの日程を調整した。すなわち、明朝はまず戸田を駒込病院に搬送し、診断結果と治療予定を確認すること。応急処置の後、本命の強盗殺人容疑の扱いについてはあらためて本部や東京地検との協議が必要になるにしても、ひとまず当初の予定通り、シルビア窃盗とATM窃盗未遂の本来の所管である町田署へ戸田を移し、8係を派遣して調べに入ること。これで最低でも一ヵ月を稼ぎ、その間にこちらは井上の身柄確保に全力を挙げること。実際、明日の朝刊やテレビで井上克美の顔写真と防犯ビデオの映像が公開されれば、一気に市井《しせい》から情報が上がってくる可能性があり、それらを潰《つぶ》してゆくだけで、しばらく捜査本部は手一杯になるはずだった。

土井は早見らを迎えるために記者会見場へ行ってしまい、残っていた捜査員たちもそれぞれ赤羽駅周辺のサウナへ散っていった。サウナと言えば、先月二日に市原でシルビアが発見されて井上と戸田の面が割れた直後の二月四日、赤羽駅東口の二十四時間サウナ兼カプセルホテルで、戸田と井上らしい二人組が昨年十二月十九日未明に入店したことを、旅舎検班が摑《つか》んできたのだが、捜査員たちが汗を流しにいったのは、もちろん別の店のはずだった。

雄一郎は講堂の作業台で、明朝からまた新たに捜査を組み替えるための編成表をつくりながら、さらに物思いに駆られ続けた。その駅前のサウナ施設の受付が二人を覚えていたのは、「背が低いほうの男の顎の右半分が腫れていて、気持ち悪かったから」だが、もう一人については「ふつうの若い男」という程度の記憶だった。ほかにも十二月二十一日は横浜市西区、二十二日は川崎市川崎区のサウナ施設でも、それらしい目撃情報が出てきているが、戸田の腫れた顎を除けば、二人がほんとうに目立たない風体だったのは間違いないようだった。

ひょっとしたら事件の二日前に赤羽のサウナに現れたとき、二日後に起こることについて、彼ら自身が未《ま》だ何も知らなかったのではないか？　これまでの鑑捜査で、犯行はほぼ行きずりという見立てになっているが、このときもう押し込む家は決まっていたのだろうか。十八日まで町田で悪さをしていた男たちが、翌十九日にたまたま井上の昔の女が通っていた歯医者の記憶一つを頼りに赤羽まで流れてきたのだとしても、それはほとんど思いつきではなかったのか——？

機械が強盗に及んだような無機質な現場の様子と、事件前後のホシ二人の様子の間の距離が、捜査が進むにつれてどんどん開いてくる感じはこれまでもあったが、今夜、一家四人を殺した当人とまみえたことで、それが一段と顕著になった感じだった。かくして雄一郎はもう何度も読み返した戸田吉生の少年調査記録に手を伸ばし、またぞろ当てもなく何かを捜し始めるのだ。

2003年3月24日月曜日

三日にシルビア窃盗容疑で逮捕された戸田吉生は、翌四日、都立駒込病院の歯科口腔外科でCT撮影や血液検査などを受けた結果、急性期の化膿性骨髄炎と診断され、十三日間の入院治療になって、手続き上は一旦《いったん》釈放となった。そこで抗菌剤の点滴静脈注射と、皮質骨の除去手術、さらに局所洗浄療法と高気圧酸素療法などを受けて、十七日に退院。その日にもう一度逮捕状を執行して身柄を町田署に移送すると同時に、以降は町田市民病院の口腔外科へ通院させることになった。医師の話では、当初の腫れと痛みが退《ひ》いた状態を抗生剤で維持するのが精一杯であり、中長期的にはまた悪化する場合もあるということだった。

そして肝心の被疑者がそんな状態だったため、東京地検も警視庁の本部も、別件逮捕に問われかねない状況に神経を尖《とが》らせつつ、強盗殺人容疑での逮捕状執行は一日延ばしにせざるを得なかった一方、8係が町田署へ移動してのシルビア窃盗容疑での取調べは、十七日に逮捕状を再執行した以上行わないわけにもゆかず、翌十八日にはひとまず送致となった。またそうなると、地検の八王子支部も調べに入るほかはなく、地検刑事部や警視庁の意向を窺《うかが》いながら、とりあえず十日間の勾留《こうりゅう》期間を確保して、町田署での取調べは本格的に始まることになったのだった。

とはいえ、いまはまだ、蟻塚の砂がぽろぽろ崩れるようにしてこぼれ落ちてくる戸田吉生の話に、8係がICレコーダーを回しながら慎重に聞き入っている段階だった。なにしろ窃盗の事実は明白だが、戸田たちが盗んだのは、行きずりの主婦でさえ見とがめる白のフルエアロの大型スポーツカーであり、彼らは真っ昼間にそんな車で閑静な住宅街を流して、これから押し入る家の下見をしたのだ。逐一録音され、USBメモリに収められて、毎日赤羽の特捜本部に届けられる取調べの様子は、たとえばこんなふうだった。

《(三月十八日火曜日午前八時。町田署。取調べ担当、警部補島袋康夫。被疑者戸田吉生に対する第二回取調べを始める。楽にして。抗生剤は服用したか？　今日は、去年十月に出所してからのことから聞こう。ええーと、君は十月九日に出所して、二日後に鮫洲で原付免許を取って、その足で下板橋の新聞販売店に面接に行っているな。平成六年春に水戸の少刑を出たときも、出所した日に原付免許を取って、その足で上池袋の新聞販売店に行っているが、これはどうして？　出所する前から、出たら新聞販売店へ行くと決めていたということか？)　深く考えたことはない。ほかに行きたいところもないし。好きも嫌いもない。新聞配達は合っているのかもな。ひとりで走っているだけで務まるし、人と口をきく必要ねえし》

戸田吉生の声は、小柄なわりに低くがさごそとして、落ち葉の下を這《は》う冬の虫のようだ。逮捕と同時に公費で歯の治療をしてもらったことを、負い目に感じているようだという8係の話でもある。すでに六日前の声になるが、戸田は枯れ葉の下の奥深くへ自ら潜ってゆくようにして、言葉を吐き続ける。

《新聞配達が合っていると言っても、長く続ける仕事ではないけどな。夜遊びもできないし、旅行もできないから。でも俺は、朝早いのは平気だ。四日市港のすぐそばで育ったから、きっと夜明けが身近なんだろう。（四日市港の夜明けは、特別なのか？）別に、変わったものは何もねえよ。生まれ育ったのは、四日市港の近くの、曙《あけぼの》という地区の市営住宅の二階。七〇年代にはもう十分に古くなってひび割れだらけだったコンクリの団地。すぐ西側に国鉄の関西本線の線路が走っていて、南側が近鉄電車の線路で、その先の運河を越えたら、三菱化学と昭和石油の油槽所と太平洋セメントと——、あとは運輸倉庫や穀物倉庫のサイロと、美濃窯業《みのようぎょう》や日本板硝子《にほんいたガラス》の工場もあった。空がオレンジ色や黄色をしていた時代だ。夜明けには夜通し動いていた工場の煤煙《ばいえん》が朝日に溶け合って、空が染色工場のタンクみたいになる。それから、四日市港支線の貨物の引き込み線を一番列車が走り出して、あちこちの踏切の警報機がカンカン、カンカン鳴り出すと、じわっと日が差してくる。光化学スモッグのふたをされた薄いオレンジ色のお日様だ。そして、路肩に草が生えているようなだだっ広い工場地帯の道路に、通勤のバスと自転車が溢《あふ》れだすんだ。東京の有明や新木場《しんきば》と大して違うわけじゃない。違うのは、四日市では橋一つ隔てたところに人間がへばりついていることだけだ。潮風で赤錆《あかさ》びた長屋や市営住宅に、欲をこいた人間がへばりついているんだ。分かる？（東京でも、佃《つくだ》や月島は人間が橋一つ隔てた陸地にへばりついているがな——）俺に言わせれば、初めから開発に取り残されたのが佃や月島。港と一緒に開発されて、港と一緒に錆びついたのが曙だ。どうでもいいけど。(夜明けが身近というのは、どういう意味だ?) 夜中に布団のなかで、関西本線を走る貨物列車の音を聞きながら、まんじりともしないで夜が明けてゆく空気の感じを待つんだ。幼稚園のころにはもう、親の知らない俺がいたというわけだ。(夜明けの感じが好きだったのか?) 一日のなかでその時間だけ、世界の全部が誰のものでもない感じ、何も始まっていない平等な感じ――。心配事が全部消えて、いやなことも消えて、もちろん歯も痛くない。腹も減っていない。身体《からだ》とこころが一番平らかで満たされている感じ――。幼稚園が大嫌いだったからかな。(幼稚園が嫌いというのは珍しいな。三重大学の附属小学校を受験させられたからか? どうした、学校の話はいやか?) 人殺しに学校は関係ねえ。殺るときは殺る。それだけだ。

(では話を戻す。去年十月に新聞販売店の面接に行ったとき、懐にはいくら入っていた?) 報奨金が約八万円。逮捕前に財布に入っていた金と合わせて、十万円ぐらい。(つまり、一ヵ月分の生活費ぐらいは財布に入っている状態で、出所した二日後に仕事と寮を手に入れたということだ。で、配達のほうの仕事はどうだったんだ? 慣れているはずの仕事で、何かいやになることでもあったのか) べつに。いつものことだけど、歯の調子が悪くなっただけだ。(歯医者に行こうと思わなかったのか? どうした、何が可笑《おか》しい）あのとき歯医者に行っていたら、俺はいまここにいないということか――。ああ、行こうとは思わなかった。飽きたんだろ、たぶん。年少を出て東京に出てきたときから、ずっと歯医者通いだったし。抜くの抜かねえのって、歯医者によって言うことが違う上に、根管治療を何年続けても治らねえ。べつに歯医者の責任じゃねえし、いつも治療の途中でパクられて刑務所に入ってしまう俺が悪いだけだけど。とにかくもう飽きたんだ、歯医者は。（飽きて、歯医者に行くのをやめた。それで？　歯医者の代わりが強盗か）そうなる。（もう人生がどうなってもいいと思うぐらい、歯の調子が悪かったということか）そうじゃない。説明しろと言われてもできねえ。頭が割れそうに痛いときに考えたことをあとで思い出しても、真実味が感じられないのと同じだ。ああいや、そんなに難しいことを考えていたわけじゃねえ。なんかムシャクシャしていたんだろ、たぶん。（ムシャクシャしていたというが、あんた、金を使って遊ぶタイプじゃないだろう？）だから？　女は嫌いだ。（女が嫌いだって？）》

まだ、これといった事実は何一つ出てきていない。真意の片鱗《へんりん》はそこここに散らばっているのかもしれないが、そうだとしても、それこそ「だから？」と聞き返して終わりという以上のものではないだろう。どの気分も確定的な動機までは限りなく遠く、辿《たど》り着くことがあるのかどうかも分からない。被疑者も刑事も、これはほとんど端のないリングでの人間の忍耐と理性をかけた対決であり、勝負はまさにいま始まったばかりだった。

そして、一方の井上克美については、戸田の逮捕翌日に顔写真と防犯ビデオの映像が公開されて以降、入ってくる情報の数だけは飛躍的に増え、捜査の現場はさながら期末の在庫一掃セールのような状況となっていた。現に公開翌日の五日には、早くもテレビで映像を見た相模原のコンビニ強盗の被害者から一一〇番通報があり、神奈川県警相模原署から本庁を経由して赤羽の特捜本部に入った一報に曰《いわ》く、ビデオに映っているオレンジ色のニット帽を被《かぶ》った井上克美は、昨年末の十二月十八日深夜、相模原市星ケ丘二丁目のセブン－イレブンと陽光台二丁目のローソンが立て続けに二人組に襲われて現金が奪われた強盗傷害事件のホシの一人に酷似しており、もう一人のホシも当然、三日に警視庁に逮捕された戸田吉生に似ているという。そこで、赤羽から直ちに捜査員が出向いて相模原署に埋もれていた防犯ビデオの映像を確認した結果、映っている男二人は井上と戸田の二名とほぼ断定されることになった。二人が町田市の高ケ坂郵便局のＡＴＭを襲撃したあと、同市鶴間の温泉施設でシルビアを盗むまでの空白の一日の一部が、こうしてまた一つ埋まった恰好ではあった。戸田の供述からは、当該の十八日の正午から午後七時ごろにかけて、戸田が相模原市大野台のスーパー銭湯、井上が古淵のパチスロ店で過ごしたことが分かっている。

かくして8係が町田へ移動したあとの赤羽署の特捜本部では、特4の八名と、赤羽署の刑事課と情報班に駆り出されている川添巡査部長を含む地域課混成チーム十名、そして方面捜査員十名の二十八名が残って、全国から寄せられる井上の情報の整理検討と、考えられる立ち回り先の絞り込みに追われる日々が続いていた。東秩父の父方の祖母、地元本庄の土木業者、元暴走族グループ、自動車窃盗《せっとう》グループ、トラック運送業者、パチスロ業者、暴力団関係者などなど、井上の鑑はやたらに広い反面、砂漠のように粘度がない。どこにも強い関係性をもたないままあっちへ流れ、こっちへ流れ、かつてタイマンを繰り返していたはずの元暴走族たちはもちろん、車上荒らしや自動車窃盗グループのなかでさえ、「井上――?」という疑問符で語られる存在と化していて、臭いも足跡も記憶もすでに消えかけているというのが実情だ。

その一方、テレビやネットにあふれかえった手配写真の顔と防犯ビデオの映像は、全国各地に二週間で二千人以上の《井上克美》を生みだし、それはなおも増殖し続けていた。札幌の薄野《すすきの》のクラブにいた井上。名古屋の錦通《にしきどおり》にいた井上。府中競馬場や後楽園の場外馬券売り場にいた井上。大阪のアメリカ村や住之江競艇場にいた井上。広島でパチンコをしていた井上。高知のマンガ喫茶にいた井上。福岡の西鉄福岡駅北口のインターネットカフェにいた井上。那覇《なは》の国際通りを歩いていた井上。情報はすべて記録して検討し、必要と判断したものは首都圏なら捜査員を派遣し、それ以外は捜査嘱託のために管轄《かんかつ》の警察へ電話を入れ続けること二十日。忍の一字の地道な作業に捜査員はみな日が経《た》つのも忘れており、気がつくと、その辺の桜がいつの間にか咲き誇っていたありさまだった。

そういう日々のなか、今日はまた朝一番に桜田門のひそやかな異変――すなわち捜査一課長の妹尾の更迭《こうてつ》と、早見管理官の異動と、土井誠一の依願退職の三つが、三月末日を待たずに公表され、現場はひっくり返ることになった。そう、警察という組織は、たまにこんな歌舞伎《かぶき》のような大立ち回りが演じられるところでもある。

雄一郎は早朝、木戸理事官からの異例の電話でその話を知らされたが、それらしい動きの一端は、先々週の十四日金曜日には土井本人から聞いていたことだった。というのもその日の深夜、雄一郎が自宅マンションのある常磐線金町《かなまち》駅に降り立つと、そこに土井が立っており、「実は今月いっぱいで民間に出ることになったので、一寸ご挨拶《あいさつ》に」と言いながら、薄い封筒をこちらの手に押しつけてきたのだ。そうして「まあ、退職したあとのことまで気にかけなくてもいいのかもしれないけども――」などと言う、その封筒の中身は指先の感触でＳＤカードだと見当はついたが、なぜ自分に預けるのかと尋ねると、土井は「お宅も矢切で脱線しているでしょう。たとえ無給でも、問題になるときはなりますよ。ということで、ここは少し助けてくださいな」という迂遠《うえん》な返事をよこした。その結果が、細かな経緯はともかく、今朝の公表と木戸理事官の電話というわけだった。

昨年来の水面下の権力闘争については、雄一郎は捜一課長の妹尾俊一が女性問題でミソをつけたという以外の子細は知らなかったし、木戸も言わなかった。しかし電話口の木戸は、代わりに十四日夜に金町で土井と会った用件は何かと尋ねてきたもので、雄一郎は土井に尾行がついていたらしい事実にあらためてぞっとしながら、とっさに、昨年末に貸した金を返してもらっただけだと嘘をついていたのだった。いまさら土井に義理立てをする理由もなかったが、なにかしら暗闘の絶えない組織のなかで、現場はただ現場の味方をしたかったということかもしれない。

実際、上司の更迭や異動に伴う行動である以上、仮に土井が自ら決断しなければ、左遷《させん》もしくはそれ以上の理不尽もあり得たということだったし、まさしく間一髪で危機を切り抜けた結果の依願退職であれば、同じ現場として胸のすくような話でもあった。否《いな》、ほんとうのところは、土井が警察組織の宿痾《しゅくあ》のような権力闘争にいち早く訣別《けつべつ》すべく、四十代の働き盛りのうちに民間での再出発を決断実行したことや、あとに残る部下たちに累《るい》が及ばないよう、周到に「保険」をかけていったことへの羨望《せんぼう》はあったし、ひるがえって、せいぜい近所の畑でガス抜きをしながら、なんとか組織で生き抜いてゆくほかはない自分自身の状況と比べなかったといえば嘘になる。

とまれ、赤羽の特捜本部にも光速で伝わった一連の波紋のうち、一番驚きをもって受け止められたのはやはり土井の退職で、朝会前の講堂はひそひそ話のるつぼだった。今回の人事の黒幕は刑事部長らしいこと。肝心の妹尾の女性問題も、仕掛けたとか仕掛けられたとか、まるで韓流ドラマのようだということ。また、その妹尾の子飼いの早見の異動に合わせて、いち早く退職願を刑事部長本人に突きつけた土井こそ、刑事部に対してケツをまくったようなものであり、いまは木戸のほうが青ざめているらしいこと、などなど。とまれ雄一郎自身は、上司の不遇に奉じたかたちの土井への礼賛《らいさん》も、その同じ人物の、身ぎれいでは賄《まかな》えるはずのないブランド品三昧《ざんまい》の危うさへの羨望も、どちらもがいかにも警察社会だというところに着地すると、事の真相というやつにも、人事のあれこれにも、速やかに興味を失ったのだった。

ちなみに、新捜一課長は鑑識課長から、8係の管理官と係長は機捜からの異動とのことだったが、誰であれ、これでまた途中交代に伴う事件と捜査の経過説明などの手間を取られることに変わりはなかった。

＊

閑話休題。人も事件も、警察社会のゴタゴタと関係なしに、動くときは動く。その同じ日の午前十一時前、事件発生からきっかり三カ月となるよう計ったかのように、井上克美が千葉県我孫子《あびこ》市内で発見された。県警の我孫子署から一報が入ったとき、電話を受けた作業台の小出健吾が「我孫子？ 常磐線の我孫子？」と二度聞き返したもので、それほど誰も予想していなかった近距離圏での発見、身柄確保だった。常磐線の我孫子なら、上野から快速電車で約三十分だ。

身柄を確保された場所は、我孫子から一駅の天王台にあるパチスロ店で、店内に井上に似た男がいるという市民の情報に基づいて前日から地元我孫子署の地域課に警戒を依頼していたところ、巡回のＰＢ員が今朝、開店間もない同店内のスロット台で井上を発見。氏名を確認したところ井上克美と名乗った上に、ロッカーのデイパックに現金五百三十万円を所持していたため、シルビア窃盗容疑と北区西が丘の歯科医一家殺害事件で逮捕状が出ている旨《むね》を告げて任意同行を求めたということだった。

これまで井上を知る数十人の人間に当たってきた結果、スロットなど見向きもしない井上Aと、一日に平気で十万二十万をスロットに突っ込む井上Bのいることが分かっているが、たとえば平成七年に大村里枝と同棲《どうせい》していたころの井上はA。一方、パチスロ店で働いていた十三年から十四年暮れにかけて周囲の人間が見ていたのはスロットのレバーを叩《たた》きながら奇声を上げ続ける井上Bで、事件前に知り合ったばかりの戸田吉生が見たのもBだったはずだが、一家四人殺しを経た十五年春のいまも、井上はなおも躁《そう》状態に近いBの顔をしているということか。バブル期に首都圏への通勤圏として分譲住宅やマンション開発が進んだ天王台の、だだっ広い駅前のパチンコ店で、地元の定年退職者やひまな主婦にまじって、ひとりスロットの前で飛び跳ねていたというのか——？

否、先走る想像を抑えて、雄一郎はひとまず幹部と地検の友納へ一報を伝え、戸田吉生と同様にひとまずシルビア窃盗容疑で逮捕したいと上申した。そのとき、未だ執行されていない一家四人殺しでの戸田の逮捕状と併せて、今度は間違いなく本命での逮捕とするよう、言下に指示されるものと覚悟していたのだが、そういう下命がなかったのは、やはり本部のごたごたのせいだったのかもしれない。ともあれ渡りに舟ではあり、本部と地検の気が変わらないうちに町田にいる8係の新任係長遠山一郎警部にも一報を伝え、さらに赤羽の安井課長とともに直ちに県警本部と我孫子署へ電話を入れて身柄調整に入る一方、身柄引き受け班に川村主任と片平、樋口《ひぐち》、吉岡の巡査部長三名を指名して、それぞれの出先から至急署に戻るよう指示をだした。吉岡は井上と同い年で、特4のなかで唯一人《ただ》、スロットを打つ。

そして午後二時には、川村たち四名はシルビア窃盗容疑での逮捕状を懐《ふところ》に、バン一台を駆って署を出発してゆき、残った雄一郎はこれからの取調べの内容、場所、順序などの検討と調整に追われた。結局、地検とも調整した末に決まったのは、まずはシルビア窃盗容疑で二十六日送致、十日間の勾留で四月五日までの取調べとし、身柄は赤羽署に置くこと。続いて同五日にATM襲撃容疑で再逮捕し、身柄を戸田がいる町田署に近い多摩中央署へ移送すること。ここでも送致に二日、勾留は十日間。そして、次のコンビニエンスストア二店での強盗傷害事件は相模原署との身柄調整が必要になるが、基地を抱えて事件の多い先方の刑事課は目下手一杯という返事で、調整は今日以降も行われる。とまれ、こうして日数を数えてゆくと、戸田と井上両名の身柄を赤羽署と隣接署に移し、本命の一家四人殺しでの四度目の逮捕となるのは、五月の連休明けになるのかもしれなかった。そこから最長二十日間の勾留期間を取ると、時節はゆうに梅雨になる。

そんな計算と調整をする間に、井上の身柄を押さえた我孫子署の担当者からようやく電話で話を聞いたのだったが、スロット台のシマで井上とおぼしき男に警官が声をかけたときの状況は、一寸異様なものだったようだ。当該の店は新興住宅地特有の何もないがらんとした駅前にあり、近くに住む定年退職者や学生など、そこそこパチンコの客は入るのだが、スロットは四号機が各種揃《そろ》っているものの、もともと設定がきついと評判で、三十台ほどあるシマは最近がら空きだったという。昨日の二十三日午後、そこに突然井上が現れ、大当たりがないまま数台を梯子《はしご》しながら合計九千回転、約三十万円を突っ込んでいったというのだから、目立たないわけがなかった。そして翌二十四日の今朝も開店と同時に現れたところで警官に声をかけられたのだが、そのとき井上は、誰も客がいないスロットのシマでひとり《獣王》のスタートレバーを叩きながら、眼だけゆっくりと振り向けた。その眼はひたすら穴のように昏《くら》く、どんな感情も見えなかった、冬眠中の動物のようだった、ということだ。

「一言で言えば、疎通《そつう》が悪い。こちらの言うことは聞こえていると言いながら、とにかく返事が遅れるし、返事が返ってこないこともある。ゼンマイの巻きがほどけてゆくにつれて、オルゴールの音がだんだんゆっくりになってゆく、あの感じです。そう、朝から暮れ方ですわ」我孫子署の警部補は言った。朝から暮れ方とは、またずいぶん散文的な表現だったが、ともかくこれまで井上を知る数十人もの人びとが語ってきた姿のいずれでもない、井上Cがいるのかもしれない。そう想像した。以前から大村里枝や橋下大輔、さらには本庄北高校の元クラス担任や元暴走族グループが異口同音に「ビョーキだ」と言う、その正確な内実は分からなかったが、何らかの精神疾患や適応障害などがある覚悟はした。いまどき、精神疾患自体は少しも珍しくないが、今後供述を取るときに一筋縄ではいかないことも考えておかなければならない。

そして、午後三時過ぎには川村たち特4の四名が現地に到着し、午後三時二十分、シルビア窃盗容疑で井上克美の逮捕状が執行された。その後、川村たちは鑑識とともに井上が借りていた天王台のウィークリーマンションの検証を行ったが、井上がそこを契約したのは、なんと昨年の十二月二十六日ということだった。前々日の二十四日未明に市原市でシルビアを乗り捨てたあと、五井駅から電車に乗ったのであれば、いったん東京は上野へ出たことだろう。そこから高飛びすることもなく、日を置かずして千葉方向へ戻ってきたのはなぜか。常磐線に乗れば仙台、もしくはさらに北へ向かうのは簡単なのに、なぜ我孫子なのだ――？　雄一郎は地図に見入ったが、その時点では、近くにある手賀沼《てがぬま》と北の利根川が印象に残ったのみだった。特捜本部が立った日に偶然自分がポケットに入れていた『利根川図志』にも手賀沼の項目がある。それを思い出すと、不思議な心地がした。

とまれ、マンション自体は、潔癖症を裏付けるように、新品の下着や靴下が十組も買い揃えてあった反面、やかんの一つもなく、生活の痕跡は皆無ということだった。また、凶器の可能性のある根切りや、犯行現場で採取されたゲソ痕と一致する靴、血痕のついている可能性のある防寒着、手袋等は発見されなかった。

日が暮れるころ、署長室には木戸理事官と新任の佐藤管理官が早々と入り、次いでこれも新任の捜一課長戸倉某《なにがし》が姿を見せて、雄一郎はしばらく記者会見の内容の調整で神経をすり減らした。戸田の逮捕時と同じく、今回もメディアはすでに歯科医一家殺しの容疑に触れていたほか、同容疑での戸田の逮捕もまだ行われていない現状では、いよいよ別件逮捕の声が出てくる可能性がなきにしもあらずだったためだ。もっとも、入院を要したほどの戸田の顎骨骨髄炎や、意思の疎通が困難な井上の鬱《うつ》病相は、どちらも本格的な取調べに入れない理由としてはぎりぎりセーフだったし、今回は、両名の心身の状況の回復を待って、出来るだけ早く強盗殺人容疑での捜査に着手するという文言で押し通すことは出来るというのが、雄一郎の判断だった。ときどきのメディアや世論次第でそうはゆかない場合もあるが、法律上の手続きの厳正さより、子ども二人を含む一家四人殺しへの社会の負の感情と、その犯人たちを検挙した警察への一時的な正の感情に、若干助けられたかたちではあった。

そして同じころ、署の前はまた井上を乗せたバンの到着を待つテレビカメラの放列になっていたが、三月三日深夜に神戸から移送されてきた戸田を迎えたときのような熱気や勢いはもう見られなかった。午後六時のニュースは、アメリカ軍のイラク侵攻から五日目、バグダッドを目指す戦車の車列を撮影したインマルサットの最前線の映像を流し続け、北区西が丘の歯科医一家殺しの重要参考人の身柄確保はテロップで報じられただけだった。

渋滞があったため、護送のバンは予定より二十分遅れの午後六時二十分に赤羽署に入り、到着を待っていた署の警務課と刑事課、特4の野田主任らが固めた裏口に井上克美は降り立った。井上はそのまま三階の第一取調室に入り、時刻を合わせて雄一郎も五階から降りたところ、井上の顔を一目拝むために町田署から足を運んできた8係の本間・島袋の両主任と鉢合わせになった。上司の土井の退職が公表されたばかりの今日、それなりに係のなかではいろいろあったのだろう二人とは、〈たいへんでしたね〉〈まあ仕方がないです〉と眼で挨拶を交わしただけで、二人は一足先にマジックミラーのある隣の取調室に入っていった。

その後、雄一郎が第一取調室に入ったときには、机をはさんで井上と相対した川村主任が、録取したばかりの弁解録取書を読み聞かせているところだった。

――右の者に対し、逮捕状記載の犯罪要旨及び弁護人を選任することができる旨を告げたうえ、弁解の機会を与えたところ、任意次のとおり供述した。一、私がシルビア一台を盗んだのは間違いありません。一、弁護人をつけることができるそうですが、必要ありません――。

一方、それを聞いている男は色白のつるんとした顔を机の十センチ先の床へ向け、夜店で他人がすくう金魚を眺めているような空白の眼をしていたものだ。逮捕されたことの緊張はすでに解けだしてどこかにしみ込んでしまったのか、それとも初めからそんなものはなかったのか、どちらともつかない、ぺたりとしたビニールの感触だった。

間違いない？　だったら署名して、拇印《ぼいん》押して。眼の前の刑事に促されるままに、井上はどこか高校生のような風情《ふぜい》で机に向かい、署名と拇印の押捺《おうなつ》をした。それから突然、ふぁぁと欠伸《あくび》をして刑事たちを驚かせたもので、川村が寝不足かと尋ねても、井上は横でも縦でもなく首をわずかに動かし、「携帯電話の三本のアンテナが一本しか立ってない感じ」と自ら形容してみせただけだった。井上については、授業中に病的な欠伸を繰り返していた時期があるという高校時代の担任の話もあり、雄一郎はそのときようやく双極性障害を脳裏に思い浮かべてみたが、警察としてはおいそれと俎上《そじょう》に載せられる話でもなく、その場はいったん頭から消し去らなければならなかった。

弁録は午後六時四十分には終わり、規則に従って直ちに留置手続きが取られた後、井上はいったん留置場に収容された。そして、五分後には再びその身柄を取り出して取調室に移し、午後六時五十分、川村主任による初回の取調べは始まったのだった。

「では、最初にいくつか確認しておきたい。まず君のスキだが、いまどこにある？　あの鉄の棒だ。君が昔から愛用していたやつ——」

井上はゆっくり瞬《まばた》きをし、それからぼおっと煙を吐くようにして一言、「捨てたっす」と答えた。

「いつ、どこへ捨てた？」

「一家を殺《や》った次の日か、次の次の日。横須賀の米《よね》が浜《はま》の近くの海へ捨てた——」

「米が浜のセブン－イレブンで金を引き出した日か。近くの岸壁から東京湾へ投げ捨てたのか？　では、プリペイド携帯は？　複数持っていたはずだが」

「全部、捨てたっす」

「戸田吉生とメールのやり取りをした携帯も捨てたのか？　いつ、どこへ捨てた？」

「覚えていないっす」

井上は瞼《まぶた》も口も鉛をぶら下げているように重く、しばしば聞こえているのかどうかも分からなくなる反応の鈍さは、まさに県警の刑事が言った「ゼンマイの巻きがほどけてゆくにつれて、オルゴールの音がだんだんゆっくりになってゆく感じ」だった。もっとも、「ところで戸田吉生が、あんたはスロプロだと言っていたぞ」と、川村が話題を逸《そ》らせたときだ。井上は重たげな瞼を上げて三秒こちらを眺めた後、突然「タッタラッタラ――ン!」と嘶《いなな》き、また深々と欠伸を始めたのだった。あとで吉岡に聞くと、《獣王》の大当たりを告げる効果音だということだった。

午後七時半、雄一郎は東京湾に投げ捨てられた凶器の捜索という新たな難題で頭をいっぱいにしながら、いったん取調室を離れた。入れ替わりに地検の友納と、新たに応援に入った安原という公判部検事がマジックミラーを覗きに取調室に入り、さらに半時間後には、その二人と木戸理事官、佐藤管理官が会議室に集まって急遽《きゅうきょ》今後の日程調整を話し合う場に、雄一郎も臨席した。

なにしろ、罪数が多いので――。それが、友納検事のその日の第一声だった。仮に戸田と井上の供述が順調に取れたとしても、当面の容疑であるシルビア窃盗のほかに、高ケ坂郵便局のATM損壊と窃盗未遂、相模原市内の二店のコンビニ強盗、そして本命の歯科医一家四人殺しを単純に足し算すると、罪数が四つにもなり、起訴後の審理が煩雑《はんざつ》になる。そこで、どのみち一家四人殺しでの死刑求刑は確実であれば、この際、相模原署管内のコンビニ強盗を除いて、残るシルビア窃盗と郵便局の窃盗未遂を一家四人殺しの強盗殺人の併合罪にして、一本で起訴したいが、警察の考えはどうか。そんな話になり、合田さん、どう? 木戸理事官が検事に合わせて意見を求めてきた。

それは困ります。罪数4が罪数2になったら、取調べにかけられる日数も大幅に減る。ただでさえぎりぎりの日程で動いているので、無理です。雄一郎は言下に拒否したが、地検は地検で、少ない人数で処理できる罪数には限りがあると言いだし、いずれも否認事案ではないのだし——と、新任の佐藤管理官までが口を揃えた。たしかに否認事案ではないが、本命の一家四人殺しでは、防犯ビデオの映像とシルビアの現物を除けば、凶器の根切り、靴、貴金属、携帯電話、被害者の返り血を浴びた衣服などの物証が一つもない。根切りについては、もう少し供述を詰めてから横須賀の海を浚《さら》えて捜すが、発見できるかどうかは分からない。そういうなかで被疑事実を固めてゆかなければならない現場が、いま一番欲しいのは時間なのだ。雄一郎はそう抗弁した。だから、初めから併合罪にするのではなく、別々に起訴した後に、裁判所間で協議をして併合審理にするというかたちにしてほしい、と。

もっとも、地検と本庁幹部の腹がすでに決まっているのなら、現場が何を言っても無駄ではあった。昼一番の電話で井上の逮捕容疑をシルビア窃盗で行きたいと上申したとき、こちらの予想に反して友納はそれでいいと応じたのだったが、八時間後には手のひらを返したように罪数が云々《うんぬん》と言い出す。結局、ほんとうの問題は罪数よりも別件逮捕の誹《そし》りへの危惧《きぐ》だったに違いないが、おおかた地検刑事部の上のほうから鶴《つる》の一声があったのかもしれない。そう思うと、雄一郎は言うだけ言って罪数の件は早々に諦《あきら》めたが、戸田も井上もいま現在は本格的な取調べに入れる心身の状況ではないこと、従ってしばらくはこのままシルビア窃盗容疑での勾留を続けることについては、譲らなかった。最終的に起訴猶予《ゆうよ》になろうが併合になろうが、現場は時間を確保出来さえすれば、あとは知ったことではなかった。

それから、その足でもう一度取調室を覗くと、調べはシルビアを盗んだ温泉施設のある鶴間の話になっていた。井上の表情はますます薄雲がかかり、ときどき意識が軽く飛んでしまうのか、刑事の声がするたびに、瞼の上を転がる異物だというふうにわずかに眼球を動かすが、それだけだった。

「じゃあ、鶴間まではどうやってきたんだ？　車？　電車？　近くには東急田園都市線の南町田駅か、すずかけ台駅しかないが、どっちの駅だったか覚えている？　覚えていない？　では、電車にはどこから乗ったのかな——。何色の電車だった？　電車に乗る前はどこで何をしていたか、思い出せるか？　相模原市内のコンビニでスキを振り回していただろう？　ほら、肉まんのケースを叩き壊したんじゃなかったか？　覚えていないのか？　覚えている？　そう、相模原市内のコンビニだ。君と戸田はコンビニ強盗をやった。そのときの足は覚えている？　トヨタのハイエースだろ？　コンビニの客や店長が見ているんだ。君ら、コンビニの前にハイエースを乗りつけて、スキを振り回してレジの現金を奪って、またハイエースで逃げた。で、そのハイエースをどこで乗り捨てたんだ？　どこかで乗り捨てたから、鶴間で新たにシルビアを盗んだんだろう？　そら、思い出してみろ。どこで乗り捨てた？　どこかの駅の近くか？　小田急線の相模大野？　東林間《ひがしりんかん》？　中央林間？」

「東林間のそば――」

一瞬、脳味噌《のうみそ》に電流が流れたかのように返事があり、川村がすかさず畳みかける。

「東林間駅のそば、ということか？　十二月十八日深夜、小田急線の東林間駅のそばでハイエースを乗り捨てたのだな？」

確認のために、その場にいた雄一郎が直ちに五階へ上がった。同じ小田急線沿線でも、隣の中央林間なら大和市になる。午後九時前を指している時計を見上げながら、直ちに小出健吾に相模原署に電話で事情を伝えさせると、先方からは五分で回答があった。すなわち十二月十九日朝、住民の通報で地域課が線路沿いの放置車両を見分、ナンバー照会したところ十七日夜から十八日朝にかけて横浜市の本牧埠頭《ふとう》で盗まれたものと判明したため、相模原署で指紋を採取した後、所有者に返却したもので、指紋の照合はしていない云々。明日朝、鑑識を相模原署へ向かわせ、遺留指紋の照合をしてくることになった。小出は結果をメモにして取調室に届けにゆき、三分後には、初日の取調べはこれで終わるという川村の返事をもって戻ってきた。

それにしても、約二時間かけて得たのが盗難車を放置した場所の名前一つ。罪数が減って勾留日数が減れば、こんな長閑《のどか》な調べはしていられないことを考えながら、雄一郎は一日の終わりに少し疲労を覚え、作業台のパイプ椅子《いす》の背に身を預けた。――さて、現場はぎりぎりの日程だと幹部に言い放った、その返す刀でおまえは明朝も矢切の畑に出るのか？　畑に長く置いておけない春キャベツの収穫も、猶予はないという理由で？　土井誠一のように潔《いさぎよ》く飛び出してゆく代わりに？　そういえば金町駅で土井に会ったとき、再就職先は誰でも名前を知っている大手光学器械メーカーの法務部門だと聞いたのだった。ありがちな金融機関や保険会社ではなく、総務の総会屋対策でもない。天下りではない、本ものの転職。捜査の第一線にいながら、土井はいつそんな準備をしていたのだろう――。

事件の認知から三ヵ月、ついに歯科医一家四人殺しの本ボシ二人が揃ったことの興奮もやって来ないまま、雄一郎はまとまりのない物思いに駆られ、気がつくとまた、USBメモリに収められた戸田吉生の声の続きに為《な》すすべもなく聞き入っていた。

女が嫌いだって？　島袋が笑う。ナスターシャ・キンスキーは別だ。『パリ、テキサス』の――戸田がひそやかに小鼻を膨らませる気配がある。ああ、あの黄色い絵の具を塗ったような金髪の――。雄一郎の瞼に昔観《み》たその『パリ、テキサス』の、どこかの場面が浮かんでくる。汚れた埃《ほこり》っぽいガラス越しに、赤いゼリービーンズのような唇を震わせながら、こちらに向かってささやきかけてくる女優の顔がある。

（下巻に続く）

高村 薫著
晴子情歌（上・下）
本郷の下宿屋から青森の旧家へ流されてゆく晴子。ここに昭和がある。あなたが体験すべき物語がある。『冷血』に繋がる圧倒的長篇。

桐野夏生著
残虐記
柴田錬三郎賞受賞
自分は二十五年前の少女誘拐監禁事件の被害者だという手記を残し、作家が消えた。折り重なった虚実と強烈な欲望を描き切った傑作。

桐野夏生著
ナニカアル
島清恋愛文学賞・読売文学賞受賞
「どこにも楽園なんてないんだ」。戦争が愛人との関係を歪めてゆく。林芙美子が熱帯で覗き込んだ恋の闇。桐野夏生の新たな代表作。

桐野夏生著
抱く女
一九七二年、東京。大学生・直子は、親しき者の死、狂おしい恋にその胸を焦がす。現代の混沌を生きる女性に贈る、永遠の青春小説。

黒川博行著
疫病神
建設コンサルタントと現役ヤクザが、産廃処理場の巨大な利権をめぐる闇の構図に挑んだ。欲望と暴力の世界を描き切る圧倒的長編！

黒川博行著
螻蛄（けら）
―シリーズ疫病神―
最凶「疫病神」コンビが東京進出！　巨大宗派の秘宝に群がる腐敗刑事、新宿極道、怪しい画廊の美女。金満坊主から金を分捕るのは。

冷《れい》　血《けつ》（上）

新潮文庫　た－53－16

平成三十年十一月一日発行

著者　髙《たか》村《むら》薫《かおる》

発行者　佐藤隆信

発行所　株式会社　新潮社

郵便番号　一六二―八七一一
東京都新宿区矢来町七一
電話　編集部(〇三)三二六六―五四四〇
　　　読者係(〇三)三二六六―五一一一
http://www.shinchosha.co.jp

価格はカバーに表示してあります。

乱丁・落丁本は、ご面倒ですが小社読者係宛ご送付ください。送料小社負担にてお取替えいたします。

印刷・株式会社精興社　製本・憲専堂製本株式会社

ISBN978-4-10-134725-7 C0193